TILLIE COLE

HERANÇA SOMBRIA

Série Hades Hangmen

Traduzido por Mariel Westphal

1ª Edição

2022

Direção Editorial:	**Revisão Final:**
Anastacia Cabo	Equipe The Gift Box
Tradução:	**Arte de Capa:**
Mariel Westphal	Damonza.com
Preparação de texto:	**Adaptação de Capa:**
Marta Fagundes	Bianca Santana
Diagramação:	Carol Dias

Copyright © Tillie Cole, 2019
Copyright © The Gift Box, 2022

Todos os direitos reservados.
Nenhuma parte do conteúdo desse livro poderá ser reproduzida em qualquer meio ou forma – impresso, digital, áudio ou visual – sem a expressa autorização da editora sob penas criminais e ações civis.
Esta é uma obra de ficção. Nomes, personagens, lugares e acontecimentos descritos são produtos da imaginação da autora. Qualquer semelhança com nomes, datas ou acontecimentos reais é mera coincidência.

Este livro segue as regras da Nova Ortografia da Língua Portuguesa.

CIP-BRASIL. CATALOGAÇÃO NA PUBLICAÇÃO
SINDICATO NACIONAL DOS EDITORES DE LIVROS, RJ
Gabriela Faray Ferreira Lopes - Bibliotecária - CRB-7/6643

C658h

Cole, Tillie
    Herança sombria / Tillie Cole ; tradução Mariel Westphal. - 1. ed. - Rio de Janeiro : The Gift Box, 2022.

    308 p.
    Tradução de: Darkness embraced
    ISBN 978-65-5636-151-2

    1. Romance inglês. I. Westphal, Mariel. II. Título.

22-77516   CDD: 823
                  CDU: 82-31(410.1)

*Para Tanner e Adelita.
Finalmente conheceremos suas histórias.*

GLOSSÁRIO

(Não segue a ordem alfabética)

Para sermos fiéis ao mundo criado pela autora, achamos melhor manter alguns termos referentes ao Moto Clube no seu idioma original. Recomendamos a leitura do Glossário.

Terminologia A Ordem

A Ordem: *Novo Movimento Religioso Apocalíptico. Suas crenças são baseadas em determinados ensinamentos cristãos, acreditando piamente que o Apocalipse é iminente. Liderada pelo Profeta David (que se autodeclara como um Profeta de Deus e descendente do Rei David), pelos anciões e discípulos. Sucedido pelo Profeta Cain (sobrinho do Profeta David).*

Os membros vivem juntos em uma comuna isolada; baseada em um estilo de vida tradicional e modesto, onde a poligamia e os métodos religiosos não ortodoxos são praticados. A crença é de que o 'mundo de fora' é pecador e mau. Sem contato com os não-membros.

Comuna: *Propriedade da Ordem e controlada pelo Profeta David. Comunidade segregada. Policiada pelos discípulos e anciões e que estoca armas no caso de um ataque do mundo exterior. Homens e mulheres são mantidos em áreas separadas na comuna. As Amaldiçoadas são mantidas longe de todos os homens (à exceção dos anciões) nos seus próprios quartos privados. Terra protegida por uma cerca em um grande perímetro.*

Nova Sião: *Nova Comuna da Ordem. Criada depois que a antiga comuna foi destruída na batalha contra os Hades Hangmen.*

Os Anciões da Ordem (Comuna Original): *Formado por quatro homens; Gabriel (morto), Moses (morto), Noah (morto) e Jacob (morto). Encarregados do dia a dia da comuna. Segundos no Comando do Profeta David (morto). Responsáveis por educar a respeito das Amaldiçoadas.*

Conselho dos Anciões da Nova Sião: *Homens de posição elevada na Nova Sião, escolhidos pelo Profeta Cain.*

A Mão do Profeta: *Posição ocupada pelo Irmão Judah (morto), irmão gêmeo de Cain. Segundo no comando do Profeta Cain. Divide a administração da Nova Sião e de qualquer decisão religiosa, política ou militar, referente a Ordem.*

Guardas Disciplinares: *Membros masculinos da Ordem. Encarregados de proteger a propriedade da comuna e os membros da Ordem.*

A Partilha do Senhor: *Ritual sexual entre homens e mulheres membros da Ordem. Crença de que ajuda o homem a se aproximar do Senhor. Executado em cerimônias em massa. Drogas geralmente são usadas para uma experiência transcendental. Mulheres são proibidas de sentir prazer, como punição por carregarem o pecado original de Eva, e devem participar do ato quando solicitado como parte dos seus deveres religiosos.*

O Despertar: *Ritual de passagem na Ordem. No aniversário de oito anos de uma garota, ela deve ser sexualmente "despertada" por um membro da comuna ou, em ocasiões especiais, por um Ancião.*

Círculo Sagrado: *Ato religioso que explora a noção do 'amor livre'. Ato sexual com diversos parceiros em áreas públicas.*

Irmã Sagrada: *Uma mulher escolhida da Ordem, com a tarefa de deixar a comuna para espalhar a mensagem do Senhor através do ato sexual.*

As Amaldiçoadas: *Mulheres/Garotas na Ordem que são naturalmente bonitas e que herdaram o pecado em si. Vivem separadas do restante da comuna, por representarem a tentação para os homens. Acredita-se que as Amaldiçoadas farão com que os homens desviem do caminho virtuoso.*

Pecado Original: *Doutrina cristã agostiniana que diz que a humanidade é nascida do pecado e tem um desejo inato de desobedecer a Deus. O Pecado Original é o resultado da desobediência de Adão e Eva perante Deus, quando ambos comeram o fruto proibido no Jardim do Éden. Nas doutrinas da Ordem (criadas pelo Profeta David), Eva é a culpada por tentar Adão ao pecado, por isso as irmãs da Ordem são vistas como sedutoras e tentadoras e devem obedecer aos homens.*

Sheol: *Palavra do Velho Testamento para indicar 'cova' ou 'sepultura' ou então 'Submundo'. Lugar dos mortos.*

Glossolalia: *Discurso incompreensível feito por crentes religiosos durante um momento de êxtase religioso. Abraçando o Espírito Santo.*

Diáspora: *A fuga de pessoas das suas terras natais.*

Colina da Perdição: *Colina afastada da comuna, usada para retiro dos habitantes da Nova Sião e para punições.*

Homens do Diabo: *Usado para fazer referência ao Hades Hangmen MC.*

Consorte do Profeta: *Mulher escolhida pelo Profeta Cain para ajudá-lo sexualmente. Posição elevada na Nova Sião.*

Principal Consorte do Profeta: *Escolhida pelo Profeta Cain. Posição elevada na Nova Sião. A principal consorte do profeta e a mais próxima a ele. Parceira sexual escolhida.*

Meditação Celestial: *Ato sexual espiritual. Acreditado e praticado pelos membros da Ordem. Para alcançar uma maior conexão com Deus através da liberação sexual.*

Repatriação: *Trazer de volta uma pessoa para a sua terra natal. A Repatriação da Ordem envolve reunir todos os membros da fé, de comunas distantes, para a Nova Sião.*

Primeiro Toque: *O primeiro ato sexual de uma mulher virgem.*

Terminologia Hades Hangmen

Hades Hangmen: *um porcento de MC Fora da Lei. Fundado em Austin, Texas, em 1969.*

Hades: *Senhor do Submundo na mitologia grega.*

Sede do Clube: *Primeiro ramo do clube. Local da fundação.*

Um Porcento: *Houve o rumor de que a Associação Americana de Motociclismo (AMA) teria afirmado que noventa e nove por cento dos motociclistas civis eram obedientes às leis. Os que não seguiam às regras da AMA se nomeavam 'um porcento' (um porcento que não seguia as leis). A maioria dos 'um porcento' pertencia a MCs Foras da Lei.*

Cut: *Colete de couro usado pelos motociclistas foras da lei. Decorado com emblemas e outras imagens com as cores do clube.*

Oficialização: *Quando um novo membro é aprovado para se tornar um membro efetivo.*

Church: *Reuniões do clube compostas por membros efetivos. Lideradas pelo Presidente do clube.*

Old Lady: *Mulher com status de esposa. Protegida pelo seu parceiro. Status considerado sagrado pelos membros do clube.*

Puta do Clube: *Mulher que vai aos clubes para fazer sexo com os membros dos ditos clubes.*

Cadela: *Mulher na cultura motociclista. Termo carinhoso.*

Foi/Indo para o Hades: *Gíria. Refere-se aos que estão morrendo ou mortos.*

Encontrando/Foi/Indo para o Barqueiro: *Gíria. Os que estão morrendo/mortos. Faz referência a Caronte na mitologia grega. Caronte era o barqueiro dos mortos, um daimon (espírito). Segundo a mitologia, ele transportava as almas*

HERANÇA SOMBRIA

para Hades. A taxa para cruzar os rios Styx (Estige) e Acheron (Aqueronte) para Hades era uma moeda disposta na boca ou nos olhos do morto no enterro. Aqueles que não pagavam a taxa eram deixados vagando pela margem do rio Styx por cem anos.

Snow: *Cocaína.*

Ice: *Metanfetamina.*

Smack: *Heroína.*

A Estrutura Organizacional do Hades Hangmen

Presidente (Prez): *Líder do clube. Detentor do Martelo, que era o poder simbólico e absoluto que representava o Presidente. O Martelo é usado para manter a ordem na Church. A palavra do Presidente é lei no clube. Ele aceita conselhos dos membros sêniores. Ninguém desafia as decisões do Presidente.*

Vice-Presidente (VP): *Segundo no comando. Executa as ordens do Presidente. Comunicador principal com as filiais do clube. Assume todas as responsabilidades e deveres do Presidente quando este não está presente.*

Capitão da Estrada: *Responsável por todos os encargos do clube. Pesquisa, planejamento e organização das corridas e saídas. Oficial de classificação do clube, responde apenas ao Presidente e ao VP.*

Sargento de Armas: *Responsável pela segurança do clube, polícia e mantém a ordem nos eventos do mesmo. Reporta comportamentos indecorosos ao Presidente e ao VP. Responsável por manter a segurança e proteção do clube, dos membros e dos Recrutas.*

Tesoureiro: *Mantém as contas de toda a renda e gastos. Além de registrar todos os emblemas e cores do clube que são feitos e distribuídos.*

Secretário: *Responsável por criar e manter todos os registros do clube. Deve notificar os membros em caso de reuniões emergenciais.*

Recruta: *Membro probatório do MC. Participa das corridas, mas não da Church.*

PRÓLOGO

TANNER

Austin, Texas
Seis anos de idade...

— Tanner, você pode mostrar ao Rafael onde guardamos as canetas e os lápis?
Assenti com a cabeça e caminhei até a mesa com o material. Um menino de cabelo escuro foi junto comigo. Apontei para as canetas e lápis como a senhora Clary disse.
— Você pode pegar o que precisar e então devolver quando tiver terminado.
Rafael ergueu a cabeça.
— Obrigado.
Franzi o cenho quando ouvi seu sotaque. Ele soava estranho.
— Por que você fala assim?
— Assim como?
Ele não sabia que falava diferente? Olhei ao redor da turma, na sala de aula. Todo mundo tinha pele branca. A dele era escura.
— Você parece diferente de nós também.
Antes que ele pudesse responder, a senhora Clary se aproximou.
— Está tudo bem aqui, meninos?
Assenti, e Rafael também.
— Tanner, você poderia ser amigo de Rafael hoje? Deixe-o sentar com você no almoço e no recreio. Você pode mostrar para ele as coisas aqui em St. Peter?

— Sim, senhora.

Levei Rafael de volta para a mesa onde eu estava sentado. As outras crianças não pareceram notar a cor da sua pele. Minha babá, a senhora Murray, disse que qualquer pele mais escura que a branca era um sinal de inferioridade. Eu não sabia o que isso significava, mas Rafael parecia legal. Não vi nada de errado com a sua pele.

— Você gosta de videogame? — Rafael perguntou.

— Sim — respondi, e ele sorriu.

Ele passou o dia inteiro comigo. Quando soou o sinal para o fim das aulas, saí pela entrada principal com Rafael. Seu pai estava esperando do lado de fora; ele também era escuro como Rafael. Nunca tinha visto alguém como eles antes.

A senhora Murray saiu do carro quando nós três caminhamos em sua direção. Ela sorriu para Rafael e seu pai.

— Rafael me disse que Tanner o ajudou hoje — o pai dele disse. — Eu só queria agradecer. Tem sido difícil para Rafael depois que deixamos o México. Seu filho tornou o início de uma nova escola mais fácil para ele.

— Ela não é minha mãe — corrigi. — A senhora Murray é minha babá. Eu não tenho mãe.

A senhora Murray apertou a mão do pai de Rafael.

— Tanner é um bom menino. Estou feliz que ele tenha ajudado. — Em seguida, ela olhou para mim. — Vamos, Tanner. Temos que ir para casa.

Acenei para Rafael, e entrei no carro. Meu irmão, Beau, já estava lá. A Sra. Murray se inclinou sobre mim e afivelou meu cinto de segurança.

— Ai! — reclamei, quando ela apertou meu braço com um pouco mais de força. Ela não disse nada.

Quando nos afastamos da escola, acenei para Rafael e seu pai. Beau se inclinou para me dar o seu carrinho de brinquedo. Quando o peguei, a senhora Murray disse:

— Você gostou daquele menino, Tanner?

— Sim, ele era legal — respondi, e então devolvi a Beau seu carrinho. Ela continuava me observando pelo espelho retrovisor. Meu estômago revirou, porque ela parecia zangada. — Ele disse que o pai é um médico. Eles vieram do México. O pai dele trabalha no hospital do centro da cidade.

Ela não disse nada para mim depois disso. Então, brinquei com Beau até chegarmos em casa. Saí do carro e entrei, e logo me sentei à mesa, fiz meu lanche e a lição de casa. A senhora Murray desapareceu por um tempo, mas voltou assim que terminei.

— Vá se trocar, Tanner, depois fique em seu quarto. Seu pai virá mais à noite.

— Ele vem? — Fiquei animado na mesma hora.

Fazia tempo que eu não via meu pai – ele trabalhava muito. E ele era um segredo que eu e Beau tínhamos que manter para nós mesmos. Não podíamos dizer quem era o nosso pai. Para nos manter a salvo de pessoas más que não gostariam de nós. Mesmo na escola, eu tinha que fingir que não sabia nada sobre ele. As pessoas pensavam que meu nome era Tanner Williams. Mas, na verdade, eu era um Ayers.

Assim como meu pai.

Subi as escadas, fui para o meu quarto e me troquei. Enquanto trocava de roupa, notei que tinha um livro sobre a cama. Havia um menino na capa. Ele tinha cabelo e olhos escuros, como Rafael, mas suas roupas estavam rasgadas e sujas. As roupas de Rafael não eram assim. Ele parecia como todos nós.

Larguei o livro quando a porta do meu quarto abriu e meu pai entrou. Sorri e corri até ele, mas suas mãos me impediram de aproximar, empurrando meu peito. Doeu, e sem ver, esfreguei o peito, olhando para ele. Meu pai deu a volta por mim e se sentou em uma cadeira. Não gostei do jeito que ele estava olhando para mim; me assustou. Ele podia ser muito assustador, às vezes. Eu não gostava de decepcioná-lo ou deixá-lo irritado, caso contrário, ele me daria uma surra.

E seus punhos me machucavam, muito.

— Pai?

— A senhora Murray me disse que você fez um novo amigo hoje. — Balancei a cabeça, concordando. — Ela disse que ele era do México.

— Sim, senhor.

Meu pai se levantou e veio em minha direção. Fiquei ali parado, sem ousar me mover. Minhas mãos começaram a tremer ao lado, as pernas pareciam gelatina e havia uma sensação estranha na barriga, como se um milhão de cubos de gelo estivessem ali dentro.

De repente, o punho do meu pai atingiu minha bochecha. Gritei quando caí no chão. Olhei para cima, mas ele me bateu de novo. Tentei fugir, só que meu pai segurou minha camiseta e me deu um chute na barriga, até que não consegui respirar. Não conseguia enxergar nada, porque as lágrimas estavam escorrendo dos meus olhos. Eu não entendia, não sabia por que ele estava me batendo de novo. Não sabia o que tinha feito de errado.

Ele me chutou uma e outra vez, até que eu não conseguia mais me mover. Parei de chorar, e logo depois ele parou de me chutar.

— Levante-se.

Funguei e tentei me mover, mas doeu muito. Coloquei a mão sobre meu rosto e senti algo melecando os dedos. Consegui afastar um pouco a mão para poder ver o que era aquilo. Meus dedos estavam vermelhos com o meu sangue.

— Eu disse: levante-se, garoto! — Meu pai me segurou e me fez ficar de pé.

Eu me curvei para frente quando a dor na barriga ficou forte demais. Ele agarrou um punhado do meu cabelo e me obrigou a olhar para cima. Então se aproximou e disse no meu ouvido:

— Se você falar de novo com outro chicano sujo, eu vou te matar, garoto. Você é branco. Você é o futuro Príncipe Branco, e não admito que fale com alguém que está abaixo de você. Abaixo de nós. — Ele me empurrou para trás e eu caí no chão. — Não sei quem deixou ele entrar naquela escola, mas alguém vai pagar por isso. Não toleramos nada menos do que perfeição nessa escola. Nós, os bons pais cristãos brancos, não pagamos uma porra de fortuna para deixarem sangues poluídos entrarem, dando a vocês ideias idiotas sobre igualdade. — Limpou a mão no meu blazer, bem em cima do emblema da escola. — Você é meu filho, Tanner, e eu o amo. Mas você é um Ayers. E já está na hora de saber o que somos... o que você nasceu para ser. Isso vai ser corrigido imediatamente.

Meu pai deixou o quarto, e no segundo que a porta fechou, comecei a chorar. Meu corpo tremia, tudo doía... mas o pior era que havia sido o meu pai que tinha me machucado, com chutes e socos.

Ele me fez sangrar... de novo.

Olhei para cima quando ouvi a porta abrir novamente. A senhora Murray colocou Beau no chão e nos deixou a sós, trancando a porta.

Beau olhou para mim.

— Tanner? — sussurrou.

Meu irmão tinha apenas três anos. Ele se arrastou ao meu lado, e quando me viu chorando, começou a chorar também. Eu me inclinei na direção dele e o puxei para os meus braços. Eu não gostava de vê-lo chorar.

— Está tudo bem — sussurrei. Mas o sangue continuava escorrendo do meu lábio e Beau chorou ainda mais. Coloquei meu irmão na minha cama e me deitei ao seu lado, segurando-o mais perto. Eu não queria vê-lo chateado. Eu tinha que protegê-lo. Eu era seu irmão mais velho, ele era o meu melhor amigo.

Vendo o livro que a senhora Murray tinha deixado para mim, falei para Beau:

— Vamos ler um livro? Isso vai fazer você se sentir melhor.

Beau assentiu e começou a chupar o polegar. Olhei para a foto na capa novamente e li o título: "Vá para casa, Juan". Abri o livro e li cada página para Beau.

No final, tudo no que podia pensar era em Rafael. O livro dizia que qualquer um que fosse do México era ruim. Que eles queriam nos machucar, os de pele branca. Pele branca como a minha e a de Beau. Suspirei, percebendo por que meu pai tinha ficado tão zangado. Porque Rafael era mau. Ele tinha vindo para a minha escola, para os Estados Unidos, para machucar e arruinar pessoas com branca pele.

Abracei Beau com mais força. Ele era o meu melhor amigo no mundo todo. Nosso pai quase nunca vinha nos visitar. A senhora Murray não era legal. Mas Beau me fazia rir. Meu estômago embrulhou quando pensei em Rafael machucando meu irmãozinho só porque tinha inveja da nossa pele branca.

Então respirei fundo, e rapidamente me senti melhor; porque meu pai tinha dito que ia tirá-lo da escola. E meu pai sempre fazia o que dizia.

Meu pai ia mandar Rafael de volta para casa.

E nós estaríamos seguros.

CAPÍTULO UM

TANNER

Austin, Texas
Dias atuais...

A areia rangeu sob meus pés. As balas passaram voando em volta da minha cabeça. Meu peito estava apertado, pronto para se partir, assim que vi Gull e Arizona sendo atingidos com um tiro na cabeça, caindo no chão.

Mortos.

Um assobio interrompeu a carnificina que acontecia nesta maldita fazenda deserta. Olhei para o celeiro ao lado. AK sinalizava para mim de seu lugar no telhado. Ele gesticulou com a mão sobre a garganta. Entendi a mensagem na mesma hora – precisávamos ir embora.

— Não!

Minha atenção se voltou para a comoção. Viking estava lutando para se manter em pé. Quando vi Flame seguir em direção aos estábulos em ruínas do outro lado da clareira, eu sabia o motivo. O filho da puta psicótico estava caminhando para o local onde a Klan se encontrava, como se não pudesse ser morto, braços abertos, disparando balas a torto e a direito em meus antigos irmãos da Klan, que nos abatiam com a porra de uma precisão milimétrica.

Apontei a arma, focando em derrubar os malditos que agora se concentravam em Flame. AK estreitou seus olhos e, com a sua conhecida precisão de atirador de elite, enviou balas direto para os crânios de alguns que haviam abandonado seus esconderijos para abater Flame.

No entanto, os filhos da puta também contavam com um atirador. Esses não eram os *skinheads* pelos quais a Klan era conhecida; os idiotas em que todo mundo pensava quando se falava de supremacistas. Não, esses eram os irmãos que passei anos treinando, aqueles que foram mantidos em sigilo, para que a polícia e os rivais não soubessem da verdadeira força da Klan. Meu pai recrutou esses caras meticulosamente. Esses homens eram os que dariam início à verdadeira guerra. Os soldados que ninguém tinha noção de que existiam.

Ninguém, a não ser eu.

— Flame! — Viking saiu do seu esconderijo atrás de um velho trator e correu em direção ao maldito irmão.

Rudge saltou para o local que Vike deixou. AK tentou dar ao ruivo cobertura para chegar até Flame, espalhando um cobertor de balas rápidas e certeiras em direção à Klan. Porém este ramo da Klan era mais forte, mais inteligente, e sabia exatamente o que AK estava fazendo. Tentei ajudar, acabando com a munição da minha arma, sinalizando para Smiler também dar cobertura a eles. Mas, mesmo com nossas armas e a porra da mira perfeita de AK, os tiros furiosos vinham de todas as direções. Estávamos em menor número e éramos bem menos qualificados.

Como se estivesse em câmera lenta, vi Vike se jogar na direção de Flame. Só que foi tarde demais; o impacto da bala jogou Flame para o lado. O cara caiu no chão, sangue vertendo da ferida em sua barriga.

— PORRA! — AK gritou e pulou do telhado do celeiro. Rudge correu em direção a Vike e Flame, ajudando-os a sair da linha de fogo. — Recuar! — AK gritou para mim e Smiler. — Recuar, porra!

Eu me levantei, correndo em direção da Klan enquanto AK, Rudge e Vike arrastavam Flame para longe das balas. Pulando na caminhonete, liguei o motor e senti os outros colocarem Flame para dentro. AK bateu com o punho no teto.

— Vai logo, caralho!

Meu pulso acelerou ainda mais quando a caminhonete derrapou pela estrada, os tiros vindo da Klan soando como granadas explodindo, chacoalhando o veículo sempre que nos atingiam. Vike, Rudge, e Smiler apareceram

HERANÇA SOMBRIA

17

atrás de nós com suas motos, os três atirando contra a Klan para nos dar a pausa que precisávamos para levar Flame de volta ao complexo.

Passando a mão pelo meu *cut*, peguei o celular e procurei um número.

— Tann? — Tank respondeu um segundo depois.

— Flame foi atingido. A Klan estava no local de entrega e caíram matando em cima de nós. Flame levou um tiro depois de surtar. Chame Rider ou Edge ou seja-lá-quem-for para o clube. Ele foi atingido na barriga. — Olhei no retrovisor para ver AK pressionando a ferida. Flame estava se debatendo contra o irmão. Seus malditos negros olhos estavam enlouquecidos, seu sangue se derramando sobre o banco da caminhonete.

— Flame! Puta que pariu! Fique parado, porra. Eu sei que não quer que toque em você, mas, puta que pariu, pense na Maddie. Se não estancar o sangramento, você vai morrer, caralho! Você quer isso? Quer deixar a Madds sozinha sem você?

O corpo de Flame se acalmou, mas eu podia ver suas narinas dilatadas a cada inspiração acelerada. O filho da puta estava próximo de pirar completamente.

— Tann? Tann, você ainda está aí? — A voz de Tank soou através do meu celular.

— Sim. Porra, Tank. Eles vieram do nada. Estávamos fazendo a entrega e eles surgiram do nada e começaram a atirar. Arizona e Gull estão mortos. Balas na cabeça e enviados para o barqueiro. Eles não tiveram a menor chance. É melhor avisar ao *prez* deles.

— Puta merda. Quanto tempo até chegarem aqui? Precisam de reforços?

— Não. Estamos a apenas dez minutos. Fiquem preparados para o caso de estes idiotas estarem na nossa cola. Eu aviso se der alguma merda.

Desliguei e pisei fundo no acelerador para casa. Slash, o primo recruta de Smiler, estava no portão. Kero, irmão de Arlington, estava de guarda ao lado dele. Atravessamos o portão, com Vike e Smiler logo atrás. Parei a caminhonete e saí às pressas.

— Me ajudem a tirá-lo daqui — AK disse.

AK e eu levantamos Flame da carroceria da caminhonete no momento em que Styx e Ky saíram correndo pela porta do clube.

— *Levem ele para dentro* — Styx sinalizou, e Ky expressou as palavras do *prez*.

Levamos Flame até a sede do clube, para o quarto que havia sido designado como uma espécie de enfermaria no minuto em que a guerra foi declarada pela Klan e o cartel. O que era bom, porque estávamos sendo atacados por todos os lados há semanas.

Logo depois que colocamos Flame na maca, Edge chegou com sua maleta médica. O irmão havia sido um cirurgião de trauma no Exército, antes de se perder por um tempo, o que o levou a ser internado em um hospício. Quando saiu, decidiu que gostava de usar suas habilidades em cortar pessoas tanto quanto gostava de curá-las. Ele se juntou à filial de Arkansas e, rapidamente, se tornou um dos irmãos mais cruéis que já fez parte do clube. Ele tinha um olho azul e outro castanho. E apenas no caso de ninguém ter percebido que o cara já era louco, ele tingiu de branco o cabelo do lado de seu olho azul, e os fios do lado do olho castanho foram pintados de preto.

No entanto, não importa o quão fodido da cabeça ele era – e que o nível de insanidade poderia até mesmo superar o de Flame, – o irmão tinha sido uma bênção, desde que chegou aqui com o pessoal da sua filial.

Ele amarrou o longo cabelo à nuca e se inclinou sobre Flame. O louco olhando para o pirado. Flame rapidamente entrou em seu modo psicótico e começou a se debater na cama, tentando alcançar suas facas para atacar Edge. Só que o cara era bom no que fazia e, até mesmo mais do que apenas bom, não se deixava perturbar por nada nem ninguém. Nem mesmo Styx fez esse cara hesitar. Mesmo que a porra do sorriso enlouquecido que ele ostentava vinte e quatro horas por dia, sete dias por semana, fizessem você pensar o contrário.

— Ferimento na barriga? — Sua língua umedeceu os lábios. O filho da puta parecia ficar de pau duro com a visão de pessoas em agonia.

— Tiro. Atiradores de elite... — AK começou a discorrer sobre o ferimento de Flame.

Rider atravessou a porta, passando a mão sobre a cabeça raspada. O irmão ainda não havia sido aceito por metade do clube, mas era um bom médico, então Styx permitiu que ajudasse quando necessário. Ele parecia trabalhar bem com Edge, o que era a porra de um milagre por si só.

— O que temos? — perguntou para Edge, e os dois começaram a trabalhar no ferimento de Flame, cortando suas roupas.

Vi o brilho nos olhos de Flame antes de ele reagir. Percebi a raiva em seu olhar negro antes que ele empurrasse Edge e Rider para longe, pirando para sair da maca. AK e Vike tentaram segurá-lo, mas o irmão estava no modo surtado.

HERANÇA SOMBRIA

— Precisam que desça a porrada nele? Nocautear o idiota? — Rudge perguntou, erguendo o punho que, frequentemente, nocauteava seus adversários em luta sem luvas. Ou, com uma frequência impressionante, os matava.

Balançando a cabeça, me apressei em ajudar a manter Flame na maca. Edge se aproximou com uma agulha e seringa, seus olhos díspares iluminados com entusiasmo. De repente, Maddie e Lil' Ash atravessaram a porta.

— Flame! — Maddie correu em direção ao marido, empurrando Edge para fora do caminho. Flame se acalmou assim que a viu. — Saiam de cima dele — ela disse a todos, a advertência nítida em sua voz. Eu recuei; AK e Vike fizeram o mesmo. Edge foi puxado para trás por Styx. Saí do caminho e apenas assisti a cena adiante. — Amor — Maddie disse, colocando a mão na bochecha de Flame. Seus malditos olhos arregalados focaram em sua esposa e não se desviaram. Ele respirava com dificuldade, mas se acalmou ao ouvir Maddie falar. Lágrimas deslizaram por suas bochechas, porém respondeu com a voz firme:

— Maddie — Flame sussurrou, e ela beijou sua cabeça.

— Amor, você está ferido. Você precisa deixar que Rider e o médico o curem.

Seus olhos estavam perdendo a vivacidade. Seu sangue escorria pela maca, e o filho da puta estava a ponto de desmaiar. Maddie segurou sua mão, e ele voltou a se focar nela.

— Ficarei contigo — afirmou. — Não sairei do seu lado. E estarei aqui quando você acordar.

Flame suspirou, então seus olhos começaram a se fechar. Edge e Rider estavam agoniados, só esperando para chegar até ele. Eu não era médico, mas não achava que aquele ferimento o mataria. Eu tinha visto homens voltarem de ferimentos dez vezes piores no Exército.

No segundo em que Flame desmaiou, Edge e Rider começaram a trabalhar sobre ele. A maioria dos irmãos saiu dali, mas eu não conseguia desviar o olhar de Maddie. Porque a cadela disse a Flame a porra da verdade. Ela ficou ao lado do marido, segurando seus dedos, passando a mão sobre sua cabeça; sussurrando em seu ouvido, e aquilo quase rachou meu coração ao meio.

Meus olhos se fecharam e minhas mãos cerraram ao lado. *Estou aqui, mi amor. Estou aqui... Nunca vou deixar você...* Eu podia sentir a mão de Adelita na minha; podia sentir seu dedo em meu rosto, e o cheiro do seu perfume. Eu podia sentir o cheiro como se estivesse bem próximo. Como se *ela* estivesse bem ao meu lado...

O som do piso rangendo me fez abrir os olhos na mesma hora. Uma mão apertou meu ombro. Tank.

— Você está bem?

Assenti com a cabeça e me virei. AK e Vike ainda estavam atrás de mim, observando Edge e Rider cuidando de Flame. AK estava com a mão no ombro de Ash. O garoto estava pálido, os olhos tão negros quanto os de Flame colados no irmão naquela maca.

— Styx está convocando uma reunião da *church* em trinta minutos — Tank anunciou e olhou para mim. — Vamos beber alguma coisa.

Fomos em direção à porta.

— Vamos, Ash. — Ouvi AK dizer. — Vamos deixar eles trabalharem. — Fez uma pausa. — Ele vai ficar bem. Flame não vai deixar você ou Maddie. Nem mesmo o próprio Hades é capaz de levá-lo.

— Eu vou ficar.

— Ash...

— Eu disse que vou ficar, porra! — o garoto sibilou.

Foi a primeira vez que ouvi um tom tão furioso sair de sua boca. Quando olhei para Ash, deparei com a porra da morte em seus olhos negros. O garoto estava malhando pesado todos os dias, ficando cada vez mais musculoso. E com as novas tatuagens de chamas que adornavam seu pescoço, e os *piercings* que agora ostentava em seu rosto, ele estava se tornando cada vez mais parecido ao irmão. E pelo jeito, o garoto possuía mais dos traços psicóticos de Flame do que havíamos imaginado.

Desde o minuto em que conheci aquele garoto, senti algo obscuro dentro dele. Como se fosse necessário apenas mais uma merda em sua vida para que o verdadeiro Ash aparecesse. Ele parecia tranquilo, mas fiquei sabendo sobre algumas coisas que aconteceram em seu passado. As coisas fodidas que foram feitas pelo pai dele e de Flame. Claro, isso não significava que ele seria, automaticamente, fodido das ideias; pessoas haviam sobrevivido a coisas piores e tinham se saído bem. Mas sempre que alguma coisa acontecia com Flame ou Maddie, ou mesmo com AK – pessoas de quem Ash era próximo –, algo mudava em seus olhos escuros. Algo que estava a um milhão de quilômetros de distância do garoto meigo pelo qual era conhecido.

Tank deu um tapinha nas costas de AK.

— Deixe o garoto. É o irmão dele. Ash quer ficar com Flame e Madds. Você sabe como ele é.

HERANÇA SOMBRIA

AK apertou o ombro de Ash antes de se afastar. O rosto de Beau surgiu na minha mente por um segundo, mas antes que meu peito pudesse se partir ainda mais e me deixar paralisado, afastei a imagem da cabeça. Tank deve ter pressentido que algo estava errado, porque passou um braço ao redor do meu pescoço e disse:

— Uísque, Tann. Agora.

Eu o segui para o bar, de onde podia ouvir vozes alteradas. Quando nos aproximamos, senti imediatamente a tensão no ambiente. O *prez* de Arizona e Gull havia ido buscar os corpos de seus irmãos. Caminhamos até o pessoal da nossa filial. Zane, um recruta e sobrinho de AK, estava atrás do balcão. Eu o vi dar um profundo suspiro de alívio assim que viu AK caminhar em sua direção. O irmão se inclinou sobre o balcão do bar e beijou a cabeça do garoto, dizendo sem palavras que estava bem.

Eu não aguentava essa merda. Toda a coisa de família, *old lady*... Ver isso todos os dias era como um câncer me comendo por dentro. Esfregando na minha cara o que eu não tinha.

— Zane. Garrafa de uísque. — A voz de Tank soou perto de mim. Sentei-me em uma banqueta, longe de Bull, Hush e Cowboy. Eu não era bem-vindo naquela mesa. Podia ver Bull e Hush sempre me observando. O maldito nazista que eles foram forçados a deixar entrar em suas vidas. — Ignore — Tank disse. Fechei os olhos, em seguida voltei a abri-los quando Tank colocou uma dose na minha frente. Virei tudo de uma vez.

O ruído do bar desapareceu à minha volta quando Tank perguntou:

— Você viu algum deles? — Concordei com um aceno de cabeça e Tank me serviu outra dose. — Você conhece eles?

— Sim.

— Você os treinou?

Fiz uma pausa, deixando a culpa se infiltrar. A culpa que eu merecia.

— Sim.

Tank colocou a mão nas minhas costas. Tomei outra dose, esperando o uísque me entorpecer, e larguei o copo vazio sobre o balcão.

— Mas eles têm truques novos.

Tank não falou por alguns segundos. Eu sabia que ele estava julgando se eu poderia lidar com isso. Então, ele disse:

— Beau. — Não foi uma pergunta.

Esfreguei os olhos. Eu estava cansado, mas meu corpo nunca me permitia dormir de verdade. Em vez disso, nas horas escuras, meu cérebro decidia reviver cada merda que eu já havia feito e da qual me arrependia. Gritando para mim que, fora Tank e Beauty, eu não tinha ninguém. E pior... que meu irmão, meu melhor amigo, agora comandava os soldados que fui criado para liderar. Beau, que havia me idolatrado tanto que acabou seguindo meus passos no Exército, apenas para voltar de lá e me encontrar ao lado de seus inimigos.

Beau, que agora usava todo o seu conhecimento militar para lutar uma guerra contra mim. Porra, eu nem tive a chance de me despedir dele antes de dar o fora da Klan para sempre. Apenas fui embora e o deixei. Ele não tentou entrar em contato, e nunca mais ouvi falar do meu irmão desde que ele voltou para casa.

Estava claro que ele sempre faria parte da Klan. Ele ainda acreditava na ideologia. E, sem dúvida, não me via mais como seu irmão, e, sim, como um traidor de sua raça.

Ele devia me odiar agora.

Meu próprio irmão me odiava.

— Eles são bons — eu disse a Tank. — Eles são realmente bons, tipo, pra caralho. — Tomei outra dose, me certificando de que ninguém estava escutando nossa conversa. E não havia ninguém mesmo, já que todos estavam ocupados demais lidando com seus próprios papéis nesta guerra.

Fiquei encarando o copo vazio em minhas mãos.

— Sei que os Hangmen são fortes e que seu alcance é incomparável. E que muitos de seus membros são ex-militares. Malucos que matariam apenas por diversão. Mas hoje... — Balancei a cabeça. — Porra, Tank. Por semanas estamos sendo alvo da Klan. E, todas as vezes, eles foram organizados, mobilizados e treinados para fazer exatamente o que se propuseram a fazer. — Dei uma risada desprovida de humor. — Ele conseguiu. — Tank olhou para mim. Eu podia dizer pela expressão em seu rosto que ele sabia exatamente o que eu estava a ponto de dizer. — Meu pai. Seu sonho se tornou realidade. Ele tem um exército Klan. Um que pode realmente fazer o que ele quer: iniciar uma verdadeira guerra de merda. — Sacudi a cabeça, a culpa pesando em meu âmago. — E eu sou responsável por criá-lo. — Tank serviu outra dose de uísque. — Destruidor de mundos.

Tank sorriu.

— Citando *Oppenheimer*? Você está pegando pesado, irmão. Vamos culpar o uísque.

— É verdade. Eu criei uma bomba nuclear para a Klan, e agora verei essa porra explodindo, de camarote. — Minha garganta começou a fechar, mas consegui continuar: — Verei meu irmão, meu irmão mais novo, ser a pessoa a dar a ordem.

— Nós vamos detê-los, Tann. — Tank gesticulou para os irmãos de todas as filiais do sul ali no bar. — Temos homens. Nós temos coragem. — Apontou para si mesmo, depois para mim. — Temos a *nós*. Conhecemos a Klan. Talvez precisemos apenas começar a pensar dessa forma novamente. Para descobrir quais seriam seus planos.

Outra dose de uísque, o entorpecimento desta vez começando a se espalhar pelas veias. Estalei o pescoço, os músculos relaxando quando a bebida começou a surtir efeito.

— E temos o seu contato, não? Você ainda tem alguém de dentro que está ajudando?

— Sim. — Eu tinha.

Wade Roberts. Seu pai era um dos melhores amigos de Landry até que morreu alguns anos atrás. Wade era do círculo íntimo e queria sair, mas, ao contrário de mim, não tinha o incentivo para isso. Ele decidiu que era melhor acabar com a Klan de dentro do que sair e não ter uma porra de vida, já que teria um alvo para sempre na cabeça por desertar a causa. No começo, eu não sabia se podia confiar nele, no entanto, ele se mostrou confiável todas as vezes.

— Ele não me avisou sobre hoje. — E eu descobriria o porquê.

A garrafa já estava quase vazia quando Zane se aproximou de Tank e disse que Ky estava chamando os irmãos para a *church*.

— *Church*! — Tank gritou quando Zane desligou a música. Esperei até que os irmãos saíssem, e segui logo atrás. A sala estava lotada, mas todo mundo já estava sentado em seus devidos lugares. Styx se encontrava à cabeceira, quieto como sempre, mas seus olhos flamejavam de ódio.

Ele tinha acabado de erguer as mãos para se pronunciar quando o *prez* de Arizona e Gull irrompeu pela porta.

— Eles os penduraram em árvores. Como se tivessem sido linchados — ele disse. Seus olhos estavam vermelhos e arregalados com raiva.

Fechei os meus por um instante.

24 TILLIE COLE

— *Amarrem eles* — *ordenei.*
Sorri ao ver os corpos de nossos velhos irmãos da Klan balançando nas árvores, o vento forte movendo-os de um lado ao outro, como pêndulos. Charles pegou uma lata de tinta em spray e desenhou a cruz e o círculo – nosso símbolo de Supremacia Branca. Isso ensinaria aos filhos da puta a não nos abandonar ou tentar nos ferrar com os federais.
— *Deixem eles aí* — *declarei.* — *Deixem que as pessoas os encontrem. Deixem que saibam que ninguém fode com a Klan.*

Quando abri os olhos, deparei com Tank me observando. Ele deveria saber que eu estava me lembrando do que costumávamos fazer... porque ele esteve lá um monte de vezes. Ele esteve ao meu lado.

Quando a sala voltou a entrar em foco, os irmãos estavam todos falando ao mesmo tempo, irritados pra caralho. Um assobio ensurdecedor calou a todos. Styx se levantou, o olhar observando o rosto de cada um, dizendo para nos calarmos ou ele faria isso por nós. Quando todos se acalmaram e voltaram a se sentar, Styx permaneceu de pé.

Seus olhos se fixaram em mim. Ele ergueu as mãos e Ky falou por ele:

— Precisamos saber tudo sobre eles. Nós precisamos saber como eles estão organizados, o treinamento que tiveram, no que acreditam. Tudo. Nós precisamos entrar na mente desses filhos da puta.

A sala se encontrava em um silêncio mortal e, um por um, todos os irmãos olharam em minha direção.

— Styx... — Tank começou a falar, mas balancei a cabeça para o meu melhor amigo.

Eu tinha que fazer isso. Eu havia reparado nos olhares que recebi dos irmãos nas últimas semanas. Eles suspeitavam de mim. Não tanto meus próprios irmãos da sede, mas os membros das filiais. Toda vez que havia um ataque, eu era questionado sobre como eles poderiam ter descoberto onde estaríamos, quantos de nós estaríamos lá. Tudo.

Tank nunca recebia esses olhares. Ele pagou suas dívidas, não estava mais coberto de tatuagens nazistas, ao contrário de mim. Embora tenha

HERANÇA SOMBRIA

se envolvido com toda essa merda, Tank não havia nascido ou foi criado para o único propósito de ser o herdeiro da Ku Klux Klan. Criado para ser o campeão da raça branca. Na casa dos Ayers, o ar que respirávamos era Klan, e apenas Klan.

Eu queria apenas cortar os laços e deixar toda essa merda para trás, mas eu não recuaria. Tudo isso? Foi minha culpa. Eu criei essa porra e precisava colocar um fim. O mínimo que poderia fazer agora era tentar salvar estes homens.

E eu não permitiria que eles pensassem que eu era fraco. Eu nunca faria isso.

— É chamado de império invisível — revelei, e podia quase cheirar o persistente cheiro de fumaça de uma cruz queimando ao meu lado. Podia sentir o ar carregado com a causa, a necessidade da iminente guerra tendo início. Como fui encarado, uma vez, pela minha antiga irmandade, trajando túnicas verdes e parados diante da cruz em chamas, esses irmãos também estavam olhando para mim. Mas não como se eu fosse a porra de um messias. Aqui, eu era encarado como um suspeito. — Invisível porque estamos onde ninguém vê. Ninguém sabe quem somos. Estamos no meio da sociedade. Estamos entre vocês.

— Vocês têm bandeiras do lado de fora de suas casas e suásticas gigantes tatuadas em sua pele. — Alguns dos irmãos sorriram com escárnio. — Dificilmente são invisíveis — Smiler disse.

— E estes são os homens com quem vocês não precisam se preocupar tanto. — Eu me inclinei sobre a mesa. Meus dedos estralaram com toda a tensão em meu corpo. — Como já disse aqui, os caipiras e os *skinheads* que brigam por diversão e protestam do lado de fora da prefeitura não são os que vocês precisam temer. Eles são os peões, uma distração, fazendo com que todos olhem para um lado, enquanto os verdadeiros soldados, o verdadeiro exército do império invisível, surgem de onde menos se espera.

— Não tenho medo de nenhum de vocês — Crow, o presidente da filial de Nova Orleans, disse. O filho da puta estava sorrindo, jogando para cima os dados que sempre carregava consigo.

— Pois deveria.

Crow deu um sorriso zombeteiro. Na verdade, todos eles fizeram o mesmo. Aquilo fez meu sangue fervilhar.

A Klan – eu, meu irmão, meu pai, meu tio –, durante toda a nossa vida do caralho, fez com que as pessoas pensassem sobre nós daquele jeito.

Para que não passássemos de uma piada. Mas, em segredo, construímos um império de homens pensantes. De homens e mulheres que iriam permitir que tais *skinheads* idiotas se tornassem a linha de frente, enquanto nós, a verdadeira irmandade, atuava por trás.

— Nós? — Virei-me para Hush. Cowboy estava com a mão sobre o ombro do amigo. — Você fica dizendo *nós*.

Eu disse? Meu coração pulou uma batida. Eu não quis dizer *nós*. Não penso mais em mim como da Klan. Não mesmo.

— Eles — corrigi, sentindo o estômago embrulhar. — Eu quis dizer *eles*.

Hush não desviou o olhar em nenhum momento. E eu sabia o porquê. Membros de merda da Klan haviam assassinado seus pais. E ele testemunhou a morte cruel deles, os viu queimar até as cinzas.

— Eles — repeti, toda a energia drenando do meu corpo. — *Eles* são uma unidade organizada... — Parei, me contendo em dizer como os homens da Klan foram tão bem treinados.

Mas qual era a porra da razão? A maioria destes irmãos ainda pensava em mim como um nazista de qualquer maneira. Eles me viam como o Príncipe Branco, não importava o quanto tentasse acabar com essa imagem.

— Eu os treinei — admiti, sentindo Tank tensionar ao meu lado.

Ele amava este clube, mas também ocultou muita coisa deles por minha causa. Ele nem mesmo havia revelado minha identidade até que minha antiga irmandade sequestrou a *old lady* de Ky, para levá-la de volta à seita com quem costumávamos fazer negócios. Eu sabia que ele não queria que eu dissesse para todos estes Hangmen que fui eu quem treinou aqueles homens para se tornarem o que eram hoje. Os soldados. E que foi Beau, meu irmão, quem tomou as rédeas de onde deixei e os tornou imbatíveis.

— Eu os treinei, junto com alguns ex-membros do Exército. Eu os tornei o que eles são hoje.

— Tanner. Acho que é melhor você sair da *church* neste exato momento. — Olhei para Ky. Ele não estava falando por Styx, estava falando por si mesmo. Styx estava apenas me encarando.

— Vem, Tann. Vamos.

Tank me levou para o corredor. Sua mão se manteve firme no meu ombro até que chegamos no meu quarto e eu me sentei na cama. Inclinei a cabeça, encarando o piso de madeira. Havia anos e anos de marcas nas tábuas, deixando claro quão antigo este clube era. Quantos irmãos haviam passado através dessas portas? Quantos homens com passados fodidos? Precisando da vida fora da lei, ferrados demais para serem normais.

— Não sei como fazer isso — disse eu, por fim. Minha voz soou como um trovão no quarto silencioso. Levantei a cabeça, avistando Tank ainda imóvel. Ele passou a mão sobre a cabeça raspada e tive um vislumbre de sua cicatriz.

Lembrei de quando o esperei do lado de fora da prisão assim que ele foi solto. Quando ele saiu da Klan. Eu fiquei tão puto com ele. Dedurar Landry na prisão por causa de um garoto com quem ele dividia a cela e a quem Landry havia planejado matar. Fiquei pau da vida por ele dar as costas ao que estávamos construindo. Não conseguia entender como ele tinha perdido a fé em nós – a porra da Ku Klux Klan.

Seu lar. *Nosso* lar.

— Não sei como deixar, definitivamente, essa vida para trás... ela sempre encontra uma maneira de me encontrar. Não importa o quanto eu me esforce, porra.

Tank suspirou, relaxando os ombros. Agora eu já sabia como decifrar meu melhor amigo. Ele estava com pena de mim. Mas eu não queria a sua maldita pena. Eu só precisava saber como seguir em frente. Para ser livre.

— É tudo o que conheço. Nasci e fui criado para ser o perfeito Príncipe Branco. Eu era espancado se ousasse falar com alguém que não fosse da raça branca. Você me conhece, Tank. Eu estava completamente naquilo. Fui criado para nem mesmo cogitar qualquer outra forma de pensamento.

— Eu sei.

— Não acredito na retórica. Não mesmo. — *Mi amor, esqueça o que sempre lhe foi dito e apenas sinta...* A voz rouca de Adelita surgiu na minha cabeça, e a sensação de frio mortal que residia no meu peito pareceu esquentar imediatamente. Só de pensar em seus olhos escuros, seu longo cabelo preto... sua voz, suas mãos em meu peito quando mais precisei dela... — Eu não acredito nessa porra.

— Você é um Hangman agora. Oficializado.

Assenti em concordância.

— É difícil pra caralho. — Passei a mão pelo meu queixo e fechei os olhos com força. — E estou em uma guerra de merda contra o meu irmão... e contra a família da cadela que mais quero na vida. A cadela que amo pra caralho... mas que não vejo há dois anos — suspirei, sentindo a maldita garganta apertar. — Nem sei se ela ainda me quer. — Dei uma risada para disfarçar o nó que ameaçava me suforcar. — Por que ela ainda iria me querer? Ela é perfeita, inteligente, engraçada. Ela é tudo. Eu sou o herdeiro da Klan. Ou ela, provavelmente, ainda pensa que sou. Não chego nem aos pés dela. Ela está melhor sem mim.

Tank se aproximou e deu um beijo na minha cabeça.

— Tann. Eu sei que você não pensa mais que as merdas da Klan são verdade...

— Os outros irmãos pensam que sim — interrompi. — Talvez não a sede, mas você tem que ver como os outros olham para mim.

— Eles que se fodam. — Ele se sentou ao meu lado. — Quando vim pra cá, demorou um tempo até eles se acostumarem comigo. Eles também não confiavam em mim. Mas verão a verdade.

Eu me virei para encarar Tank.

— Não acredito que serei capaz de matá-lo... Se chegar a isso.

— Beau?

Assenti com a cabeça.

— É ele quem está liderando a Klan agora. Ele é quem está vindo atrás de nós. — Respirei fundo. — Porra, Tank. Ele é o único que precisa ser eliminado para realmente foder com a Klan.

Tank apoiou a mão na minha cabeça, mas não disse nada. O que ele poderia dizer? Ele sabia que era verdade. Meu irmão tinha que morrer. Tank se levantou.

— Eu preciso voltar para a *Church*. — Ele me encarou de um jeito estranho. — Você vai ficar bem? Quer ficar comigo e com Beauty por alguns dias? Ficar longe deste lugar?

— Não. Vou entrar em contato com o meu informante na Klan e tentar descobrir que merda está acontecendo.

— Tem certeza?

— Sim. Obrigado.

Tank foi embora, e fui para o meu computador no canto do quarto. Acessei minha caixa de entrada e enviei uma mensagem para Wade.

> Que porra aconteceu hoje?

Tive que esperar apenas alguns minutos até que ele respondesse:

> Estive fora, merda do círculo interno. Acabei de chegar. Não sabia que eles estavam planejando algo. Novo Dragão assumiu a liderança. Ex-fuzileiro naval, sabe das coisas. Vou ficar por aqui

por um tempo, a menos que o seu pai me chame. Vou ficar de
olho e avisar se alguma coisa acontecer. Sei que pisei na bola.
Não vai mais acontecer.

Olhei para o e-mail e me perguntei pela milionésima vez se o cara estava me passando a perna. Porém as informações de Wade haviam sido frequentemente verdadeiras para que eu duvidasse de sua lealdade.

Por fim, escrevi:

Certifique-se disso.

Os Hangmen estavam pagando Wade muito bem em troca de informações. Dinheiro que poderia tirá-lo de lá quando chegasse a hora.

Minhas mãos permaneceram paradas sobre o teclado antes de, finalmente, digitar:

Beau ainda está no comando?

Meu coração batia como um maldito bumbo no peito, enquanto aguardava a resposta.

O filho da puta está determinado a destruir vocês. Nunca pensei
que veria o dia em que Beau falasse mais do que algumas
palavras ou parasse de se esconder. Agora ele é como Hitler
louco no crack...

Fechei os olhos e respirei fundo. Eu também não podia acreditar. Beau era páreo duro. Trazido ao mundo para ser como eu. Impiedoso. Inteligente, mas muito mais reservado. Como segundo na linha de sucessão, ele podia se dar ao luxo de ser assim. Ele era tranquilo; um pensador. Mas tão quieto que você não sabia o que ele estava planejando.

Ele é letal, Tann. Letal pra caralho. O que quer que havia de
adormecido dentro dele todo esse tempo, acordou e enlouqueceu.

Li o e-mail uma e outra vez, até que empurrei a cadeira para trás e comecei a me afastar. Mas enquanto fazia isso, o colar que eu mantinha no bolso da calça jeans cravou na minha coxa. Enfiei a mão no bolso e tirei a cruz dourada. O ouro escurecido mal refletiu a luz. Era velho...

"*Eu quero que você fique com isso, mi amor. Quero você o guarde. Pense em mim. Mesmo quando você duvidar do quanto te amo, olhe para isso e saiba que também estou pensando de você. Também sentindo sua falta...*"

Consegui ficar longe de um programa específico no meu computador por muito tempo. E como um homem em um deserto, desesperado por água, deixei meus dedos se moverem sobre o teclado, então abri a tela. Cerrei a mão em um punho e fechei os olhos. Eu sabia que não deveria pressionar a tecla *"play"*, porém nada me manteria longe dela por mais um minuto.

Então apertei a porra da tecla.

No minuto em que meu olhar focou na tela, meu peito se contraiu e doeu como se eu tivesse levado uma marretada no esterno. Com o coração batendo forte, observei Adelita entrar no campo de visão da câmera. Paralisei assim que ela se virou, com livro na mão, e seu rosto surgiu à vista. Meus lábios se entreabriram e a respiração saiu em um ofego. Adelita sorriu para algo que estava lendo e, mais uma vez, cerrei o punho. Sua cruz dourada apunhalou minha palma, mas dei boas-vindas à dor. Isso era a única coisa que fazia com que eu me sentisse vivo.

Isso, e ela. Sempre ela.

Seu cabelo escuro solto cobria seus ombros, e os grandes olhos castanhos estavam brilhando. Sua pele, seu corpo... era tudo perfeito.

Levantei a mão livre e passei o dedo pela tela, sobre seu rosto. Seus lábios. Aqueles lábios... Eu podia sentir o seu gosto em minha língua, ouvi-la suspirar enquanto eu tomava aquela boca.

— Adelita... — Minha voz soou rouca.

Ela se virou naquele momento, como se pudesse me ouvir; mas não podia. Não nos falávamos há anos; era muito perigoso, muito arriscado para sua segurança. No entanto, isso não significava que ela não possuía meu coração sombrio por todo esse tempo. A cadela tinha meu coração na palma da mão. Ela era a única para mim. Sem ela, eu estava morto por dentro, e é assim que tenho estado por dois anos. Dois longos anos de merda sem tê-la em meus braços. Dois anos sem contato, me perguntando se ela ainda era minha. Mas sabendo, a cada novo dia que passava, que eu não era bom para ela.

Ela não precisava de mim em sua vida.

Nós estávamos em guerra.

HERANÇA SOMBRIA

Ela era linda, e merecia alguém que pudesse lhe dar mais.

Porém, mesmo sabendo disso, eu não podia ficar longe dela. Eu era um idiota egoísta, isso sim.

Não desviei o olhar da tela. Eu não me movi, mesmo quando ela saiu do campo de visão da câmera. Observei a tela escura, procurando por qualquer sinal de movimento até quase o amanhecer... com seu crucifixo de ouro ainda em minha mão.

CAPÍTULO DOIS

ADELITA

México

    O barulho de uma colher batendo em uma taça de champanhe desviou a minha atenção das rosas no centro da mesa. Pisquei e o jardim paisagístico voltou ao foco. Luzes foram colocadas ao redor da varanda, e todos os sócios do meu pai estavam sentados ao redor da mesa comprida e extravagante. Olhei para Diego, que havia se levantado – Diego Medina, o braço direito do meu pai, e o garoto com quem eu tinha crescido.

    Diego sorriu para todos. Ele estava vestido, como sempre, em um terno Armani, a camisa branca contrastando com sua pele. Sua gravata azul-celeste caía perfeitamente sobre o peito. Claro que a minha empregada havia escolhido uma roupa para mim que combinava com a dele – elas sempre faziam isso quando meu pai ordenava. Eu estava usando um vestido Armani de seda azul, comprido até os pés. Meu cabelo caía em ondas soltas às minhas costas. Olhei para a mais nova namorada do meu pai. Ela também estava vestida para combinar com a gravata dele.

    Lutei contra a necessidade de revirar os olhos. Nós, mulheres, estávamos ali como as perfeitas bonequinhas que meu pai havia nos transformado... um fato que me irritava todos os dias. Só que Charley Bennett, minha melhor amiga, estava tão frustrada com esse estilo de vida patriarcal quanto eu. Seu pai era sócio do meu. O senhor Bennett era o distribuidor de cocaína na Califórnia. Eles eram de lá, o que significava que eu não via minha amiga o tanto que gostaria. Ela estava sentada ao meu lado, trajando um vestido rosa claro que combinava com o seu cabelo loiro, olhos cinza e a pele perfeitamente bronzeada.

Enquanto a mesa silenciava, Charley estendeu a mão e sutilmente segurou a minha por baixo da mesa por alguns segundos antes de soltar. Vi seu discreto olhar nervoso. Seus olhos estavam arregalados de pânico. Charley não sabia sobre Tanner, mas sabia que meu pai estava me empurrado para Diego. E ela sabia que eu não o amava e não o queria como nada além de um amigo.

Diego pigarreou e concentrei minha atenção de volta nele. Seus olhos escuros rapidamente se fixaram em mim. Eu congelei, desconfortável, quando ele não desviou o olhar. Diego deu o sorriso que eu tinha visto inúmeras mulheres caírem em suas graças ao longo dos anos. O sorriso que vinha me dando há anos, mas ao qual sempre consegui resistir.

Agarrei a taça de champanhe com mais força, sentindo, de repente, o nervosismo tomar conta do meu corpo.

— Todos que estão nesta mesa me conhecem como o braço direito de Alfonso Quintana. Vocês me conhecem como o homem que morreria por esta família, pelos nossos negócios. — Fez uma pausa, então se virou para me encarar. Dei uma olhada de relance para o meu pai, que já me observava com um pequeno sorriso orgulhoso.

Senti meu sangue borbulhar, enviando uma chama direto ao meu coração, que começou a bater de maneira irregular e frenética assim que percebi o que estava acontecendo... quando me dei conta do que Diego estava prestes a fazer.

— O que muitos de vocês não conhecem é o homem que sou em particular. — Diego inclinou a cabeça para o lado, olhando para mim com adoração. Com carinho. O mesmo olhar possessivo que ele me dedicava desde a infância.

Meu aperto firme na taça de champanhe foi a única coisa que me impediu de desmoronar. De transparecer meu nervosismo e medo. Mas eu era Adelita Quintana. Eu era filha do meu pai e nunca poderia, *nunca iria*, mostrar meu medo a ninguém. Nunca permiti que ninguém visse minha vulnerabilidade... com exceção de um homem...

— O que vocês não viram foram os anos em que passei amando e adorando uma certa mulher. A mulher que conheço desde que éramos crianças. Fomos criados juntos. — Ele riu e balançou a cabeça. — Brincamos juntos... e em todo esse tempo ela nunca me notou. Não até seis meses atrás, quando, finalmente, concordou em jantar comigo depois de milhares de recusas. E então nós nunca mais olhamos para trás.

Apenas nos beijamos algumas vezes, e mesmo assim, cada segundo parecia o pior tipo de tortura. Eu não podia mais escapar do maior desejo de meu pai e da persistência de Diego. Mas quando o beijei pela primeira vez, lembrei do último beijo que ganhei... um que eu ainda podia sentir, gravado em meus lábios como uma marca. A boca que eu ainda podia sentir o gosto. Os braços e corpo forte do homem que pairava acima de mim...

Porém eu precisava fingir. Porque ninguém sabia quem havia roubado meu coração. Ninguém sabia a quem eu entreguei minha alma... até mesmo eu não sabia mais. Nenhum contato por mais de dois anos. Nenhuma palavra. Eu estava vazia por dentro. Morta. Apenas um homem poderia me trazer de volta à vida.

Um homem que eu não tinha certeza se ainda me queria. Um homem a quem eu nunca deveria ter amado e que nunca deveria ter retribuído o mesmo sentimento. Mas nós nos amamos... muito, muito mesmo.

Diego respirou fundo e se dirigiu diretamente a mim. Lutei contra o nó na garganta que se formou só de pensar em Tanner. Em seus olhos azuis e braços tatuados. *Eu amo você, princesa... Nunca se esqueça disso, mesmo quando eu não estiver aqui... Eu sempre vou proteger você... Vou encontrar uma maneira para ficarmos juntos... um dia... não importa quanto tempo leve...*

— Adelita Quintana, eu tenho amado você desde que tinha idade o suficiente para entender o que era o amor. — Diego veio na minha direção, colocando sua taça de champanhe na mesa. Ele enfiou a mão no bolso do terno e tirou uma caixinha de joias. Encarei aquela caixa de veludo preto como se fosse a mesma coisa que destruiria minha alma. Senti os olhos de Charley me queimando, mas eu não conseguia olhar para ela, ou me desfaria em pedaços ali mesmo.

Por fim, concentrei meu olhar em Diego. Ele se ajoelhou, sob as luzes do jardim e com todos os sócios do meu pai nos observando. Meus olhos estavam ardendo com lágrimas, mas não me preocupei com isso; todos aqui diriam que era por conta da emoção do momento. E eles estavam corretos, porém eram lágrimas de tristeza, frustração e medo. Não de felicidade e exaltação. Meu sangue havia congelado, e os lampejos de alegria que eu, ocasionalmente, sentia, desapareceram por completo. Eu não sentia nada além do buraco que se abriu dentro de mim por conta dos dois anos de silêncio e ausência de Tanner.

De joelhos, Diego abriu a caixinha. O enorme diamante cintilou sob as luzes.

— Adelita Quintana, você me daria a honra de se tornar minha esposa?

Perdi o fôlego enquanto assimilava as palavras de Diego. A leve brisa que soprava pareceu congelar, como se Deus tivesse pressionado um botão para pausar o mundo apenas para me manter neste momento. Meu coração bateu em um ritmo que me instruía a recusar. Para me levantar e ir embora, deixando Diego com a aliança que ele orgulhosamente oferecia. Mas bastou um olhar sutil para o meu papai para que eu soubesse que nunca poderia fazer isso. Não poderia envergonhá-lo dessa maneira.

Soltei a taça de champanhe, o único objeto que estava me mantendo sã, me impedindo de desmoronar. E me inclinei para frente, segurando o rosto de Diego entre as mãos. Eu não sabia se ele podia sentir o leve tremor em meu toque. Se notou, não disse nada. Fechei os olhos e me inclinei ainda mais para frente; quando meus lábios encontraram os dele, não senti nada. Nada além de um toque frio e sem graça. Eu não deixaria meu cérebro registrar seu gosto ou seu cheiro. Eu me recusava a deixar qualquer coisa expulsar Tanner do meu coração.

— Sim — sussurrei quando me afastei, disfarçando o tremor em minha voz, escondendo o meu coração partido.

Olhei novamente para meu pai e o vi sorrindo. Ele me deu um aceno secreto com a cabeça. E eu sabia o que aquilo significava: eu tinha me saído bem. Meu pai sabia que eu não queria me casar com Diego; ainda assim, deve ter planejado isso com ele – o filho que ele não tinha. Eu amava meu pai e ele me amava. Ele era minha única família. Eu nunca o contrariei. Mesmo como sua filha, eu nunca ousaria. Não era ingênua sobre os "negócios" da nossa família; na verdade, fiz questão de entender cada faceta do que fazíamos. Éramos um cartel; e o meu pai era o maior chefe de cartel do país. Este noivado... ele não toleraria uma humilhação.

Diego deslizou a aliança no meu dedo anelar da mão esquerda e depois pressionou os lábios aos meus. Os convidados aplaudiram, e meu pai se levantou, dirigindo-se até nós. Ele apertou a mão de Diego.

— Finalmente — disse ele, ao seu braço direito. — O filho que sempre quis vai ser juntar à família sob a bênção de Deus. — Então se virou para mim e me rodeou com seus braços. — Adelita — meu pai sussurrou —, estou tão feliz por você. — Deu um tapinha nas minhas costas, dizendo, sem palavras, que eu não o havia desapontado. Foi um elogio e uma advertência.

Charley enlaçou meu pescoço, aparentando a felicidade que todos esperavam que uma melhor amiga demonstrasse. Mas sua boca cochichou no meu ouvido, de forma que ninguém mais pudesse ouvir:

— Você está bem, Lita?

— Por favor... agora não — implorei em um sussurro, e dei um sorriso forçado ao me afastar de seu abraço. — Estou muito feliz, obrigada, Charley. — Ela desempenhou seu papel com perfeição... mas vi a simpatia que sentia por mim em seus olhos tempestuosos. Assim como eu, ela era filha de um chefe do crime. Ela e eu tínhamos vivido vidas paralelas, e embora morássemos em países diferentes, éramos peças no mesmo jogo.

Era por isso que eu a valorizava como amiga. Mas agora, eu não poderia estar perto dela. Eu tinha que manter as emoções sob controle. Sua preocupação me faria desmoronar.

Fui puxada de abraço em abraço pelos convidados do meu pai. Do lado de fora, eu estava sorrindo, mostrando aos convidados minha nova aliança de diamantes com orgulho. Mas por dentro... por dentro meu sangue, coração e alma choravam.

Diego segurou minha mão, enquanto meu pai se afastava para cumprimentar seus convidados.

— Um casamento rápido — meu pai declarou, em voz alta, e acabou com qualquer fiapo de força que ainda havia dentro de mim. O clima se tornou sério quando ele acrescentou: — Diante dos recentes acontecimentos relativos aos nossos negócios, é melhor que esse casamento seja realizado em breve para evitar quaisquer complicações.

Fechei os olhos e respirei fundo. A guerra. A guerra contra o clube de motociclistas americano, o Hades Hangmen. O cartel Quintana negociava drogas, principalmente cocaína. Pegamos um povoado rural pobre e o transformamos em um império, mas para minha irritação, como mulher, fui mantida longe do funcionamento interno da operação do meu pai.

Era por isso que ele gostava tanto de Diego. O pai dele tinha sido o melhor amigo do meu. Quando ele foi morto a tiros por Faron Valdez, um cartel rival, quando Diego era apenas um menino, meu pai praticamente o adotou. No entanto, ao contrário de Diego, eu nunca tinha participado das reuniões fechadas. Fui relegada ao posto de obra de arte a ser exposta em frente aos moradores e trabalhadores.

HERANÇA SOMBRIA

Eu sabia que estávamos em guerra. Não podia ir a lugar nenhum sem monitoramento e proteção constantes. Eu era um alvo fácil. Eu não conhecia esse clube, mas pelo que Carmen, minha empregada, havia me contado, quando conseguiu algumas informações dos outros empregados, a reputação era muito ruim. Esta não era a primeira vez que estávamos em guerra desde que eu tinha idade suficiente para entender o que aquilo significava. Mas cada vez era mais difícil. Porque pessoas morriam. E eu temia que, um dia, poderia ser meu pai... ou até mesmo eu. Então eu queria saber tudo o que podia sobre o Hades Hangmen – sua hierarquia, estrutura e fraquezas, no caso de um dia não ter mais ninguém para me proteger deles.

Eu queria ser capaz de me proteger.

O jantar mudou de uma reunião de sócios para uma festa de noivado. Eu não poderia ter dito que tipo de comida foi servida ou qual o gosto da sobremesa; eu estava entorpecida, sorrindo e respondendo a perguntas quando questionada, mas, com certeza, meu espírito não estava presente. Meu corpo se encontrava no automático, conforme minha mente tentava encontrar uma maneira para entrar em contato com Tanner. Para dizer a ele que tudo tinha dado errado. Para ver se... Arfei, sedenta por ar, sentindo uma pontada tão agonizante no meu peito que chegou a doer... Para ver se ele ainda me amava. Se ele ainda me queria como eu o queria.

Para dizer que nosso tempo havia se esgotado, caso fôssemos ficar juntos.

E meu coração... meu coração estava se despedaçando, cada milímetro que se partia me obrigava a respirar fundo enquanto a agonia tomava conta do meu corpo todo. Durante todo o tempo em que temia desmoronar, Diego nunca soltou minha mão, levando-a até sua boca para beijar o dorso e os dedos, enquanto conversava com os homens do cartel ao longo do jantar.

Assim como meu pai, Diego não era um homem para se contrariar. Eu tinha ouvido os rumores, e Charley me informou sobre algumas outras coisas. Algumas atividades nas quais se envolveu na Califórnia quando esteve lá para lidar com os "negócios da família". Sobre o que fez com suas amantes anteriores. A dor que eu tinha ouvido falar que ele havia infligido a elas. A brutalidade com a qual as tratava. Diego era um homem agressivo. Comigo sempre agiu com docilidade, mas era temido pelos homens aqui presentes. Até meu pai, devido à idade, queria manter Diego por perto, já que não valia a pena arriscar o contrário.

Se eu fosse honesta comigo mesma... eu também o temia. Temia o que aconteceria se o rejeitasse. Eu nem conseguia pensar sobre isso.

Sempre senti algo instável dentro dele. Sempre o mantive à distância, mas agora estava firmemente presa em seu abraço... e eu precisava encontrar uma maneira de sobreviver à sensação sufocante.

Diego agiu com ousadia ao me pedir em casamento aqui. Foi a sua melhor jogada. Isso era o mais próximo possível que se podia chegar do meu pai. Esse noivado o firmaria em seu lugar. Meu pai não era ingênuo quanto a isso. Ele sabia que Diego sempre me quis. E para garantir a lealdade inabalável de Diego, ele me jogou para os lobos. Eu não sabia como sair dessa situação, como romper esse noivado. Nem mesmo sabia onde Tanner estava. Sabia apenas que meu pai e Diego ainda faziam negócios com a Klan. Mas eles não vieram mais à nossa casa. Todos aqueles meses com Tanner, sendo capaz de tê-lo na minha cama, ao meu lado, haviam ficado para trás.

Senti meu sangue gelar quando pensei no inevitável. O dia em que a Klan e o cartel entrariam em guerra um contra o outro. Este acordo que eles tinham não duraria muito – não podia durar muito. *O inimigo do meu inimigo é meu amigo.*

Uma vez que os Hangmen fossem eliminados, e quando o acordo que tinham se encerrasse... a guerra despontaria. Seria cartel contra Klan. Uma briga para se tornar o poder mais forte no submundo do crime. Meu estômago embrulhou com esse pensamento. Saber que o homem que eu amava e minha família, as únicas pessoas que me importavam neste mundo, iriam querer matar um ao outro.

— Deixe-me acompanhá-la até sua suíte — Diego disse, ao se levantar da mesa. Ele me deu a mão e eu o deixei me guiar. Meu pai beijou minha mão livre quando passei por ele. Sorri, mas apenas para manter as aparências.

Conforme nos aproximávamos do meu quarto, na propriedade do meu pai, a pressão da mão de Diego aumentou. Ele nos apressou através dos corredores, passando pelos seguranças postados ao longo do caminho para nossa proteção. Quando entramos na minha suíte, Diego me girou e me empurrou contra a parede. Meu coração disparou na mesma hora. Ele umedeceu os lábios, os olhos arregalados. Então agarrou meus pulsos e lentamente ergueu meus braços acima da minha cabeça. Ele se aproximou dos meus lábios, mas virei a cabeça no último minuto.

— Diego — sussurrei, fechando os olhos, tentando respirar. — Ainda não...

Diego encostou a testa à minha e pressionou seu corpo contra o meu; seu perfume tomou conta do ar ao redor e pude sentir o cheiro do vinho tinto em seu hálito. Ele tinha bebido bastante.

— Adelita — murmurou, frustrado. — *Cariño*... — Estremeci com o termo carinhoso. Eu não queria ser seu *cariño*. Não queria ser coisa alguma para ele. Diego afastou uma de suas mãos de meus pulsos e a deslizou pelo meu cabelo, sobre minha bochecha, até chegar ao meu peito. Gemi quando tocou meu seio.

— Diego...

— Shh... — Sua mão apertou meu seio em um agarre firme e doloroso.

— Você está me machucando.

Ele sorriu, e não era o tipo de sorriso que já havia me dado antes. Sua atenção em mim sempre foi doce, cativante... Este sorriso era frio e cruel. O álcool, claramente, assumiu o controle do homem perigoso dentro de Diego. Ele soltou meu seio, mas então sua mão começou a descer ainda mais. Minhas coxas se fecharam quando seus dedos passaram sobre elas. Porém era inútil tentar impedi-lo. Ele era maior e mais forte do que eu. Diego era o homem mais determinado que já conheci.

— Você é provocadora, *cariño*. Sempre foi. — Balancei a cabeça, mas ele me calou novamente, com um sussurro áspero e agudo. — Um rosto feito por Deus para atormentar aqueles que andam com o diabo. — Sua mão tocou a carne entre minhas pernas.

Soltei um ofego assustado e tentei afastá-lo, mas ele não se moveu. Prendi a respiração à medida que seus dedos deslizavam ao longo da minha calcinha. Senti a masculinidade rígida de Diego contra a minha perna. Meu lábio inferior começou a tremer de raiva. Mas eu não choraria. Não o deixaria me ver chorar. Homens como Diego ficavam com tesão ao ver mulheres chorando.

Diego beijou meu pescoço e minha bochecha.

— Mas gosto de saber que você nunca tenha sido tocada. Gosto de você ser virgem, e que serei o único a entrar na sua boceta para sempre — ele gemeu. — O primeiro *e* o último.

Arfei, chocada. Parei de respirar para que ele não pudesse notar minha reação. Para não se dar conta de que seu toque me enojava. Fechei os olhos quando ele deslizou a mão sob a minha calcinha. Eu precisava excluí-lo da minha cabeça. Para me afastar deste momento.

Apenas um rosto veio à minha mente, levando-me de volta àquele primeiro dia...

TILLIE COLE

— Pai?

— Adelita, é você? Venha aqui, princesa.

Entrei em seu escritório. Eu tinha acabado de voltar depois de ter ido às compras com Carmen e queria lhe mostrar a gravata que comprei para que ele pudesse usar com seu novo terno. Mas quando entrei na sala, um homem estranho estava sentado à mesa com meu pai. Isso não era novidade, sempre havia homens entrando e saindo da propriedade.

— Não sabia que você tinha companhia. Vou deixá-los a sós. — Virei de uma vez e me choquei contra alguém atrás de mim. Mãos fortes me firmaram, então imediatamente me soltaram. Quando olhei para cima, o maior homem que eu já tinha visto na vida estava diante de mim, usando uma camiseta branca que se agarrava ao corpo musculoso e calça jeans com botas pretas. Ele tinha tatuagens por toda a pele e a cabeça raspada. As tatuagens subiam até seu pescoço. Levei um minuto para me dar conta do que se tratavam os desenhos, mas sua simbologia rapidamente se tornou aparente.

Tatuagens nazistas.

Um olhar severo de superioridade cintilou em seu rosto. Ele cruzou os braços sobre o peito enquanto olhava para baixo, para mim.

— Adelita? — A voz do meu pai me fez virar. — Eles são nossos convidados. Ficarão instalados nos aposentos de hóspedes enquanto fechamos alguns negócios ao longo dos próximos meses. Espero que seja cortês com eles em sua estadia em nossa casa.

Minha pele arrepiou ao sentir a atenção dos olhos do homem atrás de mim.

— Estes são William e Tanner Ayers. Pai e filho, do Texas. — Ouvi o tom na voz do meu pai. Eles estavam aqui a negócios, mas ele não confiava neles.

Se estavam nos aposentos de hóspedes e não em um hotel aqui por perto, era para que os homens de meu pai pudessem ficar de olho neles, não porque meu pai tivesse uma necessidade repentina de bancar o anfitrião. Eles eram da Ku Klux Klan. Eu tinha lido o nome no braço de Tanner. O motivo da desconfiança de meu pai era óbvio; a Klan e os nazistas odiavam qualquer um que não fosse branco.

— Você deve mostrar os arredores para Tanner, em seguida, enquanto seu pai e eu conversamos sobre negócios.

Meus olhos se arregalaram.

— O Diego não pode...?

— Diego ficará fora por um tempo, durante a maior parte da estadia dos nossos convidados. Ele estará de volta mais tarde.

Cuidando dos "negócios de família", certeza. Algo sobre o qual eu não tinha permissão de saber nada.

Uma advertência brilhou nos olhos do meu pai.

HERANÇA SOMBRIA

— Claro, será um prazer — eu disse, e dei ao señor Ayers um sorriso forçado. *Virei, e fui imediatamente capturada pelo olhar duro e cristalino de Tanner de Ayers. Eu podia quase ver a instantânea antipatia por mim emanando dele em ondas.*

Tanner Ayers... O Príncipe Branco da Ku Klux Klan. E eu, Adelita Quintana, a princesa do cartel Quintana... isso seria interessante...

— Você vai ser tão apertada. — Diego ofegou, afastando a memória daquele encontro predestinado. — E nós vamos estar casados em breve... — Arfou, excitado. — Vou poder ver você sangrar por mim, *cariño*.

Por um momento, deixei uma fagulha de medo me dominar. Porque ele não veria seu desejo realizado. Eu já tinha me entregado a um homem – apenas um. Diego nunca poderia descobrir isso.

De repente, ele parou, afastou a mão dentre minhas pernas e, em seguida, bateu a mão na parede acima de mim.

— Mas ainda não — ele disse, com firmeza. — Por mais que me frustre não estar dentro de você, vou esperar até que estejamos casados. Quero que isso seja do jeito certo, com você. — Sua mão desceu para a minha bochecha e a acariciou suavemente. — Tenho te desejado por muito tempo para não tomar você do jeito que sempre quis.

Diego esmagou sua boca na minha, em um beijo tão brutal que poderia me deixar com hematomas. Ele se afastou rapidamente, então se virou e foi para a porta.

— Se eu não for embora agora, vou foder você, *cariño*. Vou te levar para a sua cama e eu vou te foder contra aquele colchão. — Ele deu um sorriso divertido. — E por mais que ele me ame, tenho certeza de que seu pai me mataria por deflorar sua menininha antes do casamento. Ele se esforçou muito para mantê-la pura.

Diego saiu, fechando a porta com força excessiva. Escutei vinte e seis passos ecoando sobre o piso de mármore do corredor antes de eu sequer ousar respirar. Fechei os olhos, mas não consegui apagar a sensação de seu toque contra o meu corpo, seu perfume no meu nariz, ou o gosto de sua boca na minha. Corri para o banheiro, e escovei os dentes com tanta força que a água ficou vermelha com o sangue de minhas gengivas.

Fechando a torneira, me olhei no espelho. Meu delineador – que sempre garanti que estivesse perfeito – estava borrado. Assim como o batom vermelho em meus lábios.

Eu olhava para a mulher diante de mim. A mulher que estava há dois anos sem o homem a quem amava. A mulher que não parecia mais como a garota inocente por quem Tanner Ayers se apaixonara. A mulher que não era aquela garota. Só de pensar em Tanner, senti o estômago embrulhar. Pensar em como seus olhos azuis me aqueciam quando estavam focados em mim. De como ele nunca sorria para ninguém, mas que para mim, sim, mesmo que por uma fração de segundo.

Lavei meu rosto até que não sobrou nada de maquiagem. Pisquei enquanto encarava meu reflexo no espelho novamente... e então deixei as lágrimas caírem. Meus ombros tremeram conforme elas deslizavam sem controle, os soluços atormentando meu corpo e afrouxando meu controle sobre a compostura que mantive com tanto esforço. Virei a cabeça, desviando o olhar do meu reflexo. Eu não me veria chorar. Não cederia. Eu tinha conseguido me segurar até aqui. Eu poderia ir mais longe... poderia... poderia... Eu *deveria...*

Inlcinei-me, agarrando a pia de porcelana até que todas as lágrimas dentro de mim tivessem sido derramadas. Ouvi o som de passos tarde demais para me recompor. De repente, meu pai surgiu à porta. Respirando fundo, endireitei a postura e olhei bem dentro de seus olhos, esperando que ele falasse alguma coisa. Seu terno estava impecável, como sempre, não havia uma única ruga no tecido. Nem um fio de cabelo fora do lugar.

— Princesa — ele disse, em voz baixa. Sua cabeça inclinou para o lado em simpatia, bem, com a parcela de simpatia que ele sentiria por mim nesta situação.

— Estou bem. — Limpei as lágrimas e pigarreei. Aprumei os ombros e inspirei profundamente.

Meu pai assentiu com a cabeça e gesticulou para que o seguisse até a área de estar da minha suíte. Sentei-me na poltrona diante dele, alisando a seda do meu vestido, e em seguida, levantando a cabeça. Meu pai se recostou, relaxado, porém me observando com atenção.

— Você poderia acabar com algo pior do que Diego, princesa. — Meu pai entrelaçou as mãos e as apoiou em seu colo.

HERANÇA SOMBRIA

— Eu não o amo — afirmei, tentando ao máximo não perder a compostura.

Meu pai não gostava, em suas palavras, de mulheres histéricas. Mulheres que permitiam que as emoções comandassem suas ações. Era por isso que ele não tinha nenhuma mulher trabalhando para ele. Porque – por mais que ele me amasse – ele nunca realmente se abriu para mim.

Bastava dizer que meu pai acreditava que mulheres deveriam conhecer os seus lugares – abaixo dos homens.

Meu pai ergueu as mãos, mas lá estava, o lampejo de dor que sempre surgia em seus olhos escuros quando eu mencionava a palavra amor. Minha mãe morreu durante o parto, e sua morte o deixou devastado. Carmen me contou que quando minha mãe estava viva, os homens ao seu redor diziam que ele era feliz. Implacável, mas feliz com minha mãe. Quando ela morreu, disseram que a bondade e a simpatia que ele possuía morreram também. Só eu, sua filha, tinha vislumbres do homem que ele uma vez tinha sido. Era por isso que nunca poderia odiá-lo pela maneira como ele, às vezes, me tratava. Eu era a razão pela qual minha mãe foi tirada dele. Eu era a razão de seu sofrimento.

Eu era a única família que ele possuía.

Nunca cheguei a ver uma foto da minha mãe. Foi muito difícil para meu pai mantê-las por perto. Eu não queria causar sofrimento a ele, então aprendi rapidamente, quando criança, a não pedir para ver uma foto dela. Embora Carmen tenha dito que ela era a mulher mais bonita que já tinha visto. Longo cabelo escuro, profundos olhos da cor do chocolate, linda e forte. Ela me disse que eu me parecia somente com minha mãe.

— O que o amor tem a ver com isso? — Meu pai disse, e o último lampejo de esperança de que ele daria fim a esse noivado desvaneceu do meu coração. Meu pai olhou pela janela, a mente vagando para fora deste quarto e para outro lugar. — É melhor não amar demais, princesa.

Senti a parte inferior do meu lábio tremer com a dor que ele estava sentindo. A sua, e a minha. Porque havia verdade em suas palavras. O amor que eu sentia por Tanner... Às vezes, nos meus momentos mais sombrios, eu me perguntava se este nível de amor, esse sentimento de posse destruidor de alma, valia a pena toda a dor e sofrimento.

Era como ser amarrado no chão por uma corda inflexível, quando tudo que você queria fazer era se deixar ir e flutuar para longe.

Meu pai pigarreou e me deu um sorriso automático. Então estendeu a mão sobre a mesa para segurar a minha, seu polegar deslizando sobre o anel que Diego havia colocado no meu dedo apenas algumas horas atrás.

— Ele é um bom homem. Forte. Um líder. E vai cuidar de você quando eu não estiver mais aqui para fazer isso. — Baixei o olhar, tentando controlar a raiva. Eu não precisava de um homem para cuidar de mim. — Ele te amou desde que você nasceu, princesa. — Meu pai balançou a cabeça com ternura. — Eu me lembro do dia em que ele te viu pela primeira vez. Diego estava apaixonado. Veio aqui para te ver todos os dias desde então. Ele a seguia o tempo todo, escutando cada palavra que você dizia. — Deu um pequeno sorriso e me forcei a fazer o mesmo.

Ele deu um tapinha na minha mão.

— Você pode não amá-lo ainda, Adelita. Mas o amará. — Ele se levantou e beijou minha cabeça. — Você é uma boa filha. Forte. Inocente, e conhece o seu dever. — Entendi o que ele quis dizer nas entrelinhas. *Você se casará com Diego, independente da sua falta de sentimentos em relação a ele. Minha palavra é lei.* — O casamento será realizado em três semanas.

O choque me deixou sem palavras. Eu estava paralisada, incapaz de me mover enquanto meu pai saía da minha suíte.

Carmen entrou segundos depois.

— Adelita — murmurou, baixinho. Fiquei de pé antes de ela se aproximar de mim. Eu não podia permitir que me tocasse. Não poderia deixar que me consolasse. Eu iria desmoronar...

— Vou ver o padre Reyes para me confessar. — Corri para o meu armário e me troquei.

Passei por Carmen sem falar mais nada e fui para a parte da frente da *hacienda*[1]. Um carro já estava à minha espera; Carmen deve ter avisado.

— Igreja de Santa Maria — instruí o motorista. Ele começou a dirigir e eu puxei meu lenço sobre o rosto para impedi-lo de ver as lágrimas. Passamos pelas ruas e muitas lembranças se atropelaram na minha mente ao mesmo tempo. Eu não podia mais ver meu lar sem ver Tanner. Já não conseguia respirar sem respirar Tanner. Não podia mais sangrar sem sangrar por Tanner.

Cada batida do meu coração, também era dele.

Quando paramos na pequena capela, deixei o motorista abrir a porta e me escoltar para dentro. As velas ainda estavam acesas, iluminando o ambiente escuro. Toquei as antigas paredes de pedra e sorri. Eu sempre me sentia mais segura aqui. Em paz.

---

1 Hacienda (espanhol) – fazenda.

HERANÇA SOMBRIA

Livre.

Deixei que as velas alinhadas me guiassem ao longo do corredor e pelas escadas até o local que eu sabia que Luis estaria. Como sempre, ele estava curvado sobre seus livros.

— Adelita? — Eu o sobressaltei. Ele olhou para o relógio na parede. — Você veio tarde.

Verifiquei se o motorista havia permanecido na porta principal. Quando me virei para Luis, meu único amigo de verdade que me restara aqui no México, desde a infância, deixei meus olhos se encherem de lágrimas e levantei a mão, mostrando o anel. Seu rosto empalideceu um pouco e o olhar se compadeceu.

— Adelita — sussurrou. Balancei a cabeça, inconsolável. Luis era a uma pessoa com quem eu podia baixar a guarda. A única pessoa que realmente conhecia o meu verdadeiro eu, e...

— Tanner — sussurrei, e minha voz travou em uma respiração dolorida. — Luis... e o Tanner?

Luis se apressou em minha direção e me abraçou. Chorei em seu ombro, ouvindo-o trancar a porta atrás de nós. Ele me deixou chorar até minhas pernas fraquejarem e toda a energia ter sido drenada do meu corpo.

Nós nos sentamos em seu pequeno sofá. Ele segurou minha mão, assim como havia feito, anos atrás, quando eu tinha me apaixonado pelo príncipe da Ku Klux Klan... quando Tanner teve que me deixar... e nos meses seguintes, que se tornaram anos sem que tivesse notícias dele. Quando ele não voltou.

— Diego sempre foi determinado — Luis, finalmente, disse. Ele suspirou e me encarou; eu sabia que minha expressão demonstrava todo o meu cansaço e abatimento. Luis apertou minha mão com mais força. — Quando?

— Três semanas — informei, minha voz rouca pela tristeza. Dei uma risada desprovida de humor. — Tenho certeza de que você será avisado pela manhã.

Luis era o padre que minha família usava – que todo o cartel usava. Meu pai o tinha ajudado a alcançar seu objetivo de se tornar um padre – claro, ter alguém leal e com ligação com a família, era algo ao nosso favor. Mas Luis também era meu amigo. E a única pessoa que sabia sobre mim e Tanner. Eu tinha contado a ele em confissão.

Luis assentiu com a cabeça.

— E você ainda não teve notícias de Tanner?

— Não.

Ele passou a mão sobre seu rosto.

— Eu... não sei como impedir isso por você, Lita. Não tenho ideia de como deter isso.

— Recuse... — eu disse, brincando, mas desejando que pudesse ser verdade. — Recuse-se a nos casar.

Ele se encostou em mim.

— Quem me dera poder fazer isso.

— Eu o amo — eu disse. O único outro som no ambiente além de nossas respirações era o do pequeno relógio na parede. — Eu ainda o amo, Luis. Muito. — Fechei os olhos com força. — Eu queria poder deixar de amá-lo, mas não sei como. — Minha visão ficou turva com as lágrimas. — Só queria poder vê-lo. Queria poder falar com ele. Segurar sua mão... ver como ele está agora. — Sorri. — Se ele tem mais tatuagens, se deixou o cabelo crescer. — Meu peito doeu com a dor de sua ausência. — Se ele parece mais velho... se ainda raramente sorri...

— Lita...

— Eu sei que é inútil, Luis. Sei que terei que me casar com Diego, sei da vida para a qual estou destinada. — Eu o encarei. — Eu só queria desabafar com alguém que soubesse sobre nós. — Olhei para a poltrona ao meu lado. Eu poderia ver o fantasma de Tanner sentado ali, sua mão segurando a minha. A imagem era tão clara que poderia ser real. As lembranças se desvanecem com o tempo, mas não as minhas memórias de Tanner. Elas eram vibrantes e ricas em cores. Tão vívidas como ele era em meu coração.

— Sempre foi um amor condenado, Lita — Luis disse. Eu sabia que ele não estava sendo duro, apenas verdadeiro. — O herdeiro da Ku Klux Klan e a princesa do cartel Quintana. Vocês nunca deveriam ter se apaixonado.

— Eu me apaixonei pela alma dele, Luis. Não pela cor de sua pele ou a família na qual foi criado. E ele se apaixonou pela minha. — Dei um longo suspiro. — Em um mundo perfeito, nós estaríamos juntos.

— Lita, nós dois sabemos que esta vida, a vida à qual pertencemos... está longe de ser perfeita. O mundo dele... — Luis fez uma pausa, aparentemente procurando por palavras. — Quero dizer, ele não gostou de você no início, só pelo fato de você ser mexicana. Ele *realmente* não gostava de você, Adelita.

— Eu sei. — Era verdade, mas o ódio acabou se transformando em amor.

HERANÇA SOMBRIA

— Já se passaram mais de dois anos, Lita... — A voz de Luis ecoou pela saleta. — Ele não voltou...

— Não é seguro — tentei argumentar, mas senti os lampejos de dúvidas cimentarem em minha mente.

— Nenhuma palavra, Lita. A Klan e sua família ainda são próximas como nunca. E agora estão lutando juntas em uma guerra.

— Não consigo descobrir nada. — Pensei em todas as vezes que tentei ouvir as reuniões de meu pai com os representantes da Klan. Das vezes em que ouvi Diego ao telefone. Implorei ao meu pai para me deixar participar, mas não adiantou. Limpei uma lágrima que havia deslizado do meu olho. — Mas ele nunca é mencionado.

— Talvez ele tenha seguido em frente...

— Nós fizemos uma promessa. — Minhas palavras eram de aço. — Nós fizemos um voto um para o outro. Não vou abrir mão disso. Não vou... *não posso*.

— Isso foi há dois anos, Lita. Nesta vida, a vida em que você vive, a que *ele* vive, isso é muito tempo.

Eu sabia que Luis estava sendo sensato. Mas a ideia de nunca mais ver Tanner novamente... de ele nunca mais segurar minha mão e beijar minha boca, nunca mais tê-lo acima de mim, fazendo amor comigo... Ele dentro de mim...

— Não sei como viver esta vida sem a esperança dele em meu coração. Da esperança por nós, da esperança do que, juntos, poderíamos ser.

A cada dia que passava nesses dois anos, a brilhante luz da esperança havia diminuído até se tornar um pontinho distante de luz no universo. Não houve nenhuma palavra. Nenhum esforço para estar ao meu lado.

Ele não tinha voltado para mim, como havia prometido.

— Lita, odeio dizer isso, mas... Acho que está na hora de você seguir em frente. — Eu me encolhi como se ele tivesse me batido. A mão de Luis agarrou a minha com mais força. — Me escute, Lita. Você merece ser feliz.

— Nunca poderei ser feliz com Diego. — Minha voz estava sólida como uma rocha com a convicção daquele fato.

— Você também não está feliz esperando por Tanner. — Luis parou por um tenso segundo e depois disse: — Você não vive, Lita; você *existe*. Isso não é vida — ele suspirou. — Ele pode ter seguido em frente, pode ter encontrado outra pessoa. Alguém que não seja contra tudo o que é, tudo para o qual foi criado para ser. — Ele esfregou a cabeça como se estivesse com enxaqueca. — Ele é o herdeiro da Klan do Texas. Você é filha do Quintana. Como o amor de vocês poderia dar certo? Ele não pode ter você em seu mundo. E você certamente não pode tê-lo no seu. Seu pai iria matá-lo.

Minha mão livre se moveu sobre o meu peito, esfregando o repentino nó que dificultava minha respiração. Encarei a mão de Luis na minha. A pele mais escura; a prova da nossa herança. Minha pele era um pouco mais clara do que a sua, mas estava lá. A cor de uma latina. Nós éramos mexicanos. Eu me perguntei se Tanner segurou a mão de outra mulher, desde que deixou a minha cama. Perguntei-me se ele segurou uma mão que combinava com a sua pele pálida. Que combinava com o sangue que corria densamente em suas veias...

Gostaria de saber se ele, ao menos uma vez, pensou em nossos dedos entrelaçados, de tons mistos, como algo repulsivo.

Será que ele me via como um momento de fraqueza? Será que via nosso amor como uma traição à sua raça?

Tal pensamento fez minha alma chorar. Porque eu nunca poderia vê-lo de tal maneira.

— Ver você assim, tão devastada, esperançosa, mas ao mesmo tempo completamente atormentada, me deixa feliz por ter escolhido me casar com a igreja. Sempre observei que o amor pode tanto destruir quanto curar. Tudo depende da sorte e das circunstâncias. — Luis não riu; ele não estava fazendo uma piada. Ele estava falando sério.

Pensei que ele tinha razão. Esta dor que vivia dentro de mim, o lado obscuro do amor que se espalhou como um câncer dentro de cada célula do meu corpo, às vezes, tornava impossível respirar.

Nada foi dito depois disso. Apenas fiquei sentada em silêncio com meu amigo, consolada por estar na companhia de alguém que sabia que era Tanner Ayers a quem eu amava e guardava em meu coração. Mesmo que não fosse mais recíproco. Com Luis não havia nenhuma necessidade de esconder isso. Eu estava tão cansada de me esconder.

Quando cheguei em casa, rastejei de volta para a minha cama. Mas por mais pesadas que minhas pálpebras estivessem, o sono não me encontrou. Ouvi os passos dos homens do meu pai patrulhando do lado de fora da janela. Ouvi os grilos cantando sua canção noturna.

Virando para o lado, olhei para a caixa que eu mantinha trancada. Eu a encarava, me segurando para não abri-la. Não havia me permitido abri-la em mais de um ano. No entanto, esta noite, com as palavras de Luis martelando em minha mente, não pude resistir. Eu me inclinei para o lado e a abri, deparando com o pequeno pedaço de tecido branco. Engoli em seco e, gentilmente, o peguei. Senti os dedos trêmulos quando coloquei o item tão simbólico na palma da minha mão. O pedaço de tecido rasgado da camiseta parecia tão pesado quanto o ouro mais precioso em minha mão.

Fechei os olhos e parecia que ainda podia sentir Tanner em cima de mim. Senti sua mão áspera segurar a minha. Abrindo os olhos, tirei o anel extravagante que Diego havia colocado no meu dedo e o larguei no edredom. Então deslizei o pequeno anel improvisado que Tanner havia feito para mim anos atrás. Observando-o no meu dedo, para mim, as bordas desfiadas do algodão eram tão impressionantes quanto diamantes. Fechando os dedos, ergui a mão e recostei ao meu nariz, inspirando fundo. Enquanto as leves notas do perfume de Tanner flutuavam em minhas narinas, de repente, não importava quanto tempo havia passado desde que eu o tinha visto. Neste momento, ele estava aqui ao meu lado. E no meu coração, ele ocupava todos os pedaços possíveis.

Mantive os olhos fechados, precisando mantê-lo comigo apenas mais um pouco. Mas, em algum momento, tive que aceitar que não estava. Respirando fundo, ignorando a fissura profunda que rachava meu coração, cuidadosamente removi o anel de algodão e o coloquei de volta no lugar. Fechei a tampa, mas, mesmo assim, minutos mais tarde, eu ainda encarava a caixa. Sem conseguir dormir, passei os dedos sobre o travesseiro que agora só via como de Tanner. Se eu fechasse os olhos, ainda podia sentir seu calor.

Mas sentindo-o se afastar de mim tão rápido como grãos de areia escapando entre meus dedos, eu precisava mantê-lo perto de mim. Precisava que estivesse vivo em minha mente.

Deitada de costas na cama, repeti a história que mantinha em meu coração – a nossa história. E revivi cada momento, os bons, os maus, e os impossíveis, os tragicamente belos...

— Adela, preciso que você mostre os arredores para Tanner.

Meu coração começou a bater forte quando compreendi o que meu pai pedira.

— Você não pode estar falando sério — sussurrei, me certificando de que não havia ninguém por perto. — Eles são da Klan, pai. Eles nos odeiam só por causa da cor da nossa pele. Não quero desperdiçar meu tempo com homens assim. Com alguém assim.

Meu pai se aproximou.

— Nós precisamos deles para negócios, Adela. Nada mais do que isso. — Sua mão tocou meu ombro. — Não precisamos gostar uns dos outros para fazermos negócios. Juntos podemos fazer um monte de dinheiro. Isso é tudo.

— Por que eu?

— Diego está fora e preciso que o filho seja distraído. Não tenho tempo para imaginar o que fazer com o herdeiro enquanto o pai dele e eu estamos conversando sobre negócios. Quero um contrato rápido e garantido. William Ayers trouxe o filho como proteção, como uma testemunha para que soubéssemos disso. Mas, por qualquer motivo, ele quer Tanner excluído deste acordo... não é algo que eu faria com o meu segundo no comando, porém cada um sabe dos seus. Ele quer manter para si mesmo a natureza de nosso acordo. — Meu pai deu de ombros. — Não me importo com o porquê. Eu apenas quero fazer isso logo.

— Você nunca me envolve nos negócios — fiz questão de pronunciar claramente cada palavra. Ele sabia que eu estava chateada com isso.

Meu pai apertou meu ombro com mais força; me certifiquei de não estremecer.

— Não há ninguém mais para distraí-lo. Este negócio é muito importante, e, portanto, não colocarei qualquer um de olho no herdeiro. E de qualquer maneira, ele não vai aceitar nenhum dos meus homens; vai ver isso como uma agressão de nossa parte. Um insulto à sua brancura. — Meu pai balançou a mão com desdém. — Vou jogar com a ideologia dele desta vez. Eu realmente não me importo se ele pensa que somos ratos ou qualquer rótulo depreciativo que os nazistas tenham para nós, mexicanos. Eu confio em você. Você é uma garota boa, inteligente e não será afetada pela desaprovação dele. Você sabe como jogar este jogo. — Meu pai beijou minha bochecha. — Você é minha filha. E vai fazer isso por mim. — Sorriu. — Pelos negócios.

Cerrei os dentes, irritada, mas assenti.

— Quanto tempo eles vão ficar aqui?

— Pelo tempo que for necessário. — Ele voltou para seu escritório, fechando a porta com força.

Deixei meu corpo desabar sobre uma cadeira. Minutos se passaram, então avistei Tanner, pela janela, andando lá fora. Ele usava calça jeans, botas e uma camiseta branca.

HERANÇA SOMBRIA

Ele era enorme, alto, os braços e pescoço e musculosos envoltos em tatuagens pretas. Seus olhos azuis se mostravam inquietos enquanto ele se inclinava contra a parede e acendia um cigarro.

Minhas mãos agarravam a cadeira com tanta força a ponto de doer quando, finalmente, me levantei. Passando a mão pelo meu longo cabelo escuro, saí do corredor em direção ao pátio. Os olhos de Tanner imediatamente se fixaram em mim, no meu vestido floral vermelho de verão. Seus olhos se estreitaram quando olhou para mim.

A expressão de superioridade em seu rosto fez meu corpo inflamar de raiva – queixo erguido e mandíbula cerrada. A maneira como ele se posicionava como se estivesse acima de todos nesta hacienda *fez meu sangue ferver. Ele estava em território Quintana. Nós não éramos pessoas a quem se olhava de cima. Eu não era alguém para ser olhada dessa maneira. Também inclinando meu queixo com altivez, andei confiante em sua direção, parando diante dele. Tanner tirou o cigarro da boca e soprou a fumaça na minha direção.*

— Você tem um para mim? — Carreguei no meu sotaque enquanto as palavras em inglês deslizavam pela língua.

Os olhos de Tanner focaram em meus lábios. Meu batom era vermelho escarlate. Quando seu olhar não se afastou da minha boca, passei a língua sobre meus lábios. Tanner afastou o olhar, e sua mandíbula tensionou de tal forma que eu temia que pudesse quebrar.

Olhando por cima da minha cabeça, o Príncipe Branco tirou um maço de cigarro do bolso da calça jeans. Ele agitou o pacote, fazendo aparecer um cigarro pela abertura. Peguei o cigarro e o levei aos lábios.

— Fogo?

Tanner exalou rapidamente pelo nariz, mas ainda não tinha falado nada. Eu nem tinha certeza se ele era capaz disso, já que o cara tinha ficado em silêncio nas duas vezes que o encontrei. Ele pegou um isqueiro e me inclinei para perto da chama. Conforme me aproximei, senti o corpo de Tanner retesar como se ele fosse uma estátua.

Eu imaginava os xingamentos que ele deveria estar destilando para mim em sua cabeça. Mas me surpreendendo, avistei um ligeiro lampejo ardente em seus olhos enquanto ele me observava dar a primeira tragada no cigarro.

Com isso, eu sabia que poderia lidar.

— Então... — eu disse, enquanto Tanner evitava meu olhar, ocupando-se em colocar o maço de volta no bolso. — Meu pai quer que eu lhe mostre tudo, fazer companhia para você enquanto nossos pais conversam sobre os negócios.

Tanner se inclinou novamente contra a parede de pedra. Seus olhos percorriam ao longo do telhado, para os homens que meu pai mantinha por perto o tempo todo para nos proteger. Homens fortemente armados. Segui a direção do seu olhar.

— São homens do meu pai. Eles não vão nos incomodar, desde que você saiba se comportar ao redor de, sabe, mexicanos. — Dei um tapinha em seu peito largo, os músculos duros como granito sob a minha palma. Tanner levantou a mão e agarrou meu pulso. Arfei, chocada com seu aperto de ferro.

Tanner se aproximou, para que somente eu o ouvisse falar:

— Não sei qual é a porra do seu jogo, cadela, mas mantenha as mãos longe de mim. — Ele chegou ainda mais perto. — Posso seguir as ordens do meu pai e aceitar essa merda de estar preso a você enquanto estou aqui, mas não pense nem por um segundo que você vai me afetar.

Tanner soltou meu pulso e, como se nada tivesse acontecido, voltou a fumar seu cigarro. Meu coração estava batendo forte no peito; porém eu era filha de Alfonso Quintana. E não seria abalada por este idiota.

Aproximando-me dele novamente, mostrando que não era uma mulher que ele podia acovardar, eu disse:

— Como você, estou aqui porque meu pai me pediu para estar. — Levantei a mão e deslizei o dedo pela parte da frente de sua camiseta. Eu podia ouvir sua respiração tensa. — Mas todos nós devemos cumprir nossos deveres, Tanner Ayers. — Olhei para trás, para os muitos seguranças parados ao redor do pátio. Em seguida, olhei para Vincente, meu segurança pessoal e melhor amigo de Diego. Seus olhos estavam em mim, me mantendo segura. Ele estava me observando na ausência de Diego, que tinha um hábito de ser superprotetor para comigo.

Sorri, ciente de que do local onde estava, Vincente não poderia saber que eu estava tocando Tanner, ou que ele havia me tocado. Encarei Tanner novamente, fingindo que estávamos conversando.

— É bom se lembrar que você está no meu *país*, na minha *casa*. — Sorri e vi como seus olhos voltaram a focar em meus lábios. Quando o olhar furioso voltou a encontrar os meus, eu disse, baixinho: — Aqui, eu sou a princesa, Príncipe Branco. Este é o meu povo, e ninguém vai tolerar que você pise fora da linha. Nem eu.

Retrocedi um passo e dei outra tragada no cigarro. Depois de soprar a fumaça em seu rosto e jogar a bituca manchada de batom no chão, eu disse:

— Vamos, Príncipe Branco. Vou lhe dar o grande tour pela propriedade Quintana.

Eu podia ouvir seus relutantes passos soando atrás de mim. E também podia ouvir meu batimento cardíaco ecoando alto em meus ouvidos.

Meu coração estava batendo rápido demais.

CAPÍTULO TRÊS

TANNER

    — Não ferre com tudo. Precisamos deste acordo. Se quisermos ver o futuro pelo qual trabalhamos todos esses anos se tornar realidade, precisamos de dinheiro. E muito. Este acordo com Quintana pode nos dar isso. Faça o que ele diz quando estiver lá. E não se atreva a me ferrar.

    As palavras do meu pai continuavam em minha cabeça enquanto Adelita Quintana caminhava à minha frente pelos jardins. Segurei meu cigarro com tanta força que acabei esmigalhando o tabaco na mão. Curvando o lábio, eu o joguei no chão. Quando Adelita virou por um corredor, sorrindo abertamente para algum segurança de terno que eu poderia facilmente partir ao meio, me forcei a me acalmar. Como se ela tivesse me tocado com fogo, eu ainda podia sentir o toque de sua mão no meu peito.

    Seu vestido ia até o meio das coxas, mostrando as longas pernas. Seu cabelo quase preto caía pelas costas. Como se pudesse ouvir meus pensamentos, ela se virou para me olhar por cima do ombro e deu um sorriso, os lábios pintados de vermelho fazendo-a parecer uma vagabunda barata.

    Além disso, o sorriso era completamente falso, eu tinha certeza.

    Meu estômago se retorceu com a visão daquele maldito sorriso. Ela se achava tão importante. Mas eu não era burro; eu sabia quais eram nossos papéis nessa vida.

    O idiota com quem ela havia conversado apareceu, de repente, no meu caminho. Eu parei, pairando sobre o idiota com cabelo escuro penteado para trás e um terno preto. Ele olhou para mim, então baixou os olhos e focou nos meus braços nus. Meu lábio se ergueu em diversão conforme ele analisava cada uma das minhas tatuagens. Isso mesmo, putinha. *Você está olhando para a porra do futuro, pensei.*

— Vincente — a filha do Quintana disse. Sua mão foi para o braço do cara. Ela disse algo para ele em espanhol e não entendi nada. Suas unhas eram compridas e também pintadas de vermelho. Essa cadela não sabia usar outra cor?

O segurança deu um passo para trás, mas não sem fazer questão de mostrar a arma que tinha no coldre. Cerrei os dentes, ainda mais irritado com esses filhos da puta — se isso fosse possível. Quintana me fez abrir mão das minhas armas assim que pisei os pés aqui dentro; disse que era uma demonstração de confiança. O filho da puta só queria nos submeter, mas eu sabia a verdade. Ele estava com medo de nós. Com medo do que éramos capazes.

Mas meu pai me fez abrir mãos das minhas armas, dizendo que tínhamos que escolher nossas batalhas se quiséssemos vencer a próxima guerra racial. Usar nossos inimigos até esmagá-los nas ruas.

— Vamos. — Adelita acenou com a mão. Ela tomou um caminho de cascalho que levava a um jardim enorme. Havia flores e arbustos por toda parte. Ouvindo passos atrás de mim, olhei por sobre o ombro e avistei o segurança, Vincente, nos seguindo. Ele se manteve longe o suficiente para ficar fora do alcance da voz, mas eu não gostava que aquele filho da puta estivesse perto de mim.

— Então, Tanner Ayers. — O forte sotaque de Adelita chamou minha atenção de volta para ela. Mesmo que estivesse sorrindo, eu conseguia enxergar através daquele sorriso. Ela não gostava de mim tanto quanto eu não gostava dela.

Que bom. Pelo menos nós dois estávamos às claras sobre isso.

No entanto, eu não conseguia desviar o olhar. Seus lábios eram carnudos e os dentes muito brancos. Seus cílios eram longos e aquele batom vermelho estava me irritando pra caralho.

— Você está gostando do meu lindo país? — Olhei para ela, me recusando a participar de seu joguinho do caralho. Adelita passou a mão pelas folhas de um galho de uma árvore baixa e sorriu abertamente.

A cadela estava gostando disso.

Ela parou, eu também. Adelita caminhou na minha direção e se manteve firme — muito perto, de novo. Tudo o que eu podia sentir era o maldito perfume dela — era muito forte, e incomodava meu nariz. Cheirava a flores e frutas e outras porcarias das quais nunca conseguiria limpar meu olfato. Seus grandes olhos castanhos estavam focados nos meus. Eles eram tão escuros que você mal podia ver a pupila.

— O gato arranhou os seus lábios? — perguntou e inclinou a cabeça para o lado.

HERANÇA SOMBRIA

A irritação tomou conta de mim. Eu me abaixei um pouco, quase grudando o nariz ao dela.

— É "o gato comeu a sua língua". — O vento soprou seu cabelo no meu rosto, que roçou meu rosto coberto pela barba. Cheirava a coco. Cerrei os dentes. — Se vai tentar falar inglês, fale certo.

— Eu falei errado? — Seu sorriso diminuiu, apenas para seus olhos cintilarem com algo que eu não conseguia decifrar. Ela se aproximou de mim; tão perto que seus seios volumosos roçaram meu peito. — Sou apenas uma humilde mulher mexicana. Não sei falar inglês muito bem. — Seu lábio se contraiu, então ela voltou a andar. Olhando por cima do ombro, disse: — Vamos, Tanner Ayers, Príncipe Branco da Ku Klux Klan. Vamos continuar com o tour.

Fiquei tenso. Seu forte sotaque havia sumido e um inglês perfeito saiu de seus lábios. Cerrei os punhos ao lado quando ouvi o idiota atrás de nós rindo. Comecei a andar, enxugando o suor da testa.

— Muito quente, señor? — Adelita perguntou.

— Sou texano. Sou acostumado ao calor — rosnei. Adelita deu um passo ao meu lado. Cerrei os punhos com ainda mais força com a sua proximidade. A cadela estava fazendo isso de propósito para me irritar.

Seu rosto brilhou com diversão, mas ela rapidamente controlou a reação. Seu pai a ensinou direitinho. Ela era uma boa princesinha do cartel; não deixando que suas emoções a dominassem. Não deixando seus "inimigos" terem vantagem.

— Por aqui, Tanner Ayers. Tenho mais do meu país para lhe mostrar. Na verdade, planejei muitos dias assim para nós. Tenho certeza de que você vai gostar muito... Você vai adorar o México antes de ir embora.

Minhas mãos tremiam de raiva, mas eu tinha que ir na onda pela nossa causa. E então ela se arrependeria; todos eles se arrependeriam quando vencêssemos...

Acordei, ainda sentindo o calor daquele dia na pele, e esfreguei os olhos com as mãos. Eu ainda podia sentir Adelita parada perto de mim; o aborrecimento de ela estar tão perto... ainda sentia o cheiro do seu perfume que nunca consegui esquecer, o cheiro de coco de seu cabelo... ainda via o vermelho de seus lábios, os longos cílios, os olhos castanhos...

A batida na minha porta me salvou de me perder em meus pensamentos. A porta se abriu e Tank entrou.

— *Church*. Os Diablos estão aqui.

— Por quê? — Eu me levantei da cama; eu mal tinha dormido. Vesti a calça jeans, uma camiseta preta e meu *cut*.

— Chavez e Shadow estão aqui. Eles têm informações sobre Quintana. — O rosto de Tank congelou. — Shadow ouviu uns comentários de que os filhos da puta estão planejando nos atacar com força.

Assenti com a cabeça, e peguei a garrafa de uísque da minha mesa, tomando um gole.

— Você está bem? — Tank perguntou.

Concordei com um aceno, mais uma vez. A verdade era que Tank não sabia que eu estava assim pela filha de Quintana, a princesa do cartel. Eu estava esperando que ele juntasse as peças. O nome dela era Adelita. A Klan tinha negócios com Quintana. Não seria difícil descobrir. Apenas uma pessoa sabia a verdade – Hush. Eu pisei na bola e contei a ele um tempo atrás. Bebi uísque demais e abri a boca. Eu sabia que ele me odiava e queria mostrar que eu não o odiava. Que não era mais o Príncipe Branco. Eu não sabia se ele tinha contado a alguém.

Eu não sabia se Styx sabia.

— Tem certeza?

Assenti de novo e segui Tank até a *church*. Como sempre, o lugar estava lotado. Fiquei mais atrás, ignorando os poucos olhares em minha direção depois da merda de ontem. Senti alguém se aproximar de mim. Rudge cruzou os braços e sorriu.

— Está tudo bem, cara? — perguntou, seu sotaque britânico me irritando na mesma hora. Eu o encarei com os olhos semicerrados. — Superou a merda nazista de ontem?

— Cai fora, Rudge.

A sala ficou em silêncio quando Styx e Ky entraram com Chavez, o *prez* dos Diablos, e Shadow, ex-membro do cartel Quintana que resgatou Sia e Cowboy do México um tempo atrás.

Styx se sentou com Ky ao lado. O *prez* imediatamente começou a sinalizar. Ky traduziu em voz alta:

— *Shadow ficou sabendo que Quintana está planejando nos atacar em um mês.*

HERANÇA SOMBRIA

— Meu corpo tensionou e a temperatura na sala caiu drasticamente. — *Um ataque planejado que visa enviar a maioria de nós para o Hades.*

— Por que um mês? Por que tanto tempo assim? — Ak sondou.

— Haverá um casamento — Ky disse, desta vez falando por si mesmo. Meu sangue, que estava fervendo nas veias, se transformou em gelo.

Styx olhou para Chavez, que assentiu.

— O primo de Quintana tem uma filha. Ela vai se casar em algumas semanas em sua propriedade. Depois disso, o cartel dará os próximos passos e se juntará à guerra. — Chavez inclinou a cabeça para Shadow continuar.

Recostei-me à parede, aliviado. Era a prima da Adelita. Meu coração soava como a porra de um tambor no peito, recuperando-se do pensamento que poderia ser ela. Sentindo o olhar de alguém em mim, levantei a cabeça; Hush me encarava do outro lado da sala. Rapidamente desviei o olhar. O que diabos eu estava pensando, ao contar a ele sobre Adelita? Eu não fazia a menor ideia; provavelmente, perdi a cabeça.

Não é Adelita se casando, disse a mim mesmo novamente. *Calma, porra. Não é ela.* Uma onda de pura raiva tomou conta de mim, me fazendo arder mais do que o inferno. Ela não faria isso comigo. Eu estava voltando para ela. Eu tinha dito isso a ela. Fiz uma promessa.

O pensamento de que ela iria contra isso... que tomaria outra pessoa entre suas pernas...

— Quintana tem homens a caminho do Texas. Homens que estão planejando acabar com vocês. Homens especialistas. Homens que não falham. Não sei muito mais do que isso, mas eles vêm depois do casamento e mais do que preparados. A Klan tem agido sozinha até agora... Isso está prestes a mudar.

Soltei o ar que estava segurando, tentando conter o fogo que se alastrava e incendiava minhas veias com o pensamento de que eu poderia tê-la perdido. Que, depois de todo o planejamento e da merda que aguentei para chegar a um lugar onde pudesse ir buscá-la, trazê-la para casa comigo, ela jogaria fora ao se casar com outra pessoa. Depois que larguei a Klan por ela, minha maldita família, depois que entrei em um clube que poderia protegê-la, mantê-la segura...

Não era ela.

Styx levantou as mãos, o corpo tão tenso que parecia prestes a explodir.

— *Então vamos agir primeiro.* — A energia tomou conta da sala como um incêndio. Os olhos de Styx estavam frios, o Hangmen Mudo em controle total. Meu pulso começou a acelerar. — *Esses idiotas pensam que podem nos tocar. Tocar nossas malditas cadelas, nossas terras e nas crianças que ainda não nasceram...* — Cerrou os dentes. — *É melhor eles pensarem duas vezes. Nós vamos acabar com esses filhos da puta. Vamos atacar antes que eles venham atrás de nós.*

— Estaremos em vantagem — Ky acrescentou e deu um sorriso sádico para cada um de nós. — Vamos pegar a maldita noiva.

Meu pulso acelerado quase parou. Adelita não tinha muitos amigos ou familiares – seu pai a mantinha trancada e longe das pessoas, a não ser para se misturar com os moradores locais, conquistá-los para que fossem sempre leais. Eu não sabia se ela era próxima dessa prima. Não sabia se a magoaria, caso a mulher fosse sequestrada. Eu não sabia de porra nenhuma.

Fechei os olhos e respirei fundo. Eu não poderia continuar fazendo isso. Eu era um maldito Hangman. Eu conhecia o cartel e sabia do que Quintana era capaz. Aquele filho da puta sádico iria nos matar com prazer. Eu tinha que afastar esses sentimentos. Precisava seguir o fluxo e descobrir o que fazer na hora, como sempre fiz.

— Tanner? — Abri os olhos e vi que todos estavam olhando para mim. Meus olhos se estreitaram, enquanto eu tentava descobrir o que fora dito. Ky estava falando por Styx, o olhar desconfiado do *prez* fixo em mim. Fiquei completamente aéreo. Tank se mexeu ao meu lado; eu sabia que ele estava se perguntando o que havia de errado comigo. Eu estava pisando na bola ultimamente. Eu sabia disso. As mãos de Styx se moveram. — *Precisamos de você nos planos da Klan* — Ky disse. — *Descubra onde eles estarão e quando. Não quero ter que lidar com eles também. Espalhe que estaremos na estrada nesse dia. Uma isca perfeita para os nazistas virem nos caçar.* — Assenti com a cabeça e Styx apontou para o ex-membro de Quintana. — *Shadow cuidará das coisas do cartel.*

— Acabei de conseguir as plantas da casa do Quintana. Nunca trabalhei com ele; eu era um dos homens do Garcia, meu cargo não era alto o suficiente para conhecer o próprio homem. — Shadow estalou os dedos, perdido em pensamentos. — O casamento acontecerá na propriedade dele. Aquilo lá é uma maldita fortaleza. Quintana está agindo com esperteza. Nenhum filho da puta ousaria se infiltrar naquele lugar. Até as pessoas que vivem nos povoados ao redor são leais a ele. O cara lhes dá comida e água potável, os mantém seguros. Eles morreriam para protegê-lo e à sua família. Com a guerra, vai ser o lugar mais protegido de todo o México.

Meus lábios se contraíram enquanto eu travava uma guerra interna. Fechei os olhos com força e vi o rosto de Adelita no travesseiro ao meu lado.

Seus perfeitos olhos castanhos, os cílios e lábios perfeitos... sua mão segurando a minha.

— *Você confia em mim?* — *perguntei.*
— *Si, mi amor.* Eu *confio em você com todo o meu coração.*

— Eu conheço o lugar. — Respirando fundo, abri os olhos e vi todas as cabeças da sala se virando na minha direção; os olhos de Styx me fuzilando. Eu me afastei da parede, ostentando os meus um metro e noventa e três, e os meus cento e treze quilos. — Já estive lá. Frequentei o local por alguns meses, alguns anos atrás.

— E você só pensou em nos dizer isso agora? — Ky perguntou.

— Não havia nenhum plano para entrar naquele lugar até agora. Nenhuma menção de ir para o território do Quintana. — A raiva de apenas poucos minutos atrás reavivou dentro de mim. — Eu era a porra do herdeiro da Klan, ia para cima e para baixo com meu pai. O filho da puta não me deixou participar da maioria das coisas que estavam acontecendo. Mas, sim, eu estive na casa do Quintana. Estive em vários lugares dos aliados da Klan.

— Você o conhece? — Shadow perguntou.

— Não muito. — Cruzei os braços sobre o peito.

— Você sabia sobre o tráfico de mulheres? — Essa pergunta veio do Cowboy. Eu entendia. Sua cadela foi traficada.

— Não. — Minha mandíbula tensionou. — Meu pai manteve essa merda por debaixo dos panos. Parecia que ele tinha Meister para isso. Nós lidávamos com drogas e armas. Isso e com os preparativos para a guerra racial. — Algumas risadinhas ecoaram pela sala, e cerrei os dentes.

— Você pode desenhar a planta da propriedade? — Shadow perguntou.

Afastei Adelita da minha mente, sua voz me dizendo para não trair seu pai, para não traí-la, e acabei assentindo.

— Posso fazer melhor do que isso. — *Tanner*... Ouvi a voz em pânico de Adelita soar na minha mente. *Não, mi amor*... Mas o que diabos eu deveria fazer? O cartel estaria no nosso pescoço se não atacássemos primeiro. Eu tinha que mantê-la segura. Eu me certificaria de que eles não machucassem sua prima. Se isso significasse salvar Adelita... Eu o faria. Eu teria que descobrir uma maneira de fazê-la entender.

Preciso fazer isso, princesa, eu disse na minha cabeça. *Por nós*.

Todos na *church* estavam esperando que eu falasse. Suspirando, eu disse:

— Posso lhe dizer sobre as passagens secretas. — Shadow arqueou a sobrancelha em surpresa. — O lugar está cheio delas. Elas levam a uma saída que não é tão bem vigiada. Claro, pode estar sendo naquele dia. Mas será a única maneira de entrar e sair. Se vocês conseguirem, está no papo. — Meu pescoço doía com a tensão em meus músculos.

— Como você conhece essas passagens tão intimamente? — Ky perguntou. Eu poderia dizer pela expressão em seu rosto que ele estava tentando entender. Quando vi o semblante fechado de Styx, tive certeza de que ele já havia entendido.

A sala estava silenciosa. Minha cabeça dizia para manter a boca fechada. Mas a hora havia chegado. A maldita hora de falar a verdade. Mantive o rosto de Adelita em minha mente.

— A cadela por quem me apaixonei... por quem deixei a Klan... — Engoli em seco o sabor amargo da traição sufocando minha garganta. — Era Adelita... Adelita Quintana. Filha de Alfonso Quintana.

Inclinei o queixo e olhei diretamente nos olhos de Styx. Eu não teria vergonha. Aquela cadela era minha.

— Merda — Tank sibilou. Eu me virei para Tank e deparei com sua expressão chocada. Choque e depois simpatia. — Tann... — Ele entenderia... entenderia por que era uma situação fodida em que um membro da Klan podia se meter.

Antes que alguém pudesse falar, eu disse:

— Ela não tem nada a ver com a vida do cartel. O pai dela a mantém longe dos negócios. Ela não é uma ameaça para nós. Para ninguém. Ela está apenas presa no meio dessa merda.

Tank colocou a mão no meu braço, dizendo silenciosamente para eu calar a boca.

— Ela sabe que você está conosco agora? — AK perguntou, os olhos semicerrados.

Dei de ombros.

— Não sei. Não faço ideia do que ela sabe. — Mudei o peso do corpo de um pé para o outro. — Ela é jovem, tem apenas vinte e dois anos. Foi protegida a vida toda. Ela não vai ter a porra da ideia do perigo que está correndo. — Meu estômago revirou com esse pensamento.

— Que maravilha! — Vike disse. — Novinha e bocetinha apertadinha. Entendo você, cara. Boa escolha. — O filho da puta piscou para mim.

— Estamos em guerra com a sua família. E agora sua *old lady* — Ky disse, parando em seguida. Seu olhar encontrou o meu, uma pergunta pairando no ar.

— Minha família que se foda — rosnei. — Pouco me importo se eles vão terminar com as gargantas cortadas.

— E a cadela? — Bull perguntou.

— Sou um Hangman. Não vou colocar isso em risco. Peguem a porra da prima; não me importo. — Eu tinha certeza de que os irmãos ouviram o vacilo em minha voz. Porque nada nem ninguém iria machucar Adelita. Eu só tinha que pensar em um maldito plano. Algo para mantê-la segura. Alguma forma para tirá-la de lá e fazê-la entender tudo o que eu havia feito. — Mas em algum momento, eu vou buscá-la. Vou tirar ela do México e tê-la ao meu lado.

Styx olhou para mim. Eu o desafiei – qualquer um deles – a discutir. Mas ele apenas apontou para Shadow.

— *Veja com ele as plantas. Certifique-se de que estão corretas.* — Styx olhou ao redor da sala, focando em alguns dos irmãos. — *AK, Smiler, vocês vão.* — Eles assentiram, excitação cintilando em seus olhos. — *Crow, você também.* — Crow sorriu e inclinou a cabeça em concordância. — *Preciso de alguém para apagar, discretamente, tantos desses filhos da puta quanto possível.* — Styx olhou para Edge. — *Você também vai.*

— Não precisa dizer duas vezes — Edge respondeu.

— *Nós nos prepararemos para isso. Planejaremos pra caralho. E não falharemos. Temos muito a perder. Pegamos um dos deles, podemos negociar. Se não conseguirmos nossa vantagem? Todos nós temos a chance de ir ao barqueiro.* — Styx bateu o martelo e os irmãos começaram a sair da *church*.

Estava prestes a sair da sala, mas Tank me puxou de volta. Quando o cômodo estava vazio, ele perguntou:

— Por que diabos você não me contou?

Liberei meu braço de seu agarre.

— Eu tinha que mantê-la segura.

Tank estava pau da vida; isso era nítido em seus olhos.

— Ainda assim, você poderia ter me contado. Poderíamos ter dito ao Styx e Ky, juntos. Descobrir algo; planejado algum jeito de tirá-la de lá. — Balançou a cabeça. — Sabe o que pareceu ao jogar essa bomba assim? A *filha* do Quintana, Tann? — Não respondi. Tank se aproximou de mim. — Fez você parecer culpado de alguma coisa.

— Estou pouco me fodendo. — Tank passou as mãos pelo rosto. — Nunca pensei que entraríamos em guerra com Quintana. Nunca pensei que Adelita estaria no radar dos Hangmen. Mas aqui estamos nós. E ainda pretendo tê-la para mim. Quando essa porra acabar, vou buscar a minha mulher. Isso nunca vai mudar. — Eu não queria mais falar. Já estava farto dessa merda. — Preciso de um cigarro.

Deixei Tank na *church*, saí do clube e caminhei até a floresta. No minuto em que estava sob a cobertura das árvores, deixei meu punho socar o tronco mais próximo. Os nódulos dos dedos começaram a sangrar, mas não parei. Eu soquei de novo, vendo o rosto de Adelita, o rosto de Beau e os rostos de todos os meus malditos irmãos Hangmen quando lhes contei sobre Lita. Esmurrei até ficar sem fôlego e o sangue escorrer da minha mão.

O barulho de um galho se partindo soou atrás de mim. Eu me virei, pronto para esmagar a cara de quem quer estivesse ali; quem desejava morrer. Hush ficou me observando, os braços cruzados sobre o peito. Meus punhos cerrados relaxaram. Se fosse qualquer outra pessoa...

— O que você quer? — perguntei, com a voz rouca.

— Você está bem?

Olhei para Hush, para seus olhos azuis tão claros quanto gelo me encarando. Meu irmão mestiço parado perto de uma árvore, o galho pendendo perto de seu pescoço me fez pensar em todos os malditos homens sem rosto que vi balançando nas forcas. O trabalho da minha antiga irmandade, destinado a quem não era branco, desertor da Klan ou inimigo da causa.

— Você não contou para ele. — Eu estava falando sobre Styx. Hush tinha guardado meu segredo.

Ele arqueou a sobrancelha.

— Não. — O irmão se aproximou, acendendo um cigarro e me oferecendo outro. Eu aceitei e o acendi, dando uma longa tragada. — Não era minha história para contar — Hush, finalmente, disse. Senti meu corpo relaxar. — Quem você está fodendo não é da minha conta.

Quem estou fodendo? Pensei. *Ela é a porra da minha noiva!* Eu quase falei, mas me contive. Ninguém sabia disso. Ninguém além de mim e ela. Caramba. Às vezes, eu nem sabia se ainda era verdade. Se ela ainda tinha o anel improvisado que lhe dei. Se Adelita ainda me *queria*.

— Vamos pegar a prima dela — Hush disse. Dei tragada após tragada no meu cigarro, esperando que a nicotina acalmasse meu estômago revirado; que soltasse a maldita corda que estava enforcando meus órgãos. — Sua *old lady* vai perdoar você por isso?

A verdade era que eu não sabia, porra. Mas ela já tinha me perdoado por coisa pior...

Hush jogou a bituca no chão e apagou com o pé. Com um último olhar silencioso, ele caminhou de volta para o clube. Assim que saiu de vista, eu caí no chão, contra a árvore que agora estava manchada com meu sangue, fechei os olhos e deixei o sol que se infiltrava entre as árvores aquecer meu rosto.

Pensei em Adelita sentada, esperando o casamento da prima, só para ela não aparecer. Seu pânico ao perceber que a prima havia sido levada pelos Hangmen, Valdez, ou quem diabos seu pai tinha irritado. Soltei um suspiro. Porra, eu não sabia o que fazer. Não sabia como estar neste clube com toda essa merda pairando sobre mim. A mulher que possuía meu coração, agora era a inimiga. Eu tinha que protegê-la, mas eu também tinha que proteger o meu clube. E então havia meu irmão, meu irmãozinho...

Precisando de algo para pensar que não fosse essa merda, deixei o sol aquecer meu rosto e pensei em Adelita. Nos dias em que ela me fez perder a cabeça. Os dias em que começou a derrubar paredes que pensei que jamais seriam destruídas... especialmente por alguém como ela...

Bebi minha água. Eu precisava de uísque como se fosse um maldito alcoólatra, mas não tocava em álcool desde que chegamos aqui algumas semanas atrás. Eu não confiava em ninguém aqui. Em nenhum deles. Eu estava mantendo a mente limpa e meus olhos em alerta.

Olhei para o sol. Estava quente pra caralho. Mais um dia em que meu pai me mantinha de fora do que ele estava planejando com Quintana. Outro maldito dia em que eu tinha que me sentar e contar os dias que ainda faltavam para voltarmos para nossas terras texanas.

> Beau: Como é?

> Eu: Uma merda. Como está em casa?

> Beau: O mesmo de sempre. Landry cuidando dos negócios. Vai ser bom ter você de volta.

Beau sempre mandava mensagem para saber como eu estava. Ele não confiava em Quintana; isso era óbvio. Eu daria qualquer coisa para estar em casa. Em vez disso, estava aqui. Neste inferno.

Olhando para aquelas piadas que eram os seguranças de Quintana, mal ouvi o barulho de uma porta se abrindo à minha esquerda. Congelei quando Adelita apareceu, segurando um livro, vestida com um tipo de roupão curto e quase transparente, delineando seu corpo. Seu cabelo preto descia pelas costas em cachos soltos. Seus olhos estavam ocultos por enormes óculos escuros. Ela veio em minha direção, os saltos altos vermelhos estalando no caminho.

Eu tinha me sentado ao redor da piscina de tamanho ridículo esta manhã, esperando que a cadela não me encontrasse para me arrastar para sei lá onde em sua companhia. Eu estava cansado pra caralho de sua proximidade. Sua voz rouca me irritava. Eu tinha vinte e sete anos; ela era bem mais nova que eu. Acho que deveria ter vinte anos, não mais do que isso. Mas, de alguma maneira, ela tinha cada filho da puta daqui na palma da sua mão. E, claramente, pensou que também poderia fazer o mesmo comigo.

A cadela estava muito enganada.

A garrafa de água vazia estalou. Eu não tinha percebido que meus punhos estavam cerrados ao redor dela, quebrando o plástico, até que o barulho ecoou pela área da piscina. Não percebi que meu olhar não havia se desviado até ela levantar os óculos escuros e sorrir para mim.

— Apreciando a vista, señor *Ayers*?

HERANÇA SOMBRIA 65

Meu lábio se curvou enquanto ela aguardava minha resposta.

— Não se iluda. — Virei a cabeça, tentando ignorá-la. Eu não tinha ideia de por que diabos ela ainda queria estar perto de mim. Não, isso não era verdade. percebi bem rápido. Adelita sabia que eu não gostava dela e estava apenas tentando me irritar.

E, apesar de tudo, estava funcionando.

Vendo-a se mover, pela minha visão periférica, me virei, apenas para vê-la tirando o roupão, revelando um biquíni vermelho por baixo. Isso se aquilo pudesse ser chamado de biquíni. Adelita se sentou na espreguiçadeira ao meu lado.

Eu podia sentir o cheiro daquele maldito perfume novamente.

— Sei o que você está fazendo — comentei, vendo aquele idiota Vincente me olhando do outro lado da piscina.

— Sabe? — questionou. — Se importa de me esclarecer? Para me deixar ciente do meu plano magistral?

Virei a cabeça de deparei com os olhos escuros com um brilho divertido já focados em mim.

— Sim — rosnei. — Você está tentando me irritar. Tem feito isso desde que seu pai lhe disse para ficar de olho no nazista.

Seu narinas dilataram, embora ela mantivesse o rosto inexpressivo.

É isso aí. Era assim que eu podia dizer que ela estava odiando essa merda tanto quanto eu. Adelita abriu a boca para falar, mas antes que pudesse, Vincente saiu de vista para atender a uma ligação. Aproveitando de sua distração, eu me inclinei e rosnei:

— Você não me afeta em nada. Então pode parar de agir como se eu fosse te achar atraente. Nunca vou enfiar meu pau na sua boceta.

Adelita engoliu em seco, como sempre tentando conter a raiva, mas dessa vez não conseguiu. Seus olhos castanhos flamejaram, e vi a porra do fogo acender. Vi antes de acontecer; Adelita tentou tirar vantagem da minha proximidade e levantou a mão. Pouco antes de sua palma acertar minha bochecha, agarrei seu pulso e a puxei para mim. Com meu nariz quase tocando o dela, grunhi:

— Boa tentativa, princesa.

— Me solte — Adelita sussurrou, tentando puxar sua mão. Eu a segurei mais forte.

— Mal posso esperar para que meu pai termine logo para podermos voltar para solo americano, para sairmos dessa merda de lugar. — Fiquei tão perto dela que podia sentir seu hálito quente soprando sobre meu rosto. Ela cheirava a hortelã e a coco de seu cabelo e do protetor solar que fazia seu corpo brilhar. Adelita passou a língua sobre os lábios vermelhos. Esse batom... A cada dia que passava, esse maldito batom que ela sempre usava estava me irritando pra caralho.

— Me solte — Adelita repetiu, com calma. Com muita calma. Eu sabia que era um blefe; eu podia ver o ódio que sentia por mim irradiando em seus olhos, podia sentir seu pulso latejando na minha mão.

— Fique longe de mim, caralho — avisei. Nossas testas estavam praticamente se tocando. Eu precisava que ela entendesse a mensagem de que ficar ao meu lado todos os dias não funcionaria mais. Eu queria que ela e seus olhos castanhos, seu cabelo comprido e cílios longos sumissem da minha vida. — Você vai parar de falar comigo. Vai sair da porra da sala se eu estiver lá, e nem vai olhar na minha direção. Eu sou o Príncipe Branco da porra da Ku Klux Klan, a instituição que vai salvar a América de aproveitadores e impuros e...

De repente, Adelita colou os lábios aos meus. Congelei, ainda segurando seu pulso firmemente na minha mão. Ela tinha gosto de menta, e quando Adelita enfiou a língua dentro da minha boca, foi doce e viciante e...

Adelita se afastou, arrancando a mão do meu agarre para esbofetear meu rosto. Minha cabeça virou para o lado, a ardência do golpe foi como jogar gasolina no fogo que já estava me consumindo por dentro.

Lentamente, virei a cabeça até encontrar seu olhar flamejante.

— Você, Tanner Ayers, não me afeta.

Meu peito subia e descia com minha respiração arfante. Adelita se inclinou para frente e uma mecha de cabelo caiu sobre o rosto. Aquilo a fez parecer diferente, normal. Ela nunca pareceu nada além de perfeita. Uma combinação perfeita; a princesa cujo pai a mantinha trancada em sua torre de marfim.

Eu podia sentir o cheiro dela. Eu podia sentir o cheiro do coco. Estava na porra da minha pele, nas minhas mãos. No meu rosto e nos meus lábios. Eu me levantei assim que senti meu pau ficando duro. Precisando bater em alguma coisa, precisando extravasar essa raiva que ela me fez sentir, dei um pulo, avançando em sua direção, ainda sentindo o gosto mentolado de sua boca.

— Você — rosnei. — Você fez isso, você... — Agarrei seus ombros e a puxei para mim.

Adelita pesava quase nada, e meu aperto era muito forte. Seu peito colidiu com o meu. Sua mão atingiu meu rosto outra vez e então mais uma, até que a joguei na espreguiçadeira e prendi seus dois pulsos finos. Sentei entre suas pernas e me inclinei até que eu fosse tudo o que ela podia ver.

— Sua puta do caralho. Você me tocou. Você não pode fazer isso. Suas mãos impuras não podem tocar...

O som de vozes me fez congelar. Somente quando me obriguei a conter a raiva, foi que percebi que minha boca pairava a centímetros da de Adelita. Sua pele estava corada *e os seios estavam pressionados contra meu peito nu. Seus grandes seios mexicanos contra a tatuagem de uma suástica preta.*

— Tire suas mãos nazistas de mim — Adelita falou, devagar e baixinho. — Meus seguranças estão prestes a aparecer no corredor. E se eles virem você me tocando, vão atirar em você. — Abri a boca para dizer que não dava a mínima; que não estava com medo dos seguranças que portavam armas e fingiam que eram alguém neste fim de mundo, mas ela se adiantou: — Meu pai quer que este acordo vá adiante. Eu sugiro... — Ela aproximou os lábios do meu ouvido — ... que você me solte, Príncipe Ayers. — O perfume de rosas emanou do seu pescoço até meu nariz.

Ouvindo a voz de Vincente se tornando cada vez mais alta, me afastei de Adelita e me sentei na espreguiçadeira. Vincente e três outros seguranças apareceram na área da piscina segundos depois. O babaca olhou imediatamente para Adelita. Ele conversou com ela em espanhol, e ela respondeu. Ela estava segurando seu livro novamente, um sorriso no rosto e o batom corrigido onde antes estivera borrado. Pelo menos a maior parte dele.

Quase de volta à princesa perfeita que ela fingia ser, mas eu sabia que não era. Eu vi as rachaduras.

Assim que Vincente se afastou, depois de me encarar, eu me inclinei e disse:

— Seu batom está borrado, Princesa. — Sorri quando seus olhos escuros raivosos focaram nos meus. — Você parece uma puta. — Em seguida me levantei e atravessei a área da piscina até chegar à ala das suítes de hóspedes.

Fechei a porta com força e corri para o chuveiro. Cerrei os olhos enquanto deixava a água lavar o cheiro de coco, menta e rosas da minha pele. Limpei o toque de Adelita, seu maldito toque impuro, do meu corpo... e seu gosto da minha boca. A menta e a doçura e a porra da sensação de sua língua maldita deslizando na minha. A sensação de seus seios contra meu peito e ela entre minhas pernas. Liberando a raiva que havia se avolumado desde que ela foi para a piscina... porra – desde que cheguei neste pedaço de inferno mexicano –, fechei a mão em um punho e soquei a parede. O azulejo azul quebrou e caiu no chão com meu sangue. Fiquei lá até que a água que jorrava em mim esfriasse, porém o ódio não desapareceu... embora desta vez não fosse por Adelita.

Em vez disso, eu sentia ódio de mim mesmo. Meu pau ainda estava duro como uma pedra. E ficava ainda mais duro quanto mais eu lembrava de sua boca na minha, sua língua, seus seios... a porra do seu gosto. Então esmurrei a parede novamente. Soquei e soquei até saber que havia fraturas nos meus nódulos e nada mais do que apenas carne viva.

Mas não ajudou. Aquela cadela estava na minha cabeça. Uma maldita bruxa, era isso o que ela era.

Nada além de uma maldita bruxa.

Saindo do chuveiro, sentei na cama, mas o quarto parecia estar se fechando ao meu redor. Eu precisava de ar. Vestindo a camiseta, botas e calça jeans, saí dali... e esbarrei direto no meu pai.

Antes que me desse conta, fui jogado contra a parede do corredor. Seus olhos estavam lívidos.

— Por que ouvi dos seguranças que você esteve tocando a filha do Quintana? Rosnando na cara dela e a jogando contra a espreguiçadeira?

Não respondi nada. Para quê? Era a verdade. Meu silêncio irritou meu pai mais do que qualquer resposta. E eu me preparei para o soco. Os muitos murros vieram na direção do meu rosto. Senti o gosto de sangue na boca, e o senti escorrer pelo queixo, dos lábios e do nariz.

E eu aceitei cada golpe. Fiquei lá e aceitei, sem nunca revidar.

Meu pai fez uma pausa para acrescentar:

— Os seguranças estão por toda parte. Se você estragar esse negócio, já era. Entendeu? Já era pra você. — Suas mãos envolveram minha garganta em um aviso claro. — Entendeu?

— Sim, senhor — respondi. Meu pai baixou as mãos e endireitou o terno.

— Agora vá se limpar. Você parece como um maldito caipira que esteve em uma briga de bar. — E foi embora. Não me movi de onde estava, contra a parede. Eu ainda guerreava com o desejo de ir atrás dele e socar sua maldita cara. Mas eu não faria isso. Como um bom filho, eu não faria.

Percebi um movimento do outro lado do corredor e meu estômago revirou quando avistei Adelita. Era nítido, pelo rosto pálido, que ela tinha visto tudo. Eu queria dizer a ela para ir se ferrar, para me deixar em paz, quando veio na minha direção. Seus olhos castanhos me observaram – os cortes e o sangue –, então ela me entregou um lenço.

— Você está bem? — perguntou.

Eu a encarei com ódio. Simplesmente encarei a cadela, mas então vi algo mudar em seu olhar. Não era pena. Ela não estava chafurdando no meu infortúnio.

Parecia compreensão.

Adelita começou a se afastar. Olhei pela janela ao lado; o céu escurecendo.

— Você já sentiu como se sua vida não fosse sua?

Pela minha visão periférica, eu a vi se virar. Quando encontrei seu olhar, as lágrimas em seus olhos fizeram meu coração parar.

— Sim — ela sussurrou, e aquele sussurro acertou diretamente no meu maldito peito. — Eu sei, exatamente, como é isso.

Eu a encarei. E ela fez o mesmo. Arrepios começaram a se alastrar pela minha pele, e eu me virei. Eu me obriguei a me afastar da parede e ir para o quarto. Fechei a porta e me recostei à madeira.

HERANÇA SOMBRIA

Ignorei as batidas do meu coração.
Afastei suas lágrimas da minha mente.
Eu me recusei a me mover até que tivesse feito isso.
O sol nasceu, e sua frase "eu sei exatamente como é isso" *ainda ecoava pela minha mente, seu lenço ainda na minha mão.*

CAPÍTULO QUATRO

ADELITA

Dois anos atrás...

O ar no carro estava tão espesso que era difícil respirar.

Eu estava muito ciente de Tanner. Muito sintonizada com cada movimento que ele fazia. Antes de vê-lo ontem à noite, o ódio que eu sentia governava todos os meus pensamentos. Todos os meus movimentos. O confronto de ontem ficou se repetindo na minha mente. Ele pairando acima de mim. O gosto dele na minha boca: tabaco e nicotina. Mas vendo seu pai atacá-lo ontem à noite no corredor... ver Tanner parado ali, recusando-se a revidar, tinha feito algo com todo o meu ódio. De alguma forma, o sentimento havia entorpecido. Começou a se transformar em algo que parecia simpatia.

Simpatia pelo príncipe nazista.

Mas claramente não tinha feito nada para diluir o ódio de Tanner por mim. Desde o minuto em que o vi esta manhã, mais desprezo do que o habitual parecia irradiar dele. Seus olhos se mostraram glaciais quando encontraram os meus. Seu corpo mais rígido quando ele se aproximava. E seus lábios estavam mais contraídos, como se ele estivesse lutando contra as palavras maldosas que queria dizer para mim.

E agora eu estava presa neste carro com ele, graças ao meu pai...

— Leve Tanner com você amanhã, Adela. Mostre a ele as pessoas que são cuidadas por nós, que têm empregos por nossa causa. Os moradores locais que nos fazem quem somos. — Meu coração batia em um ritmo acelerado enquanto meu pai e William Ayers assentiam de um para o outro como se fosse uma boa ideia. Os trabalhadores da fábrica. Eu deveria me encontrar com os trabalhadores da fábrica amanhã e com as crianças da escola do povoado.

Não olhei para Tanner, embora ele estivesse bem na minha frente. Eu não tinha olhado para ele uma única vez desde que nossa presença foi solicitada no jantar. Ficamos sozinhos durante a maior parte das semanas em que eles estiveram aqui. Foi pura má sorte que esta noite, depois do que aconteceu na área da piscina e no corredor, fosse a noite em que meu pai quis reunir todos nós. Todos estávamos simplesmente ignorando o estado do rosto de Tanner. Como se ele não estivesse sentado com o rosto inchado e ferido, coberto de hematomas, e com as mãos enfaixadas. Parecia que o acordo do meu pai e do governador Ayers estava quase pronto, então não havia necessidade de reconhecer nada que pudesse colocar o acordo em risco.

Mas eles estariam de volta, e em breve. O acordo levaria muito mais tempo para ser concluído.

Abri a boca para me manifestar, mas Tanner falou primeiro:

— Acho que é hora de me sentar com vocês, pai. Quero participar das reuniões. Eu deveria estar participando. Já chega de me deixar de fora.

O governador Ayers ficou tenso diante do pedido do filho. Fiquei surpresa ao vê-lo confrontar o pai, especialmente porque o lábio e o nariz machucados foram resultado de um embate há apenas algumas horas.

— Bobagem — ele disse, secamente. — O negócio está quase pronto. — Encarou Tanner por alguns segundos tensos, como se estivesse dando um aviso ao filho com o olhar. — Vá com Adelita amanhã. Veja os trabalhadores. — Eu poderia dizer pelo seu tom que não era um pedido.

Os olhos de Tanner foram de seu pai para o frango em seu prato, mas a raiva emanava de seus músculos tensionados... músculos que, apenas algumas horas atrás, me mantiveram cativa abaixo dele.

— Então está resolvido — meu pai disse. — Tanner irá acompanhá-la amanhã antes que os Ayers partam. Será bom para você ver as pessoas que nossos negócios ajudam, Tanner. Isso mostrará por que fazemos o que fazemos.

O som de uma buzina de carro me tirou da memória da noite passada. Eu apertava minha coxa com tanta força que sabia que haveria um hematoma embaixo do meu vestido roxo.

Marco, meu motorista, nos levou pelas estradas rurais até a vila. Vincente estava no banco do passageiro. A música tocava baixinho no rádio, mas a tensão no carro era espessa como neblina. Vidros de privacidade separavam a mim e Tanner de Vincente e Marco. Eles não ouviriam nada, a menos que eu apertasse o botão e permitisse. Mas eu não tinha nada a dizer a Tanner que precisasse ser mantido fora do alcance dos ouvidos dos meus seguranças, e pelo jeito que ele estava sentado longe de mim, olhando pela janela com uma expressão azeda no rosto, eu poderia dizer que ele também não tinha nada a dizer. Se Tanner quisesse agir como se o que vi na noite passada não tivesse acontecido, eu poderia entrar no seu jogo. O que importava afinal?

Tudo em que eu conseguia pensar era na maneira como dei um tapa na bochecha dele na piscina. Pressionei meus lábios aos dele para fazê-lo parar de falar. Para calar a boca do Príncipe Branco e sua irritante atitude superior. Eu não esperava que ele me beijasse de volta. Foi apenas por alguns segundos, mas sua boca assumiu o controle da minha.

Eu não gostei... Eu não gostei. Não gostei do jeito que ele me segurou. Eu estava irritada com ele, tanto quanto ele estava comigo.

O movimento da mão em seu joelho chamou minha atenção. Sua mão estava fechada, assim como a minha. Arrisquei outro olhar de relance para seu rosto e o flagrei me observando. Porém não desviei o olhar. Eu me recusei a fazer isso. Eu não permitiria que ele percebesse que estava em minha mente; que esse príncipe nazista havia me afetado

HERANÇA SOMBRIA

de alguma forma. Na noite passada, no corredor e no jantar, senti uma espécie de afinidade com ele quando seu pai o espancou, quando o manteve afastado do negócio para o qual foi trazido aqui para conduzir. Percebi que, assim como eu, ele estava sob o punho de ferro de seu pai – nós éramos as marionetes dançando de acordo com as vontades de nossos pais.

Meu coração batia cada vez mais rápido à medida que ele me encarava. Precisando dizer alguma coisa, romper o silêncio sufocante que pairava entre nós, eu disse:

— Você não vai ofender essas pessoas.

Os olhos de Tanner se estreitaram, a única indicação de que meu pedido o irritou. Que bom. Sua presença me irritava diariamente. O fato de ele estar no meu país, relutantemente – o país que eu amava –, me irritava. Para Tanner, estávamos abaixo dele. Mas ele, com sua atitude superior e mente fechada, era o único que não pertencia a este lugar.

Eu me virei para encará-lo, relaxando a mão, mascarando o fato de que meu coração estava acelerado.

— Essas pessoas passam por dificuldades. Você não vai andar entre elas e envergonhá-las. Fazer com que sintam vergonha por serem orgulhosamente mexicanos e dedicados à minha família. Elas não são do nosso mundo. Elas andam na luz, não sob a escuridão. Elas não conhecem a Ku Klux Klan, não conhecem pessoas que as odeiam antes de conhecê-las, simplesmente, por terem a pele mais escura.

— Não dou a mínima para essas pessoas — Tanner retrucou, a voz incapaz de esconder o nó que embargava a garganta.

— Supere isso, Tanner Ayers, então você logo deixará este país que tanto detesta.

Tanner olhou para frente, para longe de mim, mas seus olhos se fixaram em outra coisa. Vincente. Meu segurança estava nos observando com um olhar desconfiado. Tanner o encarou, e o olhar de Vincente se voltou para mim. Eu sorri, tentando o meu melhor para convencê-lo de que tudo estava bem. Somente quando ele voltou sua atenção para a estrada ladeada de árvores, relaxei.

— Nunca detestei ninguém na minha vida do jeito que te odeio — sussurrei, para não chamar atenção. Olhei para os campos que começaram a surgir através das árvores delgadas, só para evitar ter que olhar para o rosto maldito de Tanner.

— O sentimento é mútuo, princesa — Tanner cuspiu.

Cerrei os dentes, praticamente vibrando com a animosidade. Com a frustração. Como um homem tão bonito podia se tornar tão repulsivo pelo ódio que jorrava de seus olhos azuis? Fui criada pelo chefe de cartel mais implacável que já agraciou o solo mexicano. Eu tinha plena consciência de que o luxo que eu possuía vinha do dinheiro ganho com o sangue de nossos inimigos e de pessoas viciadas em drogas. Era a vida; era a minha vida. Tanner Ayers havia trilhado um caminho semelhante. Só que seus dias consistiam em ódio. Ódio para com aqueles que não se encaixavam em sua ideologia nazista perfeita. E ele amava tanto essa ideologia que a usava na pele para que todos vissem. Símbolos de ódio e opressão. Racismo e preconceito gravados em sua pele em linhas negras.

Como deve ser viver com esse nível de ódio no coração? Ele era mesmo capaz de amar? Ou era tão estranho a essa concepção quanto o país que agora olhava da janela?

Tanner deve ter visto que minha atenção se voltou para ele, junto com meus pensamentos rebeldes, porque olhou para mim. O breve lampejo de simpatia que eu tinha acabado de sentir, mais uma vez, se desfez com aquele olhar... mas então, por uma fração de segundo, seu ódio pareceu desvanecer de seus olhos, e seu olhar se fixou em meus lábios. Sua boca se entreabriu e ele soltou uma respiração rápida e exasperada.

Meu coração disparou. Meu rosto aqueceu como se, de repente, eu estivesse diante de uma fogueira em chamas. Mas então Tanner afastou o olhar e se virou novamente para a janela. Eu o vi respirando fundo e cerrando os punhos com tanta força que achei que fosse quebrar os dedos enfaixados.

Minha mente clareou no instante em que o carro parou. Um segundo carro vinha logo atrás; mais seguranças. Meu pai possuía muitos inimigos, e qualquer saída da hacienda *fortemente patrulhada* era um risco. Meu pai me mantinha segura, mas, às vezes, essa segurança mais se assemelhava a uma gaiola de ferro. As viagens ao povoado eram uma das minhas únicas oportunidades de sair dali.

Vincente saiu do carro e abriu minha porta. Tanner também saiu e deu a volta no carro para ficar ao meu lado. Nunca estive mais consciente de sua presença do que agora. Desde ontem... desde que ele colocou as mãos em mim. E eu coloquei as minhas nele. Eu me arrependi de beijá-lo, de ter lhe dado atenção nas últimas semanas.

Os seguranças se reuniram ao meu redor enquanto caminhávamos até o povoado. No minuto em que entramos na pequena praça, as pessoas saíram de suas casas. Acenei para os seguranças começarem a distribuir o dinheiro que trouxemos. Eles fizeram como pedi, e as pessoas seguraram minha mão em agradecimento. Abracei as crianças que via todas as semanas, ouvindo suas histórias sobre tudo o que estavam aprendendo na escola. O dinheiro era para os professores, os pais e os idosos.

Olhei para trás, me perguntando onde Tanner havia se enfiado. Ele estava de pé atrás da multidão, observando. Seus braços estavam cruzados sobre o peito largo, a camiseta branca esticada sobre os músculos retesados. Seu semblante estava fechado, mas havia quase um eco de perplexidade em sua expressão também. As pessoas olhavam para o grande americano coberto de tatuagens. Algumas das crianças até tentaram falar com ele, porém foram ignoradas. Eu não esperava nada menos.

Ele ficou em silêncio e mais atrás, enquanto caminhávamos pela fábrica, depois na escola. Ele não disse nada em nenhum momento. Sem ofensas ou insultos. Tanner apenas observou tudo com uma intensidade feroz. Eu não tinha ideia do que ele estava pensando.

Incomodava-me o fato de que eu parecia me importar.

Quando entramos no carro e nos afastamos, olhei para ele. Tanner estava observando o mundo do lado de fora da janela. O crepúsculo estava caindo, deixando os campos dourados ondulantes em uma mortalha de luz alaranjada.

— Minha hora favorita do dia — sussurrei. Vi quando ele tensionou ao me ouvir falar, mas não me importei. Eu falaria a hora que quisesse. Eu era Adelita Quintana e tinha voz. Estava cansada de homens me dizendo quando eu podia ou não falar. Que meus pensamentos e opiniões não importavam neste mundo. — Você pode achar que nós, mexicanos, não somos nada além de sujeira em seus sapatos americanos e superiores, mas você está errado. Somos pessoas de integridade, trabalho duro e família. — Apontei para os campos. — E mesmo você, Príncipe Branco, não pode negar a beleza deste pôr do sol mexicano.

Tanner suspirou e lentamente virou a cabeça para mim. Avistei a fome em seus olhos no minuto em que nossos olhares se conectaram. Engoli em seco com o repentino nó na garganta. Abri a boca para dizer algo – qualquer coisa –, quando um tiro ensurdecedor soou do lado de fora. De repente, o carro desviou e algo colidiu contra nós, parecendo uma pedra se chocando contra um penhasco e soando como um trovão ecoando no céu. O metal do carro estalou e fomos arremessados para o acostamento da estrada.

Mas que diabos? *Pensei.* O que está acontecendo? *Pisquei, tentando ver o lado de fora quando batemos em algo que fez o carro parar, e nossos corpos foram projetados contra os cintos de segurança. Olhando para cima, com a cabeça girando, vi sangue no vidro que separava a frente do carro da parte traseira. Senti o pânico me percorrer de cima a baixo.

— Você está bem? — Uma voz soou por cima de todo o ruído surdo zumbindo em meus ouvidos e as imagens, aparentemente, se passavam em câmera lenta do lado de fora do carro. Tiros estavam sendo disparados em rápida sucessão em algum lugar ali perto. Meu corpo rapidamente descongelou... mas foi para perceber uma realidade gritante.

Tanner estava deitado sobre mim.

Cobrindo meu corpo.

... Me protegendo.

Seus olhos azuis estavam focados nos meus quando perguntou, novamente:

— Adelita? Você está bem? Temos que nos mover.

Seu braço imenso e tatuado era como um cinto de segurança de ferro na minha cintura. Ele tinha me mantido segura, se certificando de que eu não estava machucada quando o carro caiu na vala ao lado da estrada. O sangue escorria de seu nariz e de um corte em sua cabeça. Ele estava ferido, e, ainda assim, me protegendo.

Eu mal podia respirar quando percebi isso.

E ele me chamou pelo meu nome. Mesmo com todo o caos, o sangue e os tiros, me ocorreu que... ele havia me chamado pelo nome.

— Precisamos sair daqui — Tanner disse, novamente, se afastando de mim. O choque me deixou sem palavras quando ele segurou minha mão. Ele me puxou para o seu lado do carro, e a porta se abriu. Prendi a respiração, temendo que fossem os inimigos, mas meu medo desapareceu quando vi que era Vincente.

— Vem, Lita. Precisamos levar você para um local seguro. — Outra rodada de tiros soou à distância. Minha atenção foi atraída para o sangue vermelho no painel de vidro entre os bancos.

— Marco... — murmurei, meu estômago se contraindo em pânico quando vi seus olhos arregalados, e sem vida. — Não! — sussurrei.

— Adelita, vamos, precisamos ir — Vincente repetiu. — Estamos mantendo os inimigos ocupados mais adiante na estrada, mas precisamos tirar você daqui agora, enquanto aguardamos reforços. Eles são fortes e não temos homens suficientes para manter você segura.

Tanner me puxou para fora, me mantendo ao seu lado. Eu estava com medo, em perigo... ainda assim, eu só conseguia me concentrar no fato de Tanner estar me mantendo perto dele... sem me soltar por um segundo. Meu coração batia acelerado conforme ele me protegia e observava a estrada. Lembrei-me de todas as coisas horríveis que ele disse e fez. A maneira como olhou para mim. Só para me lembrar de que ele não era um homem bom.

Mas então me lembrei do seu pai batendo nele, e Tanner parado sem revidar. Lembrei-me de suas palavras... Você já sentiu como se sua vida não fosse sua...?

Ao comando de Vincente, um dos seguranças do segundo carro se aproximou, fazendo com que eu voltasse à realidade.

— Leve-os para a casa a alguns quilômetros ao norte — Vincente ordenou. O segurança assentiu e, com a arma em punho, averiguou se a entrada da floresta estava livre. Vincente se dirigiu a mim e Tanner: — Fiquem lá até o reforço chegar. Há suprimentos suficientes, caso isso leve tempo, além de um telefone de emergência para verificar a situação. E câmeras para monitorar quem se aproxima.

— Vou ficar para lutar — Tanner disse. Ele parecia sedento por sangue, seus olhos brilhando com a adrenalina, os músculos do pescoço tensos. Meu corpo gelou com o pensamento de ele ficar... Tentei afastar o sentimento idiota. Por que eu me importava se ele se juntasse ao conflito? Os seguranças do meu pai me protegeriam. Sempre protegeram. Deixe o Príncipe Branco lutar. Deixe-o enfrentar os inimigos de meu pai e arriscar sua vida por causa de seu orgulho.

No entanto, a sensação de aperto na boca do meu estômago não passou, não importava o quanto tentasse me convencer de que não dava a mínima.

Eu não deveria me importar.

Eu não queria me importar.

Você já sentiu como se a sua vida não fosse sua?

Vincente sorriu, indiferente à presença dominadora e intimidante de Tanner.

— Você vai com Adelita. Gosto da minha vida, e se algo acontecesse com o herdeiro da Klan sob meu comando, eu a perderia. Nenhuma ajuda sua vale isso.

Tanner cerrou os dentes como se fosse discutir, mas quando o segurança fez sinal para nos movermos, ele praguejou baixinho e me arrastou para a floresta. Ele puxou meu braço com tanta força que eu não tinha certeza se conseguiria acompanhar seus passos. Ele estava irritado; isso era nítido. Mas chateado com a situação? Ou com o fato de ele ter que ficar comigo? Se fosse esse o caso, por que me proteger? A menos que tenha sido para que o acordo com meu pai não fosse quebrado... Era essa a motivação dele? Por que eu me importava se fosse?

Não paramos, em vez disso adentramos ainda mais a floresta. Meus tornozelos doíam a cada passo; meus sapatos não eram apropriados para caminhadas. Mas continuamos... e o tempo todo, Tanner não soltou minha mão. Eu deveria estar esperando por ameaças, mas, em vez disso, eu o observei enquanto seu olhar varria a floresta de um lado ao outro, nunca baixando a guarda. Eu sabia que ele devia ter sido treinado para isso de alguma forma. Do jeito que ele agia, era como se soubesse como se manter em segurança. Exército americano, talvez?

Mais à frente, o outro segurança se movia rapidamente ao longo do caminho irregular que levava a uma das muitas casas seguras que meu pai tinha por aqui. Meu coração disparou, o medo do ataque me deixando abalada e no limite. Como filha de Quintana, esta não tinha sido a primeira, nem mesmo a décima tentativa contra minha vida. Mas nunca me acostumei a isso. E minha mente estava sobrecarregada com o medo de que, desta vez, seria a hora em que, finalmente, teriam sucesso.

Era sem dúvida um cartel rival. Sempre era. Homens famintos pela riqueza e poder que meu pai possuía. Eu sempre seria o melhor trunfo para qualquer um dos seus inimigos. Todos sabiam que eu era o calcanhar de Aquiles de Alfonso Quintana.

O tempo passou e a escuridão tomou conta. A floresta se tornou cada vez mais densa, dificultando que conseguíssemos enxergar qualquer coisa. Ainda assim, Tanner nunca me soltou. Sua mão na minha parecia inflexível e forte. Em uma brecha na escuridão arborizada, vislumbrei minha pele mais escura contra sua mão branca tatuada. Os breves feixes de luar fizeram com que não parecessem tão diferentes como Tanner acreditava.

Minhas pernas estavam cansadas e o terreno se tornou íngreme. Meus braços estavam pesados, meus pés tropeçando quanto mais a exaustão se instalava, mais energia eu perdia. De repente, um galho quebrou em algum lugar ao nosso lado. Antes mesmo que tivéssemos a chance de nos esconder, uma série de tiros soou, cravando nas cascas de árvores e folhas mortas. Nós nos jogamos no chão, e tentei buscar um esconderijo, mas quando Tanner ofegou uma respiração dolorosa, percebi que algo estava errado. Uma falha em uma árvore alta deixava passar luz da lua suficiente para eu ver o sangue escorrendo de seu bíceps.

— Tanner... — sussurrei, assim que o segurança ficou de pé e começou a atirar.

Passos se aproximaram. Meu coração bateu mais rápido quando o agressor se aproximou. E então um som gorgolejante veio do segurança. O medo pareceu me apertar ainda mais em suas garras. Minha pulsação martelou em meus ouvidos. E então o segurança desabou, imediatamente lutando para se levantar como um animal ferido faria. Tanner correu para onde ele estava.

— A que distância fica a casa? — perguntou ao homem. Ele se agarrou a Tanner, tentando lutar, tentando se apegar ao fio de vida, mas então perdeu as forças e algo como resignação surgiu em seus olhos escuros. Aceitação de que ele não iria sobreviver. Meu peito se apertou em solidariedade e tristeza.

— Mais um quilômetro e meio... naquela direção... — o homem conseguiu falar, apontando para oeste. Ele entregou a Tanner uma chave que guardava no bolso do terno. Eu podia ver que o segurança estava à beira da morte; sua respiração ofegante ecoou como trovões na floresta silenciosa.

Tanner pegou a arma do homem, então estendeu a mão para mim, me empurrando para me esconder nas árvores mais próximas. Ele esperou, como uma estátua, até que o atirador traísse sua localização. Sem fôlego, eu o observei, o coração disparado em meu peito.

Na área em que estávamos, havia sangue por toda parte, vermelho borrando o verde da grama e das árvores. Eu podia ver o sangue escorrendo pelo braço de Tanner. O sangue havia manchado seu rosto com o impacto do acidente. Suas mãos estavam manchadas do ferimento do segurança. Olhei para o homem de meu pai, deparando com seus olhos fechados e o peito agora imóvel.

O som de folhas farfalhando ressoou do lado oposto de onde eu me mantinha escondida. Tanner nem esperou para ver o que o outro faria. Ele se levantou do chão e mergulhou na cobertura das árvores. Eu congelei, os olhos arregalados quando ouvi o som da *luta. Tentei seguir os breves lampejos de braços e pernas, até que dois corpos saíram dos arbustos. Pisquei, tentando me concentrar. Tanner estava segurando o homem em suas mãos, uma faca pressionada na garganta dele. O inimigo se debateu, tentando fugir, mas Tanner o segurou com força em seus braços fortes.*

— Para quem diabos você trabalha? — Tanner puxou a cabeça do homem pelo cabelo.

O homem deu um sorriso desdenhoso, os dentes manchados de sangue. Isso só enfureceu Tanner ainda mais. Pegando a faca, ele a cravou no ombro do agressor. O homem empalideceu. Tanner puxou a faca, colocou a boca no ouvido do homem e repetiu:

— Para quem você trabalha, porra?!

Avistando o broche na roupa do homem, deixei a cobertura das árvores. A boca do homem se curvou em desgosto quando me viu. Caminhei até ele e foquei em seus olhos. Virei meu olhar para Tanner para ver uma expressão de surpresa em seu rosto.

— Valdez — informei, e arranquei o broche de seu terno. Estendi o objeto para Tanner, mostrando a ele o emblema que eu conhecia muito bem. — Ele trabalha para Valdez. — Aquele era o maior inimigo do meu pai. Eu não estava surpresa que tudo isso fosse obra dele.

— Sua putinha do caralho! — o homem rosnou. — Você vai morrer. A família Quintana vai morrer... — Antes que ele pudesse terminar a ameaça, Tanner arrastou a faca em sua garganta. O sangue jorrou do corte. Eu o vi morrer com um fascínio distante. Cresci com ameaças, morte e sangue como parte da minha vida. A visão da morte não me assombrava à noite. Hoje em dia, quase não inspirava qualquer reação em mim.

Quando o homem caiu de joelhos, Tanner usou seu coturno pesado para chutar suas costas e jogá-lo no chão enquanto seu corpo jorrava sangue.

— Você entendeu o que ele disse? — perguntei. Claro, o homem tinha falado em espanhol. Tanner negou em um aceno e eu franzi o cenho. — Então, por que...

— Não gostei do tom do filho da puta. — Tanner apenas sustentou meu olhar questionador por um momento antes de abaixar a cabeça e se afastar de mim. — Vamos, temos que ir.

Mas enquanto eu o seguia colina acima, em direção à casa, tudo em que eu conseguia pensar era por que ele havia escolhido matar o homem naquele momento. Por quê, quando ele falou daquela maneira comigo, Tanner interrompeu suas palavras? Tanner me odiava. Odiava mexicanos, odiava minha família. Por que ele se importaria se alguém falasse mal de nós?

Não gostei do tom do filho da puta.

Eu tinha visto o semblante de Tanner enquanto ele olhava para o homem. Eu o vi rosnar quando o capanga cuspiu suas palaras vis para mim. Eu tinha visto seus músculos se contraindo em seu pescoço com a agressão dirigida a mim... e eu tinha visto aquele lampejo de raiva em seus olhos azuis. No manto azul da luz da lua, eu tinha visto Tanner matar com raiva... e parecia que ele estava irritado com a forma como fui ameaçada.

Caminhamos em silêncio, no entanto, Tanner se manteve perto de mim, e embora não tenha segurado minha mão novamente, continuou lançando olhares de relance na minha direção. Suas mãos se fechavam em punhos e depois relaxavam, apenas para fazer o mesmo novamente. Seus ombros estavam retesados e o braço ferido pendia ao lado, como se a dor estivesse se intensificando. Eu não podia ver muito de seu ferimento nesta escuridão, mas sabia que era ruim. A arma estava em punho, pronta para ser usada a qualquer momento.

Repassei em minha mente como ele havia matado o homem, e como o capanga havia se submetido tão facilmente. Já não me surpreendia que Tanner Ayers fosse o herdeiro da Ku Klux Klan. E eu sabia que nos próximos anos, quando ele assumisse, qualquer um que fosse considerado inferior não estaria seguro.

Tanner empurrou a folhagem espessa. Ele parou e percebi que tínhamos chegado à casa. Eu o segui, conforme ele, silenciosamente, procurava a porta com as mãos. Estava escuro como breu, e a casa se encontrava oculta, por completo, da vista de qualquer pessoa na floresta, ou na estrada. Essas casas do meu pai sempre foram assim. Impenetráveis. Fortalezas escondidas à vista de todos.

O som da porta abrindo ecoou pelas árvores altas ao redor. Ouvi pássaros noturnos saírem voando. Uma brisa fresca agitou meu cabelo, causando arrepios por todo o meu corpo. Esfreguei os braços, tentando me aquecer.

Uma mão agarrou meu braço. Eu me sobressaltei, mas não estava com medo. Eu poderia dizer pelas palmas ásperas que era Tanner.

Eu não estava com medo.

Eu sabia que deveria estar... mas a capacidade de sentir essa emoção há muito desapareceu da minha alma.

Eu o deixei me guiar para dentro da casa. O som da porta se fechando às nossas costas ecoou pelas paredes de pedra. E então o silêncio tomou conta. Apenas silêncio, exceto por Tanner se movendo. Não havia janelas. Mas haveria câmeras para vigiar qualquer um que ousasse se aproximar. Tanner devia estar familiarizado com esse tipo de coisa. Talvez a Klan tivesse isso nos Estados Unidos.

Uma lâmpada fraca se acendeu, iluminando a sala circular. Meus olhos se ajustaram à iluminação e olhei ao redor. Tanner estava sentado atrás de alguns monitores que imaginei estarem ligados às câmeras do lado de fora. A tonalidade azul de suas telas incidia em seu rosto. Havia sangue... O rosto e o peito de Tanner estavam cobertos de sangue. E ele estava segurando o braço que havia recebido o tiro.

Restavam algumas partes de pele não manchadas de sangue. Semicerrei os olhos, observando com atenção; ele parecia pálido. Tanner Ayers era tão forte e fechado como a casa que agora nos protegia. Mas sua mandíbula cerrada indicava que estava sentindo dor. E seu ombro ferido estava caído enquanto ele trabalhava para ligar as câmeras.

Encontrei o armário de metal que estava procurando na parede oposta. Depois de pegar o que eu precisava, enchi uma tigela da cozinha com água. Quando caminhei até Tanner, vi que as câmeras estavam ligadas. Seus olhos estavam fixos ali, procurando por qualquer ameaça de inimigos. Peguei o celular de emergência e liguei para meu pai.

— Adela? — respondeu ele, sua voz tão neutra como sempre. Alfonso Quintana nunca poderia ser visto abalado.

— Pai — eu disse, mantendo a voz firme. — Estamos em uma das casas.

— Você e Ayers?

— Sim.

Houve uma pausa prolongada.

— Meus homens estão cuidando de tudo. Vocês serão resgatados quando for seguro.

Olhei para Tanner; seus olhos azuis estavam focados em mim.

— E quando será isso?

— Amanhã, em algum momento — meu pai respondeu. Fechei os olhos, mas depois me recompus. — As armas estão nos lugares de sempre, princesa. Se você precisar usar uma, não hesite. Você é uma boa atiradora. Uma das melhores.

Meu pai desligou. O significado de suas palavras não me passou despercebido. Se Tanner Ayers se tornasse uma ameaça, eu tinha sua permissão para matá-lo.

Jogando o celular sobre a mesa, encontrei o olhar de Tanner. Seu corpo enorme parecia pesado demais para a cadeira em que estava sentado. Sua camiseta branca estava encharcada pelo sangue — eu tinha certeza de que não era a primeira vez que ele tinha sangue nas mãos.

— Amanhã — informei, descalçando meus sapatos de salto. — Estamos presos aqui esta noite.

Vi o breve lampejo de raiva cintilar no rosto de Tanner. Mas então seus olhos se voltaram para as telas. Demorou apenas dois minutos antes de ele se concentrar na camiseta. Ele a tirou por sobre a cabeça com o braço bom e a jogou do outro lado da sala. Não me permiti olhar para seu torso nu. Em vez disso, peguei a tigela de água e o pano da mesa.

— Levante-se. — Tanner virou a cabeça na minha direção. — Levante-se — eu disse, de novo.

Quando ele não se mexeu, estendi a mão para segurar seu braço. Ele agarrou meu pulso em menos de um segundo.

— Se acha que vou te deixar me tocar, você está delirando — rosnou, antes de me afastar.

Eu me postei à sua frente, e me inclinando para frente, apoiei as mãos nos braços da cadeira, com o rosto quase colado ao dele. Olhei para aqueles olhos que me observavam com tanta intensidade, a ponto de eu quase perder o fôlego. Suas narinas estavam dilatadas e seu peito largo e tatuado arfava por conta da raiva, ou qualquer emoção que sentia quando eu, uma humilde mexicana, se aproximava tanto.

— Você está coberto. — Deslizei meu dedo pelo rosto másculo. Meu toque deixou uma marca em sua pele. Limpei o sangue em seu peito. Então movi minha mão para o ferimento de bala e pressionei o dedo, lenta e firmemente, na ferida.

Tanner sibilou à medida que eu pressionava ainda mais.

— Você está coberto com o sangue dos meus inimigos. — Eu sorri. — Combina com você, Príncipe Branco. Me diga... — Passei a ponta do dedo sobre seu braço, devagar, gentilmente... com delicadeza, até atingir a pulsação, coberta de sangue, que batia descontroladamente em seu pescoço. — Quantas vezes já teve sangue mexicano manchando esta pele? — Inclinei a cabeça para o lado, observando a raiva aumentar e avermelhar sua pele. — Sangue como o meu? Do meu povo?

Tanner saltou para frente, me pegando desprevenida. Minhas palavras e respiração foram interrompidas quando ele se lançou da cadeira, a mão em volta do meu pescoço, e me levou contra a parede mais próxima. Minhas costas se chocaram ao concreto, mas tudo o que eu podia ver era Tanner, e suas tatuagens escuras de ódio explícito me encarando, me ofendendo. Então seu rosto estava colado ao meu.

— Por que você continua me atrapalhando? Por que está sempre na porra do caminho? Sempre aqui? Perto de mim, com essa merda de perfume que sempre usa? — Seus dentes estavam cerrados, e a boca estava muito perto da minha. Seu aperto no meu pescoço não era forte, mas me manteve no lugar, me mostrando que ele poderia me matar se quisesse. Na penumbra, o azul de seus olhos parecia gelo, as pupilas dilatadas de raiva.

E eu sorri. Sorri com seus dedos circulando meu pescoço e seu peito me imprensando contra a parede. Suas mãos aumentaram o aperto.

— De que merda você está rindo...?

— Por que você me salvou?

Tanner ficou paralisado quando o interrompi. Seus olhos azuis se arregalaram. Pressionei meu peito contra o dele, meus seios roçando a pele exposto de seu tórax. A mão em volta do meu pescoço começou a tremer, seu rosto ficou vermelho. Mas o pressionei ainda mais. Continuei falando. Continuei meu ataque. Continuei provocando o Príncipe Branco. Porque agora que comecei, eu não conseguia parar. Este homem ateou fogo no sangue que percorria minhas veias. Fez meu coração disparar, não com carinho, *mas com raiva e ódio e algo que se alastrou pelas minhas artérias e me fez pensar em nada além dele e suas tatuagens e músculos e o ódio irracional que ele sentia por mim em seu coração. A respiração de Tanner estava tão árdua quanto a minha. Ele tremeu. Eu tremi.*

— Por que você matou o atirador antes que tivéssemos a chance de interrogá-lo? — Pressionei minha testa à dele. Arfei audivelmente quando sua pele cálida tocou a minha. — Foi porque ele me insultou? Porque ele me odiava? Porque queria que eu morresse?

— Você me irrita — Tanner rosnou, se aproximando.

Tanner ficou tão perto que nenhum ar poderia se passar entre nós. Ele podia sentir as batidas pesadas do meu coração tanto quanto eu podia sentir as do dele. E eu podia sentir o calor das palavras que se obrigou a dizer. As mentiras que ele tão tragicamente queria acreditar que eram verdadeiras.

— Odeio este país e tudo sobre ele. — Sua respiração acelerada e tomada pela raiva soprou no meu rosto. — Mas acima de tudo, odeio você. Você mais do que qualquer um que já conheci. Você me dá nojo. — O nariz de Tanner deslizou pela minha bochecha, e eu mal conseguia respirar com seu toque. — Odeio seus olhos, odeio seu rosto e seu corpo. — Meu corpo estava tão quente que senti como se estivesse pegando fogo. Agarrei seu bíceps, minhas unhas cravando na carne já ensanguentada. — Eu odeio esse seu maldito sorriso. — Apertando meu pescoço com mais força, ele sussurrou: — Mas acima de tudo... — Ele respirou fundo. — Acima de tudo... Eu odeio te querer tanto assim.

Os lábios de Tanner se chocaram contra os meus. Eles eram ásperos, punitivos e abrasadores. Gemi quando seu gosto invadiu minha boca – tabaco, menta e couro. Minhas mãos subiram em seus braços até que se entrelaçaram à sua nuca. Eu deveria tê-lo empurrado, tirado ele de cima de mim e encontrado a arma que meu pai me deu permissão para usar. Eu deveria ter pressionado o cano sobre seu coração e puxado o gatilho, fazendo um favor ao mundo, mandando uma bala através do coração apodrecido deste homem.

Em vez disso, eu o puxei para mais perto. Senti seu corpo musculoso colado ao meu. Senti o quão duro ele estava sob a calça jeans.

— Odeio desejar esses lábios — ele rosnou entre beijos, nunca afastando sua boca, seus lábios roçando nos meus enquanto falava. Ele me beijou novamente. — Eu odeio desejar esse corpo. — Tanner empurrou sua língua entre meus lábios, duelando contra a minha conforme sua coxa se alojava entre minhas pernas. Arranhei a pele nua de suas costas; eu precisava estar mais perto. Eu queria ele todo; queria entrar dentro dele até possuir sua alma. — Eu odeio desejar esses peitos. — Sua mão desceu do meu pescoço para os meus seios. Meus olhos reviraram quando o fogo percorreu meu corpo. —

TILLIE COLE

E quero essa boceta. — A mão de Tanner se moveu entre minhas coxas, e eu gemi alto.

Seus dedos não eram macios ou gentis. Encontrando a borda da minha calcinha, ele a arrancou do meu corpo e a jogou no chão. Mal tive um momento de alívio antes que seus dedos estivessem esfregando meu clitóris. Uma onda de calor percorreu meus membros até que senti como se estivesse sendo queimada viva. Cravei os dedos na pele de Tanner enquanto seu corpo me prendia contra a parede. Meus olhos se fecharam conforme seus dedos trabalhavam em mim cada vez mais rápido. Ele os empurrou para dentro do meu corpo, e um longo gemido escapou da minha boca. O peito de Tanner colado no meu me manteve de pé quando minhas pernas começaram a ceder. No entanto, o movimento de seus dedos não cessou. Eles eram implacáveis, assim como ele. Mordi meu lábio quando senti o orgasmo se avolumar na base da minha coluna. Abri os olhos para ver os olhos azul-gelo de Tanner me observando, uma expressão em seu rosto que nunca tinha visto antes — fome.

Necessidade.

Desejo visceral.

Engoli em seco assim que seus dedos pressionaram um ponto dentro de mim que me fez perder o controle. Tanner rosnou baixo enquanto eu gritava, gozando em ondas avassaladoras, seus dedos drenando cada grama de prazer de mim. Eu estava sem fôlego quando voltei à Terra. E eu não aguentava. Não podia aguentar que ele ainda estava dentro de mim, ainda me tocando e me levando ao limite, mais do que eu podia suportar.

— Tanner... Eu não... não aguento mais — eu disse. Então afastei sua mão. Em um segundo, ele havia agarrado meu pulso. Tentei afastá-lo, a raiva que havia desvanecido, momentaneamente, voltou se avolumar em meu peito. — Me solte — resmunguei, entredentes. Minha boca tensionou, então se abriu quando Tanner empurrou minha mão entre minhas pernas. Choraminguei baixinho ao tocar a pele sensibilizada. Meu coração batia em total descontrole. Eu não sabia o que ele estava fazendo, mas aquela expressão em seus olhos; as pupilas dilatadas e focadas em mim, me fez querer continuar. Aquilo me fez querer arruinar completamente o Príncipe Branco do Texas para qualquer outra pessoa.

Tanner guiou meus dedos para dentro de mim; arfei diante do gesto, com a forma como ele estava me controlando, fazendo com que eu me tocasse. Gemi com a sensação da minha submissão, de deixá-lo me dominar. Então, com o peito ainda me mantendo prisioneira contra a parede, ele levou meus dedos aos lábios. Perdi o fôlego quando ele chupou cada dedo em sua boca — lenta, torturante e meticulosamente —, seu olhar feroz nunca se desviando do meu. Meu coração começou a bater acelerado, um ritmo rápido ao qual nunca havia batido antes.

Tanner gemeu, o som rouco ecoando pelo meu corpo.

— Me solte — rosnei, por entre os dentes cerrados. Eu odiava o jeito que ele estava me observando. Detestava como estava me fazendo sentir; como meu corpo traidor respondia ao seu toque. Então Tanner pressionou contra mim, e eu o senti. Senti sua excitação rígida. E comecei a tremer. Minhas mãos, minhas pernas, meu corpo inteiro.
— Eu disse para você me soltar, nazista.

Tanner sorriu. O primeiro sorriso que vi em seu rosto sempre sério. Se eu estivesse respirando, aquele sorriso teria me deixado sem fôlego. Mas quando ele lambeu os lábios, lambeu o meu gosto, eu perdi o controle. Erguendo a mão, estapeei o rosto de Tanner, machucando a palma contra a bochecha barbada.

O som do tapa ecoou ao redor da pequena sala como um trovão. A cabeça de Tanner virou para o lado, seu rosto coberto de sangue, barba por fazer e feridas recentes. Lentamente, muito lentamente, ele virou a cabeça na minha direção. Seus olhos azul-gelo focaram nos meus. Eles estavam mortalmente escuros e cheios de algo que eu não conseguia decifrar — não, eu conseguia: era fome. Uma fome tão grande que beirava à necessidade. Mas por algo que eu não conhecia. Morte, dor... ou por mim. Cada um de seus músculos estava retesado, as veias dilatadas.

Sua respiração acelerada se tornou tudo que eu podia ouvir. Seus olhos tudo o que eu podia ver. Eu o observei, e ele fez o mesmo, a tensão pulsando entre nós como uma corda desgastada pronta para romper.

Em um minuto, eu estava olhando em seus olhos, me perguntando se eu veria a luz do dia novamente, no próximo, a mão de Tanner se alojou à minha nuca, num agarre firme; eu sabia que não seria preciso nenhum esforço para partir meu pescoço ao meio. Minhas unhas espelharam os dedos dele e deslizaram até seu pescoço. Puxei seu rosto para mais perto do meu. O hálito mentolado de Tanner me sufocou; sua expressão era venenosa quando ele me encarou. Seus olhos oferecendo dor e morte e a promessa de que eu não sairia viva desta casa.

E então dei um sorriso. Eu sorri e vi sua pele arder de raiva. Com o coração e pulso acelerados, estalei a língua e lambi suavemente ao longo de seus lábios. Cravei as unhas em seu pescoço para firmar as mãos trêmulas. Tanner ainda estava diante de mim, seu corpo duro como uma rocha sob meu toque.

— Posso sentir meu gosto em seus lábios, Príncipe Branco. — Eu ri e vi suas narinas dilatando diante do som cristalino. A língua de Tanner parecia traçar inconscientemente o caminho que minha língua havia acabado de fazer. Sorri ainda mais, capturando toda a sua atenção. — Uhmm, Señor Ayers... parece que você gosta do sabor de boceta mexicana. — Inclinei a cabeça para frente até que meu rosto pairou a menos de um centímetro do dele. — Minha boceta mexicana.

Tanner congelou. Um gemido torturado escapou de seus lábios quando seu agarre no meu pescoço apertou de forma ameaçadora.

Eu não tinha certeza de qual respiração estava mais acelerada. Não tinha certeza de qual coração batia mais rápido, se o meu ou o dele. E não tinha certeza de quem se moveu primeiro, mas em um segundo estávamos presos em uma batalha de ódio e tensão, e, no próximo, nossas bocas estavam coladas uma à outra e nossas línguas se encontraram em um duelo furioso. Tudo que eu podia sentir era o gosto de Tanner. Tudo o que podia ver, sentir e respirar era ele.

Arranhei sua pele, sentindo sua ereção pressionando contra mim. E eu estava pegando fogo; minha pele estava em chamas, o ambiente abafado, fazendo com que meu vestido grudasse à pele. Mas isso não importou por muito tempo. Eu me lancei contra Tanner, meu corpo assumindo o controle da minha mente até que só conseguia sentir nós dois. Nós nos tocando e nos beijando, e nos odiando tanto que tudo consumia e sufocava e avivava uma necessidade que nunca havia sentido em toda a minha vida.

A mão de Tanner deixou meu pescoço e puxou as alças do meu vestido. O ar quente beijou minha pele quando meus seios foram desnudados. Tanner se afastou e os encarou, e os mamilos intumesceram na mesma hora. Porém uma onda de insegurança me envolveu, assim como a umidade envolvia tudo ao redor. Minha confiança se esvaiu como um lampejo de realidade registrado em meu cérebro. Nunca estive nesta situação antes. Nunca havia feito isso. Mas quando Tanner rosnou baixo e a necessidade cintilou em seus olhos, a realidade saiu correndo, e eu baixei as mãos e abri sua braguilha. Um gemido selvagem subiu pela garganta de Tanner, e ele usou sua incrível força para me levantar ainda mais alto contra a parede, até que sua boca estivesse alinhada com os meus seios. Não tive um único momento para me preparar. A boca de Tanner envolveu meu mamilo e sua língua começou a lamber a carne. Fogos de artifício explodiram sobre a minha pele com cada movimento de sua língua.

Inclinei a cabeça para trás, contra a parede, e envolvi a cabeça raspada com as mãos, segurando-o perto para que ele não pudesse se afastar. Seu peito nu estava incendiando minha pele, pressionado contra mim para que eu não caísse da parede. Ele era força bruta e poder, tudo embrulhado em um pacote com tatuagens ofensivas. Meu clitóris latejava à medida que Tanner devorava meus seios. Eu me contorci em seu aperto, precisando sentir mais. Eu não me importava que nunca tivesse feito isso antes. Desejo e necessidade incríveis estavam assumindo o controle. A percepção de quem ele era e do perigo que corríamos apenas aumentou o desespero do momento. Cravei as unhas em sua cabeça, minha boceta pegando fogo enquanto ele rosnava, a boca grudada no meu seio.

Meu vestido deslizou pela cintura e caiu no chão. Tanner congelou, me mantendo presa à parede, admirando meu corpo nu. Seus olhos brilharam e vi uma chama ardente flamejar, o brilho tão quente que ele poderia ser o próprio diabo. Tanner levantou a cabeça. O tempo pareceu ficar suspenso quando nossos olhos se encontraram. Algo pareceu passar pelo seu semblante. Um novo tipo de conflito... Não, aceitação.

Os pensamentos me pegaram desprevenida, tentando decifrar o que aquele olhar poderia significar, então permiti que Tanner me abaixasse até o chão. O mundo foi sumindo até que só havia eu e ele e este lugar. Mesmo com o calor abafado no ambiente, um calafrio tomou conta da minha pele nua, me fazendo estremecer. Tanner se aproximou mais e mais até que sua presença me envolveu como um cobertor. Sua testa recostou à minha, seu ofego saiu trêmulo. Recuperei o fôlego e fechei os olhos. O ritmo de sua respiração estava em sincronia com o meu coração. O silêncio era tão palpável que roubou o oxigênio da sala... até que Tanner virou a cabeça, encostando a bochecha à minha, e sussurrou:

— Adelita...

Fechei os olhos diante da aflição em sua voz. Governada por este momento e por este homem que eu deveria odiar e desprezar, mas, ainda assim, permiti que me prendesse, despisse e provasse minha pele, deixei cair as barreiras que sempre me mantiveram segura, e sussurrei em resposta:

— Tanner...

Dois nomes sussurrados. Sem pretensão, sem ódio, sem nazistas ou princesas de cartel... e isso fez algo mudar em Tanner. Com olhos bem abertos, ele tomou minha boca. Suas mãos estavam por toda parte, sentindo cada centímetro da minha pele. Sua respiração estava pesada, assim como seu corpo pressionado contra mim. Com o coração acelerado e em total controle, deixei o pensamento final de protestar fugir da minha mente. E devolvi o ataque. Baixei as mãos para sua calça jeans e a empurrei para baixo. Tanner gemeu quando a calça se amontoou em seus tornozelos. Engoli em seco, apreensiva, quando olhei para baixo e vi seu comprimento. Era longo e duro. Meu estômago revirou de nervoso e perdi o fôlego, mas quando minha mão o envolveu, e Tanner parou de chupar meu pescoço para inclinar a cabeça para trás e sibilar, senti uma confiança que nunca soube que poderia ter dentro de mim.

Observei as veias se dilatando em seu pescoço musculoso. Seus músculos retesaram e se contraíram ainda mais enquanto ele segurava meus braços. Movi a mão para cima e para baixo, até que não consegui mais continuar observando. Lambi ao longo de seu pescoço, e o gosto de sua pele me fez gemer com vontade. Isso foi o suficiente para Tanner me levantar contra a parede novamente, tirando meus pés do chão. Seus olhos focados aos meus eram implacáveis e intensos, com uma determinação que nunca havia visto. Vê-lo tão selvagem e aberto era tudo que eu precisava para envolver sua cintura com as pernas e tomar sua boca na minha. Tanner dominou meus lábios e língua, gemendo, e minhas pernas o apertaram ainda mais.

Tanner parou e me encarou. Ele não falou nada, mas vi o que queria em seu olhar... o que estava perguntando.

— Sim — sussurrei, e assenti com a cabeça. — Sim...

Tanner imediatamente se posicionou na minha entrada e me penetrou de um golpe só. Seu desespero ficou aparente pelo gemido longo e gutural. Gritei e inclinei a cabeça para trás quando uma dor incandescente me atravessou. Tanner enfiou a cabeça na curva do meu pescoço e eu arranhei sua pele. Meus olhos se fecharam conforme ele se movia cada vez mais rápido dentro de mim. Ele me enchia por completo. Tanner estava em toda parte, o Príncipe Branco sufocando minha alma. Seus quadris eram implacáveis, estocando em mim tão forte e rápido que a dor que senti se transformou em arrepios fragmentados de prazer. Nossos gemidos e gritos se misturaram em uma sinfonia que transfomou a casa estéril em um teatro de ópera.

Ao som de um grito meu, Tanner levantou a cabeça da curva do meu pescoço e me encarou. Minha respiração vacilou com a visão. Lutei para conseguir respirar quando sua boca tomou a minha, mas desta vez em um beijo mais suave e intenso. A sala tremeluziu quando meus olhos embaçaram. Então eu os fechei com força e segurei seu pescoço. Eu me segurei em sua boca através do nosso beijo. Rebolei os quadris contra os dele, perseguindo o clímax que eu podia sentir se avolumar dentro de mim. Tanner se moveu mais rápido e com mais força até que inclinei a cabeça para trás e fui tomada pelo orgasmo; fui dominada por este momento e pela felicidade que fluiu através de mim com tanta intensidade quanto o sol em um dia de verão.

Tanner gemeu, então se impulsionou contra mim uma última vez, se liberando dentro do meu corpo. Sua respiração pesada soprou por cima do meu ombro, causando arrepios no meu corpo. Nossas peles estavam escorregadias, úmidas e cobertas de suor e com o sangue que encharcava os braços e tórax do Tanner.

Mas não me importei. Enquanto eu recuperava o fôlego, com ele ainda ereto dentro de mim, eu o segurei apertado, enquanto a sala voltava a um silêncio sufocante. Porém, meu coração não desacelerou; não conseguiu se acalmar quando a adrenalina baixou e o fato de eu ter feito isso com Tanner me atingiu. Transei com o infame Príncipe Branco do Texas. Para todos os efeitos, um inimigo do cartel *Quintana*. E Tanner Ayers, desde o momento em que nos conhecemos, não passava de um adversário.

No entanto, aqui estávamos nós. A princesa e o príncipe de reinos opostos, incapazes de ficar longe um do outro.

Tanner inclinou a cabeça para trás com um suspiro fundo. Endireitei os ombros, decidida a não permitir que ele visse meu nervosismo, embora eu estivesse tremendo como uma folha de outono. O rosto de Tanner estava manchado de sangue. E quando baixei os olhos para o seu braço, agora trêmulo, vi o ferimento a bala. Engolindo em seco, sussurrei:

— Seu braço.

Tanner sequer olhou para baixo. Ele não desviou o olhar de mim. Sua bochecha ostentava um vermelho profundo por causa do meu tapa, e ele tinha marcas de unhas nos braços e pescoço de quando brigamos e depois fodemos.

    Mas Tanner permaneceu em silêncio. Pela primeira vez, eu queria ouvir palavras de sua boca. Eu precisava que ele falasse alguma coisa. Em vez disso, ele levantou uma de suas mãos e segurou meu rosto com delicadeza. Sua mandíbula estava travada, os dentes cerrados. Prendi a respiração, me perguntando o que ele estava prestes a fazer, então ele empurrou uma mecha do meu cabelo para trás, sobre meu ombro. Meu coração saltou no peito, inchando com o gesto suave. Como se não pudesse afastar a mão, ele a deslizou sobre minha bochecha, pescoço, então sobre meus seios até que a mão desceu e pendeu ao lado de seu corpo. Seu olhar acompanhou todo o trajeto.

    Sua intensidade me deixou sem fôlego. Então ele se moveu, me levando consigo. Tanner atravessou a sala, mas eu não estava prestando atenção para onde estávamos indo. Eu estava apenas focada nele. Focada em seu rosto, no meu coração acelerado, em tentar entender o que havia acabado de acontecer.

    O som da água, finalmente, me fez erguer o olhar. Tanner nos levou para o pequeno banheiro. O vapor começou a subir do chuveiro. Nós entramos sob o jato, deixando a água lavar o sangue de nossos corpos; eu ainda nos braços dele. Tanner me colocou no chão, então pegou o sabonete da prateleira e começou a ensaboar minha pele. Eu permiti que fizesse isso, meu coração batendo na garganta ao ver este homem — este homem com quem briguei por semanas — cuidando de mim. Ele se ajoelhou e começou a lavar minhas pernas, coxas, entre as pernas... e então ele parou. Sua cabeça se ergueu. Fiquei tensa, pois estava ciente do que deve ter visto. Dei um passo para trás, subitamente inundada de vergonha, mas Tanner não deixou que eu me mexesse. Ele segurou minha perna com firmeza. Seu semblante estava sério, e havia tensão em seus olhos.

    Mantive a cabeça erguida. Tanner olhou para mim, a ducha lavando o sangue para revelar seu rosto, que eu tinha certeza de que agora estava impresso em meu cérebro. Eu não conseguia decifrar o que se passava em sua mente, mas ele me puxou para mais perto outra vez, delicadamente, quase com reverência, e começou a lavar entre minhas pernas. Meu estômago revirou, mas afastei a sensação. Eu não me permitiria ser atraída por este homem. Eu precisava impedir qualquer emoção que estivesse se enraizando neste momento.

    Tanner se levantou e olhou para mim. Eu não queria que ele dissesse nada. Não queria ter uma conversa sobre o que sabia que estava em sua mente.

    — Minha vez — eu disse, com uma voz frágil e traiçoeira.

    Pegando o sabonete de sua mão, me aproximei do seu peito e comecei a limpar o sangue. De perto, pude ver cada uma das tatuagens detalhadamente. Tantas tatuagens de ódio e preconceito inundando sua pele. Eu não poderia imaginar abrigar um ódio *tão profundo.* Deve consumir sua alma, arrancar a alegria de sua vida e obscurecer qualquer luz ou felicidade que tente se enraizar. *Passei o sabonete em seu peito e abdômen, e as vi e senti. Cicatrizes. Tanner tinha cicatrizes por toda parte, trajetos de pele maculada como mapas de estradas sob as tatuagens que as escondiam de vista. Não demonstrei que estava ciente delas. Em vez disso, continuei limpando seu corpo. E quanto mais limpava, mais cicatrizes eu descobria. Grande parte delas se concentrava nas costas e no peito. Lugares onde a maioria das pessoas não as teria visto. Eu não precisava perguntar quem as havia infligido. Depois do que presenciei no corredor, na noite passada, eu sabia que só poderia ser obra do pai. Eu sabia em meu coração que era ele. Tanner ficou ali, um homem adulto, e permitiu que o pai batesse nele. Esse comportamento devia ser fruto de anos de condicionamento. Anos e anos de espancamentos e abusos.*

A onda de simpatia que me assolou naquele momento me destruiu. Mãos invisíveis agarraram meu coração e o apertaram como um torno, um aperto de ferro. Dei uma olhada em seu rosto, na expressão severa que ele ostentava, olhos focados enquanto me observava limpá-lo — minha simpatia por ele só se aprofundou. Tanner Ayers era dominador, intimidador e, francamente, aterrorizante tanto na aparência quanto na personalidade. Ele foi transformado nisso — a epítome de um homem odioso. Intolerante. Racista, capaz de coisas vis. Cuidadosamente moldado por seu pai e seus homens em uma perfeita máquina nazista de matar.

Mas agora, neste momento, com a descoberta de cicatrizes ocultas e a gentileza com que me tratou, eu me permiti imaginar — mesmo que apenas por um momento fugaz — se havia alguém dentro dele. A promessa do homem que ele poderia ter sido se não fosse o condicionamento da Klan. Se havia um homem que podia amar, rir e sentir... se havia um homem que podia compartilhar seu sorriso com o mundo.

— Pronto — sussurrei, colocando o sabonete de volta na prateleira, e me libertando da toca do coelho em que me vi caindo. — Tudo limpo.

Tanner estendeu a mão sobre mim e desligou o chuveiro. Ele enrolou uma toalha ao meu redor, e tive que fechar os olhos para me livrar daquela sensação tentando se enraizar dentro de mim.

Ele me soltou e envolveu uma toalha em volta de si. Ficamos em silêncio, ainda sem saber o que fazer. O pós do que tinha acabado de acontecer foi estranho. Incapaz de aguentar a tensão, eu disse:

— Vem. — Estendi a mão, esperando pelo que Tanner faria. Eu podia ver, claro como o dia, o conflito em seu rosto enquanto ele olhava para a simples oferta do meu toque como se fosse uma chama viva. Eu estava prestes a abaixar a mão, rejeitada, quando, com um longo suspiro, ele estendeu a dele e deslizou a grande mão calejada na minha.

O *primeiro toque parecia tão quente, ainda mais quente quando seus dedos se entrelaçaram aos meus e ele os apertou com força.*

Levei Tanner para a cadeira na frente dos monitores. Sua atenção imediatamente se voltou para as telas ao se sentar. Com relutância, soltei sua mão, e me ocupei em pegar o kit de primeiros socorros, que ele havia jogado sobre a mesa, esparramando o conteúdo no chão. Minha pele esquentou de novo, só de lembrar como ele me empurrou contra a parede e me beijou... então me tomou...

Tanner nem vacilou quando pressionei um chumaço de algodão embebido com água oxigenada sobre seu ferimento. Mas ele desviou o olhar dos monitores para me observar. Eu não gostava do silêncio, ou do peso de seu olhar e do que isso fazia com o ritmo do meu coração. Eu não gostava de ter que adivinhar o que ele estava pensando. Então falei, para afastar o constrangimento:

— *Eu costumava fazer isso pelo meu pai quando era mais nova.* — *Sorri com a lembrança, colocando as bandagens e gazes na mesa ao lado.* — *Quando ele ainda cuidava dos assuntos com as próprias mãos.* — *Dei de ombros.* — *Antes de ficar mais velho e decidir que seus homens contratados, mas leais, deveriam lidar com a sujeira no lugar dele.* — *Sequei a pele limpa ao redor das feridas.* — *Parece que a bala passou direto.*

— *Quantos anos você tem?* — *perguntou.*

— *Acabei de fazer vinte.* — *Tanner assentiu e eu me perguntei se ele me achava muito jovem. Eu não me sentia assim.* — *Essa vida* — *comentei* —*... faz você ter mais idade do que realmente tem.* — *Eu estava incomodada com o fato de tentar me explicar para Tanner. Mas ele entendeu. Somente as pessoas que trilhavam a estrada perigosa desta vida entenderiam.*

Repetindo o mesmo processo com o ferimento de saída, acenei para as telas.

— *Você parece estar familiarizado com tudo isso.*

Seu semblante estava sério, mas depois de alguns segundos tensos ele disse:

— *Estive no Exército. Comunicações.*

Levantei a cabeça para encontrá-lo já me observando. As coisas começaram a fazer sentido. Por isso ele agiu de modo tão furtivo na floresta. E soube dominar aquele homem e matá-lo com tanta eficiência.

— *Quando você saiu?*

— *Já faz um tempo.*

Assenti com a cabeça e enfaixei seu braço o melhor que pude.

— *Isso deve ajudar. Meu pai vai fazer com que seus médicos cuidem de você amanhã, quando vierem nos buscar.*

Fui até o armário onde meu pai guardava roupas de emergência e peguei uma camiseta e uma calça de moletom para Tanner, e uma versão em tamanho menor para mim.

TILLIE COLE

No banheiro, vesti a roupa e me olhei no espelho. Soltei um suspiro e me examinei. Pelo menos, eu tinha parado de sangrar, mas estava dolorida.

Não conseguia me arrepender do que havia feito. Que tinha sido Tanner Ayers o meu primeiro homem. Eu estava muito cansada e confusa para sequer contemplar o porquê disso, ou por que eu não estava me castigando por minha estupidez.

Ocupando-me para afastar esses pensamentos, penteei o cabelo, me sentindo nua e jovem demais sem toda a maquiagem. E então saí do banheiro.

Tanner estava deitado no sofá-cama em frente aos monitores, os olhos grudados nas telas. A arma que ele tirou de nosso agressor se encontrava ao seu lado. As roupas eram pequenas demais para sua grande estrutura, mas teriam que servir.

Caminhei em direção a ele. Tanner me notou apenas quando parei diante dele. Deslizei para a pequena cama ao lado dele e o senti retesar. Então, me deitei, olhando para o teto de concreto.

— Por que você não disse nada?

Eu não precisava que ele esclarecesse sobre o que estava falando. Parecia que minha virgindade – agora a ausência dela – era o elefante na sala. Passando as mãos pelo rosto, eu disse:

— Porque eu sabia que você pararia se falasse. — Tanner se virou e me encarou, procurando por algo nas profundezas dos meus olhos. Respirei fundo e sussurrei: — E eu queria você. — Eu o desafiei com um olhar firme. Eu não aceitaria me sentir como uma criança. Tomei minha decisão; era meu corpo, e minha escolha a fazer. Foi uma das únicas escolhas que tive a chance de fazer.

As narinas de Tanner se dilataram, então, aparentemente, incapaz de se conter, ele se inclinou para frente e enfiou a mão por entre o meu cabelo molhado. Ele deslizou seu corpo sobre o meu e me beijou. Mas este beijo foi sem pressa... e isso me assustou mais do que qualquer coisa em muito tempo. Eu era filha do maior chefe de cartel do México, talvez do mundo, minha vida era ameaçada todos os dias. O medo era algo constante, tanto que, para mim, isso parecia um zumbido baixo em vez de um choque elétrico. Mas Tanner Ayers, o herdeiro da Ku Klux Klan, me beijando com tanto sentimento e carinho... foi a coisa mais aterrorizante que já senti.

Porque eu senti. Senti tudo. Tudo certo neste ato errado. Senti seus lábios macios nos meus, seu gosto mentolado na minha língua e seu corpo pesado e cheio de cicatrizes sobre o meu.

O beijo se aprofundou ainda mais, até que Tanner tirou a camiseta que eu estava vestindo, por sobre minha cabeça, e arrastou a calça pelas minhas pernas. Quando ele também voltou a ficar nu, coloquei a mão em sua bochecha e, precisando de algum senso de autopreservação, disse:

HERANÇA SOMBRIA

— Você vai embora amanhã. — Tanner desviou o olhar para o outro lado, olhando para o nada, então assentiu. — Eu sou mexicana. Você é da KKK. Você sabe que não podemos nos misturar. — Tanner cerrou os dentes, mas assentiu novamente. — Nossos pais nos matariam se soubessem. — Sua expressão demonstrava fúria; eu não tinha certeza se era pela verdade, pelas minhas palavras, ou pelo fato de que ele estava aqui, voluntariamente tocando e dormindo com uma mulher a quem ele considerava uma raça inferior.

A mão de Tanner acariciou minha bochecha, e meu coração bateu mais rápido diante da situação em que me encontrava com este homem proibido. Sua mão deslizou para o meu pescoço, depois para o meu seio. Antes que seus dedos pudessem chegar ao destino, segurei seu pulso. O olhar torturado de Tanner colidiu com o meu. A fome que vi ali, mais intensa e ardente do que antes, foi minha ruína.

— Esta noite — sussurrei, minha voz falhando ao me dar conta de que eu, estupidamente, permitiria isso de novo. — Tudo o que temos é esta noite, nesta casa. Amanhã você terá ido embora, e quando nossos caminhos se cruzarem novamente, eles serão apenas para negócios. Isso deve lhe dar tempo suficiente para esquecer que você traiu sua raça por uma noite comigo. — A verdade dessas palavras doeu fundo na alma.

Tanner deve ter visto uma rachadura em minha armadura, quando seus olhos se estreitaram. Eu me perguntei o que ele diria em defesa. Em vez disso, como a fortaleza que ele era, Tanner assentiu com a cabeça e disse:

— Tudo bem.

O pulso de Tanner na minha mão ficou suspenso no ar. Eu deveria ter parado. Eu disse a mim mesma que era degradante me entregar a um homem assim. Mas então voltei a dizer a mim mesma que era bom que eu fizesse isso — Tanner nunca se perdoaria por esse ato percebido como uma fraqueza. Eu seria uma fenda na armadura do cavaleiro da Klan. Uma que ele nunca poderia consertar. Senti um prazer doentio em saber que eu, uma mulher mexicana, o havia enfraquecido o suficiente para abandonar suas crenças e me tomar. Que uma vez não havia sido suficiente.

Mas a verdade era que... Eu o queria. Títulos e famílias à parte. Agora, eu queria esse homem, neste instante. Eu não poderia explicar a loucura dessa verdade, mas, no entanto, era a verdade. Suspirando, com minha decisão tomada, baixei sua mão sobre o meu seio. Tanner exalou um suspiro conforme sua palma cobria a carne, a simples sensação quase me deixando sem ar. Ele olhou para mim por um segundo, então tomou meus lábios com os seus. Como antes, eles estavam desesperados, como se ele estivesse mais do que ciente, assim como eu, que nosso tempo era contado. E ele me tomou. Ele me tomou várias vezes durante a noite, até que fomos resgatados no dia seguinte e os Ayers partiram para os Estados Unidos.

Tanner Ayers me fodeu, sabendo exatamente o que era aquela noite – a única noite em que um príncipe branco e uma princesa do cartel poderiam ter um ao outro. Sem raça, sem cultura, sem ódio, sem negócios. Apenas dois corpos, unindo-se como um só. Mas então acabou. E ele se foi... até que dois meses depois, ele voltou...

Dias atuais...
— Lita?

Pisquei, desviando minha atenção do espelho. Minhas mãos estavam unidas sobre a barriga apenas para impedi-las de tremer. Ouvindo a voz de Charley, respirei fundo e pisquei para afastar as lágrimas que ameaçavam cair. Não havia um dia em que não pensasse naquela primeira noite com Tanner. A noite que mudou tudo.

— Lita? — Charley chamou, novamente. Desta vez sua voz foi mais suave. A preocupação era clara em seu tom.

Virando-me, tentei sorrir para minha melhor amiga, mas pude ver que ela conseguia enxergar além da minha armadura. Ela segurou minhas mãos e me guiou para fora do pequeno pedestal que Carmen havia colocado diante do espelho. A cauda do vestido rodopiou atrás de mim. Charley se sentou no meu sofá e eu me sentei também, enxugando minhas lágrimas.

— Estou sendo patética — eu disse, e ri. — Não faço ideia do que há de errado comigo.

— Sou eu, Lita. Você não precisa ser Adela Quintana neste momento. Eu conheço você. Você pode chorar, porque está apreensiva. Não precisa ser a princesa forte ao meu redor.

Olhei para Charley. Eu queria contar tudo a ela; tirar tudo do meu peito e desabafar com alguém que não fosse Luis, a quem eu sentia que, de certa forma, se voltou contra mim. Pelo menos, ele achava que era imprudente ainda ter esperanças com Tanner. Mas eu não conseguia fazer isso. Não importava se tudo estivesse perdido, eu nunca desistiria de nós. Mesmo que toda a esperança tenha desaparecido.

— É apenas o nervosismo — afirmei e endireitei a postura.

Charley esfregou minhas mãos. Ela era gentil, mas muito parecida comigo na maneira de querer mais para si mesma, além de ser o troféu de um homem. Em nosso mundo, não havia muitas mulheres assim. Ela seria minha madrinha de casamento. Minha única madrinha.

Charley apontou para o meu vestido.

— E você deveria estar vestindo isso agora? Você se casa amanhã. Você não quer que ele seja danificado.

Passei a mão pela seda branca.

— Selena, a estilista, acabou de fazer os ajustes finais. Eu a dispensei. — Dei de ombros. — Acho que só queria me ver nele sem mais ninguém por perto.

Eu podia ver a simpatia nos olhos de Charley.

— Está tarde. Seu pai já viu você?

Assenti com a cabeça. Ele tinha estado aqui duas horas atrás, para me dizer como estava orgulhoso. *Sua mãe teria ficado tão orgulhosa de você, Adela. Tão orgulhosa... Assim como eu. Você escolheu um bom homem,* princesa, *um bom homem...*

Mas eu não o tinha *escolhido*. Meu pai, sim. Ele me enfiou no relacionamento assim como me enfiou em todo o resto. Então, quando meu pai foi embora, Diego também apareceu, com a emoção do amanhã estampada em seus olhos. *Mal posso esperar para ter você amanhã, Adelita. Ter você debaixo de mim... finalmente.*

— Estou cansada — murmurei, com um suspiro. Charley sabia que eu estava mentindo. Mas, felizmente, ela não disse nada, apenas se inclinou e beijou minha bochecha.

— Você tem certeza de que não quer que eu fique contigo?

— Tenho certeza — respondi. — Mas, obrigada. Eu... só preciso ficar sozinha. — Com um abraço apertado, Charley se afastou para sair do meu quarto. — Charley? — chamei e ela se virou. — Você poderia garantir que ninguém mais me perturbe até de manhã? Que todos saibam que preciso de um tempo sozinha? Por favor?

Charley assentiu e saiu.

Depois que fiquei sozinha, tranquei todas as portas do meu quarto para que ninguém mais pudesse entrar. Voltei para o espelho e observei meu reflexo naquele verstido. E imaginei tudo diferente. Imaginei que fosse Tanner que eu encontraria no altar. Imaginei que era o rosto dele que me veria caminhar em direção a ele.

Afastei-me do espelho e deitei na cama. Fechando os olhos, deixei as lágrimas fluírem. Deixei as gotas salgadas encharcarem a renda do vestido, meu sofrimento marcando o tecido delicado. Que bom. Eu queria que o amanhã fosse arruinado. Queria acabar com esse maldito casamento.

As horas se passaram e a escuridão envolveu o quarto. Meus olhos estavam inchados por conta das lágrimas derramadas. Minhas pálpebras começaram a pesar, o sono se aproximando, quando ouvi o som da porta oculta na minha parede. A porta escondida atrás de uma tapeçaria. Meus olhos se abriram e meu coração começou a trovejar no peito.

Apenas algumas pessoas conheciam os túneis subterrâneos. Uma delas era...

— *Mi amor?* — sussurrei. A esperança e o medo se misturaram em um coquetel inebriante conforme eu sentia uma corrente cálida dançar sobre a pele exposta das minhas costas, por conta do ar frio vindo da porta aberta.

Alguém estava atrás de mim. Estava em silêncio, mas senti alguém ali. Minhas mãos agarraram o lençol embaixo de mim.

— Você veio — sussurrei, outra vez, sentindo meu peito inchar com alívio. — Você veio me buscar antes que fosse tarde demais.

Apenas o silêncio se seguiu. Respirando fundo, me virei na cama, bem quando algo espetou meu pescoço. Um homem vestido de preto, com olhos da cor da meia-noite, estava diante de mim. Tentei gritar, mas uma mão cobriu minha boca, abafando qualquer som. O instinto tomou conta e comecei a me debater contra o intruso. Esperneei, acertando-o na barriga. Bati em seus braços musculosos com meus punhos. O medo puro me fez cravar as unhas em sua pele, arranhando e machucando, tentando derrubá-lo. Mas a cada chute e soco, eu conseguia sentir meus músculos se tornando mais débeis, perdendo força. Meu pescoço... Ele injetou algo no meu pescoço.

Pânico, palpável e profundo, percorreu minhas veias. Mas eu não tinha mais forças para lutar. Manchas pretas dançavam em meus olhos, embaçando minha visão. Meu sequestrador me pegou no colo e entrou no túnel secreto. A última coisa que vi foi o reflexo no grande espelho de parede: um homem vestido de couro preto, carregando uma noiva sequestrada noite adentro...

... e então tudo escureceu.

CAPÍTULO CINCO

STYX

Saímos do quarto de Flame e Maddie em sua cabana. Ele estava melhorando a cada dia. Ainda era mantido sedado e ficaria assim por mais alguns dias, mas sobreviveria.

Ash se encontrava sentado no sofá, jogando pôquer com Zane e Slash. Os três recrutas eram tão grandes como malditas montanhas.

— Estamos indo — Ky disse, quando passamos por eles.

Assim que coloquei os pés para fora da cabana, meu celular tocou.

— Nós a pegamos — a voz de AK soou no viva-voz, para que Ky pudesse ouvir e responder.

— Ótimo. Agora, dêem o fora daí. E não hesitem em acabar com os idiotas que estão no seu rastro. Precisamos daquela puta do cartel aqui — Ky disse. — Temos Diablos e alguns de nossas outras filiais perto de cada ponto de *check-in*. Se vocês não entrarem em contato para dizer que estão bem, eles estarão lá. Se esta guerra for para a estrada, então que seja. Estamos todos de prontidão.

— Entendido. — AK desligou.

Ky olhou na minha direção.

— Mais alguns dias e eles estarão aqui. — Ele fez uma pausa. — E então a porra da verdadeira guerra vai começar. Você está pronto para isso, *Prez*?

O fogo que a guerra sempre acendeu em mim ganhou vida.

— N-nasci pronto.

Ky deu um soco no meu braço, dando seu infame e maldito sorriso. O idiota estava ficando de pau duro com a ideia da matança. Porra, nenhum de nós podia conter a adrenalina que subia diante do pensamento de acabar com alguns desses filhos da puta da Klan e do cartel... Para mim, a morte deles seria lenta, com minha lâmina alemã.

Enquanto caminhávamos até a caminhonete de Ky, avistamos Viking e Rudge perto da fogueira do lado de fora das cabanas do Psycho Trio. Viking estava com o nariz sangrando. Ambos sem camisa. Rudge sorriu para nós, com os nódulos dos dedos vermelhos, de onde ele, claramente, esmurrou o rosto de Viking. Esses idiotas tinham problemas na cabeça.

— Preliminares? — Ky caçoou, recostando-se contra a caminhonete. — Nesse caso, espere até que eu vá embora, antes de comer o Vike, Rudge.

— Ei! — Vike resmungou, lambendo o sangue de seu lábio. — Por que eu que seria fodido?

Ky olhou para Vike, avaliando-o.

— Você tem essa vibe, irmão.

Eu me perguntei se o gigante ruivo argumentaria de volta, mas ele apenas deu de ombros e jogou outra tora na fogueira. Nada afetava o filho da puta.

— Rudge está me ensinando boxe sem luvas.

— Parece que você está ganhando — Ky disse, sarcasticamente, apontando para seu olho machucado e lábio rachado.

— Isso? — Vike limpou o nariz. — Não, apenas deixei o idiota me acertar um pouco para dar sorte. — Vike disse "idiota" com sotaque britânico. O cara estava um desastre total. — Além disso, gosto de levar umas. — Ele piscou para nós. — Gosto das coisas rudes, sabe? Não é divertido se sangue e socos não estiverem envolvidos.

— Amém, irmão. — Rudge começou socar o ar ao redor de Ky, que olhou para ele com o canto do olho, então rapidamente se virou e derrubou o filho da puta no chão. Rudge, sendo tão instável como sempre, apenas riu, seus dentes cobertos de sangue de seu próprio lábio agora ferido. Eu sorri, dando um tapa nas costas do meu melhor amigo. Rudge se levantou com um salto.

— Encosta a mão em mim e morra — Ky advertiu. Rudge fingiu se aproximar dele. Eu tinha certeza de que meu *VP* ia matar o filho da puta na hora. Então, rindo, Rudge voltou para Vike, e o gigante ruivo passou o braço em volta do seu pescoço. — Seu *prez* ainda não chamou você de volta para Londres? — Ky cruzou os braços. — Você sabe que não é realmente obrigado a estar aqui, certo?

Rudge colocou a mão sobre sua tatuagem da bandeira inglesa.

— Ky, meu irmão, meu amigo, eu nunca deixaria vocês nesta guerra, sozinhos.

— Sério, você pode, está tudo bem. Na verdade, vou comprar a porra da sua passagem se quiser voltar para a cidade grande.

Rudge se aproximou e colocou a mão no ombro de Ky. Meu melhor amigo estava com uma expressão mortal em seus olhos.

— Meu *prez* me disse para levar todo o tempo que eu precisasse aqui com nossa sede. Na realidade... — Rudge deu um sorriso malicioso. — Estive pensando em Austin como algo permanente. — Esfregou a mão no queixo. — Apenas um pensamento, mas estou gostando da vibe da sede dos Hangmen aqui no bom e velho Texas. — Seu semblante se tornou sério. — Acho que vocês precisam de um pouco de Barnaby Rudge em suas vidas. Acho que seria chato pra caralho aqui sem mim.

— Você está falando sério? — Vike perguntou, do outro lado da fogueira.

— Como eu disse, apenas um pensamento.

— Sim! — Vike gritou, pulando em Rudge por trás e levando-o para o chão. Agarrei Ky pelo colarinho de seu *cut* e o fiz entrar na caminhonete, ignorando os malditos idiotas socando o rosto um do outro em comemoração perto da fogueira.

— Esse babaca ainda vai me dar um maldito ataque cardíaco. Inglês idiota — Ky resmungou. Ficamos em silêncio no caminho de volta para minha cabana. Mantive o celular por perto para o caso de recebermos uma ligação de AK.

Ky me deixou em casa, prometendo me avisar se tivesse notícias de AK e do resto dos irmãos. Quando entrei em casa, não consegui ver Mae em lugar algum.

— Mae? — chamei, tirando as botas e pegando uma cerveja da geladeira. Havia comida no fogão, então eu sabia que ela estava aqui em algum lugar.

Verifiquei todos os cômodos até encontrá-la no quarto dos fundos que nunca usamos. Estava cheio de cacarecos, e um monte de coisas do clube que herdei quando meu pai fez a passagem com o barqueiro. Um baú de aparência familiar estava aberto, e Mae estava encolhida em uma velha cadeira empoeirada, lendo algum tipo de livro com capa de couro.

— Styx! — Sua mão foi para seu peito. — Você me assustou.

Inclinando-me, agarrei seu cabelo e tomei sua boca. Como sempre, minha cadela se derreteu por mim. Ela tinha gosto de chocolate. Eu me afastei, tomei um gole da minha cerveja e perguntei:

— O-o que é i-isso?

Seus olhos de lobo cintilaram com um pouco de culpa.

— Não fique bravo. — Acariciou a barriga agora imensa.

Meu filho era grande, isso se a médica que estava atendendo Mae estivesse certa. Mae era pequena; eu não tinha certeza de como ela iria parir nosso filho. Meu peito apertou. Isso me aterrorizava. O pensamento de qualquer coisa acontecendo com qualquer um deles me mantinha acordado à noite.

— Decidi limpar este quarto. Aparentemente, isso se chama aninhamento; se preparar para a chegada do bebê. — Ela acariciou a barriga novamente. — Enfim, encontrei este baú e comecei a vasculhá-lo para ver se valia a pena mantê-lo.

Franzi o cenho, tentando lembrar o que havia guardado nele. O quarto parecia conter cerca de vinte baús e caixas diferentes.

Mae fez menção de se levantar. Estendi a mão e a ajudei a se levantar da cadeira. Ela riu, e a porra do som ainda era a melhor coisa que eu já tinha ouvido na vida. Eu a puxei para perto e coloquei a mão sobre sua barriga. Assim como eu, Charon se moveu. Não pude deixar de sorrir.

— Ele já conhece o papai. — Mae apoiou a cabeça no meu peito. Ela olhou para mim, e mordeu o lábio. Ela estava nervosa.

— O q-quê?

— Isso... o baú... parece ter todos os pertences de sua mãe. O que restou depois... depois que ela morreu. Seus diários até ela voltar pra cá. Incluindo os que ela escreveu depois que fugiu...

Até meu pai atirar na porra da cabeça dela na minha frente, eu queria dizer, mas me contive. Meu estômago retorceu quando olhei para o baú. Eu me lembrava disso. Reconheci o couro marrom envelhecido e seu nome desbotado na frente. Mas então minhas veias se transformaram em gelo. Eu não queria saber mais nada sobre aquela vadia. Eu tinha esquecido que aquela porra de baú existia, e não pensava em minha mãe há anos. E se alguma vez pensei, logo me livrei das lembranças. Que se foda.

Mas olhando para aquele baú, eu me lembrei dele. Lembrei de como eu o tinha escondido depois que ela foi morta. Escondi do meu pai para que ele não o encontrasse.

Depois nunca mais pensei no assunto.

— Q-queime — eu disse. Mae virou a cabeça de supetão, com a boca aberta em choque. — N-não quero n-nada daquela va-vadia. Queime.

— River. — Mae balançou a cabeça em desaprovação. Com sua voz suave, acrescentou: — Ela era sua mãe.

Dei um passo para trás. As mãos de Mae se afastaram da minha cintura. A porra da raiva corroeu meu estômago, e tive que respirar fundo para me acalmar.

— Não. E-ela não era. Ela me trocou pelos D-Diablos. Ela não deu a m-mínima para mim.

Os olhos de Mae se encheram de lágrimas.

— Ela se importava, River. — Mae pegou um diário em cima do baú e o trouxe para mim. — Se você os ler, acho que poderá entendê-la melhor.

Os enormes olhos de lobo de Mae focaram nos meus, e um pouco da minha raiva desapareceu.

— A-amor — murmurei, e deslizei a mão pelo cabelo escuro. Eu me aproximei, mas parei quando a barriga protuberante me impediu. Estava tão grande agora, que eu não conseguia puxar minha esposa para tão perto de mim quanto eu queria. — Eu n-não dou a mínima para aquela v-v-vadia. — Peguei o diário de sua mão e levantei as páginas envelhecidas. — E v-você t-também não deveria se i-importar.

Joguei o diário no baú, dei um beijo em sua boca e me afastei para ir ao meu escritório.

— Ela viveu esta vida.

Confuso, eu me virei. Mae estava novamente com o diário nas mãos. Ela se aproximou, uma expressão aflita em seu lindo rosto.

— Ela teve um bebê nesta vida fora da lei. — Mae abaixou a cabeça. — Ela teve um filho com o presidente dos Hangmen.

Algo comprimiu meu peito com o tremor em sua voz. Eu a puxei para mais perto e esperei que ela olhasse de volta para mim.

— E-eu n-não sou em nada como o meu p-pai.

Eu acreditava nisso, mas sabia que não era inteiramente verdade. Porra, matei quem quer que estivesse no meu caminho, e senti uma emoção doentia sobre isso. Eu dirigia este clube com uma mão de ferro e não tinha nenhum problema em matar qualquer um que se voltasse contra ele. Mas eu tinha Mae. E meu maldito pai nunca deu a mínima para ninguém além de si mesmo. Inferno, ele atirou na minha mãe em um minuto, e no seguinte me deu um tapinha nas costas e foi para o bar, para que pudesse afundar seu pau na puta que ficou aguardando seu retorno enquanto ele fazia isso.

Segurando as bochechas de Mae na minha mão, encarei seus lindos olhos. Ela parecia assustada pra caralho. Mae tentou abaixar a cabeça, mas eu não deixei.

— O q-quê?

Mae soltou um suspiro profundo.

— Ela teve você no meio de uma guerra. — Meu estômago retorceu quando os olhos de Mae se encheram de lágrimas. — Ela tinha os mesmos medos que eu. — Seus ombros cederam, então sussurrou: — De perder você. De ser morta, de se tornar um alvo... — Ela segurou a barriga, os lábios tremendo. — De alguém vir por Charon... de perdermos um ao outro. De não ter a vida que sonhamos por tanto tempo. — Mae engoliu em seco.

Seu rosto ficou pálido. Ela estava tremendo. Porra, me partiu ao meio vê-la desse jeito.

— Eu só sinto... só sinto que desde que nos reencontramos, tantas coisas têm acontecido. Ajudar minhas irmãs a se libertarem, as ameaças ao clube e agora esta guerra. — A respiração de Mae falhou e ela esfregou a barriga, onde mantinha nosso filho seguro. — Agora que temos Charon, sinto o medo de forma muito mais intensa. Temos muito mais a perder. Não posso suportar a ideia de algo acontecer com ele... com qualquer um de nós.

Senti uma raiva que nunca senti antes crescer, só de pensar em algo assim acontecendo.

— N-ninguém vai t-tocar em você. Em n-nenhum de vocês. E-eu vou m-matá-los se e- eles ten-tentarem q-q-q... — Interrompi minhas palavras quando a gagueira dificultou que eu continuasse falando. Como diabos eu poderia garantir a Mae que nada aconteceria com ela quando eu não conseguia nem falar, porra?

— Shhh... — Mae colocou a mão na minha bochecha. — Eu amo você, River Nash. Mas mais do que isso, confio em você. Sei que você nunca deixaria ninguém nos machucar. Você é um bom marido. Você é um presidente feroz... mas o mais importante, você será um excelente pai.

De tudo que Mae disse, essa foi a única coisa que me atingiu. Porque a verdade era que eu *era* como meu pai – Shade "The Reaper" Nash.

Eu era como ele de muitas maneiras... e ele foi um pai de merda. Que porra eu tinha para oferecer a uma criança? O que...

— Você não é ele, e você é bom demais para tratar seu filho como ele tratou você.

Contemplei a maldita convicção nos olhos de Mae e afastei um pouco do veneno em minhas veias. Mas sempre sobrava um rastro. Porque nenhum dos meus pais deu a mínima para mim. Eu estava prestes a ser pai, e as únicas referências que eu tinha eram um idiota que me espancava e uma vadia que me deixou com um homem a quem ela desprezava. O que diabos isso dizia sobre ela? Sobre qualquer um deles?

— *Nunca soube que poderia amar alguém do jeito que o amo. Eu não acreditava que fosse possível. Cabelo castanho escuro, bochechas gordinhas e lábios perfeitos. Agora ele tem olhos azuis escuros que eu poderia admirar por dias, mas sei que a cor pode mudar.*

Virei a cabeça, confuso sobre o que Mae estava falando. E então me dei conta. Ela estava lendo em voz alta o diário. Meu coração disparou. Aquelas era as palavras da minha mãe...

— *Não quero soltá-lo. Mantenho a porta do quarto de Shade, no clube, trancada para que nada de ruim possa chegar perto dele. Para que este clube não possa poluí-lo. Pelo menos, ainda não.* — A voz de Mae vacilou, e tive que engolir o maldito nó que estava se formando na garganta. — *É normal ser incapaz de afastar o olhar do seu filho dessa maneira? Querer protegê-lo de todo o mal e dar-lhe apenas o bem? Porque eu preciso fazer isso. Custe o que custar, vou protegê-lo e mantê-lo seguro. Meu bebê, meu River... meu bebê, que agora possui todo o meu coração, estará a salvo desta vida. De seu pai. Eu tenho que encontrar uma maneira...* — Mae enxugou as bochechas, enquanto eu me mantinha congelado no corredor, como uma estátua. Mae olhou para mim. — Ela amava você, Styx. Ela amava tanto você que em algumas páginas a tinta está manchada por conta das lágrimas que derramava enquanto esvaziava seu coração neste diário.

Eu não podia falar. Sabia que nenhuma palavra sairia da minha boca mesmo se tentasse. Mae se aproximou de mim e segurou minha mão.

— Ela tinha dezesseis anos quando conheceu seu pai. Ele tinha trinta e dois. Ele a engravidou pouco tempo depois. Ela era uma alma perdida. Havia fugido de casa. — Minha mandíbula cerrou. Eu não queria ouvir isso. Não sabia muita coisa sobre minha mãe, e nunca *quis* saber. Ela foi para o barqueiro quando eu tinha dez anos, mas me deixou muito antes disso. Claro, isso não impediu Mae. Ela continuou ignorando as barreiras, como quando entrou na minha vida. A cadela era a única que eu deixava se livrar das consequências. A mão de Mae pressionou meu rosto. — Ela fugiu de casa quando não aguentou mais o abuso. — Congelei. A expressão de Mae se transformou em simpatia; porque minha *old lady* sabia tudo sobre o assunto, ela possuía as cicatrizes em suas coxas para provar isso. Claro, havia outros tipos de abuso. Ela deve ter visto essa pergunta em meus olhos. — Abuso sexual, Styx. Abuso como o que sofri.

Afastei as mãos de Mae, e tive que dar um passo para trás. Meus dedos se fecharam em punhos e minha mandíbula tensionou.

— Era o irmão mais velho dela — Mae disse. Fechei os olhos e apenas tentei respirar. Posso ter sido um assassino a sangue frio, um dos Hangmen mais letais que já usou o Lorde das Trevas em seu *cut*, mas este clube não tolerava essa merda. Na verdade, eu arrancaria o pau rançoso de qualquer filho da puta que conhecesse e que tivesse feito isso.

Alegremente.

Ainda mais depois de Mae... depois de ver o que ela e suas irmãs passaram. O que aquilo fez com elas, como as destruiu pela maior parte de suas vidas. Manteve uma parte delas ferrada para sempre.

Mas minha mãe... a mulher que eu mal recordava e nunca tentei me lembrar. Aquela que me deixou aos punhos e às humilhações diárias do meu pai... Minha mãe tinha um irmão; outra coisa que nunca soube.

— Ele era muito mais velho do que ela. Os pais não estavam muito por perto. Seu pai se perdeu nas drogas e sua mãe se matou quando ela tinha apenas nove anos. — Mae respirou fundo. — Styx... ela tinha apenas oito anos quando ele a estuprou pela primeira vez. Seu irmão mais velho... Ele tinha dezesseis anos.

Eu vi aquela expressão nos olhos de Mae, aquela que mostrava dor e... *porra*... simpatia, porque ela sabia exatamente como era. Ela também tinha oito anos quando aquele bastardo do Irmão Jacob a estuprou naquela merda de seita.

— M-Mae. — Balancei a cabeça e peguei a cerveja da mesa ao meu lado. Bebi tudo de um gole e joguei a garrafa no lixo. — Pa-Pare.

Os ombros de Mae cederam. Ela segurou a porra do diário contra o peito como se estivesse com medo de que eu tacasse fogo a ele, caso o soltasse. Mae estava certa, eu faria isso. Eu não queria saber merda nenhuma sobre minha mãe. Uma vida de merda não era desculpa para me deixar para trás pelo *prez* dos Diablos. Porra, agora eu tinha que trabalhar ao lado de

HERANÇA SOMBRIA

Chavez na maioria dos dias. Era com o pai dele que minha mãe tinha se envolvido.

Eu não queria saber dessa porra.

Beijando Mae novamente, entrei em meu escritório e fechei a porta. Sentei-me à mesa e respirei fundo. Meu celular vibrou.

> Ky: Eles chegaram ao primeiro check-in.

> Eu: Bom. Algum problema?

> Ky: Ainda não. Mas sem dúvida ouviremos o alarme pela manhã quando Quintana perceber que a noiva foi levada.

Um tipo de sorriso doentio se espalhou em meus lábios. Eu queria que aquele filho da puta sofresse. Queria que soubesse que eu estava indo atrás dele e que seus dias estavam contados. Esfreguei a mão sobre a cabeça, e então enviei uma mensagem em resposta.

> Eu: Bom.

O e-mail interceptado por Chavez e Shadow, explicando o que o cartel planejava fazer conosco em um ataque, estava em minha mesa. Olhei para baixo e senti vontade de dar um soco na porra da parede quando li a parte que se destacou para mim.

> Pegue a puta do mudo e o filho ainda não nascido e venda-os para o contato. Eles estão procurando por alguém como ela. Mas faça o mudo vê-la ser espancada antes de cortar a garganta dele e queimar aquele maldito clube até o chão. Os nazistas estão demorando demais, como sempre. Vamos matá-los em um ataque rápido.

Meu coração batia forte no peito enquanto eu tentava me acalmar. Peguei um cigarro e o uísque que guardava na gaveta da escrivaninha. Dei uma longa tragada. A cobra que se enrolava na minha garganta era como um torno, me sufocando pra caralho. Fechei os olhos, mas tudo o que pude ver foi Mae nos braços de algum mexicano, Charon em sua barriga, enquanto ela era chutada e espancada. E eu, mantido preso pelos filhos da puta, incapaz de fazer porra alguma sobre isso.

Eu me afastei da mesa e fui para a sala de estar. Parei na porta. Mae dormia no sofá, com aquele diário aberto sobre o peito. Erguendo seu tronco, eu me sentei no sofá e acomodei sua cabeça em meu colo. Minha mão acariciou seu cabelo. Tão comprido como sempre. Tão preto...

Minha própria Perséfone.

Ela só ficava mais bonita a cada dia.

A barriga de Mae se mexeu. Estendi a mão e a coloquei sobre seu vestido, meus lábios se curvando em um sorriso quando senti meu filho chutar novamente minha mão. Soltei um longo suspiro quando minha mão pousou sobre o diário. Olhei para aquele livro de couro como se fosse uma granada do caralho.

— Entra aqui, Mudo — *meu pai disse. Então voltou para seu escritório.*

— Que porra você fez agora? — *Ky perguntou.*

Dando de ombros, entrei no escritório. Eu não sabia.

— Feche a porta — *meu pai ordenou.*

Fiz o que ele disse, então ouvi alguém suspirar. Olhei para ver uma mulher no canto da sala. Ela tinha sido espancada. Seu rosto estava todo ensanguentado e ela se encontrava agachada no chão.

— River? — *sussurrou. Meu estômago se revirou ao som do meu nome verdadeiro. Franzi o cenho e meu pai riu.*

— Não a reconhece, garoto? — *Ele deu de ombros.* — Talvez seja porque eu dei uma ajeitada no rosto dela. Ou talvez seja porque você era tão pequeno quando ela nos traiu pelo pau de um Diablo. — *Ele fez uma pausa, e eu sabia que o que quer que ele dissesse a seguir iria me atingir ainda mais:* — É a puta da sua mãe.

Meus olhos se arregalaram quando o choque tomou conta de mim.

"Mãe?", eu queria dizer, mas minha garganta não funcionava. Eu não podia falar, porra!

— O garoto ainda é um retardado. Na verdade... — Meu pai riu. Eu não conseguia parar de olhar para minha mãe. Ela começou a engatinhar na minha direção. Eu queria ir até ela, mas quando tentei me mexer, meu pai disse: — Mais um passo, garoto, e vou garantir que você não acorde por uma semana.

Parei na mesma hora, porque essa era uma promessa que eu sabia que ele cumpriria. Ele já tinha feito isso antes. Eu não ia passar por essa merda de novo. Meu pai se voltou para minha mãe, cujo olho estava fechado e com hematomas.

— Como eu disse, ele ainda é um retardado. Não consegue falar merda alguma. Mas piorou quando você foi embora. — Olhei para meu pai. Porra, eu o odiava, às vezes. Ele sorriu para mim. Às vezes, eu queria socá-lo com tanta força... — Você o fez ga-ga-gaguejar. Meu maldito herdeiro deste reino, não é nada mais do que um retardado mudo e inútil. Quem diabos vai ter medo dele? Como diabos ele vai liderar meus Hangmen quando eu me for? — Meu pai deu de ombros. — O filho da puta é como você. Retardado e fraco como o mijo.

— River. — Minha mãe estendeu a mão para mim. Senti a garganta se fechar ainda mais, e lágrimas se formaram em meus olhos. Mas eu não conseguia chorar. Meu pai me bateria se eu ousasse chorar.

Em um segundo, meu pai estava fora de sua cadeira e agarrando o cabelo da minha mãe, puxando-a até que ela ficou de pé. Ela gritou, mas ele não se importou.

— Ela deixou você, garoto. Não a deixe ficar de joelhos, chamando por aquele nome de merda que ela lhe deu, não deixe que ela te engane. Ela trocou você por um Diablo. — Fiz uma careta. Nós não gostamos dos Diablos. Eles nos odiavam e nós os odiávamos. Meu pai me disse que um dia, em breve, ele ia pegar um e me dar minha primeira morte. Ele disse que outra guerra com eles estava chegando. Não fazia muito tempo desde que a última terminou.

— River — minha mãe disse. — Eu posso explicar, querido. Eu voltei para...

— Cala a boca, vadia. — Meu pai deu um soco na barriga dela. Suas pernas fraquejaram, mas o aperto do meu pai em seu cabelo a manteve de pé. Ele olhou para mim novamente. — Ela deixou você, garoto. Ela preferiu ficar com seu novo homem do que com a gente. Ela voltou agora porque ele viu quem ela realmente é e não a quer mais. Ou... — Ele a virou e deu um tapa em seu rosto. Dei um passo à frente, pronto para detê-lo, mas meu pai sorriu para mim por cima do ombro. Eu conhecia aquele olhar em seu rosto. Não ousei me mexer mais; meu coração estava batendo muito rápido, e tudo que eu queria fazer era arrancá-la de seus braços e fugir. — Ou você veio aqui por causa daquele filho da puta? Ele mandou você como uma espiã?

— Não! — Minha mãe chorou. Meu pai a virou até que ela estivesse me encarando. Minha mãe estendeu a mão. — Riv... Eu sinto muito... — ela sussurrou, mas antes que pudesse terminar o que estava dizendo, meu pai colocou uma arma em sua cabeça e puxou o gatilho. Meus olhos se fecharam quando o estrondo trovejou ao redor da sala. Quando abri os olhos novamente, minha mãe estava no chão, o sangue escorrendo de sua cabeça. Mas sua mão ainda estava estendida em minha direção e seus olhos estavam abertos... e olhando diretamente para mim.

— Mãe... — sussurrei. Senti uma lágrima na minha bochecha.

Meu pai passou por mim e me deu um tapa no rosto.

— Acabe com essas lágrimas por causa dessa vadia, Styx. Essa puta não era nada além de problemas desde a primeira vez que abriu as pernas para mim. Sanchez a enviou para começar a guerra. E funcionou. Ela não queria você, garoto. Ela não te amava. Isso era tudo mentira, e ela estava nos usando para passar ainda mais informações para os Diablos. Ela vai ao barqueiro sem moedas nos olhos. Ela que vague perdida pela eternidade. É o que a puta merece. — Meu pai me deu um tapinha nas costas, e então saiu do escritório. Olhei para minha mãe até que os recrutas apareceram para levar o corpo. Olhei para o sangue dela secando no chão até que alguém entrou e o limpou.

Ela não me queria.

Ela só voltou para começar uma guerra.

Ela era uma puta, como meu pai disse que era.

E eu a odiei por nos deixar por Sanchez. Eu a odiei por ir embora. Mas acima de tudo, eu a odiava por não me amar o suficiente para ficar... ou pelo menos para me levar com ela...

Mae se mexeu, me afastando da lembrança daquele dia, e se aproximou de mim no meu colo. Olhei para minhas mãos; elas estavam tremendo. *Idiota*, eu disse na minha cabeça. *O pai estava certo, você é um retardado fraco pra caralho.* Fechei os olhos e controlei a respiração. Eu era o maldito Hangmen Mudo – eu não sentia essa merda. Especialmente por uma vadia que não me quis.

Os braços de Mae envolveram minha cintura, e o diário caiu ao meu lado, a lombada cutucando meu quadril. Inspirei fundo e soltei o ar pelo nariz. Travei a mandíbula, pronto para arrancar meu próprio cérebro traidor enquanto a lembrança que tentei esquecer continuava se repetindo na minha cabeça. A dúvida estava começando a se enraizar em mim. Ela tinha voltado por minha causa? Ela tinha vindo para me tirar do meu pai e toda a merda que ele me fazia passar?

Mae suspirou.

— Amo você, River.

River... River... River...

Tomei outro gole de uísque e engoli o líquido, sentindo-o queimar um caminho do meu peito até o estômago... então, como o fracote de merda que eu era, peguei a porra do diário. Minha mão tremia enquanto eu o segurava.

"Como eu disse, ele ainda é um retardado. Não consegue falar merda alguma. Mas piorou quando você foi embora."

E foi isso mesmo? Porra, eu não conseguia me lembrar de algum dia ter falado direito. Então, novamente, eu não tinha muitas lembranças antes daquela noite – apenas um borrão de sair com Ky e evitar os punhos do meu pai. Mas me lembrava com clareza de ver meu pai dar um tiro na cabeça da minha mãe. Eu me lembrava de seus olhos mortos e abertos e do cheiro de seu sangue. E me lembrava de esconder o baú que ela trouxe com ela no meu quarto, no meu armário. Eu nunca tinha visto o que havia dentro e esqueci disso... até hoje.

Fiquei olhando para o nada, apenas ouvindo Mae respirar, por algumas horas. Até que abri o diário e olhei para a caligrafia da minha mãe. Era confusa, mas se o que Mae havia lido fosse verdade, parecia que ela não tinha um bom histórico. Eu nem sabia se ela tinha ido à escola.

Eu não queria começar a ler, mas foi o que fiz. Com Mae no colo e nosso filho em sua barriga, li sobre a mulher que sempre me disseram que não passava de uma puta, uma mãe de merda.

Shade Nash era o homem mais bonito que eu já tinha visto. No minuto em que o vi, e ele sorriu para mim, eu era dele...

CAPÍTULO SEIS

TANNER

— Caramba, meu bem. Você está me deixando nervosa com essas pernas quicando e mãos esfregando. Você está bem? — Beauty apontou sua faca para mim sobre a mesa. — Nem tente me dizer que minha comida não está boa, porque então saberei que você é um mentiroso, Tanner Ayers. E não tolero mentirosos.

A voz de Beauty me tirou de meus pensamentos. Seus olhos se estreitaram, desconfiados, o que me fez sorrir.

— Não, Beauty. Você sabe que a sua comida é a melhor.

Ela sorriu e se endireitou, balançando os ombros.

— Isso é o que todos os garotos diziam.

Tank arqueou as sobrancelhas para sua mulher.

— Todos os garotos? — ele questionou, secamente.

Beauty deu um tapinha na bochecha de Tank com seu dedo.

— Você sabe que eu não era virgem antes de você entrar na minha vida, meu bem. Então, sim, alguns garotos provaram minha comida... — Ela se inclinou para mais perto do meu melhor amigo. — E eles adoraram o sabor... assim como você. — Beauty se levantou da mesa, piscando para mim antes de pegar mais algumas cervejas da geladeira.

— Tann? — Tank chamou. — Você está pensando em Adelita? — Ele inclinou a cabeça para o lado enquanto me observava, dando um suspiro exasperado em seguida. — Tann. Porra, fale comigo. Caralho, diga alguma coisa! Por que diabos você ainda não me contou nada?

— Ela já deve saber. Ela saberá que sua prima foi sequestrada.

Os olhos de Tank se estreitaram.

— Ela vai entender com o tempo. — Passei as mãos pelo rosto. Eu não tinha tanta certeza de que ela *entenderia*. Tank não conhecia Adelita. Ela ficaria irritada comigo. Irritada por eu não ter impedido isso. Mas o que mais eu deveria fazer? — Você não está mais na vibe do clube? — Tank perguntou, baixinho. — Você não está querendo sair, está?

Meu estômago retorceu.

— Claro que não. — E eu quis dizer cada palavra. Claro, eu não tinha certeza de como o resto dos meus irmãos se sentia sobre mim e Adelita. Não sabia se Styx ainda me queria por perto depois que escondi isso dele. — Estou bem — afirmei, e ele parecia não acreditar em porra nenhuma do que eu estava dizendo. — Tank... É a primeira vez que sinto que pertenço a algum lugar. Todo o resto na minha vida foi uma merda, mas quero estar neste clube. Nunca duvide disso. — Pigarreei, mudando de assunto. — Você ouviu alguma coisa de AK e dos outros?

Tank me encarou por um tempo longo demais, mas então disse:

— Eles estão quase chegando. Foi uma ação rápida e limpa.

Mas eu conhecia Quintana. Ele estaria perdendo a cabeça, e sem dúvida planejando trazer o inferno para a porta dos Hangmen. Eu só conseguia imaginar Adelita. A porra do fogo que vivia nela vindo à tona por causa disso. Como aquele maldito Diego usaria isso como a desculpa que ele precisava para realmente trazer a ira da família Quintana para o Texas.

— Sabe... — Tank começou a dizer, quando, de repente, nossos celulares vibraram. Tirei o meu do bolso e li a mensagem. — Eles estão de volta. — Tank se levantou, foi até Beauty e a beijou. — Tenho que ir para a *church*, Rainha da Beleza.

Beauty deu um tapa na bunda de Tank enquanto saíamos.

— Vou ver a Mae.

Tank acenou por cima do ombro, e nós montamos em nossas motos. Meu coração batia forte à medida que eu percorria os poucos quilômetros de estrada entre a casa de Tank e a sede do clube. Os portões estavam abertos, os recrutas acenando para nós. No segundo em que estacionei, eu estava fora da moto e a caminho da *church*. Fiquei no fundo da sala e esperei impacientemente que todos entrassem.

Quando a porta foi fechada, Ky falou. Prendi a respiração conforme ele olhava cada um de nós nos olhos e então ele sorriu.

— Nós a pegamos.

Os irmãos assentiram com a cabeça, e a animação tomou conta da sala.

— Isso significa que a guerra é iminente, certo? Massacre sangrento e tudo o mais? — Rudge perguntou ao lado de Vike e Bull. Os olhos de Bull estavam fixos em Ky. Porra, todos os olhos estavam fixos nele. — Sinto a necessidade de cortar um pouco da carne do pessoal do cartel — Rudge acrescentou.

As mãos Styx começaram a sinalizar.

— *Nós vamos deixar o filho da puta marinando por um tempo. Não deixamos nenhuma evidência que de fomos nós.* — Ky parou quando as mãos de Styx pararam. O *prez* olhou para mim. — *Tanner disse que ninguém sabia sobre esses túneis.* — O lábio de Styx se curvou em uma espécie de sorriso. — *Eles podem se perguntar se fomos nós* — ele se sentou —, *mas vão se perguntar mais se foi a Klan. Eles saberiam que não temos como ter conhecimento dessas passagens subterrâneas. E vamos apenas dizer que Shadow foi bom em deixar uma trilha que poderia levá-los até a porta do governador Ayers.*

Minha respiração parou por um segundo quando pensei no meu irmão tendo que enfrentar o cartel e os Hangmen. Então o afastei da minha mente. Eu tinha que me libertar disso. Beau não era o irmão que eu conhecia. Se ele se rendeu ao cartel, então era assim que tinha que ser. Mas a dor no meu peito nunca ia embora.

— E a vagabunda noiva do cartel? — Cam, um membro da filial de Frisco, perguntou. — Onde ela está? Qual é o plano sobre ela?

Styx levantou as mãos.

— *Ela está no galpão. Nós faremos turnos para ficar de olho nela.* — Meu coração batia tão alto que mal ouvi Ky falar comigo quando ele traduziu: — *Tanner. Precisamos de você nas câmeras, então você precisa deixar as suas merdas de lado e se concentrar no trabalho. Precisamos de mais vigilância. Quintana vai vir com tudo quando descobrir que fomos nós.* — Ele fez uma pausa, olhando para mim. — *Se descobrir que você está indo contra as ordens, eu mesmo vou nocautear você.* — Assenti com a cabeça. Desgraçado.

Styx dirigiu-se a Tank.

— *Preciso de Beauty nisso. Preciso dela por perto para lidar com a prostituta do cartel.*

— Feito — Tank disse. Vi sua expressão desconfiada, mas desviei o olhar. Com Beauty nisso, eu poderia usá-la para conseguir informações sobre Adelita... de alguma forma.

HERANÇA SOMBRIA

Styx foi sinalizar novamente, mas a porta da *church* se abriu e AK entrou. O irmão estava coberto de terra. Isso era como você estaria depois de três dias nas estradas secundárias do México. AK olhou para Ky e Styx.

— Ela está acordada. — AK balançou a cabeça. — E puta que pariu, essa vagabunda é doida. Gritando coisas em espanhol para nós e tentando a todo custo se soltar, caralho.

Eu conhecia o plano. Shadow a tinha drogado até estarem de volta; Edge a observou para ter certeza de que não a tinham matado ou alguma merda do tipo.

— Maravilha. — Vike esfregou as mãos. — Adoro uma latina geniosa. Eu fico com o primeiro turno. — Ele se levantou.

— Sente-se, Vike — Ky disse e olhou para Tank. — Traga a Beauty aqui. Você e Bull ficarão com o primeiro turno.

Tank assentiu, e eu sabia que essa era minha chance de ver a prima, quem quer que ela fosse.

— A vadia estava em seu vestido de noiva — AK disse e balançou a cabeça. — Ela está naquele armazém, naquela porra de vestido de noiva, nariz empinado no ar como se fosse a porra da rainha da Inglaterra, nos insultando. Vai saber o que ela está dizendo. — Ele deu de ombros. — Ela está irritada. Linda pra cacete, mas puta da vida. Parece que o titio Quintana a ensinou bem.

— Estou duro. Alguém mais? — Vike disse. — Eu gosto de uma vadia que grita insultos para mim. *Cale a boca, seu idiota ruivo. Eu vou rasgar um novo cu na sua bunda...* porra, nunca foram ditas palavras mais bonitas.

Styx levantou as mãos, ignorando-o.

— *Eu tenho coisas para vocês fazerem. Estamos em alerta máximo. E avisem suas* old ladies: *se ouvirmos uma palavra de que o cartel sabe que fomos nós, entraremos em* lockdown. — Cabeças assentiram. Piadas pararam. Styx bateu o martelo.

A *church* tinha terminado.

Tank subiu em sua moto e desapareceu na direção do armazém. Entrei no meu quarto e fui averiguar as câmeras. Concentrei-me nas que estavam ao redor do armazém, vendo o momento em que Bull e Tank chegaram para substituir Crow. Slash, Ash e Zane também estavam lá. Eu precisava instalar câmeras dentro do galpão. Minhas ordens e a ameaça dos punhos de Styx que se fodam, eu ia conversar com aquela mulher a respeito de Lita.

Fiz o que pude com o que tinha, então encomendei mais câmeras de uma loja local e pulei em uma das caminhonetes do clube para buscá-las. Quando voltei e as instalei no clube, já estava escuro. Dei uma olhada nos monitores; Tank e Bull ainda estavam no armazém. Beauty devia estar lá dentro. Presumi que os recrutas também estavam por perto.

Sentado na minha cadeira, fechei os olhos e respirei longa e profundamente. Que porra eu diria à prima de Lita? Como diabos faria com que ela confiasse em mim? Que enviasse uma mensagem para Lita?

— Caralho! — rosnei. Mas o rosto de Adelita estava imediatamente na minha mente, me impulsionando. Porra, desde o dia que aquela cadela entrou na minha vida, ela era tudo que eu podia ver. Ela era a única que me controlava.

Pegando a câmera e as ferramentas ao lado, saí do meu quarto e passei pelo bar. Os irmãos estavam lá, como sempre. Mas consegui sair sem ser notado e entrei na caminhonete. Meu pulso acelerava quanto mais perto eu chegava. Pela primeira vez, em dois anos, eu conversaria com alguém que conhecia Adelita... uma pessoa que, depois que fosse libertada, poderia enviar uma mensagem para ela.

Tank se afastou da parede em que estava encostado ao me ver estacionar a caminhonete.

— Câmeras?

Assenti com um aceno, apontando para as coisas na cabine. Bull se aproximou e começou a levar as câmeras para o armazém.

— A cadela ainda está xingando vocês? — perguntei, apontando para o galpão.

— Sim — Tank respondeu. — Beauty está lá há um tempo, e parece que isso a fez diminuir um pouco o tom.

— Onde exatamente ela está no armazém? — Passei a mão pelo meu cabelo. — Só para eu saber para onde apontar as câmeras.

Tank se aproximou de mim.

— Quando você estiver lá, não mencione merda alguma sobre Adelita. Okay? Fique quieto. Não irrite Styx. Daremos um jeito de pegar Adelita. Agora não é a hora.

Assenti e fui para o armazém. Bull me mostrou onde ele deixou as coisas, então saiu para ficar de guarda com Tank. Meu amigo havia me advertido... mas eu não tinha a intenção de manter a boca fechada. Eu precisava descobrir alguma coisa sobre Lita.

HERANÇA SOMBRIA

Os três recrutas estavam do lado de fora da pequena sala onde eu sabia que a prima estava. Inclinei a cabeça para eles; Slash e Zane se aproximaram.

— Bull nos disse para ajudar você — Slash comentou.

Desviei os olhos da porta fechada da sala dos fundos.

— Que bom. — Pigarreei. — Vamos começar aqui. Eu mostro como se instala uma, e então vocês podem se separar e fazer algumas das outras.

— Eu os levei para o outro lado do armazém. Dez minutos depois, eu estava instalando a primeira câmera, falando com eles, enquanto Slash segurava a escada em que eu estava.

— Você aprendeu tudo isso no Exército, certo? — Slash perguntou.

Olhei para o garoto. Ele se parecia muito com Smiler. Eu sabia que ele era primo do irmão, e tinha mais ou menos dezenove anos. Não sabia nada de sua história além disso.

— Sim, comunicações.

— Legal — murmurou. — Também estive pensando em me alistar. Smiler acha que eu não deveria me incomodar, apenas trabalhar com as motos e ficar com os Hangmen.

— Meu tio disse o mesmo — Zane, sobrinho de AK, comentou. Observei o garoto enquanto ele abaixava a cabeça e desviava o olhar. Porque não foi apenas AK que serviu; seu pai também. O cara que, por causa de uma missão ferrada que levou ao seu sequestro e consequente transtorno estresse pós-traumático, matou a mãe de Zane e depois se suicidou. O menino foi criado pela tia, um maldito órfão.

Quando desci da escada, disse:

— Servi porque meu pai me disse que era meu dever patriótico. — Zane enfiou as mãos nos bolsos, mas ele e Slash continuaram me ouvindo. — Aprendi muito no Exército. Mas vou dizer algo, garotos. Não vão para a guerra a menos que vocês acreditem na causa pela qual estão lutando.

— Como agora, você quer dizer? — Slash perguntou. — Esta guerra em que estamos agora com o cartel e a Klan. — Seus olhos se arregalaram.

— Quero dizer, você... eles...

Coloquei minha mão no ombro do jovem recruta.

— Está tudo bem, garoto. Eu sei que a situação está fodida comigo e com a Klan.

— Mas você é um Hangman agora, não é? — Zane sondou.

Sorri, vendo um mini AK olhando para mim.

— Eu sou. — Deixei meus olhos vagarem novamente para a porta da sala dos fundos.

— Ela é barulhenta pra caralho — Slash comentou, passando as mãos pelo cabelo. — A cadela não para de gritar há horas. Estou com uma dor de cabeça do caralho.

— Ela está quieta agora — salientei.

— Beauty deve ter amordaçado ela. — Ash parou na porta, sorrindo maliciosamente enquanto terminava seu cigarro e jogava a bituca no chão. — Minhas malditas orelhas estão doendo com todo o barulho. Eu preciso de uma bebida.

Virando-me para Zane e Slash, eu disse:

— Vocês viram como instalei aquela última câmera? — Eles assentiram. — Podem fazer o mesmo nos outros ambientes. — Então me virei para Ash. — Você também. Preciso instalar essas câmeras rápido. Eles vão mostrar como fazer isso.

— Boa sorte. — Ash seguiu seus irmãos até uma sala distante.

Pegando uma câmera, bati na porta. Beauty respondeu; ela parecia confusa, mas quando me viu, abriu um sorriso.

— Oi, meu bem — ela disse, segurando a porta entreaberta. — Você está aqui para instalar a câmera?

— Sim.

— Que bom, então vou fazer uma pausa. Preciso de uma bebida. Fique de olho nela enquanto você trabalha... a vadia é mal-humorada. Eu geralmente respeito isso em uma mulher, mas agora quero dar um soco nos dentes dela só para que sua boca fique inchada demais para continuar gritando. Ela está me dando nos nervos. — Beauty sorriu ainda mais. — Não vou demorar! — E saiu do armazém.

A porta estava aberta, mas o ambiente estava escuro. Respirando fundo, empurrei a porta. A sala dos fundos era pequena, com apenas uma lâmpada fraca como fonte de iluminação. Mas vi a prima no canto, oculta pelas sombras. Sua cabeça estava abaixada, e seu cabelo escuro escondia o rosto. Suas mãos estavam amarradas, assim como os pés. O vestido de noiva cobria a maior parte de seu corpo. Entrecerrei os olhos, tentando vê-la, mas com a iluminação precária, era impossível.

Verificando se não havia ninguém por perto, fechei a porta e a tranquei. Minha mão apertou a maçaneta, mas então aprumei a postura e me virei. Fui direto até a cadeira onde a cadela se encontrava, e ela deve ter sentido minha presença, porque começou a chacoalhar as pernas e rosnou:

— *Cabrones! Los odio!*

Sua cabeça inclinou para trás quando ela se debateu para chegar perto de mim. Eu me mantive firme, esperando que se acalmasse e parasse. Seu longo cabelo escuro voou para trás de seu rosto, a boca se abriu para continuar jorrando xingamentos em minha direção, e então seus olhos se fixaram aos meus e...

Eu congelei.

Não conseguia me mover.

Cada célula do meu corpo ficou rígida. Eu nem estava respirando.

Meu coração começou a bater forte contra a caixa torácica, e meus músculos retesaram ao ponto de eu pensar que arrebentariam. E em momento algum desviei a atenção daqueles olhos. Olhos castanhos escuros, cílios longos pra caralho e aqueles lábios... aqueles lábios carnudos e perfeitos.

Meu peito comprimiu meus pulmões como um punho de ferro, e minhas malditas mãos começaram a tremer... porque eu não confiava em meus olhos. Não confiava em mim mesmo para acreditar estar vendo quem estava diante de mim.

Seus olhos se arregalaram, e vi seu rosto empalidecer. Ela piscou como se também não pudesse acreditar, então seus olhos se encheram de lágrimas...

— Tanner? — sussurrou, incrédula. Tive que fechar os olhos quando o som de sua voz se infiltrou em meus ouvidos. — Não... não pode ser... — ela chorou.

Minha respiração e coração estavam sincronizados, ambos ressoando em meus ouvidos. Abrindo os olhos, balancei minha cabeça. Não podia ser... Não podia ser ela...

— Ad... Adelita?

A rouquidão de seu nome em meus lábios encheu cada centímetro do ambiente silencioso como uma fumaça espessa. Seus olhos se fecharam e uma lágrima escorreu por sua bochecha.

Então olhei para ela... realmente olhei para ela, e a realidade de merda me atingiu.

Ela estava usando um vestido de noiva. O choque que me manteve paralisado começou a desaparecer. E como sangue quente saindo direto do inferno, o choque, o maldito alívio de que era Adelita sentada diante de mim, sumiu... e em seu lugar veio a confusão, a descrença... então raiva. Uma raiva fodida. Porque não era a prima de Adelita que ia se casar... era *ela*.

— Tanner? — A voz de Adelita estava trêmula e calma, tão perfeita quanto eu me lembrava. Mas essa doçura não foi suficiente para diluir o gosto amargo que se acumulava na minha boca.

Encontrei seu olhar, aqueles olhos que uma vez me fizeram promessas em troca de tudo o que eu havia prometido a ela. Os olhos que me disseram para confiar nela como ela confiaria em mim. Que ela esperaria por mim até que eu descobrisse uma maneira de ficarmos juntos. Enquanto eu ia embora e tentava encontrar uma forma de escaparmos de toda a merda que nos mantinha separados. Todo esse tempo. Todos aqueles meses planejando e tramando uma maneira de deixar minha família, deixar a Klan ileso, protegido por alguém mais forte e poderoso. Para provar meu valor para os Hangmen para que eles me aceitassem como um deles... tudo por ela. Tudo por essa cadela que virou minha vida de cabeça para baixo e me mudou, porra, me fez querer nada além dela. Tudo para que pudéssemos ficar juntos e escapar de nossas malditas famílias que nunca nos deixariam... que prefeririam nos ver mortos.

Enquanto encarava a mulher que eu amava, aquela que tinha governado minha vida desde a primeira vez que coloquei os olhos nela, tudo que senti foi uma maldita tempestade de fúria dominando meus músculos e ossos. A raiva que eu costumava usar todos os malditos dias, a raiva que aprendi a controlar por ela, começou a se libertar... e não fiz nada para contê-la. Não fiz nada para reprimi-la. Em vez disso, deixei que ela me inundasse, minhas veias explodindo com a escuridão que sempre viveu dentro de mim, colocada lá pelo meu pai e pela Klan e todo o ódio e veneno com o qual fui contaminado quando criança. E eu abracei essa merda.

Nenhum tipo de respiração profunda estava funcionando. Nada iria conter isso. Enquanto eu olhava para aquele vestido de noiva, para a renda branca cobrindo seus braços – braços que haviam me abraçado quando ela prometeu um dia ser minha maldita esposa –, eu perdi a cabeça.

— Era você — rosnei. Meus punhos estavam cerrados com tanta força que eu sabia que as unhas fincariam nas palmas à medida que o perfume de Adelita se infiltrava pelas minhas narinas. Aquele perfume com o qual sonhei por dois anos. O cheiro que eu me lembrava toda vez que deitava na cama. O cheiro que mantive comigo por todo esse tempo. — Era *você* quem ia se casar! — Não falei isso como uma pergunta, não precisava. Ela estava sentada na minha frente em um maldito vestido de noiva.

Os olhos de Adelita diziam tudo. A culpa estava escrita em todo o seu rosto. Ela me traiu. *Nos* traiu. Sua boca se abriu, mas não ouvi o que ela tinha a dizer. Nem sei se ela realmente falou alguma coisa. Meu cérebro se fechou, afogando-se na névoa espessa que eu estava deixando entrar,

HERANÇA SOMBRIA

me levando de volta ao dia em que voltei para o México. O dia em que joguei tudo pelos ares. O dia em que coloquei todos os meus planos em ação.

O dia em que o Príncipe Branco caiu, voluntariamente, de seu maldito trono...

— Só mais algumas viagens como esta, Tanner, e estaremos prontos — meu pai disse, ao passarmos pelos portões da fazenda Quintana. Meus olhos estavam fixos nos guardas que cercavam o local, assim como da última vez. Tentei me concentrar neles, no que meu pai estava dizendo. Mas a porra da minha cabeça doente foi para apenas um lugar.

Adelita Quintana.

Dois meses. Eu tinha estado afastado por dois meses. Dois meses de volta com meu povo, minha família. Fodi vadias puras, tentando lembrar quem diabos eu era. Dois meses derrubando inimigos e queimando a cruz em chamas.

E dois meses tentando me livrar da vergonha de ter fodido a filha do Quintana. E dois meses para me preparar para este momento. O momento em que a visse novamente.

Eu tinha que me manter longe.

O carro parou e fomos levados para a fazenda. Minhas mãos estavam cerradas ao lado, meu rosto focado adiante. Quando chegamos aos aposentos privados de Quintana, me sentei ao lado de meu pai, então Quintana chegou.

— Cavalheiros — ele disse, com seu maldito sotaque carregado. Adelita não falava como ele. O pai, claramente, deu uma educação à filha melhor do que ele mesmo teve.

Eu me levantei e apertei sua mão. Meu pai e Quintana começaram com a conversa fiada e eu rapidamente abstraí. Olhei em volta para as obras de arte no escritório de Quintana. Era uma merda. Cores muito fortes que não faziam o menor sentido... até que meu olhar pousou em uma pintura acima de sua mesa. Olhos castanhos que foram gravados em minha mente me encararam. E assim como eu me lembrava, eles me provocaram com um olhar arrogante, me desafiando a tomá-la.

Um olhar que me dizia para possuir sua boceta novamente.

— Tanner? — A voz rouca do meu pai chamou minha atenção e eu olhei para ele. — Vamos nos juntar a Alfonso em breve para jantar, okay?

— Sim, senhor — respondi e segui meu pai.

Enquanto caminhava para a suíte em que fiquei hospedado da última vez, examinei os corredores, mas não havia sinal de Adelita. Os aposentos dela eram por aqui, eu sabia disso. Minha pele se arrepiou como se pudesse senti-la perto. Eu esperava não vê-la o tempo todo em que estivesse aqui. Rezei para que ela estivesse fora da cidade, para que eu pudesse entrar e sair dessa merda sem lançar um olhar em sua direção.

Tomei banho e me troquei para o jantar. Não parei de me mover; andei pelo meu quarto até a hora de ir. Não conseguia desligar a porra da minha mente. Esmurrei minha cabeça com o punho cerrado, só para tirar a lembrança de Adelita gozando debaixo de mim dos meus pensamentos. Da memória ao perceber que eu tinha acabado de tirar sua virgindade. De como ela me deu um tapa, lutou comigo, então me beijou como se não suportasse deixar de fazer isso.

Houve uma batida à porta. Meu pai estava lá, trajando um terno. Seus olhos focaram em minha calça, camisa branca de botão e gravata preta. Mas eles se fixaram nas tatuagens que cobriam meu corpo inteiro e que apareciam sob a gola e os punhos da camisa. Seu lábio se ergueu em desgosto. O meu se curvou em vitória. Foi a única coisa na minha vida que fiz contra a vontade dele. O filho da puta me fez pagar por isso com minha própria carne. Mas valeu a pena ver seu herdeiro perfeitamente preparado não sendo mais o garoto americano que ele queria que eu fosse. "Os verdadeiros membros da Klan são invisíveis, Tanner. Eles não ostentam suas crenças em suas peles como pagãos". Sua mensagem havia sido martelada na minha cabeça toda a minha vida; mas quando Tank abandonou a Klan, eu deixei o Exército, entrei em espiral e fiz exatamente o que o grande governador Ayers não queria que eu fizesse.

Foi a melhor decisão que já tomei. Não fui feito para um cargo político como meu pai. Fui feito para a guerra e a violência. Para o sangue, armas e glória.

Fui criado para a escuridão.

— Vamos. — Meu pai nos levou até a varanda onde o jantar seria servido. Ele se inclinou para perto de mim. — Mantenha a boca fechada. Somente eu vou falar. — Para mim, tudo bem. De qualquer maneira, eu era inútil aqui. Ele não tinha intenção de me dar a menor indicação sobre o acordo que estava fazendo com Quintana. Eu estava aqui para a porra do show. E como testemunha.

Quintana estava esperando à mesa. Tínhamos acabado de receber bebidas e fomos direcionados para nossos lugares por uma empregada, quando Quintana abriu um sorriso e se levantou de seu lugar à cabeceira. Mantive os olhos focados à frente, pois eu sabia quem tinha acabado de chegar.

— Tanner, você se lembra da minha filha, Adela.

Travando a mandíbula, fiquei de pé e, relutantemente, ergui o olhar para Adelita.

Seus olhos castanhos se fixaram aos meus, e, na mesma hora, vi algo cintilar dentro deles.

Então meus olhos focaram no homem ao seu lado. O homem em cujo braço ela se encontrava.

— E este é Diego — Quintana apresentou. — Ele é o meu segundo no comando. — O velho olhou para meu pai. — Ele se juntará a nós amanhã, conforme discutimos. E vai liderar o projeto comigo.

A raiva explodiu dentro de mim. Eu sabia que meu pai pôde ver em meu rosto. Eu também sabia que ele achava que o sentimento fosse por ser excluído de suas reuniões, sendo que esse filho da puta estaria lá. Mas ele estava errado. Ele estava errado pra caralho. Minha fúria era por causa do braço desse maldito entrelaçado ao de Adelita.

— Señor Ayers. — Diego sorriu para mim. Ainda mantendo o braço de Adelita ao dele, estendeu a mão livre. Eu a apertei e senti o esforço por trás do firme agarre de seu aperto. Eu esmagaria esse filho da puta em um piscar de olhos. Foda-se o cabelo perfeitamente penteado para trás e o terno de três mil dólares.

— Vamos nos sentar, sim? — Quintana disse.

Fiz o que ele disse, então olhei para o meu prato... Eu me obriguei a fazer isso, na verdade. Mas então Adelita perguntou:

— Você fez uma boa viagem de volta ao México, Tanner?

Levantei a cabeça e meu olhar travou com o dela.

Ela sorriu, mas eu podia ver seu nervosismo. Observei sua garganta se mover conforme engolia em seco, seu olhar se concentrando no meu peito. Essa porra fez algo comigo. Acendeu alguma porra dentro de mim. Eu a deixei nervosa. Eu tinha mexido com ela. Então me perguntei se ela estava pensando agora o mesmo que eu. Se estava se lembrando de mim a imprensando contra a parede naquela casa, minha mão em sua garganta. Se ela estava se lembrando de sua boca na minha, seus dentes cravando na minha carne.

Se ela se lembrava de mim dentro dela, fazendo-a gritar.

Quando meu pau endureceu, deixei a raiva empurrá-lo de volta para baixo. Eu não a queria. Não a queria perto de mim. Eu tinha que me lembrar disso.

— Adelita te fez uma pergunta. — Meus olhos se voltaram para o tal Diego ao lado dela. O filho da puta, sentado lá com seu terno de três peças e seus olhos escuros irritados, estava me encarando. Meu pescoço tensionou enquanto eu lutava contra o desejo de me lançar em cima do idiota e ensiná-lo algumas boas maneiras.

Percebi a expressão de pedra no rosto do meu pai e me virei para Adelita.

— Foi tranquila.

Quando todos começaram a comer, olhei para Diego e o flagrei me observando.

Encontrei seu olhar e o deixei saber com meus malditos olhos que eu o odiava à primeira vista. E prometi a ele que se tivesse a chance, acabaria com ele.

Diego desviou o olhar quando Quintana lhe fez uma pergunta. Mas minha atenção se focou em sua mão, quando a estendeu e cobriu a de Adelita sobre a mesa. O fogo se alastrou pelas minhas veias. Eu me remexi na cadeira, pronto para foder esse negócio e desmembrar lentamente o filho da puta, até que Adelita retirou a mão de sob a dele e a enfiou debaixo da mesa.

Seu olhar se voltou para mim, de relance, então se focou novamente em seu pai; a princesa perfeita do cartel nunca abandonava sua fachada refinada. O rosto de Diego era de pedra, mas eu podia dizer pelos seus ombros que ele estava irritado.

Então engoli minha própria raiva. Porque eu não me importava se ele trepasse com ela nesta mesa, na frente de todos nós. Não me importava se o idiota a comeu logo depois de mim. Ela não era minha, e eu nunca a tocaria novamente.

Olhei para a porta e me perguntei — pela centésima vez — o que diabos eu estava fazendo aqui. Minhas unhas se cravaram nas palmas quando cerrei os punhos. Meus músculos se retesaram com tanta força que meu pescoço doeu. E enquanto olhava ao redor do corredor, eu sabia que tinha menos de trinta segundos antes que um segurança chegasse. O Exército me ensinou muitas coisas. Eu estava grato que uma delas era como passar furtivamente pelas patrulhas.

Ou talvez não estivesse, porque se eu não tivesse aprendido a ser furtivo, eu não estaria aqui agora — um maldito traidor da minha raça.

O alfinete que eu segurava na mão se tornou uma chama ardente. Fechei os olhos, tentando me obrigar a ir embora. Mas quando ouvi o som distante dos seguranças no corredor, entrei em ação. Em segundos, arrombei a fechadura com o alfinete e entrei no quarto de Adelita. O cheiro de rosas atingiu meu nariz primeiro. Minha mandíbula tensionou, mas meus pés me levaram para outro conjunto de portas. Eu também abri o cadeado e entrei.

O quarto estava escuro, a não ser por um pequeno abajur na mesinha de cabeceira. Adelita se encontrava deitada na cama, vestida com uma camisola de seda branca que deixava seus braços, panturrilhas e pés expostos. O material grudava em seu corpo como cola. Seu corpo malditamente perfeito. Um corpo que minhas mãos se lembravam de explorar cada centímetro.

O chão rangeu sob meus pés. Adelita se sentou e seu olhar colidiu com o meu. Fiquei imóvel, as mãos novamente em punhos.

Ela arregalou os olhos, mas ficou em silêncio. Minha respiração ecoou em meus ouvidos. Eu deveria me virar e sair. Eu deveria ter feito isso. Meu pau endureceu no minuto em que a vi. Eu estava ferrado por estar aqui. Eu sabia que estava.

No entanto, meus pés não se moveram.

Adelita se levantou. Observei cada movimento que ela fazia, minha respiração se tornando mais acelerada. Eu a vi com dificuldade para respirar também. Seus seios subiam e desciam sob a camisola de seda. Ela estava a apenas alguns metros de mim agora. Eu podia sentir o cheiro familiar de coco de seu cabelo, e podia ver seu rosto sem maquiagem, o cabelo solto e livre, caindo até o meio das costas.

A temperatura no quarto parecia estar em mais de quarenta graus. Eu a observei e ela fez o mesmo, então...

— Tanner... — Ao som do meu nome em seus lábios, joguei fora a última gota de sanidade que me restava e fui até ela. Sem nem ao menos lhe dar uma chance de falar, esmaguei seus lábios com os meus. Adelita gemeu em minha boca, e então sua língua duelou com a minha.

A porra do meu coração era como um tambor prestes a explodir no meu peito. Minhas mãos estavam em toda parte sobre seu corpo. Suas mãos pressionaram minhas bochechas, em seguida, desceram para meus bíceps. Unhas vermelhas familiares cravaram na carne, me arrancando um sibilo quando a dor, misturada com o gosto, a sensação e seus gemidos, deixou meu pau pronto para arrebentar a calça jeans.

Afastando minha boca da dela, tirei a camisa, em seguida, puxei as alças de sua camisola até que seus seios estivessem livres. Com um grunhido, me inclinei e chupei um mamilo em minha boca. A cabeça de Adelita pendeu para trás, e um gemido escapou por entre seus lábios. Suas mãos seguravam minha cabeça contra o seu seio, minha língua atormentando o mamilo em movimentos frenéticos. Deslizei a mão sob sua camisola. Assim que meus dedos encontraram sua boceta molhada, Adelita gritou. Soltando seu mamilo, eu a joguei na cama, pairando acima dela, e cobri sua boca com minha mão livre.

— Shhh... — sibilei. — Fique quieta.

Seus olhos reviraram quando a penetrei com um dedo, procurando o ponto que a faria desmoronar. Deslizei o olhar pelo seu corpo, memorizando seus seios, pernas e boceta. Mas não foi o suficiente. Eu a queria nua debaixo de mim. Queria sua pele pressionada contra a minha. Segurei o tecido fino que cobria seu corpo e o rasguei ao meio. Tirei a camisola arruinada debaixo dela e a joguei no chão. Então me sentei e olhei para ela – Adelita Quintana.

Olhei para ela, ali deitada, seu corpo nu e exposto ao meu olhar – mamilos enrugados e vermelhos, boceta encharcada e me esperando. Eu a encontrei me observando de igual maneira. E quando um pequeno sorriso curvou seus lábios, esse seu lado antagônico, que eu sabia que estava sob aquela merda perfeita de princesa do cartel, aquela porra de fogo, escapou. Mordendo o lábio, Adelita moveu o pé e lentamente deslizou contra o meu pau.

Isso acabou comigo.

Colei minha boca à dela, mas apenas por um segundo, antes de deslizar pelo seu corpo. Passando os braços sob suas pernas, eu a puxei para a beirada da cama – a vadia não estava de brincadeira. Seus olhos cintilaram, as pupilas dilataram e ela lutou para recuperar o fôlego. Um calor se alastrou pelo meu corpo ao vê-la deitada diante de mim. Eu gemi, então me abaixei e lambi ao longo de sua boceta depilada, do clitóris à sua entrada. A cabeça de Adelita inclinou para trás e sua boca se abriu. No entanto, ela conteve o grito na garganta e suspirou baixinho.

Seu gosto estava ameaçando minha sanidade. Lambi ao longo de sua boceta novamente, chupando o clitóris com vontade e brincando com ele com minha língua. Adelita se contorceu em meus braços, mas usei minha força para prendê-la e mantê-la imóvel. Então ela teve que suportar minhas lambidas e saber quem estava fodendo com ela. Mais do que viciado em seu gosto, eu a deixei cada vez mais excitada, até que seu corpo tensionou antes de gozar abaixo de mim.

Enquanto Adelita ofegava, sua pele se tornou escorregadia de suor. Seu corpo estremeceu em meus braços, os quadris se sacudindo com a intensidade do orgasmo. Vê-la assim, esse corpo e rosto perfeitos se perdendo por minha causa, me transformou em um selvagem. Abri a calça jeans, tirei as botas e larguei tudo no chão. Antes mesmo de Adelita ter a chance de se recuperar, eu me instalei entre suas pernas e arremeti dentro dela com um longo impulso. Suas costas arquearam da cama enquanto eu estocava em seu interior, para frente e para trás, para frente e para trás. Seus seios roçaram meu peito, e seus braços envolveram meu pescoço, as unhas arranhando a pele. Adelita devolveu tanto quanto dei a ela. Ela usou as mãos no meu pescoço como apoio enquanto se erguia um pouco do colchão e cavalgava meu pau.

Sua boceta me apertou com força, e cravei os dentes na lateral do seu pescoço, chupando a pele. A princesa me cavalgou com mais força ainda. Uma pressão começou a surgir na base da minha coluna. Fazendo questão de deixá-la saber que seu duelo por controle acabou, eu a joguei no colchão e a segurei enquanto a fodia. Eu a fodi com força, em um ritmo tão brutal que ela me sentiria dentro de si por dias. Tão forte que mesmo que outro pau entrasse nela, tudo o que ela pensaria era em mim, neste momento. Meu pau possuindo sua boceta.

Sua respiração se tornou ofegante. Ela estava imprensada ao colchão, e eu não conseguia desviar o olhar. Seu cabelo se espalhava ao redor de sua cabeça como uma maldita auréola; as bochechas estavam coradas, seus lábios inchados pelo ataque da minha boca. Suas pupilas estavam tão dilatadas que os olhos castanhos pareciam negros.

Meu coração disparou. Meus braços, ainda prendendo-a, começaram a tremer enquanto eu tentava afastar o olhar. Mas eu não podia. Meu peito apertou enquanto eu me impulsionava ainda mais rápido. O aperto intensificou à medida que eu tentava pensar nela como nada. Pensar nela como impura e inferior a mim. Mas quando sua boceta convulsionou e começou a estrangular meu pau, e eu a vi gozar, com a cabeça inclinada para trás e sussurrando, "Tanner", eu sabia que estava completamente fodido. Soltando um rugido alto, arremeti mais uma vez, a visão de seu rosto perfeito me fazendo gozar com força total. Enfiei a cabeça em seu pescoço e continuei estocando até me drenar por completo.

Inspirei lentamente, tentando recuperar o fôlego. Mantive a cabeça enfiada na curva de seu pescoço, respirando seu cheiro. Eu precisava me mexer. Eu disse a mim mesmo para sair dali, para ficar bem longe do quarto dela, mas meu corpo não me dava ouvidos. E quando sua mão subiu e deslizou sobre minha cabeça raspada, descendo, em seguida, pela minhas costas em carícias suaves e lentas, eu sabia que não iria a lugar algum.

Meu pau ainda estava duro dentro dela. Só me retirei de seu corpo quando ficou flácido. Senti meu gozo escorrer por suas coxas, e quase fiquei duro novamente. Movi a mão entre suas pernas e esfreguei a evidência em sua pele. Marcando Adelita como minha. Certificando-me de que ela soubesse quem tinha acabado de tomá-la, quem a havia possuído pela primeira vez dois meses atrás.

Adelita arfou. Levantei a cabeça, e rocei minha bochecha coberta pela barba contra a pele macia. O olhar castanho se fixou ao meu. Ela não disse nada, apenas continuou olhando para mim. Algo se partiu no meu peito com esse gesto. Eu não sabia o que diabos era, mas me aterrorizava.

Prendi a respiração conforme seus olhos procuravam os meus e os dedos acariciavam meu rosto.

— Hola, Tanner Ayers. É bom ter você de volta.

Minhas narinas se dilataram e fechei os olhos, lutando contra o que quer que estivesse me possuindo. Lutando para lembrar quem eu era e no que acreditava. Mas quando abri os olhos e vi o rosto sorridente de Adelita me encarando, todos os outros pensamentos, exceto ela, eu e nós, assim, agora, desapareceram completamente.

Virei a cabeça contra sua mão e beijei a palma. Seus olhos se arregalaram. Então beijei sua boca, e ela se derreteu contra mim. Quando me afastei, me deitei ao seu lado; encarei o teto, me recusando a deixar entrar as coisas que apunhalavam minha mente —

meu pai e o que ele faria se soubesse que eu estava aqui, minha irmandade no Texas... e toda a Klan dos EUA –, o que eles fariam se descobrissem que seu herdeiro estava fodendo uma mexicana. Pior ainda, uma princesa do cartel.

— Sentiu minha falta, Tanner Ayers? — A pergunta me afastou dos pensamentos turbulentos. Ela cruzou os braços sobre o meu peito e apoiou o queixo sobre eles. Observei seu rosto e procurei a inferioridade, mas não consegui encontrar nada. Adelita era a coisa mais perfeita que eu já tinha visto.

— O que está acontecendo entre você e aquele babaca do Diego? — perguntei, minha voz afiada como uma adaga. Os olhos de Adelita se arregalaram quando a pergunta saiu da minha boca. Não havia nada calmo ou agradável sobre a maneira como fiz a pergunta.

Mas então um sorriso malicioso curvou seus lábios. E isso me irritou pra caralho e me fez querer empurrar meu pau entre eles e foder sua boca. Estendendo a mão, arrastei meu polegar sobre a pele macia e exigi:

— Responda a pergunta.

Adelita revirou os olhos. Ela era uma das únicas pessoas que já conheci que não me temia. Eu não sabia o porquê. Ela mordeu meu polegar e eu rosnei, meu pau despertando para a vida com a pontada aguda de dor. Adelita soltou meu polegar e disse:

— Nada. Nós crescemos juntos. Ele é o braço direito do pai.

— Ele quer foder você.

— Bem, eu não quero transar com ele.

Erguendo-me um pouco, mordi seu lábio, antes de empurrar a língua dentro de sua boca. Adelita gemeu contra mim. Ouvindo um barulho, verifiquei meu relógio. Eu tinha cerca de quinze minutos para voltar ao meu quarto sem ser visto. Vesti a calça jeans e a camisa e me dirigi para a porta. O pensamento racional se infiltrou de volta em minha mente.

— Essa será a última vez que venho aqui. A última vez que fodemos. — Ignorei a dor no meu peito quando as palavras saíram da minha boca.

Meu sangue zumbiu nas veias como eletricidade passando por fios de alta tensão. Minha pele aqueceu só de pensar em não tê-la novamente. Mas eu precisava ir embora. Eu tinha que parar de ser tão fraco pra caralho.

Pouco antes de chegar à porta, Adelita disse:

— Você estará de volta aqui amanhã à noite, Tanner Ayers. Você não consegue ficar longe de mim. — Ela sorriu, mas as bochechas coraram. — Assim como não consigo ficar longe de você.

Finquei as unhas na palma da mão, sentindo a dor afiada. Fechei os olhos e tentei respirar para acalmar a raiva que suas palavras despertaram. Mas não adiantou. Eu *me virei; Adelita ainda estava na cama, nua e me observando, sua pele ainda pegajosa da nossa transa.*

Voltei para onde ela estava, agarrei um punhado do seu cabelo e a puxei para o meu rosto, prestes a dizer a ela o que eu pensava de sua espécie, dos seus malditos jogos mentais. Mas quando abri a boca, algo mais se apoderou da minha língua.

— Se aquele idiota chegar perto de você, eu vou matá-lo. — Os lábios de Adelita se entreabriram, e ela inclinou a cabeça enquanto arrastava o olhar sobre meu peito e braços. Movendo minha mão entre suas pernas, deslizei um dedo dentro dela, meu pau se contraindo ao ouvir seu gemido. — Eu possuo essa boceta, princesa. Não se esqueça disso.

Afastei a mão e saí de sua suíte. Fechei a porta e me dei um maldito segundo para respirar. Então me esgueirei de volta para o meu quarto antes de ser pego no flagra.

Na noite seguinte, eu estava de volta na cama de Adelita, e de volta àquela boceta que eu possuía. E ela deveria ser uma maldita bruxa, porque eu comecei a pensar nas palavras de Tank um tempo atrás, quando ele se juntou aos Hangmen e me deixou, seu melhor amigo. Que um dia eu conheceria alguém que me faria questionar tudo. Alguém que me faria perceber que o império invisível era tudo besteira. Não poderia ser... Eu acreditei em tudo. Eu acreditava. A Klan tinha um objetivo, e eu estava determinado a ver isso acontecer.

Fechando os olhos com força, pensei nas cruzes em chamas, nos comícios e nas pessoas que matamos. Pensei na raça branca, em como fomos feitos para liderar, para reinar com supremacia. Mas quando imaginei o rosto de Adelita na minha mente, as linhas se tornaram tênues. Eu me esforcei para enxergar a impureza. O sorriso de Adelita, a pele levemente bronzeada e os olhos escuros nublaram minha mente. E, porra, para mim, eles eram perfeitos... assim como ela... uma mexicana perfeita... Eu não sabia o que diabos fazer com isso...

— Tanner? — Balancei a cabeça, e então aqueles olhos estavam bem na minha frente mais uma vez; mas, desta vez, eles eram reais. Minhas mãos tremiam e meu pescoço estava tão tenso que pensei que meus tendões se romperiam. Meus olhos se fecharam quando o fogo do inferno me tomou, erradicando qualquer sanidade, qualquer coisa boa que foi deixada dentro de mim. — Tanner... por favor...

A voz suplicante de Adelita me fez abrir os olhos, e eu estava do outro lado da sala em segundos. Agarrei um punhado de seu cabelo – cabelo que, depois de todo esse tempo, eu ainda me lembrava da sensação e do cheiro – e olhei em seus olhos. Eu me recusei a permitir que meu olhar deslizasse pelo seu corpo, porque se visse aquela porra de vestido de noiva de novo, não tinha certeza do que faria.

— Você me traiu — rosnei, tentando desesperadamente controlar a raiva. — Você me *traiu*, porra. — Minha voz era quase inaudível, mas escorria veneno.

As lágrimas que estavam se acumulando nos olhos de Adelita desapareceram por um instante, substituídas por uma faísca de raiva. Ela abriu a boca para falar, mas a porta da sala se abriu.

— Tanner?

Eu me virei, incapaz de conter a raiva.

— Saiam daqui antes que eu mate vocês. — Os olhos de Slash, Zane e Ash se arregalaram, e os três voltaram para a porta. Seus semblantes mostravam confusão, como se eles não soubessem o que diabos estava acontecendo. Mas eu tinha perdido a cabeça. Eu não estava pensando racionalmente para parar e explicar. Estava cansado de tentar ser o Tanner que todos eles conheciam. Aquele que mantinha seu temperamento sob controle. Aquele que tentava fingir que não era um assassino a sangue frio. Aquele que mantinha para si a parte mais fodida de sua personalidade.

Tirei a faca do cós da minha calça jeans e me certifiquei de que a arma no meu coldre estivesse carregada.

— Porra! — praguejei, ciente de que meus irmãos estariam aqui em breve. Ciente de que a merda estava prestes a bater no ventilador. Meus músculos vibravam enquanto eu esperava por quem ia passar por aquela porta; porque eles chegariam. E mesmo que esses homens fossem meus irmãos, se tentassem chegar perto de Adelita, eu os mataria. Não tive que esperar muito. Minutos depois, Bull, Tank e Beauty entraram correndo pela porta. Peguei minha faca e me postei diante de Adelita. Foi em Tank que me concentrei; ele deu uma olhada para mim e ergueu as mãos no ar.

— Tann? Que porra é essa?

— Se afaste — avisei, minha voz era pura ameaça. Bull deu um passo à frente, rodeando Tank. — Eu disse para se afastar!

— Tann! Merda! O que diabos está acontecendo? — Tank impediu Bull de se aproximar. O rosto de Bull refletia sua fúria enquanto ele me observava como um falcão.

— Tank, se afaste. Não vou pedir de novo.

— Tann, não sei o que diabos está acontecendo aqui, mas fale comigo. Sou seu melhor amigo. Me diga o que está acontecendo! Está planejando levá-la para algum lugar? Isso é sobre a sua cadela?

Meus olhos percorreram a sala. Eu tinha que tirar Adelita daqui, tinha que protegê-la. Ninguém a tocaria. O pensamento de Shadow tirando-a de seu quarto, ou quem quer que a tivesse amarrado à cadeira, prendendo suas mãos e pés, quase me levou ao limite. Minha visão ficou embaçada, enxergando tudo vermelho só de pensar nisso.

A porta se abriu novamente, e Ky, Styx, Vike, AK e Rudge entraram. Foquei meu olhar em Styx. Ele era minha maior ameaça. Mais irmãos chegaram; Cowboy, Hush e Smiler. Os recrutas que ameacei. O sangue em minhas veias agora fluía como corredeiras, meus ouvidos ecoando com a adrenalina que fluía pelo meu corpo.

Ky deu um passo à frente.

— Que porra está acontecendo?

— Se afaste — eu disse, lentamente, para que o filho da puta soubesse que não deveria me pressionar. Ky piscou, em choque, então inclinou a cabeça para o lado. Eu conhecia aquele olhar em seu rosto; eu o tinha irritado. Antes que ele, ou qualquer um deles, pudesse falar, eu disse: — Estou avisando. Se qualquer um de vocês tentar chegar até ela, eu vou matá-los. Ninguém vai tocá-la. Tentem e vejam o que acontece.

— Finalmente! — bradou uma voz. Encontrei o olhar de Vike. O filho da puta estava sorrindo. — A fera despertou. A porra do Príncipe Branco está aqui. A fera que todos nós tínhamos ouvido falar. Eu estava me perguntando onde ele esteve todo esse tempo.

Ky deu um passo à frente.

— Eu falei sério! — adverti. — Não quero machucar você, mas vou fazer isso se você me enfrentar.

— Tann? — Tank empurrou Ky para trás e manteve a mão no peito do *VP* para segurá-lo. Então algo cintilou em sua expressão. — A cadela... — ele disse, e o vi que tentando juntar as peças pela fisionomia concentrada em seu rosto. Ele tentou ver Adelita às minhas costas de mim; eu a bloqueei com meu corpo. — Não é a prima nessa cadeira, é?

A sala se encheu de tensão quando todos ficaram em silêncio. Meus olhos foram de um irmão ao outro, minha faca erguida em punho, apenas no caso de eles tentarem me pegar de surpresa. Ouvi Adelita prender a respiração quando eu disse:

— Esta é Adelita Quintana. — Desta vez foi a Tank a quem me dirigi. — E ela não é minha cadela, irmão... ela é a porra da minha noiva.

Os olhos de Tank se fecharam por um instante. Era isso o que eu estava escondendo dele; que ela era muito mais do que apenas minha cadela. Em momento algum desviei minha atenção dele, então Ky me pegou desprevenido quando passou por Tank e me deu um soco no rosto. Ele me empurrou contra a parede mais próxima.

— Sua noiva? Mais alguma coisa que você não está nos contando, idiota? — Suas palavras foram como gasolina para o fogo que estava queimando dentro de mim.

Socando seu peito, eu o tirei de cima de mim e avistei o olhar de Adelita. Lágrimas escorriam por suas bochechas e meu estômago revirou com a visão. Ky usou esse momento de distração para bater em mim novamente. Senti gosto de sangue na boca à medida que o filho da puta continuava me esmurrando.

— Não! — Ouvi Adelita gritar. Empurrando Ky para trás, lutei para chegar até ela. Ky agarrou meu braço e eu peguei embalo. Meu punho foi direto no seu lábio, abrindo-o. Ele apenas sorriu, lambeu o lábio e veio em minha direção novamente. O maldito não sabia quando parar.

Tank se colocou entre nós.

— Parem com isso! — ordenou. Olhei novamente para Adelita. Seus olhos apreensivos ainda estavam fixos em mim. — Tann, se acalme.

Inspirei e expirei, me afastando de Tank e voltando para Adelita.

Um assobio alto ecoou pela sala. Styx empurrou os irmãos para ficar diante de nós como a porra do próprio Hades. Suas mãos se levantaram.

— *Se acalmem antes que eu mesmo faça isso* — sinalizou, e Tank traduziu.

Mantive o queixo erguido; eu não recuaria, e não me sentiria culpado. Esta era Adelita. Minha maldita *old lady*. Styx sinalizou para Beauty.

— Ele disse a ela para levar Adelita para o nosso quarto, na sede do clube — Tank informou, sabendo que eu não conhecia a linguagem de sinais.

— Certo. — Beauty olhou para mim, seus olhos inundados com simpatia.

— Lita — murmurei, sem olhar na direção dela. — Beauty é a *old lady* do Tank. Eu lhe contei sobre ela, lembra? Sobre o Tank?

— *Si* — ela sussurrou. Meu estômago revirou ao ouvir sua voz novamente. Ela estava com medo, mas, como sempre, se recusava a demonstrar.

— Smiler, AK, levem Beauty e a filha do Quintana para a sede do clube e fiquem de guarda.

AK deu um passo à frente com sua faca na mão.

— Fique aí, porra — ameacei. A mandíbula de AK cerrou. — Eu vou desamarrá-la. — Mantendo o olhar atento em meus irmãos, passei a faca pelas cordas ao redor dos tornozelos de Adelita, depois me postei às suas costas para desamarrar suas mãos. Assim que suas mãos estavam livres, elas encontraram as minhas. Respirei fundo quando seus dedos se entrelaçaram aos meus. Aquele maldito sentimento que reprimi por todo esse tempo voltou à tona. A raiva se acalmou em meu sangue. As batidas constantes do meu coração e a sensação de voltar para casa. Não dando a mínima para o fato de todos os meus irmãos estarem aqui, fiquei diante dela e a levantei da cadeira, tomando seus lábios com os meus.

Adelita se derreteu contra mim como se o tempo não tivesse passado. Se eu não soubesse onde estávamos, poderia ter me enganado, pensando que estávamos de volta ao México. De volta ao seu quarto. Eu estava completamente consumido por ela. Seu cheiro, sua sensação, seu gosto.

Quando me afastei, os olhos de Adelita se abriram. Lágrimas escorreram por suas bochechas, e tive que lutar contra a raiva que ainda queimava dentro de mim. Ela ia se casar. Aqui estava ela, no Texas, na porra dos meus braços... em um vestido branco destinado a outra pessoa.

— Tann? — A voz da Beauty chegou até meus ouvidos. — Deixe-me levá-la enquanto você resolve tudo. Prometo que vou cuidar bem dela. Você pode confiar em mim. — As mãos de Adelita tremiam, agarradas aos meus pulsos. Ela olhou para Beauty, e quando consegui desviar minha atenção de Adelita, também olhei para ela. Beauty sorriu para mim, depois se virou para Adelita. — Eu sou a Beauty. — Estendeu sua mão. Adelita parecia cautelosa, mas a apertou. — Dou minha palavra que ninguém vai machucar você.

— Vá com ela — falei. Adelita ainda segurava firme no meu pulso como se não quisesse soltar. Enfiei minha mão contra a dela e a beijei novamente. — Confie em mim.

Adelita assentiu e deixou que Beauty a conduzisse. Lutei contra um sorriso quando a vi manter a cabeça erguida como a princesa que ela era. Meus irmãos a observaram enquanto ela passava. AK e Smiler seguiram em seu encalço. Meu olhar a seguiu até ela sumir porta afora. Meu instinto era segui-la, mas precisávamos resolver essa merda. De uma vez por todas.

— *Essa é a filha do Quintana?* — Ky perguntou, traduzindo para Styx. Assenti com a cabeça. A sala estava em silêncio total. — *Hora de explicar. Agora mesmo. E chega de mentir ou omitir coisas. Esta é sua última chance.*

Cerrei os dentes diante da ordem, mas então pensei nos olhos de Adelita se enchendo de lágrimas ao ver Ky me esmurrando. De como ela estava com medo. Foi o suficiente para reduzir o fogo dentro de mim a uma chama baixa. Cruzei os braços sobre o peito e falei:

— Nos conhecemos quando meu pai e Quintana fecharam um acordo. Eu não sabia disso na época, mas deve ter sido em relação ao tráfico. Ele me manteve fora de tudo, não me incluiu. Foi quando conheci Adelita.

— E o quê? O Romeu da Klan e a Julieta do cartel se apaixonaram loucamente? — A atitude arrogante de Ky me irritou pra caralho.

Eu me contive e expliquei:

— Ela me fez enxergar as coisas de forma diferente. Ela me fez ver que a merda em que fui criado a acreditar era tudo besteira. — Esfreguei a nuca com a mão. — Eu saí depois disso. — Olhei para Ky, sentindo uma satisfação doentia ao ver que seu lábio ainda estava sangrando. — Lembra? Eu vim aqui e dei a informação que você precisava para tirar sua mulher daquela seita infernal. Então não vamos fingir que você não me entende, e porque fiz o que fiz. Que não entende o que é fazer qualquer coisa para recuperar a quem você ama.

— Você deveria ter dito alguma coisa — Tank comentou. — Você deveria ter nos contado. Merda, irmão, você deveria ter me contado.

— Era muito perigoso — suspirei e inclinei a cabeça para trás, encarando o teto. — Eu estava planejando tirá-la de lá de alguma forma. De algum jeito... e então entramos em guerra. — Dei uma risada desprovida de humor. — Não só contra o pai da minha noiva, mas contra a minha família também. Qualquer coisa que pensei que poderia dar certo, de repente, foi pelo maldito ralo. — Olhei para a cadeira em que ela estava sentada. — Acreditem em mim, eu não esperava que fosse ela. Nunca pensei que ela seria entregue diretamente em minhas mãos.

— Se ela é sua *old lady*, por que diabos ela estava se casando com outra pessoa? — Rudge sondou, fazendo a única pergunta que ainda martelava a minha mente. Eu sabia que todos estavam pensando isso.

Meu coração começou a bater forte quando a imaginei naquele vestido

HERANÇA SOMBRIA

branco. Aquele anel em seu dedo e a expressão culpada em seus olhos quando viu quem estava diante dela, olhando para a evidência de sua traição.

— Eu não sei — respondi, com a voz rouca.

— Merda, irmão — Rudge disse, assobiando baixo. — Você se afastou da coroa nazista por ela, e ela se casou... ou quase se casou... com outra pessoa? — Balançou a cabeça. — Essa merda deve doer.

E doía... Estava me destruindo.

— Temos a filha do Quintana. — Ky se moveu para ficar ao lado de Styx, acenando com a cabeça. — O papaizinho querido vai ficar *puto*. Já era ruim quando achávamos que tínhamos a prima... Agora ele vai fazer o inferno na Terra quando descobrir que temos a filhinha dele.

Styx levantou as mãos.

— *Estamos entrando em* lockdown — sinalizou; Ky traduziu. — *Peguem suas* old ladies *e qualquer coisa que precisem. O* lockdown *começa em quatro horas. Ninguém sai até que essa merda seja resolvida e saibamos em que ponto estamos.* — Os irmãos começaram a sair do armazém. Styx, Ky e Tank ficaram para trás. Styx se aproximou ainda mais de mim. — *Você vai nos contar tudo o que sabe sobre Quintana. Cada detalhe.*

— Não é muito. Já disse, fui mantido fora dos negócios. Descobri sobre o tráfico quando vocês descobriram.

— *Conte sobre as pessoas que trabalham para ele. As táticas que ele usa. Qualquer coisa que puder.*

— E Adelita? — perguntei, quando a tensão se tornou palpável novamente.

— *Ela fica no quarto do Tank, sob guarda* — Styx disse.

— Eu não vou deixá-la. — Cruzei os braços. — Acabei de recuperá-la. Não vou perdê-la novamente. Ela pode ficar comigo.

— O clube ao qual você se juntou acabou de sequestrá-la e a está mantendo contra sua vontade. Você acha que ela vai ficar de boa com você depois disso? — Tank perguntou.

Suspirei, me sentindo exausto pra caralho.

— Ela não sabe no que o pai está envolvido.

— Tem certeza disso? — A expressão de Tank era desconfiada.

— Sim, tenho. Ela não sabe sobre o tráfico de pessoas. De drogas, sim. — Senti meu peito aquecido. — Lita não é ingênua. Ela foi criada na vida do cartel tanto quanto nós na Klan e vocês no clube. — Apontei para Styx e Ky. — Ela não é uma jovem delicada e ingênua. Ela é a porra de uma rainha que sabe como sobreviver em uma vida fodida.

— Combinação perfeita — Ky murmurou, mas eu podia dizer que o irmão estava mais calmo. Se fosse a sua cadela, ele não teria hesitado em fazer qualquer coisa para chegar até ela. Porra, o cara mal deixava Lilah fora de seu campo de visão.

— *Ela não pode ter contato com a família. Aliás, com qualquer pessoa. E ela não vai sair deste clube.* — As mãos de Styx se moveram enquanto Ky verbalizava seus sinais. — *Nós a pegamos como garantia.*

— Ela não é uma porra de garantia... ela é minha cadela!

— *Quintana não atacará este clube se souber que ela está aqui. Portanto, ela é a nossa maldita garantia.* — Styx se virou para sair do armazém, mas então sinalizou: — *Você pode ficar com ela. Mas tente tirá-la daqui e eu mesmo cortarei sua garganta.* — Ele se aproximou de mim e levantou as mãos mais uma vez. — *Eu te considero como um irmão. Você tem sido bom para este clube. Eu confio em você. Mas se eu descobrir que se juntou a nós só para tirá-la de lá, ou se tentar nos enganar de alguma forma, nós te faremos pagar. Eu vou fazer você pagar.*

— Sou um Hangman, porra — rosnei, meus músculos se contraíram de raiva. — Devo a este clube. É o meu lar. Não vou pegar a Lita e fugir. Não sou um maldito covarde.

Styx avaliou minha reação, então assentiu. Ele e Ky me deixaram sozinho com Tank. Assim que a porta foi fechada, exalei e senti a cabeça começar a latejar. Tank passou a mão pelo rosto.

— Puta merda, Tann.

Sentei na cadeira na qual Adelita estava amarrada.

— Ninguém nos permitiria ficar juntos. — Olhei para o meu melhor amigo. — Você não sabe como é isso. Encontrar uma cadela que você sabe que é sua, mas que poderá levar os dois à morte só por ousar tocá-la.

Tank colocou a mão no meu ombro.

— Tann, não estou dizendo que entendo, mas...

— Mas, o quê?

— Deixando de lado toda a merda do cartel, da Klan, dos Hangmen... Ela ia se casar com outra pessoa, irmão. — A dor atravessou meu peito como uma lança. — Você fez tudo para estar na melhor posição para terem segurança para ela estar com você. Protegida. Mas o que diabos ela fez? Ela estava se casando...

— Tem que haver uma razão — eu o interrompi, rezando pra caralho para estar certo. — Tem que haver uma razão pela qual ela estava se casando.

Olhei ao redor do armazém estéril, desocupado para a guerra e quaisquer inimigos que pudéssemos capturar. Meus olhos embaçaram quando me lembrei de sua vida na fazenda.

— Você não viu como era para ela. Presa, sem amigos. Ninguém com quem conversar a não ser os empregados e o padre. Bem, ela tinha uma melhor amiga da Califórnia, mas não era uma constante, não estava lá o tempo todo. Outra amiga da família foi morta quando eu estava lá em uma visita. Adelita tinha que fazer qualquer coisa que seu pai lhe dissesse. Ela era como uma Rapunzel mexicana ou alguma merda do tipo, trancada para que não pudesse ser encontrada. — Balancei a cabeça como se estivesse me convencendo a acreditar que ela não tinha outra escolha a não ser fazer o que seu pai ordenasse. — Ela foi forçada a isso. Ela *tem* que ter sido forçada.

Tank estendeu a mão.

— Vamos. Styx e Ky vão querer essa informação sobre o Quintana antes que você a veja. — Abri a boca para discutir, mas Tank disse: — Beauty está com ela. Você sabe que ela será bem cuidada. Beauty te ama como um irmão; ela fará qualquer coisa por você. Adelita ficará bem por algumas horas enquanto resolvemos isso. O clube vem primeiro, a vida pessoal em segundo lugar. Pode ser bom para Beauty falar com ela antes de você e acalmá-la primeiro.

Deixei Tank me colocar de pé. Eu queria falar com ela. Queria ir até ela nesse momento e ter certeza de que estava segura. Mas ele estava certo; eu tinha que acertar as coisas com Styx e Ky. Eu tinha que fazer isso para que eu pudesse mantê-la perto de mim.

— Porra, Tann, você, com certeza, sabe como atrair problemas — Tank disse, ao sairmos porta afora.

E está apenas começando, eu queria dizer. *Assim que Quintana descobrir que foram os Hangmen, ele vai trazer o inferno à nossa porta. Até agora tem sido brincadeira de criança. A verdadeira guerra ainda nem começou.*

E era a verdade. Porque como diabos eu conseguiria tirar a mim, Adelita e os Hangmen desse show de horrores, ilesos... eu não tinha a menor ideia.

CAPÍTULO SETE

ADELITA

Olhei cada um deles nos olhos. Mesmo que minhas mãos estivessem tremendo, eu não deixaria que me intimidassem. Eu me portaria firme, com orgulho. Esses homens podem querer a mim e ao meu pai mortos, mas eu não os deixaria ver meu medo.

A caminhonete em que estávamos passou por um caminho de cascalho. Beauty esfregou meu braço. Eu não conhecia essa mulher para ela ser tão carinhosa. Mas sabia muitas coisas *sobre* ela...

— Me fale sobre você, Tanner — pedi, deslizando os dedos sobre a tatuagem de uma águia em sua barriga. Tracei as penas intrincadas das asas do pássaro, as pontas de um tom vibrante de vermelho que se desvanecia em um amarelo dourado enquanto as muitas penas desciam pelo seu corpo.

— O que você quer saber?

Olhei para Tanner e apoiei meu queixo em seu peito.

— Você tem amigos?

Por uma fração de segundo, vi um lampejo do que parecia ser pura angústia em seus olhos azuis. Os músculos de Tanner se contraíram debaixo de mim. Meu estômago revirou. Ele parecia tão triste.

— Eu... — Tanner pigarreou. — Eu tenho um melhor amigo. — Sua voz era baixa e rouca, como se o machucasse admitir essas palavras.

— Na Klan?

Tanner pegou uma mecha do meu cabelo e passou pelos dedos. Sorri para mim mesma quando ele se perdeu no movimento. Tanner Ayers, sob os músculos, as tatuagens e o olhar ameaçador, era o mais belo dos homens.

— Ele não é mais. — Minhas sobrancelhas se ergueram em surpresa. — Ele saiu. — Tanner respirou fundo e soltou o ar lentamente. — Passou um tempo preso, depois perdeu a fé na causa. Quando foi solto, ele não quis mais saber da Klan.

— E a sua irmandade aceitou isso numa boa?

— Não — ele respondeu. Tentei decifrar a expressão em seu rosto. Pensativa? Confusa? Não. Era aflição. — Assim como eles nunca entenderiam sobre você. — Como imaginei, seria muito pior. Ele era o herdeiro.

Meu coração começou a bater muito rápido para que minha respiração permanecesse estável. Nós nunca conversamos sobre como eram nossas vidas fora do meu quarto. Tanner tinha voltado ao México três vezes. Ele voltaria mais uma vez antes que o negócio do cartel e da Klan estivesse completo. E a cada visita, ele vinha até mim todas as noites. Caminhava comigo todos os dias pelos túneis secretos abaixo da hacienda. E toda vez que ele ia embora para o Texas, eu contava as horas até que ele voltasse para mim.

Ele nunca deveria significar nada para mim. Ele deveria ser um homem que eu amava odiar. Um homem que, por qualquer motivo, me senti atraída, mas que deveria ser descartável.

Eu não contava me apaixonar pelo infame Príncipe Branco da Ku Klux Klan.

— O nome dele é Tank. Eu o conheci quando ele se juntou à Klan vários anos atrás. Tínhamos quase a mesma idade, ele era um pouco mais velho, então meio que nos tornamos amigos. — O lábio de Tanner se ergueu de um lado, e meu coração derreteu ao ver aquela pequena sombra de um sorriso em sua boca. Era raro, como uma lua azul, e igualmente encantador. — Ele era meu braço direito, estava sempre comigo. Ficou ao meu lado quando precisei dele... — A dor que havia nublado seus olhos antes, voltou.

— E onde ele está agora?

O pequeno sorriso de Tanner desvaneceu.

— Com outra gangue. Uma nova irmandade.

Segurei sua mão, me sentindo obrigada a acalmá-lo. Dei um aperto firme e beijei o dorso coberto por tatuagens.

— Mas você ainda o vê? Contra a vontade do seu pai?

Tanner assentiu.

— Ele tem uma mulher agora. Beauty. — Seu sorriso voltou. — Ela é uma figura. — Ele fez uma pausa, então, dando um sorriso quase tímido em minha direção, disse: — Como você. Acho que você gostaria dela. Eu podia ver vocês sendo amigas.

Não pude deixar de retribuir o sorriso, meu coração se expandindo, apenas com o pensamento de conhecer alguns de seus amigos. Ele olhou para mim e esperei que falasse algo mais. Aprendi rapidamente que Tanner era o tipo de homem que falava apenas quando tinha algo importante a dizer.

— Quando Tank foi embora, eu não conseguia entender como ele pôde simplesmente dar as costas a tudo. — Tanner olhou para sua mão na minha. Então seus olhos se concentraram nas tatuagens em seu braço. — Quando ele saiu, eu mudei. Eu me senti traído. Foquei na Klan mais do que nunca.

— Tanner... O que foi? — perguntei, depois de um minuto de silêncio tenso.

Tanner suspirou.

— Mas agora... eu consigo. — Meu estômago revirou e meu pulso acelerou ainda mais. Eu não sabia o que dizer. Tanner baixou o olhar como se estivesse envergonhado por ter dito tal coisa. — Agora acho que talvez a vida que vivi... — Balançou a cabeça. — As coisas que fiz e as crenças que tinha... agora acho que tudo isso pode estar errado. — Tanner passou as mãos sob meus braços e me puxou para deitar sobre seu peito. Engoli em seco quando senti seus músculos rígidos contra meus seios. Tanner segurou minha bochecha. — Adelita Quintana. Você está me fazendo querer coisas que nunca sonhei que poderia querer.

— Tanner...

— Você está me dando algo que nunca tive antes. — Prendi a respiração, ansiosa para ouvir a resposta. — Esperança — ele sussurrou. — Esperança por algo mais do que conheço...

— Chegamos. — O som da voz de um estranho me tirou de minhas lembranças. Só de pensar naquela noite, meu coração batia mais alto e mais rápido. Minha respiração acelerou só de lembrar do rosto de Tanner. Esperança.

Tanner também tinha inspirado isso em mim.

O homem que dirigia a caminhonete saiu e esperou que eu me movesse.

— Está tudo bem — Beauty disse. Eu me permiti olhar para ela e deparei com seu sorriso. — Prometo que você estará segura. Vou te levar até o quarto que Tank e eu temos aqui. Você pode se refrescar e comer alguma coisa. Você deve estar querendo isso.

Olhei para os homens saindo daquele lugar onde havíamos acabado de estacionar. Havia muitos deles.

— Confie em mim, Adelita. — Voltei-me para Beauty. — Ninguém vai machucá-la. Não vou deixar isso acontecer.

Respirei fundo e a segui para fora da caminhonete. O homem que nos trouxe até aqui liderou o caminho. O segundo saltou da caçamba da caminhonete e ficou atrás de nós. Eu os estava encarando, e assim como antes, mantive a cabeça erguida. Embora meus pés estivessem instáveis quando chegamos ao quarto.

— Estaremos aqui fora, mantendo a segurança — um deles disse.

— Obrigada, meu bem. — Beauty fechou a porta, e eu olhei ao redor do quarto. Não havia muito; uma grande cama ao centro, uma televisão no canto e um pequeno banheiro à direita. — Não é muito, mas é melhor do que onde você estava.

Os olhos de Beauty viajaram pelo meu corpo, observando o vestido que eu estava usando. Eu podia ver a confusão em sua expressão. Antes mesmo que ela tivesse a chance de falar, eu disse:

— Eu o amo. — Beauty me encarou. — Eu amo Tanner com todo o meu coração. — Apontei para o meu vestido, sentindo a necessidade de explicar: — Isso... — Balancei a cabeça, desconsolada. Lágrimas inundaram meus olhos quando me lembrei do semblante de Tanner quando viu que era eu quem havia sido sequestrada... quando viu o que eu estava vestindo.

Ele estava magoado.

Eu o havia magoado.

— Eu não sabia se ele voltaria — sussurrei. Meus dedos roçaram a aliança de noivado na minha mão esquerda. Eu a tirei, sentindo o metal quase queimar a pele. Segurei o anel em meu punho cerrado, e olhei para Beauty. — Fazia tanto tempo que eu não tinha notícias dele. — Balancei a cabeça novamente. — Eu não podia continuar adiando. Meu pai... ele estava me empurrando para Diego. E Diego... foi implacável em não me deixar em paz. — Minhas unhas agora estavam cravadas nas palmas. — Eu não tinha a quem recorrer. Ninguém para me ajudar. Eu... eu não sabia o que fazer.

— Shh... querida. — Beauty enxugou uma lágrima do meu rosto com o polegar. — Você não precisa me explicar nada. E quanto ao Tanner... — Ela sorriu. — Acabei de vê-lo com você. O cara entrou no modo selvagem para te proteger. Ele pode estar puto agora, mas aquele homem está completamente apaixonado por você, querida. Completamente de quatro, arriado. — Beauty se moveu atrás de mim e começou a desabotoar meu vestido. — Agora, vamos tirar você disso e limpá-la. Tenho algumas roupas que você pode usar.

Eu estava em transe quando me livrei do vestido de noiva e fui conduzida ao banheiro. Quando Beauty me deixou sozinha, olhei para mim mesma no espelho acima da pia. Meu cabelo estava desgrenhado e a pele estava pálida. O vapor do banho quente rapidamente embaçou a superfície e nublou meu rosto de vista, mas fiquei olhando para o lugar onde meu reflexo se encontrava. Meu cérebro foi consumido por pensamentos. Do meu pai e do que ele faria quando descobrisse que eu tinha sido sequestrada. De Diego, e da vingança que eu sabia que estava por vir.

Mas, acima de tudo, pensei em Tanner. Pensei em como ele não estava mais com a Klan. Ele estava aqui, com os Hades Hangmen... Meu estômago revirou, e tive que conter um soluço antes que ele escapasse pela boca.

Estávamos em guerra contra os Hangmen. A Klan estava em guerra contra eles também. Tanner não estava mais com a Klan. Ele agora era um irmão dos Hangmen.

Esfreguei meu peito com a mão, lutando contra o pânico assim que a verdade se infiltrou em meu cérebro entorpecido.

Era pior.

Eu não achava que poderia ficar pior para nós.

Mas isso, agora, era *exponencialmente* pior.

Entrei no chuveiro e deixei a água quente cair sobre minha cabeça. Lavei o cabelo com o shampoo e condicionador que Beauty havia deixado para mim, e pensei nos últimos dias. Lembrei-me de quando acordei e encontrei os Hangmen olhando para mim. Minhas mãos e tornozelos haviam sido amarrados com cordas. O medo inundou minhas veias, mas nunca permiti que eles tivessem um vislumbre.

Lembrei-me de como o homem vestido de preto entrou na minha suíte. Como passou pelos túneis... Ele procurou em todos até me encontrar?

Minhas mãos congelaram no meio do processo de enxaguar o cabelo. A única maneira de eles terem ciência sobre essas passagens subterrâneas era por mim, meu pai...

— Ou Tanner — sussurrei, no vapor espesso e denso. — Não... ele não faria isso... — Mas não consegui pensar em outra resposta.

A raiva se avolumava e foi subindo pelo meu corpo desde a ponta dos meus pés à cabeça. A cada nova respiração, eu sentia aquela raiva se apoderar de mim. Meu corpo tremia diante da traição. Eu sabia que meu pai havia noticiado que era uma prima que estava se casando.

— Por quê? — disse eu, a ninguém além de mim mesma.

Enxugando-me com a toalha, tentei reprimir a fúria, mas consegui apenas reduzir as chamas que rugiam por dentro a faíscas bruxuleantes. Saí do banheiro e deparei com Beauty sentada na cama.

— Aqui, querida — ela disse, se levantando e me entregando algumas roupas. — Isso é tudo que eu tinha. Achei que seria mais confortável do que a calça de couro e uma regata. Há algumas roupas íntimas novas aí também.

— Obrigada. — Voltei para o banheiro e coloquei o vestido preto sem mangas. Penteei o cabelo molhado com um pente que encontrei ao lado da pia e escovei os dentes com a escova nova e pasta de dente que Beauty também havia deixado para mim.

Eu me encostei à pia; minhas mãos tremiam contra a porcelana. Eu não conseguia tirar da cabeça que Tanner teve um papel no sequestro – um papel enorme.

— Está tudo bem aí, querida? — Beauty perguntou através da porta. Eu não tinha percebido que estava aqui há tanto tempo. Respirando fundo, abri a porta e dei um sorriso forçado. — Olhe só para você! — ela disse, sorrindo abertamente. — Você está linda.

— Obrigada.

Beauty me entregou um sanduíche de algum tipo.

— Aqui, coma isso. Você vai se sentir melhor com algo em seu estômago.

Eu me obriguei a comer o sanduíche, mas cada mordida era como engolir areia. Meu estômago se revirava com a possibilidade – não, com a quase certeza – de que Tanner tinha sido o único a contar os segredos da minha família para esses homens. Inimigos da minha família.

— Estou cansada, Beauty. Posso me deitar? — perguntei, assim que terminei de comer o sanduíche.

— Claro, querida — disse ela. — Vou ficar ali no canto lendo meu livro. — Ela se inclinou para cochichar: — É sobre um duque e uma criada na Inglaterra do século XVI. Tank zomba de mim por ler essa merda, mas não posso evitar. Caramba, eu vivo para toda essa porcaria romântica!

Desta vez, meu sorriso foi genuíno. Tanner estava certo. Eu gostava de Beauty. Em outra vida, talvez pudéssemos ter sido amigas.

Ajeitando-me em um lado da cama, deitei sobre a coberta e fechei os olhos. Beauty desligou todas as luzes, deixando ligado apenas um pequeno abajur para que pudesse ler. Fechei os olhos, respirando profundamente para me livrar do sentimento de traição. *Como diabos tudo ficou tão confuso?* Respondi minha própria pergunta quando pensei naquela noite. A noite em que tudo mudou.

Para o amor, a perda e o que nos levou à bagunça em que estávamos agora...

— *Não...* — *Uma dor intensa tomou conta do meu corpo; senti como se não pudesse respirar. Olhei para meu pai e balancei a cabeça lentamente.* — *Não...* — *repeti, enquanto as lágrimas inundavam meus olhos. Olhei ao redor, procurando algum tipo de alívio, mas nada ajudaria.*

— *Eles foram atacados pelos homens de Valdez. Tiraram eles da estrada, jogando do carro em uma vala e tomaram um tiro na cabeça.*

Tentei me conter, realmente tentei, mas um soluço rebelde escapou da minha boca. Eu a cobri com a mão para silenciar o som, mas não adiantou. Ela tinha sido minha amiga. Minha querida Teresa. Uma das minhas duas únicas amigas no mundo estava morta.

Meu pai não saiu de trás de sua mesa. Suas mãos se juntaram enquanto ele me encarava, friamente. A morte não representava nada para ele; era simplesmente parte de sua vida cotidiana.

— Cuidaremos dos homens que os mataram — meu pai declarou, como se eu não estivesse chorando na frente dele. Como se um de seus amigos mais próximos não tivesse acabado de ser morto a sangue frio por seu inimigo número um. — Vá para seus aposentos, Adela. Aproveite o dia para chorar por Teresa. Amanhã é um novo dia, as coisas devem voltar ao normal.

Olhei para meu pai e me perguntei como ele poderia ignorar tão facilmente algo tão devastador. Então considerei como esse sempre foi o jeito dele. Se você morresse, era como se ele nunca o conhecesse. Meu pai nunca falava sobre minha mãe. Minha própria mãe era uma estranha para mim. Eu não sabia nada sobre ela, a não ser algumas coisas que os criados e seguranças deixaram escapar. E me perguntei, se eu fosse morta, como ele reagiria? Meu pai tiraria um dia para chorar por mim e depois retornaria no dia seguinte, todo profissional, como as coisas devem ser?

Incapaz de lidar com meu pai e sua frieza neste momento, me levantei da cadeira e saí dali. Mas a cada passo que eu dava, a tristeza paralisante começava a crescer dentro de mim, até que parecia uma granada prestes a explodir no meu peito. Corri pelos corredores, precisando de ar. Agarrei meu peito, enquanto minha mente me levava ao ponto que eu não queria que fosse. Para Teresa e como ela devia ter ficado assustada hoje. Até aquele momento em foi arrastada para fora do carro e empurrada rudemente até ficar de joelhos. Mais lágrimas caíram conforme tentava imaginar como ela devia ter tomado ciência de que nos próximos minutos não estaria mais viva. Era isso. Ela não veria outro amanhã.

E eu me perguntei se ela sentiu alguma dor quando levou um tiro na cabeça.

Rezei para que tivesse sido uma morte rápida. Era o luxo que todos nós nesta vida desejávamos, se fôssemos levados por um inimigo. Uma morte rápida e indolor. No entanto, a maioria de nossos inimigos não nos concederia esse desejo — eles gostariam de nos fazer pagar, de nos fazer sofrer.

Quando saí pela porta, já havia anoitecido. Os terrenos da hacienda, *embora bonitos e cobertos pelo luar, de repente, pareciam uma prisão. Era um sentimento que crescia cada vez mais ultimamente. A liberdade que nunca tive, estava, de repente, se tornando tudo o que eu desejava. Bem, quase.*

Corri para os jardins paradisíacos e em direção aos arbustos altos. Eu não sabia se alguém estava por perto, e neste momento, eu não me importava. Eu estava perdida, sem ninguém a quem recorrer... ou, pelo menos, eu tinha alguém — queria alguém. Infelizmente, não podia ir até ele por medo de sermos descobertos.

O rosto de Tanner surgiu em minha mente neste momento. Eu não sabia como chegamos aqui, a este lugar. Eu não sabia como ele, o homem de quem eu nunca deveria gostar, muito menos desejar, tinha se tornado meu sol. Tinha se tornado a estrela de todos os meus pensamentos. Mas ele tinha. Ele havia se tornado meu centro – a âncora que me mantinha firme.

Mas eu não sabia como, depois desta noite, se eu seria capaz de sobreviver. Porque ele estava indo embora. Depois de quatro longas visitas, cada vez roubando outro pedaço do meu coração e alma, amanhã ele iria embora. Os negócios que o mantinham aqui estavam concluídos. E não havia planos para ele e seu pai retornarem.

Tereza... morta... Tanner... indo embora...

Outro soluço subiu pela garganta, e eu me afundei no chão e dei vazão às lágrimas. Deixei que corressem livres até meus olhos arderem. Gota após gota salgada inundou meu rosto, me roubando o fôlego. Eu nunca me permitia ceder às emoções, nem mesmo em particular. Fui educada para nunca deixar que elas me governassem ou roubassem minhas energias. Mas, desta vez, não pude evitar. Desta vez, eu cedi; estava sem esperança. Este mundo em que eu vivia não era justo. Minha amiga acabara de ser morta a tiros – um risco com o qual todos convivíamos todos os dias. E o homem a quem eu amava, a metade proibida do meu coração, estava indo embora e não havia como ficarmos juntos.

— Lita?

Eu me assustei e levantei a cabeça quando uma voz que eu queria tanto ouvir chegou aos meus ouvidos. Tanner veio correndo em minha direção de uma abertura nos arbustos altos. Seu rosto estava inundado de preocupação. Ele caiu ao meu lado e me puxou em seus braços. Eu me permiti um segundo de seu conforto antes de me afastar de seu abraço caloroso.

— Não — sussurrei, observando os arredores. — Você não pode... não podemos... não podemos ser vistos.

O rosto de Tanner congelou com a máscara severa que ele uma vez usou comigo. Mas não mais. Agora seu rosto estava suave, seus olhos azuis eram amáveis... e seu toque era gentil sempre que estávamos juntos. Às vezes, eu via o conflito que ele travava em sua expressão tensa. Mas ele continuava voltando para mim. Continuava beijando meus lábios.

— Que se dane — ele disse, a voz baixa e severa. — Você está chateada. — Tanner estendeu a mão novamente para mim. — Vi você correndo enquanto olhava pela janela do meu quarto. — Ele me puxou de volta em seus braços. Desta vez, eu me derreti contra ele e deixei a sensação estranha de conforto penetrar em meus ossos. Apoiei a cabeça em seu peito musculoso e ele me embalou contra si. E eu desmoronei. Não havia orgulho em ser uma *Quintana* agora. Nesse momento, eu estava perdida; Tanner foi o homem que me encontrou e me deu um porto seguro.

— Ela morreu — *sussurrei. Minha voz trêmula e ofegante.* — Teresa, minha amiga... foi assassinada hoje por Faron Valdez.

Tanner me abraçou mais apertado, como se também estivesse lutando. Levantei a cabeça e vi que o rosto de Tanner se mantinha estoico; seu humor parecia glacial. Seus olhos azuis focaram nos meus. Então percebi... Tanner Ayers baixou suas defesas e pude ver o que o incomodava tanto.

O que aconteceu com Teresa... o abalou completamente.

Ele estava preocupado... por mim?

— Tanner — *sussurrei, e fiquei de joelhos. Enlacei seu pescoço tenso, observando sua bochecha tensionar. Ele engoliu a emoção que estava tentando disfarçar com tanto afinco.* — Fale comigo.

— Não posso perder você — *Tanner admitiu. Quando suas palavras se infiltraram em meus ouvidos, senti meu coração explodir no peito. Fiquei parada; a respiração se tornou arfante e novas lágrimas escorreram pelo meu rosto.*

— Você não vai me perder — *assegurei.*

Tanner inspirou profundamente. Ele levantou as mãos e segurou meu rosto.

— Há pessoas atrás de você o tempo todo. — *Ele fez uma pausa para se recompor.* — Você pode ser atacada toda vez que sair pelos portões. — *As mãos fortes me seguravam com firmeza. Agarrei seus pulsos.* — Porra! — *praguejou.* — E não estarei aqui para manter você segura.

Meu estômago revirou com o medo de não vê-lo outra vez. De não tê-lo em minha vida. Tanner tentou falar novamente, mas não ouvi nada. Meu nervosismo aumentou, minhas emoções estavam sobrecarregadas. Meus pensamentos mudaram de Teresa para Tanner, e o pensamento de não estar em seus braços, de novo, de não ouvi-lo expressando seus sentimentos para mim... De ouvir esse homem que foi transformado em um assassino violento e aterrorizante. Consumido pelo preconceito e pelo fanatismo, que através de nós, passou a ver a vida de uma forma diferente. Questionando seus valores – aqueles que haviam sido incutidos desde que era criança.

As cicatrizes em suas costas contavam a história de como um menino inocente havia sido ferido e maldosamente transformado no homem que seu pai moldara com tanto cuidado. As cicatrizes nas costas e no peito cantavam uma canção angustiante de um garotinho clamando para ser ouvido e amado, apenas para se transformar em uma pessoa contra a variedade de vida, culturas e todas as cores que enriquecem este mundo.

Minhas mãos percorreram cada cicatriz. Rezei para que meu toque – um toque que ele uma vez julgou ser corrompido e vil – o inspirasse a deixar a vida que lhe fora imposta. Eu esperava que isso o levasse a se abrir, a amar de verdade, a rir... e a viver.

A boca de Tanner era macia contra a minha. Eu me senti desesperada por seus lábios e beijos. Tanner assumiu o controle, mantendo o beijo suave e gentil. Ele podia não ter dito as palavras, mas com este beijo, ele disse que me amava. Quando tudo parecia cruel e sombrio, ele lançou em mim um único lampejo de luz. Rezei para que fosse forte o suficiente para manter sua chama quando ele se fosse.

Eu não conseguia me afastar. Eu precisava respirar, mas não queria que sua boca se afastasse da minha. Eu queria manter as mãos dele no meu rosto, e acalmar suas cicatrizes que ele carregava há tanto tempo, com as minhas.

Gemi em sua boca, e sob seu toque me deixei esquecer onde estávamos. De forma tola, abaixei minhas defesas para o perigo de ser pega com ele. Tanner começou a me deitar no chão, então, de repente, o eco de uma arma sendo engatilhada soou como um trovão ao nosso redor.

Tanner congelou contra os meus lábios.

Lentamente, afastei minha boca da de Tanner. O choque me deixou sem palavras. Vincente, meu segurança e melhor amigo de Diego, estava com sua arma apontada para a nuca de Tanner.

— Vincente...

— Silêncio — Vincente ordenou. Ele focou seus olhos escuros na minha direção, deixando claro que me achava uma traidora. Minhas mãos tremiam quando olhei para Tanner. Ele estava agachado no chão, imóvel. Eu tinha que fazer alguma coisa, então fiquei de pé.

— Vincente — sussurrei. — Se afaste do Señor Ayers. — Os lábios do segurança se contraíram, mostrando os dentes, com raiva. — Isso não é um pedido. É uma ordem.

— Com todo o respeito — Vincente falou —, tenho ordens de Diego que vêm antes das suas.

Ah, ele não fez isso!

— E quais seriam? — perguntei, fervendo de raiva com o fato de que Diego ousaria me desafiar.

— Que se você se envolvesse romanticamente com alguém, eu deveria matá-lo na hora.

Meu estômago revirou e minhas mãos começaram a tremer de pavor. Será que fomos muito óbvios? Diego suspeitou de algo? Não... tínhamos sido cuidadosos. Era apenas Diego e sua natureza ciumenta. Ele era assim desde que éramos crianças.

De repente, Tanner ficou de pé e tirou a arma da mão de Vincente. Em segundos, ele ficou atrás do segurança. Não tive tempo nem de piscar antes que as mãos de Tanner envolvessem sua cabeça, e os olhos de Vincente, por uma fração de segundo, se fixaram nos meus. Então as mãos de Tanner se moveram, e o estalo do pescoço se quebrando sob seu toque ecoou pelo jardim silencioso.

HERANÇA SOMBRIA

Não desviei o olhar dos olhos agora sem vida de Vincente. Eles permaneceram fixos nos meus, até que Tanner o derrubou no chão. Meus membros ficaram dormentes com o choque. Cambaleei para trás. Vincente... Eu o conhecia desde criança. Não conseguia afastar o olhar do cabelo escuro, de seu terno, sujo pela terra do jardim. De seu corpo inerte, e dos olhos arregalados encarando o nada.

Engoli em seco, quando o que aconteceu começou a fazer sentido na minha mente nebulosa.

— Tanner... — sussurrei. Cobri minha boca com as mãos, para sufocar o grito que subia pela garganta.

Tanner passou por cima do corpo do segurança, e me puxou com força contra o seu peito, então beijou minha cabeça enquanto examinava tudo ao nosso redor.

— Tenho que esconder o corpo. — Tanner disse, calmamente, mas pude ver a urgência em seus olhos. — Volte para o seu quarto — ordenou. No entanto, meus pés não funcionavam; eu podia sentir a sensação paralisante de choque tomando o controle do meu corpo. As mãos de Tanner seguraram meu rosto. — Baby... — ele disse. Mesmo em toda essa confusão, esse pesadelo em que acabamos de nos encontrar, seu tom carinhoso me tirou do meu estupor. — Baby... você precisa se mexer.

Assentindo, dei um último olhar para Vincente e lutei contra a vontade de vomitar. Em seguida, me afastei de Tanner lentamente.

— Vá! — Tanner se virou e colocou o corpo sobre seu ombro, desaparecendo na espessa folhagem do jardim e depois na escuridão da floresta.

Quando estavam fora de vista, percorri o labirinto do jardim até chegar aos meus aposentos. Entrei e corri para o banheiro. Liguei o chuveiro, tirei a roupa e entrei debaixo do jato d'água. Uma profunda sensação de pavor me dominava por inteiro, e quando inclinei a cabeça para trás, me permiti desmoronar. Minhas lágrimas se misturaram com a água corrente e foram pelo ralo.

Teresa.

Tanner.

Vincente.

Era tudo demais. Espalmei as mãos contra os azulejos do chuveiro, e pensei em Diego e no que ele faria quando notasse o desaparecimento de Vincente. O que ele faria se descobrisse que Tanner foi o homem que o matou.

Meus pensamentos se voltaram para Tanner, e a facilidade com que ele quebrou o pescoço do homem com nenhum escrúpulo e, aparentemente, sem remorso. Arrepios cobriram minha pele quando percebi que isso era o que Tanner era. Era isso o que ele fazia... ele matava. E o fazia com eficiência.

Lembrei-me do homem de Valdez, que tentou nos matar perto daquela casa tempos atrás, como Tanner o matou de forma igualmente impiedosa. Ainda assim... por mais que devesse fugir desse homem implacável, isso só me fez querê-lo ainda mais. Ele era brutal ao matar, mas fazia isso para me proteger... para nos proteger.

Saí do chuveiro e me sequei. Vesti a camisola e me deitei na cama. Meus olhos estavam bem abertos; apenas a pequena lâmpada ao meu lado iluminava o quarto. Eu deveria ter me sentido entorpecida. Teresa deveria ter ocupado meus pensamentos. Mas eu estava atormentada com a preocupação e ansiedade enquanto esperava por Tanner.

Meu estômago embrulhou com o nervosismo. E se ele fosse descoberto? E se Diego o tiver apanhado? Como ele sabia onde enterrar o corpo de Vincente? O que isso significava para nós?

Se havia a menor chance de que pudéssemos ficar juntos, isso agora havia desaparecido. Tanner tinha sangue Quintana nas mãos... nunca seria perdoado. Se meu pai descobrisse, ele o executaria na hora, mandando o acordo às favas. Ninguém fazia isso com meu pai ou seu cartel.

A massa de perguntas e medo encheu minha mente a ponto de eu não conseguir ficar deitada. O medo por Tanner me fez pular da cama e andar pelo quarto. Eu tinha certeza de que meus pés desgastariam o tapete antigo com meus movimentos frenéticos. Mas eu sabia que não seria capaz de descansar até que Tanner voltasse para mim, e então descobrirmos o que fazer. Para onde ir a partir daqui. Eu parei, olhando para o nada quando a verdade me atingiu.

Nada. Não havia absolutamente nada que pudéssemos fazer. Não havia chance de ficarmos juntos. Sua irmandade nunca deixaria isso acontecer — eu era inferior a eles. E eu não me importava se meu pai tinha um acordo com o governador Ayers. Eu sabia que aquilo era tênue, na melhor das hipóteses. Porque, como meu pai sempre fazia, ele partiria para cima da Klan quando menos esperavam e mataria a todos. Seus acordos nunca duravam muito.

Ele me proibiria de estar com Tanner.

Não havia esperança.

Perdida nos meus pensamentos, no desespero, não ouvi a porta do meu quarto se abrir até que vi Tanner se movendo pela minha visão periférica. Meus pés pareceram acordar, e corri em sua direção, pulando em seus braços e envolvendo sua cintura com as pernas. Os braços fortes se fecharam ao meu redor e me seguraram com tanta força que eu mal conseguia respirar. Mas dei boas-vindas à sua força. Eu queria sentir Tanner em todos os sentidos.

Enfiei a cabeça na curva de seu pescoço e inalei seu cheiro. Eu podia sentir o cheiro do frescor da terra e da grama em sua pele. Tanner começou a andar comigo e nos levou para minha cama. Ele nos deitou, e eu, finalmente, me afastei para observar seu rosto. Seus olhos estavam arregalados e, pela primeira vez, vi algo em suas profundezas — preocupação.

Tanner nunca parecia se preocupar ou pelo menos expressar isso. Mas agora a apreensão estava ali. Eu podia sentir isso vibrando de seu corpo.

— Ele está...? — perguntei, passando a mão por sua bochecha coberta pela barba.

— Foi resolvido — Tanner respondeu e, em seguida, pressionou os lábios aos meus. Eu o beijei, saboreando seu gosto e sensação.

Quando ele se afastou, ignorei o tremor do meu lábio e sussurrei:

— Você não pode mais voltar. — Minha mão tremia enquanto acariciava sua cabeça raspada. — Se Diego descobrir que você matou Vincente... — Parei, nem mesmo querendo dizer essas palavras em voz alta, com medo de que, se eu as soltasse no universo, isso poderia de alguma forma torná-las realidade.

Tanner desviou o olhar.

— Eu o matei por nós. Ele ia abrir o bico. Eu tinha que te proteger.

— Não estou brava. — Coloquei as mãos em seu rosto e o virei para que pudesse encontrar seus olhos. — Ele ia matar você. — Engoli o nó que bloqueava a garganta. Palavras que eu tinha que dizer não queriam sair da minha boca, mas elas precisavam ser ditas. Estávamos em contagem regressiva agora. Tanner partiria em breve... e ele poderia nunca voltar. — Mi amor — eu meio que sussurrei, as palavras carinhosas parecendo tão certas quando as dirigia a este homem.

Os olhos de Tanner mudaram de preocupação para tristeza. Suas mãos apertaram minha cintura, segurando, como se ele nunca quisesse me soltar.

— Nós nunca poderemos estar juntos no mundo real — sussurrei.

Eu tinha certeza de que senti meu coração quebrar em um milhão de pedaços. Tanner balançou a cabeça, pronto para discutir, mas coloquei meu dedo em seus lábios – lábios que uma vez proferiram palavras tão depreciativas. Lábios que eu agora adorava... não, precisava. Tanto quanto precisava respirar.

— Por favor, não — insisti, sentindo uma lágrima escorrer do canto do meu olho. Respirei fundo e disse: — Eu amo você, Tanner Ayers. — E ri do absurdo da nossa situação. Eu era do cartel. Ele era da Klan. Um peixe e um pássaro tinham mais chances de viver uma vida feliz, juntos, do que nós. Tanner respirou fundo e me segurou mais apertado. Sorri mesmo que eu estivesse me desfazendo. — Eu odiei você. E então quis você... agora amo e preciso de você. Completamente. — Meu sorriso desapareceu e um soluço silencioso escapou dos meus lábios. — Meu príncipe. Meu amor... Minha vida. — Estudei cada parte de seu rosto. Guardei seu cheiro na minha memória. Marquei tatuagens invisíveis de seu toque na minha pele.

— Eu também amo você — Tanner murmurou. No silêncio, tive certeza de que podia ouvir minha alma chorar. A mão de Tanner subiu pelo meu braço e descansou na lateral do meu pescoço. — Porra, Adelita... Eu amo você. Eu preciso de você.

150 TILLIE COLE

Apoiei a testa à dele e nós simplesmente respiramos. Meu corpo e minha mente estavam exaustos com os acontecimentos do dia. Mas meu espírito se encontrava em pior estado — tinha morrido, sabendo que eu nunca teria esse homem andando ao meu lado na vida.

— Eu vou sair — Tanner anunciou e afastou meu rosto apenas um centímetro do dele. Vi a promessa em seu olhar; meu coração dormente, de repente, deu uma batida desenfreada em meros segundos. — Vou sair da Klan.

— Tanner...

— Está tudo errado. Eu sei disso agora. — Abri a boca para argumentar, mas ele me beijou, me silenciando. — Chega. Estou farto de tudo. Do meu pai. Dessa vida maldita. — Os olhos de Tanner marejaram e isso foi a minha ruína. Sequei suas lágrimas não caídas com um beijo em cada um de seus olhos. Ele enlaçou meu corpo e me puxou para montar em seu colo. — Quero você, Adelita Quintana. — Sua voz era grossa, mas firme. — Quero você e nada mais importa.

Eu não conseguia decifrar a expressão em seu rosto. Agora eu já conhecia esse seu lado. Ele tinha algo a dizer; ele só precisava de tempo para colocar as palavras para fora. Pressionando seus lábios nos meus, ele me girou até pairar acima de mim. Seu beijo foi lento e suave e sem pressa. Eu o deixei assumir a liderança. Tanner beijou ao longo do meu pescoço, até o meu peito. Minhas mãos deslizaram pela sua cabeça raspada, pouco antes de ele se sentar. Ele estendeu a mão e eu a segurei. Sem dizer nada, ele fez com que eu me sentasse, então se agachou e arrancou uma tira de tecido de sua camisa branca.

Eu não sabia o que ele estava fazendo. Mas quando ele segurou minha mão esquerda e a levou à boca, quando pegou meu dedo anelar e depositou um beijo suave, meu coração começou a palpitar.

— Lita — Tanner murmurou e pegou a pequena tira de algodão branco que ainda segurava. Ele deslizou em volta do meu dedo, então amarrou as pontas até que o pedaço de algodão se tornou um anel. Minhas mãos tremiam. Ergui o olhar e deparei com o dele.

Suas bochechas estavam coradas.

— Adelita... — ele sussurrou. — Case comigo. — Meus olhos se arregalaram quando as palavras que tanto desejei saíram de seus lábios.

— Tanner — sussurrei e olhei para o algodão branco. Nem ouro nem diamante, mas a coisa mais preciosa que já vi. Eu vivi uma vida de luxo, no entanto, este pedaço de algodão rasgado me deixou mais feliz do que já estive em minha vida.

— Vou encontrar uma maneira — ele prometeu e segurou minha mão novamente, passando o polegar sobre o anel improvisado. — Vou dar um jeito de ficarmos juntos. — Meu corpo inteiro estava arrepiado, flutuando diante de sua promessa. Ele beijou minha mão outra vez. — Não sei como farei isso, mas encontrarei uma maneira de ficarmos juntos. Vou sair da Klan. Vou encontrar uma maneira segura para vivermos. — Ele respirou fundo. — E então vou levar para um lugar onde seremos apenas nós.

Tanner prendeu a respiração enquanto me encarava. Percebi que ele estava nervoso... Nervoso e com medo de que eu dissesse não. Ver um homem tão formidável, tão ansioso pela minha resposta, fez meu coração inchar.

Não o fiz esperar muito. Eu me aproximei de Tanner e sussurrei:

— Sim. — Sua mão apertou a minha em resposta. — Sim... Eu me casarei com você. Algum dia. De alguma maneira. Não importa o quão impossível isso possa parecer, encontraremos uma maneira de ficar juntos.

Tanner me puxou e esmagou sua boca na minha. Ele nos abaixou na cama e tirou minha camisola. Lentamente, eu o livrei de suas roupas até que nós dois estávamos nus debaixo do edredom. Ele não soltou minha mão esquerda em momento algum, conforme arremetia contra o meu corpo. Enquanto seus quadris estocavam para frente e para trás, amorosa e lentamente, beijando meus lábios, meu rosto e meu pescoço. Fui consumida pelo Príncipe Branco. Eu estava tão profunda e loucamente apaixonada por ele que não tinha certeza de como poderia deixá-lo ir quando amanhecesse.

— Amo você... — Tanner sussurrou no meu ouvido, aumentando o ritmo das estocadas, então enfiou a cabeça na curva do meu pescoço. Sua respiração causou arrepios na minha pele, banhando meu corpo em um calor protetor. Seus dedos entrelaçaram aos meus e nossa respiração se tornou arfante, ambos consumidos pelo prazer.

Tanner se deitou em cima de mim e eu abracei seu calor. Acariciei preguiçosamente suas costas com a minha mão, olhando para o algodão em volta do meu dedo cada vez que aparecia no meu campo de visão. Eu não sabia quanto tempo ficamos assim, mas quando os primeiros raios do sol da manhã se infiltraram pelas janelas, meu coração apertou. Nosso tempo juntos era limitado; Tanner teria que voltar para seu quarto para garantir que não fosse descoberto.

Fiquei cara a cara com Tanner na cama. Ele ainda estava segurando minha mão, que contrastava com a dele. Algo que ele uma vez achou tão repulsivo, e não pude deixar de pensar que nossas mãos, entrelaçadas e cheias de promessas, agora pareciam nada menos do que perfeitas.

— Você vai esperar por mim — Tanner sussurrou. Sua voz grave traía a emoção que o consumia; que consumia a nós dois. — Preciso de tempo para sair. Preciso planejar. Preciso descobrir uma maneira de ficarmos juntos.

— Eu vou esperar — prometi.

Tanner respirou fundo.

— Não importa quanto tempo leve. Não desista de me esperar. Prometa. Não será rápido.

— Eu prometo. — Os ombros de Tanner relaxaram. Olhei para o anel improvisado e queria dar a Tanner algo de mim em troca. Algo para ele segurar quando tudo parecesse perdido e a esperança fosse uma luz distante. Tocando o fecho, puxei meu colar com o crucifixo dourado entre nós. Pegando sua mão, deixei a cruz cair em sua palma e disse: — *Quero que você fique com isso,* mi amor. *Quero você o guarde. Pense em mim. Mesmo quando você duvidar do quanto te amo, olhe para isso e saiba que também estou pensando de você. Também sentindo sua falta...*

Tanner segurou o colar na palma da mão. E ficamos assim pelo tempo que nos restava. Gravei em minha mente a cor dos seus olhos, seus lábios e o pequeno sorriso que ele me dava sempre que eu beijava sua boca. Eu os guardaria em meu coração até o dia em que o visse novamente. Quando seríamos livres, capazes de viver e amar... e de ser felizes...

CAPÍTULO OITO

TANNER

Esfreguei meu pescoço quando saí do escritório de Styx. Os irmãos estavam por toda parte, o *lockdown* em pleno vigor. Os irmãos que estavam de visita se instalaram em trailers e barracas do lado de fora. Passei por AK, Phebe e Saffie seguindo para o quarto de AK. Saffie estava ao lado de Phebe, ignorando todos ao seu redor. Lil' Ash e Zane vieram logo atrás, carregando suas malas. Quando me aproximei da porta de Tank, vi Maddie e Flame desaparecendo em seu quarto no corredor. O irmão estava andando, embora parecesse que ainda protegia o lado ferido.

— Tan? — Eu me virei e vi Tank se aproximando. Ele estava carregando algumas malas e olhou para a porta. — Você vai vê-la?

— Sim. — Encarei a porta de madeira. A raiva ainda percorria minhas veias. Senti aquele maldito crucifixo dourado que ela me deu, queimando meu pescoço. — Me dê um tempo — pedi ao Tank. — Tenho que falar com ela, e então vou levá-la para o meu quarto.

— Você resolveu isso com Styx?

A raiva voltou a disparar através de mim. Ela era a porra da minha mulher. Eu não deveria ter que pedir permissão para niguém.

— Ela não tem permissão para sair. Está em prisão domiciliar, mas, de qualquer maneira, eu não iria tirá-la daqui. Confio em meus irmãos da sede, porém não tenho certeza de que alguns idiotas daqui não perderiam a chance de partir pra cima dela, caso tivessem chance.

Tank apertou meu ombro.

— Vou levar Beauty para beber algo. Styx e Ky acabaram de sair para buscar Li e Mae. Com certeza, ela vai querer ajudar quando elas chegarem aqui, já que as duas mal conseguem se mover, de tão grávidas que estão. — Tank bateu na porta. Beauty a abriu segundos depois, colocando o dedo nos lábios ao sair do quarto.

— Ela está dormindo — Beauty disse, baixinho. Meu estômago revirou. Eu queria vê-la, queria ver como ela ficaria novamente quando estivesse em paz. Mas então a porra do vestido de noiva surgiu na minha mente e uma onda de fúria afastou esses pensamentos. Beauty colocou a mão no meu braço. — Ela está de banho tomado e já lhe dei comida e roupas limpas.

Inclinando-me, beijei a bochecha de Beauty.

— Obrigado. Eu agradeço.

Beauty sorriu.

— Ela é linda, Tanner. Posso ver por que deixou a Klan por ela. Eu não conseguia parar de admirá-la depois do banho. Adelita é impressionante.

Ela era. Adelita era a coisa mais perfeita que eu já tinha visto. E naquele vestido de noiva... toda de branco... Meu peito apertou só de pensar nisso. Pensar nela e em sua aparência. Como sempre sonhei que ela estaria quando caminhasse até mim. Quando se entregasse a mim. Não para outro filho da puta.

— Vamos deixar vocês sozinhos — Tank falou e colocou o braço em volta do ombro de Beauty.

— Chame se precisar de mim para alguma coisa — Beauty acrescentou.

Eles se afastaram para o meio da movimentação do clube. O barulho do bar se tornou ensurdecedor quando a porta foi aberta. Minha mão estava na maçaneta, quando vi Viking vindo em minha direção. Ele parou ao meu lado, se recostando à parede, e seu gesto me fez arquear a sobrancelha.

— É minha vez de ficar de guarda. — Ele sorriu, então apontou para o quarto onde Adelita se encontrava. — Então... você gosta das latinas, hein? — O filho da puta acenou com a cabeça como se eu tivesse acabado de responder com um sim. — Sabe, essas cadelas de sangue quente também mexem com o meu pau. Como quando elas gritam e xingam nesse idioma e nesse sotaque. Porra, irmão. É como um chamado de acasalamento pessoal para o meu pau. *Bastardos!* — imitou, no pior sotaque mexicano que

HERANÇA SOMBRIA

eu já tinha ouvido, e apontou para sua virilha. — Viu? — Eu não ia olhar para seu pau marcando a calça jeans. — Como um maldito chamado de acasalamento.

Soltando uma respiração lenta e comedida, girei a maçaneta e abri a porta. Viking agarrou meu braço antes que eu pudesse entrar.

— Sinta-se à vontade para fazer barulho, irmão. — Ele piscou. — Não sou tímido.

— Não me diga — respondi, então entrei no quarto. Estava escuro, exceto por um abajur no canto. Adelita estava deitada na cama, usando um vestido preto como algumas das outras cadelas Hangmen usavam; Beauty deve ter comprado em sua loja. Ver Adelita nesse vestido mexeu comigo. Desde que me juntei aos Hangmen, eu a imaginava dessa forma. Eu a imaginei usando meu *cut*.

Seguindo até a cama, olhei para ela e meu peito apertou. Adelita era tão bonita quanto eu me lembrava. Seu cabelo estava úmido, mas ainda tão longo e escuro quanto no dia em que a conheci. E mesmo sem maquiagem, sem seu batom vermelho, ela estava tão deslumbrante quanto sempre foi. Mais ainda, na verdade.

Sentei-me na poltrona no canto do quarto, e a observei. Em momento algum desviei meu olhar. Pensei em tudo; na primeira vez em que a conheci até a manhã em que fui embora com meu anel improvisado em seu dedo e sua cruz na palma da minha mão. Isso e um monte de estresse sobre se eu poderia ficar longe do meu pai e da Klan. Se poderia encontrar um lugar onde pudéssemos ficar juntos sem o pai dela e a Klan colocando alvos em nossas cabeças.

Ela parecia mais velha do que da última vez em que a vi. Mas eu não a via há tanto tempo, que ela quase se parecia a uma miragem. Alguém que fantasiei em minha mente. No entanto, aqui estava ela, adormecida diante de mim. E eu estava livre. Estava fora da Klan e ela estava no meu clube; longe de seu pai e daquele filho da puta do Diego, que eu odiava muito mais do que qualquer um que já conheci.

Tudo estava uma bagunça fodida, prestes a dar merda. Mas ela estava aqui comigo e, pela primeira vez em anos, senti que podia respirar. A corda apertada que envolveu meu pescoço por dois longos anos afrouxou um pouco.

Passei a mão pelo meu rosto, sentindo a cabeça latejando enquanto pensava sobre o que diabos fazer a partir daqui. Afundei na poltrona e esperei que ela acordasse. O burburinho do bar era abafado pelo som de sua respiração suave. Isso me ajudou a relaxar. Ela sempre teve esse efeito em mim.

Ela me acalmava... me dava equilíbrio.

E mesmo sabendo que ela estava se casando com outra pessoa, tudo dentro de mim me dizia que ela ainda era minha. E já era hora de ela ser lembrada desse fato.

Acordei com o som de farfalhar vindo da cama. Meus olhos se fixaram em Adelita quando sua cabeça virou no travesseiro e seus olhos começaram a se abrir. Minhas mãos cerraram em punhos na poltrona. Eu não sabia como diabos resolveria as coisas. Não sabia se conseguiria manter a calma.

Quando seus olhos escuros se abriram e se fixaram nos meus, eu sabia que não seria capaz de me controlar, então mantive a boca fechada. Foi a melhor opção. Adelita demorou a acordar. Deus sabia que ela havia dormido muito mal nesses poucos dias. Eu a observei, esperando por qualquer sinal de como nosso reencontro evoluiria. Tive minha resposta quando ela se levantou, o cabelo escuro pendendo de um ombro, e o rosto expressando sua fúria.

— Você contou a eles — ela sussurrou, e colocou os pés descalços para fora da cama, apontando o dedo para o meu rosto. — Você contou a eles sobre os túneis. Contou sobre as passagens secretas na *hacienda* do meu pai! — Seu sotaque estava mais carregado do que anos atrás. Mas eu sabia o porquê; sua raiva fez com que seu inglês perfeito deslizasse.

— Você quebrou a sua promessa — acusei, fria e rudemente. Meu sangue começou a borbulhar, me fazendo ferver por dentro. — Eu fiz tudo o que disse que faria. — Eu me levantei e comecei a andar de um lado ao outro, antes de perder a cabeça e dar um soco na parede. — Deixei a maldita Klan. Dei duro para entrar nos Hangmen, provar meu valor para este clube, para que pudéssemos estar seguros... para que *você* pudesse estar segura quando eu a tirasse de lá. — Dei uma risada sem humor. — Só para descobrir que você estava se casando, porra. Casando! Depois de tudo que prometemos um ao outro.

Puxei a gola da minha regata para baixo, mostrando o seu colar.

— Mantive isso sempre comigo. Mantive esse crucifixo comigo para me lembrar que você me amava. Foi o que você disse, não? Que tudo o que eu tinha que fazer era olhar para isso e saber que você me amava, mesmo que não estivesse aqui comigo? — Meus olhos avistaram o vestido de noiva arruinado, que agora se encontrava pendurado na porta do armário. Parei e olhei para aquela coisa, e me voltei para ela, com uma pergunta: — Com quem? — Adelita piscou, então seu rosto corou. Ela estava hesitando em me dizer. Havia apenas uma pessoa que a deixaria relutante de dizer.

O sangue que estava aquecendo minhas veias se transformou em uma lava escaldante quando rosnei:

— Me diga que não era com ele! — Seu olhar baixou por uma fração de segundo. Meu corpo vibrou de fúria. — Diga! — exigi, minha voz cada vez mais alta. — Diga que não era com aquele babaca do Diego!

— SIM! — Adelita gritou em resposta. Eu não podia suportar estar neste quarto mais um segundo com ela. Dando meia-volta, fui para a porta, mas Adelita se postou à minha frente antes que eu pudesse chegar até lá. Ela colocou as mãos no meu peito e me empurrou para trás. Ela pesava quase nada; dei um passo para trás quando ela veio novamente para cima de mim.

— *Hijo de puta!*[2] — rosnou. Eu não tinha ideia do que diabos ela tinha acabado de dizer, mas sabia que não era nada bom. Só serviu para me irritar ainda mais. Sua mão surgiu do nada e estapeou meu rosto.

Eu estava farto disso.

Quando ela me atacou novamente, agarrei seus pulsos e a empurrei para trás até que ela se chocou contra a porta. Adelita tentou revidar, se debatendo, mas ergui suas mãos acima da cabeça e praticamente colei meu rosto no dela, que estava furioso.

— Pare, cadela!

— Pare você! — disse, ríspida, e lutou contra o meu aperto, mas não conseguia se mover. Ela gritou, frustrada, e eu sorri. — Eu odeio você — disparou e se debateu em meus braços, mas eu a segurei com força. — Você não tem ideia de como foi quando você foi embora! — Sua voz falhou e ela arfou, tentando respirar. — Nunca mais tive notícias suas. Eu não sabia se

---

2 Hijo de puta (espanhol) – filho da puta.

você ainda me queria, se ainda precisava de mim. Meu pai e Diego decidiram por mim que eu me casaria. Eu não tive escolha! — esbravejou. — Eu estava presa, sem ter para onde ir e ninguém a quem pedir ajuda!

— Eu estava voltando para você! Eu só precisava de tempo, porra! Eu estava quase pronto!

O peito de Adelita subia e descia com seu ritmo respiratório acelerado. Suas bochechas bronzeadas estavam vermelhas de raiva e seus olhos estavam arregalados e furiosos. Ela se inclinou para frente e rosnou:

— Você disse a esses homens. Aos inimigos do meu pai, *meus* inimigos, como me encontrar. Você levou os lobos direto até a minha porta. Como isso é me proteger, Tanner Ayers? Como isso é me ajudar?

— Nos disseram que era uma prima qualquer que estava se casando, porra. Eles foram para pegá-la. Eu nunca, nem por um segundo, acreditei que seria você!

Adelita balançou a cabeça, enquanto eu tentava recobrar um pouco de sanidade, antes de acabar socando a porta.

— Meu pai confiou em você. *Eu* confiei em você, e você se junta aos homens que estão em guerra contra meu povo? — Paralisado, comecei a rir, e os lábios de Adelita se contraíram. — Não ria de mim!

Ela arqueou as costas da porta, roçando os seios contra meu peito ao tentar se livrar do meu agarre. Mas eu mal notei isso; eu estava muito consumido com o fato de que ela pensava que *nós* – os Hangmen – fôssemos os caras maus.

— Você não tem ideia — rosnei, com o nariz colado ao dela. — Você não faz a menor ideia do que está falando.

Seus olhos se arregalaram.

— O que você quer dizer?

— Você quer saber que acordo nossos pais estavam fazendo quando estávamos no México?

Adelita congelou.

— Drogas. Meu pai disse que eram drogas — afirmou, com tanta confiança na palavra do pai, que um pouco da minha raiva diminuiu. Ele era tudo que ela tinha, tudo que já teve... e ela não fazia a menor ideia de como ele era um filho da puta sádico.

— Não — corrigi, minha voz soando menos cruel do que antes. — Não eram drogas, princesa. — Fiz questão de olhá-la nos olhos quando disse: — Eram mulheres.

HERANÇA SOMBRIA 159

Adelita arfou e balançou a cabeça em descrença.

— Não — ela negou, com convicção. — O que você está falando? Meu pai nunca faria isso!

Eu me aproximei dela, imprensando-a contra a porta para que me ouvisse.

— Seu papaizinho fez isso. E o meu também. — Ela negou com um aceno outra vez. Adelita estava se preparando para argumentar, mas decidi esclarecer para que ela acreditasse: — Eles sequestram mulheres, as drogam com a heroína do seu pai, e as transportam para armazéns. Em seguida, deixam homens pagarem para fodê-las. E eles ganham um bom dinheiro fazendo isso.

— Não! — choramingou, seus olhos se enchendo de lágrimas. — Por que você está dizendo isso? — Seu sussurro se tornou mais rouco quando ela levantou o queixo e respondeu: — É este clube. Estes homens. Eles estão mentindo! Meu pai nunca...

— Ele vende mulheres sabe-se lá para quem. Para serem escravas, ou o que quiserem fazer delas.

— Isso não é verdade! — Uma lágrima deslizou pelo seu rosto, mas ela sacudiu a cabeça para que a lágrima rebelde caísse no chão e não mostrasse sua fraqueza.

— É, sim...

— Eu disse que NÃO É!

Meu corpo inteiro tremeu de raiva com sua atitude. Sem dizer uma palavra, segurei um de seus pulsos e abri a porta, arrastando-a pelo corredor. Eu não me importava se era proibido; a cadela precisava saber a verdade e eu conhecia algumas pessoas que deixariam isso tão claro como o dia.

Viking saiu do nosso caminho, batendo as mãos lentamente e deixando transparer, com um sorriso de merda, que ele tinha ouvido tudo. Apressei-me em direção ao bar. Quando abri a porta, todos os irmãos se viraram para olhar para nós. Eu me concentrei em Hush e Cowboy, depois em AK, que estava sentado à mesa ao lado deles.

— Onde estão as suas cadelas?

Hush e Cowboy se levantaram.

— Por quê? — Hush perguntou.

— Onde elas estão?! — gritei. Eu não tinha tempo para essa merda com eles agora. Adelita estava lutando contra o meu agarre, e eu estava a dois segundos de explodir.

— Elas estão na sala das *old ladies* — Beauty respondeu, ao passar por nós. — Levo vocês até lá. — Arrastei Adelita atrás de mim, seus pés travando enquanto tentava me impedir. Ela puxou meu braço, mas não havia como se libertar até que ouvisse tudo o que precisava saber. Adelita era uma cadela protegida que precisava de uma maldita dose de realidade.

Beauty nos levou para a sala na extremidade oposta do clube. Vi Styx e Ky no escritório do *prez*. No minuto em que Styx me viu arrastando Adelita, ele voou de sua cadeira e veio correndo atrás de nós, com o semblante sombrio e tempestuoso. Eu não a levaria de volta para o meu quarto até que ela ouvisse o que aconteceu da boca das vítimas. Sobre o que seu precioso pai era capaz de fazer. Sobre o que se tratava o acordo do cartel e da Klan.

Beauty abriu a porta e eu puxei Adelita para dentro. Vi Mae, Lilah e Grace acomodadas nos sofás. Phebe, Saffie, Bella e Sia se encontravam nas poltronas ao lado delas. Todas se viraram para nos ver.

— Tanner? — Mae disse. Styx veio atrás de nós, seguido por Ky.

— Que porra é essa? — Ky questionou, virando-se para mim.

Encarei Sia, ignorando todos os outros, e exigi:

— Conte a ela. — Sia parecia confusa quando seus olhos focaram em Adelita. Eu a puxei para se postar ao meu lado. — Esta é Adelita Quintana. Filha de Alfonso Quintana, e minha noiva.

Sia engoliu em seco, os olhos arregalados.

— Adelita? Do cartel Quintana? — Sua voz vacilou. Senti Adelita tensionar pelo fato de Sia ter ouvido falar dela.

Assenti com a cabeça.

— Conte a ela sobre o que o pai dela está traficando. — Sia olhou para Phebe, que abraçava Saffie com força. Os olhos de Saffie estavam arregalados ao olhar para Adelita, e seu rosto estava mortalmente pálido. — Diga a ela o que aconteceu com vocês. Ela não vai acreditar em mim e isso está me irritando pra caralho.

— Tanner, pare com essa merda. — A voz de Hush se infiltrou em meus ouvidos e ele se colocou ao lado de Sia. Cowboy o seguiu, e ambos a ladearam.

— Ela não vai acreditar em mim! Ela acha que estamos falando mentiras para arruinar seu pai. Acha que toda essa merda de tráfico é apenas uma maneira de derrubar o nome de Quintana.

Cowboy cruzou os braços.

— Bem, deixe-me dizer uma coisa, cadela, nós estávamos lá — alegou, falando com Adelita. — Vimos os acampamentos. Armazéns administrados pelos homens de seu pai e do de Tanner.

— Você está mentindo — Adelita sibilou para Cowboy, raiva escorrendo em cada palavra. Ela estava tremendo de fúria.

— Ele não está mentindo, querida. — Desta vez, foi Sia quem se manifestou. Ela saiu do lado de Hush e Cowboy e veio em direção a Adelita, que tremia ainda mais quando a irmã de Ky parou diante dela. Sia olhou para Adelita com curiosidade, e então perguntou: — Você conhece um homem chamado Garcia?

Adelita congelou em meus braços, ficou completamente imóvel. Ela olhou de volta para mim, e pude ver em seu rosto pálido que ela o conhecia. Assenti para Sia, para ela continuar.

— Ele e eu... tivemos uma relação. — Sia ergueu a cabeça como se estivesse tentando não se envergonhar. — Ele envolveu tanto a mim quanto à minha amiga quando estávamos no México. — Ela respirou fundo. — E ele sequestrou minha amiga, a drogou e depois a vendeu como uma prostituta para qualquer pessoa disposta a pagar o preço.

Adelita respirou fundo. Achei que ela fosse discutir, mas eu podia dizer pelos seus olhos arregalados e seu silêncio, que acreditou em Sia. Ou pelo menos estava assimilando a ideia.

Phebe então se levantou, chocando a todos nós. Saffie foi até Lilah, que já estava com os braços estendidos para ela. A garota era tão tímida quanto elas. Mal falava e nunca olhava ninguém nos olhos. Não havia dúvida de que o que aconteceu com ela naqueles acampamentos, deixou sua cabeça fodida.

Phebe se aproximou para ficar ao lado de Sia. Senti Adelita fraquejar em meus braços.

— Adelita, certo? — Ela assentiu com a cabeça. Phebe suspirou, e então disse: — O que Sia disse é verdade. Eu sei disso... — Ela fechou os olhos e parou por um minuto. Quando os abriu novamente, ela disse: — ... porque eu também fui sequestrada.

Ouvi um grunhido às minhas costas. AK estava ali na porta com Vike. A expressão de AK era sombria enquanto ouvia sua *old lady* falar.

— Fui levada da comuna onde morava para um dos acampamentos. Fui levada pelo líder. Esses locais eram administrados pela Klan, da qual Tanner costumava fazer parte. — Phebe olhou para mim quase que se desculpando.

Mas eu não me importava; o que fosse preciso para convencer Adelita... Eu sabia que mencionar minha antiga Klan ajudaria. Eu disse a ela que esse era o acordo feito pelos nossos pais, mas imaginei que seria diferente ouvir da boca de uma sobrevivente ao invés da minha.

— Era um acampamento de detenção. Ficávamos lá até sermos transferidas para o México, onde os homens de Quintana assumiriam o controle das meninas e fariam com elas o que quisessem.

— Não... — Adelita protestou, balançando a cabeça. Mas sua voz não era nada mais do que um sussurro. Ela tremeu, e eu sabia que agora acreditava no que Sia e Phebe estavam lhe dizendo.

Meu aperto em seus braços afrouxou e comecei a deslizar meu polegar para cima e para baixo sobre sua pele nua. Seria difícil para Adelita ouvir tudo, e ainda mais difícil para ela lidar com isso.

— Vocês devem estar enganadas — argumentou e olhou para mim. Eu vi o medo rondando seus olhos escuros. — Meu pai... ele não é um homem mau. Não desta forma. Ele não faria isso. — Sua voz falhou. Mas como a princesa perfeita do cartel que era, ela inclinou o queixo e acrescentou: — Não estou invalidando o sofrimento e experiência de vocês. Suas verdades. Mas tenho certeza de que estão enganados quanto à pessoa que dirige tal operação. — Adelita afastou o cabelo do rosto. — Existem muitos cartéis no México. O cartel Quintana não é construído sobre o abuso de mulheres.

— Não estamos enganadas, querida — Sia discordou e tentou dar a Adelita um pequeno sorriso simpático. — Sinto muito, mas era tudo administrado pela família Quintana. — Ela fez menção de acariciar o braço de Adelita, mas recuou e cruzou os braços. — Garcia... Eu era a namorada dele, não sua escrava. Ele me contou coisas... Ele trabalhou para o seu pai. E me falava sobre você, de vez em quando. — Sia parecia triste. — E acabei indo parar, acidentalmente, em um destes galpões. Vi um desses lugares infernais com meus próprios olhos, querida. É tudo verdade.

— Não — Adelita rebateu, novamente. — Não posso acreditar. Não posso! Meu pai não se envolveria com algo assim. Ele não deve saber. Alguém está fazendo isso pelas costas dele. Usando seu nome para ganhar dinheiro.

— Princesa — eu disse, impaciente —, eles *são* responsáveis por isso. Nossos pais estão nisso juntos. Eu, com certeza, sei que meu pai é capaz disso. Mais do que isso, na verdade.

— Mas não o meu pai. — Ouvi sua voz falhar. Ela estava congelando em meus braços. — Eu não me importo com o que dizem... E me recuso a acreditar que isso é verdade.

HERANÇA SOMBRIA

O silêncio se tornou palpável na sala, até que...

— O... o nome dele é Al... Alfonso? — Uma voz débil e sussurrada nos alcançou do fundo da sala. Adelita retesou o corpo na mesma hora.

Phebe olhou para trás. Para Saffie. Lilah estava segurando a mão da garota, com uma expressão chocada em seu rosto, e imaginei que fosse pelo fato de ela ter falado. Eu quase nunca via a garota ruiva por aí, mas quando via, ela não parecia bem. Porra, pelo que eu sabia sobre ela, nada de bom aconteceu em sua vida até que veio pra cá. A garota foi para o Hades e voltou, e retornou como a porra de uma sombra ambulante.

Saffie se aproximou até ficar ao lado de Phebe, seus olhos nervosos percorrendo toda a sala. Ouvi um rangido atrás de mim e quando olhei para trás, Lil' Ash estava ao lado de AK, os olhos fixos na garota tímida. Ele estava balançando de um lado ao outro, como se quisesse tirá-la da sala se tivesse uma chance, apenas para afastá-la de todas essas pessoas. AK manteve a mão no ombro de Ash, mantendo o recruta no lugar.

Phebe rodeou o corpo frágil da filha. Saffie encarou Adelita com olhos enormes e torturados.

— O... nome dele... é Alfonso? — perguntou, novamente, desta vez um pouco mais alto.

— Sim — Adelita respondeu, com a voz trêmula.

Saffie engoliu em seco e ergueu o queixo.

— Ele... — Ela olhou para Phebe, que sorriu. Sua mãe acenou com a cabeça, encorajando a filha a continuar. Saffie baixou os olhos e sussurrou: — ...me tomou. — Senti o arquejo de Adelita e senti meu próprio estômago revirar. Porque nunca tinha ouvido essa merda. Nunca ouvi falar muito da vida de Saffie a não ser que antes ela era uma criança da seita, que foi levada pelo Meister para ser vendida para Garcia. A voz de Saffie falhou, mas ela insistiu: — Quando ele aparecia para... visitar, eles... me designavam a ele... ele sempre pedia... por mim.

Um soluço angustiado escapou da boca de Adelita e sua mão cobriu os lábios. Ela se apoiou em mim até não poder mais se mexer. Meu coração estava acelerado com o que essa garota estava dizendo. Eu podia ver o quanto estava sendo doloroso para a garota admitir isso. Porra. O quanto estava matando Adelita ouvir essa porra. Uma criança. Saffie era uma maldita criança assustada. Adelita balançou a cabeça, mas Saffie disse:

— Ele... tinha uma marca de nascença, aqui. — Ela apontou para o pescoço e baixou a mão, seu rosto ficando ainda mais pálido. — Nunca...

me davam a poção... a poção que sempre nos ministravam quando os homens vinham. Ele disse que queria... que eu estivesse presente e acordada. — Arfou. — Ele disse... que queria que eu me lembrasse dele. — Ela tremeu, visivelmente, e achei que a garota fosse desmaiar. — E eu lembro. Eu *sempre*... *sempre* me lembrarei da marca... maligna em seu pescoço.

— Já chega. — AK passou por todos nós e olhou para mim. — Ela não vai dizer mais nada. — Em seguida, enfrentou Adelita: — De que mais provas de merda você precisa, porra?

A respiração de Adelita se tornou superficial. Ela ainda estava mortalmente quieta em meus braços. Achei que não falaria de novo. Mas então ela disse:

— Ela... ela não precisa dizer mais nada. — Adelita olhou para Saffie, que estava abraçando Phebe novamente, parecendo tão exausta como se tivesse acabado de correr uma maldita maratona. — Obrigada... — agradeceu. Eu estava orgulhoso dela pra caralho. — Obrigada... por me dizer isso...

— Saffie — a garota murmurou e deu a Adelita um sorriso fraco.

— Saffie. — Adelita notou que todos os olhos estavam sobre si. Ela se virou para mim, e meu peito apertou. Ela me deu um sorriso trêmulo, então com o queixo erguido, disse: — Estou pronta para voltar para o quarto agora, Tanner. Acredito que nunca deveria ter saído, por ordem do seu presidente, certo?

Eu queria abraçá-la, puxá-la contra o meu peito, mas sabia que se fizesse isso, ela se desfaria em pedaços ali mesmo. E isso a humilharia. Adelita tinha o orgulho do pai. Um orgulho que eu nunca quebraria na frente dos meus irmãos. Na frente de qualquer um.

Segurando sua mão, eu me virei e passei por todos.

— Vou levá-la para o meu quarto — informei ao Styx, ao passar pelo *prez*. Não esperei para ouvir o que ele tinha a dizer sobre isso. Pelo aperto da mão de Adelita, eu sabia que ela estava a poucos minutos de perder o controle. Quando chegamos ao corredor, ouvi sua respiração acelerando. Empurrei a porta, puxei-a para dentro e tranquei a fechadura.

Quando me virei, foi para ver o rosto e o corpo de Adelita desmoronar. Em segundos, eu a tinha em meus braços, impedindo-a de cair no chão. Adelita estava tremendo com soluços torturantes. Suas mãos agarraram minha camisa, mas estavam tremendo tanto que escorregaram. Pegando-a em meus braços, eu a levei para minha cama e a deitei. Mantive os braços ao redor de seu corpo enquanto ela cedia às emoções. Beijei sua cabeça;

beijei cada parte dela que pude. Minha camisa ficou molhada com suas lágrimas, mas eu não dava a mínima. Adelita tinha todo o direito de chorar. Ela tinha acabado de descobrir que seu pai não era apenas um maldito traficante, mas também gostava de foder crianças.

Como se estivesse lendo minha mente, Adelita ergueu os olhos vermelhos para mim e perguntou:

— Quantos anos ela tem? — Sua voz estava áspera e rouca de tanto chorar. Eu sabia que ela estava falando sobre Saffie.

— Não tenho certeza. Quinze, talvez? Algo em torno disso.

Os olhos de Adelita se fecharam.

— E quantos anos ela tinha quando chegou aqui?

— Não sei, princesa. — Dei de ombros e suspirei. — Se você está perguntando quantos anos ela tinha quando o seu pai... — Deixei o resto da pergunta pairar no ar. Eu não precisava terminar a frase. Ela sabia o que ele tinha feito. — Nova. Ela era muito nova.

O rosto de Adelita foi tomado por mais lágrimas.

— Você sabia sobre o tráfico? — Neguei com um aceno e Adelita enxugou os olhos. — Eu não conheço meu pai — sussurrou e olhou para o nada, do outro lado quarto. — Não faço ideia da pessoa com quem vivi toda a minha vida, mas ele é um estranho para mim. Um demônio que acaba de ser descoberto residindo em um homem. Um homem a quem eu amo. — Engoliu em seco e apoiou a cabeça contra os joelhos dobrados. — Ela é uma criança, Tanner. Uma *criança*. — O lábio inferior de Adelita tremeu. — Ele... — Ela estremeceu. — Ela era uma criança pequena... e ele pedia por ela, ele...

— Pare — falei e me ajoelhei na cama, segurando seu rosto. — Pare de pensar nisso agora ou então você vai perder a cabeça.

As mãos de Adelita agarraram meus pulsos e seus olhos se fecharam.

— Não posso... — ela sussurrou. — Não posso simplesmente apagar os pensamentos da minha mente. — Baixou a cabeça como se não tivesse mais energia para mantê-la erguida. — O olhar no rosto de Saffie... — Seus ombros também cederam. Meu aperto em seu rosto parecia ser a única coisa que a impedia de desabar na cama. — O rosto de sua mãe ao ouvir que sua filha passou por aquilo... a própria mãe... e a loira que se relacionava com Garcia.

Adelita levantou a cabeça e havia a porra de uma tempestade se formando em seus olhos escuros.

TILLIE COLE

— Eu o conhecia, Tanner. Jantei com ele à mesa do meu pai. Partilhamos o pão e bebemos vinho. Eu... — O rosto de Adelita corou com o que parecia ser constrangimento. — Gostei da companhia dele. — Fiquei tenso. — Não dessa maneira, amor — Apressou-se em corrigir. Seu olhar se suavizou um pouco ao detectar meu ciúme. — É só que... ele parecia ser um bom homem. — Deu uma risada amarga e olhou para os monitores no canto do meu quarto. Mas eu sabia que ela não estava realmente olhando para aquilo. — Meu pai estava certo. *Você* estava certo. — Ela se virou para mim. — Quando nos conhecemos, você me chamou de princesa ingênua e privilegiada, que não sabia nada do mundo; presa na minha torre de marfim. — Seu lábio inferior tremeu. — E você estava certo. Só que eu não estava sozinha naquela torre. — Adelita apertou meu pulso como se eu fosse sua única âncora. — Pensei que morava lá com cavaleiros... Acontece que eu estava presa entre monstros.

— Amor... — murmurei, e a fiz olhar para mim. Quando ela me encarou, vi que seus olhos estavam vermelhos e angustiados. — Você não está mais lá. — Senti meu coração começar a bater mais rápido. — Você está fora, e posso garantir que nunca vai voltar.

Os olhos de Adelita se arregalaram e eu engoli em seco. Senti meu nervosismo começar a zumbir através de mim. Pigarreando, eu disse:

— Você está fora da fazenda. Eu estou fora da Klan... — As mãos de Adelita eram fortes enquanto seguravam meus pulsos. — Estamos aqui, princesa. Estamos aqui. *Finalmente*.

— Tanner — ela sussurrou e seu rosto se inundou com lágrimas. Adelita baixou o olhar, mas quando levantou a cabeça, tinha um sorriso no rosto. — Estamos aqui.

Eu não aguentava mais. Sabia que ainda tínhamos que conversar sobre por que diabos ela havia aceitado se casar com aquele filho da puta, mas, agora, eu não me importava. Eu tinha minha mulher de volta em meus braços depois de muito tempo.

Puxando-a para mim, eu a beijei com vontade. No começo, ela tinha gosto de lágrimas, mas quando me beijou de volta, senti o *seu* gosto... Aquele gosto viciante que só a Adelita possuía. Aumentei meu aperto em suas bochechas e empurrei minha língua em sua boca. Ela gemeu e sua língua duelou contra a minha. Minhas mãos se moveram pelo cabelo úmido, então pelas suas costas, traçando cada curva de seu corpo. Encontrando a parte inferior do vestido, levantei o tecido lentamente, até parar em seus seios.

Afastando-me de sua boca carnuda, olhei para seu rosto corado, depois olhei para baixo. Meu pau endureceu sob o jeans quando vi as longas pernas, sua boceta e a curva inferior de seus seios volumosos. Dois anos. Dois malditos anos desde a última vez que ela foi minha.

Adelita abaixou as mãos e cobriu as minhas com as suas. Seus olhos estavam fixos nos meus, e ela começou a levantar o vestido, guiando minhas mãos sobre seus seios até que o tirou pela cabeça. Seu cabelo comprido caiu sobre um ombro e nunca a tinha visto tão perfeita.

— Você é linda — sussurrei, deslizando meu polegar por sua bochecha e pelo contorno de seus lábios. Adelita segurou minha mão e a levou aos lábios. Fechando os olhos, beijou minha palma. Eu não conseguia acreditar. Não podia acreditar que estávamos aqui. Quando abriu os olhos, ela levantou minha camiseta por sobre a cabeça; respirou fundo depois de largar a peça no chão e passar a mão pelo meu peito. Sua mão foi descendo até a calça jeans e meu pau quase arrebentou o zíper. Adelita abriu o botão e a braguilha, empurrando a calça para baixo e tive que me controlar para não empurrá-la contra o colchão e me afundar dentro dela.

Fazia muito tempo.

Tempo demais.

Adelita congelou, e eu sabia que ela tinha visto.

— Tanner... — sussurrou, seu sotaque mexicano carregado ao pronunciar meu nome. Ouvir meu nome dito dessa maneira costumava me incomodar; agora era a melhor merda que já tinha ouvido. Adelita estendeu a mão e traçou a tatuagem de seu colar no meu peito. — Esta data... — disse, tocando os números logo abaixo.

— É o dia em que nos conhecemos.

Os lábios de Adelita se contraíram antes de se curvarem em um sorriso.

— O primeiro dia? — Ela inclinou a cabeça para o lado e eu senti como se tivesse levado um soco no estômago, por quão incrivelmente deslumbrante ela era. — Você me odiava quando nos conhecemos.

— Você me destruiu. Bastou um olhar na sua direção, e foi a minha ruína. — Eu sorri.

Adelita beijou a data e eu suspirei. A sensação de seus lábios na minha pele era incrível.

— Acabei com o infame Príncipe Branco... — Ela olhou para mim através de seus cílios grossos. — A maior realização da minha vida. — Seus lábios se contraíram, em diversão.

Rosnando e acabando com a espera, empurrei Adelita para trás, deitei-a na cama e tirei a calça jeans. Eu a cobri com meu corpo e colei meus lábios aos dela. Adelita gemeu abaixo de mim e tudo parecia certo pra caralho. Seus seios pressionados contra o meu peito, os braços e pernas me rodeando. De repente, não parecia que anos haviam se passado. Parecia que tudo havia acontecido ontem e que eu tinha acabado de pedi-la em casamento. Era ela debaixo de mim, eu dentro dela e ela me dizendo sim.

— Amor... — sussurrou contra a minha boca. Eu me afastei e olhei para ela ali, deitada e relaxada abaixo de mim. Algo mudou no meu peito e o peso que eu estava carregando, simplesmente, sumiu.

Ela estava longe de seu pai.

Eu estava longe do meu.

— Por favor, Tanner — Adelita implorou. — Me faça esquecer. Apague este dia da minha memória... faça amor comigo.

Beijei seus lábios novamente, então beijei seu pescoço e clavícula. Alcançando seus seios, chupei um mamilo em minha boca. Adelita gemeu e agarrou minha cabeça. Eu me lembrava disso. Lembrava de seu fogo quando transávamos. Lembrava de suas unhas cravadas na minha cabeça e do jeito que suas costas arqueavam sempre que eu tocava seus seios. Eu gemi, e me movi mais para baixo até chegar em sua boceta. Separei suas pernas e arrastei as mãos por suas coxas. A cabeça de Adelita inclinou para trás enquanto eu esfregava seu clitóris com o polegar.

— Esta boceta é minha — rosnei, e enfiei um dedo dentro dela.

— *Si* — Adelita gritou, e meu pau se contraiu. Incapaz de me conter, me inclinei e passei a língua sobre seu clitóris. O gosto dela... estava acabando comigo.

Adelita puxou meu cabelo enquanto se debatia na cama. Mas eu não me afastei. Eu a lambi mais e mais até que ela gozou. Engatinhando até onde ela se mantinha deitada, sem fôlego e suando, segurei seu rosto entre as mãos e me certifiquei de ter sua atenção. No minuto que ela se focou em mim, seu olhar travado com o meu, eu a penetrei. Seus lábios se entreabriram conforme eu a preenchia, e ela respirou fundo.

— *Mi amor...* — sussurrou, e vi lágrimas inundarem seus olhos. Envolvendo meus braços ao redor de seu corpo, eu a segurei o mais perto que pude. Arremeti contra ela de novo e de novo, cada vez mais rápido, até que Adelita mergulhou a cabeça na curva do meu ombro e gritou contra o meu pescoço.

Sua boceta se contraiu ao redor do meu pau, e a sensação me levou ao limite. Esmagando meus lábios aos dela, gemi quando gozei. Os dedos de Lita cravaram em meus braços à medida que eu me derramava dentro dela. Continuei me impulsionando contra o seu corpo até não restar nada. Minha cabeça tombou contra o colchão, ao seu lado, enquanto recuperava o fôlego. Adelita manteve os braços ao meu redor.

Quando me afastei, ela virou a cabeça para olhar para mim.

— Nunca pensei... — ela disse, e uma lágrima escorreu de seus olhos. Isso me destruiu pra caralho. — Nunca pensei que conseguiríamos. — Acariciou minha bochecha com a mão. — Eu esperei e rezei tanto, que tive certeza de que Deus se cansou da minha voz. Mas no fundo, eu não achava que escaparíamos de nossas vidas. Não achei que você estaria seguro deixando a Klan, e nunca sonhei que realmente deixaria a *hacienda* e minha casa.

— Eu disse que conseguiríamos — murmurei. — Eu prometi a você, princesa. E não quebro minhas promessas.

— Você não quebrou — ela sussurrou e beijou minha bochecha onde sua mão esteve. — Você fez isso. Você manteve sua palavra. — Adelita desviou o olhar e um sorriso triste surgiu em seus lábios.

— O quê?

— Você é a primeira pessoa que... manteve sua palavra. Manteve suas promessas. Você, Tanner Ayers. Meu príncipe branco... ou talvez devesse ser meu príncipe agora. O antigo título não é mais quem você é.

Meu peito e minha garganta pareciam tão apertados com suas palavras, que eu não conseguia falar. Então eu a beijei. Eu a beijei, nos levantando e sentando contra a cabeceira da cama, com ela em meus braços. Adelita recostou a cabeça no meu peito; sua mão acariciou a tatuagem de seu colar. Senti seu sorriso contra meu peito.

— Quando você fez isso?

Deslizei os dedos pelos fios de seu cabelo escuro.

— Não muito tempo depois que deixei a Klan. Tatuei seu colar em mim para que nunca esquecesse por quem eu estava lutando.

Adelita ergueu a cabeça e beijou a tatuagem do colar de ouro. Seus olhos pousaram em minhas outras tatuagens, e seu dedo começou a traçar a águia de Hitler, a suástica e o símbolo da supremacia branca que eu costumava exibir com orgulho.

— *Mi amor*. Você deixou essa vida para trás, mas por que ainda mantém essas tatuagens?

Minha mandíbula tensionou quando lampejos da minha antiga vida passaram pela cabeça como um maldito filme.

— Porque isso me lembra de tudo o que fiz. — Segurei o rosto de Adelita e me certifiquei de que ela estivesse olhando diretamente para mim. — Fiz coisas fodidas, Lita. Você entende isso, certo?

Ela assentiu com a cabeça, e cobriu minhas mãos que ainda estavam em seu rosto com as dela.

— Mas você se afastou dessa vida. Você se afastou do preconceito, da violência. — Ela sorriu. — Você batalhou por dois anos para mudar sua vida para estar comigo. Uma mexicana. Uma mexicana com *orgulho*. Isso, Tanner Ayers, prova que você não é mais o homem que costumava ser. — Sua mão começou a traçar as tatuagens novamente. — Talvez seja hora de transformar estes desenhos em outra coisa. Talvez você devesse começar a mostrar ao mundo que não é mais o herdeiro da Klan.

Senti uma corda se soltar do meu peito... uma corda que eu sentia amarrada em volta dos meus pulmões. Adelita se ajoelhou, e o edredom caiu entre nós, deixando seu corpo nu à mostra. Porra, ela era linda. Ela se sentou nos calcanhares e começou a estudar cada centímetro do meu corpo. A cadela me deixaria de pau duro de novo. Um sorriso apareceu em seus lábios e minhas mãos seguraram sua cintura fina.

— O quê?

Os dedos de Adelita se enroscaram no meu cabelo.

— Você tem cabelo. — Ela passou os dedos pelos fios curtos. Eu não tinha me dado ao trabalho de fazer a barba novamente desde que me juntei aos Hangmen.

Meu lábio se contraiu, tentando reprimir um sorriso.

— Eu tenho cabelo.

— Você parece diferente. — Adelita me observou com seus olhos escuros. — Partes de você ainda são as mesmas, mas você *parece* diferente. Isso faz sentido?

Assenti com a cabeça.

— Você parece exatamente a mesma. Ainda linda. Ainda perfeita. Ainda você.

— E ainda *sua*. — Quando essas palavras saíram da boca de Adelita, uma frieza me percorreu. Ela deve ter notado. Seu sorriso diminuiu e a expressão apreensiva dominou seu semblante.

— Eu *ainda* sou seu?

HERANÇA SOMBRIA

Adelita congelou, depois baixou os olhos. Um segundo depois, seu olhar encontrou o meu, e ela segurou minha mão.

— Sempre. — Respirou fundo, então lentamente montou minhas coxas, enlaçando meu pescoço. — Eu amo você, Tanner. Nunca parei de amar. Na verdade, quando você partiu, meu amor por você só cresceu. — Sua voz ficou rouca, então ela segurou meu rosto. — Nunca deixei ele me tocar. — Soltei um suspiro que nem sabia que estava segurando. — Só fiz amor com você. Eu não podia... eu não iria...

— Você estava prestes a se casar com ele.

Adelita balançou a cabeça.

— Ele não era você. Nunca teria sido você. — Sua voz rouca me disse que ela estava ficando chateada novamente. — Meu pai... — Piscou para afastar as lágrimas que se formavam em seus olhos. — Ele fez tudo acontecer. Resisti ao seu plano sobre mim e Diego o máximo que pude. Mas ele planejou tudo. Eu não sabia o que fazer ou como sair disso. — Adelita baixou a cabeça para pressionar a testa à minha. — Mesmo se eu tivesse sido forçada a me casar com ele, eu ainda seria sua. Você não pode dar seu coração a alguém quando já pertence a outro. Eu teria encontrado uma maneira, Tanner. De ir embora. De fugir. Para chegar até você... de alguma maneira. — A expressão de Adelita mudou para o que parecia preocupação. — E... você? Teve mais alguém para você?

Mudei nossas posições e fiz com que Adelita se deitasse abaixo de mim.

— Ninguém. Só você, princesa.

O sorriso que curvou seus lábios me deixou sem fôlego. Eu a beijei. Eu a beijei por tanto tempo que seus lábios pareciam inchados e machucados quando, finalmente, me afastei.

— Eu não quero voltar para lá — ela disse, e o efeito da traição de seu pai estava escrito em todo o seu rosto. — Não vou voltar para aqueles homens, Tanner. Porque se meu pai está envolvido nisso, Diego também está. — Seus olhos escuros cintilaram com raiva. — Não posso encará-los depois de saber de tudo isso. Depois de ver Saffie, a garota que meu pai machucou tantas vezes... depois de ouvir das outras mulheres... — Adelita inalou lentamente pelo nariz, fechando os olhos por um instante. Quando os abriu, ela disse: — Alguma vez você sonhou que estaríamos aqui, assim?

— Sim.

— Eu também. — Ela me beijou, e então sussurrou: — Por favor, não me faça voltar agora que nos encontramos novamente.

— Você não vai a lugar algum.

Em minutos, eu estava dentro dela novamente. Os braços de Adelita não me largaram a noite toda, e seus lábios nunca pararam de tocar minha pele. Eu não me importava com o que os outros pensavam. Ela estava aqui comigo agora.

E não iria a lugar algum.

Eu morreria antes de deixar alguém tirá-la dos meus braços.

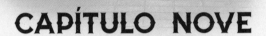

CAPÍTULO NOVE

STYX

Uma semana depois...

— Ainda não temos informações — Shadow disse. — Eles ficaram quietos, o que, na minha experiência, nunca é bom.

Levantei as mãos e sinalizei:

— *Se você ouvir qualquer coisa... qualquer coisa dos Quintana... nos avise imediatamente* — Ky falou por mim.

Chavez assentiu com a cabeça.

— Com certeza. — Olhei para Chavez e não consegui tirar os diários de minha mãe da cabeça.

Mae não sabia, mas quando ela foi para a cama à noite, eu desci as escadas, me servi de uma dose de um uísque e comecei a ler. Mae também os estava lendo. E eu sabia quando ela alcançava uma parte que achava importante. A partir do minuto em que chegava à noite, ela me olhava de forma diferente e vinha até mim e me beijava, enlaçando meu corpo com um abraço apertado pra caralho. Era sempre quando minha mãe falava sobre mim. Sobre como pediu refúgio a Sanchez, fugindo de mim e do meu pai. Sobre como fodeu minha vida.

"Eu não queria me apaixonar por ele. Fui até ele para pedir ajuda. Para tirar River do clube. Mas quando vi Raul Sanchez, tudo mudou. Ele não me tratou como uma prostituta. Ele não me menosprezou como Shade fazia todos os dias. Ele não me fez sentir indesejada – na verdade, foi exatamente o oposto.

Eu estava em seu escritório, pedindo ajuda. E estava tão nervosa. Sanchez sabia quem eu era. Ele me perguntou se eu era a old lady *do Reaper. Eu lhe disse a verdade. Que nunca tinha sido mais do que uma prostituta para ele brincar, como um animal de estimação. Eu disse que ele estava com o meu garotinho. Meu filho. Disse a ele que queria sair do clube. E eu também queria meu filho fora de lá. Eu o queria longe de Reaper e do clube, ponto final.*

Sanchez me encarou por um tempo. Entrei em pânico, me perguntando se tinha feito a coisa errada; se eu tinha acabado de assinar minha própria sentença de morte. Mas então Raul sorriu e disse que me ajudaria. Eu não sabia se isso era verdade. Mas estava desesperada e não tinha para onde ir. Reaper tinha a polícia e o governo local em sua folha de pagamento. Minha única escolha tinha sido seu inimigo número um. Sanchez ia me ajudar a salvar River. Eu ia salvar meu garotinho..."

— Styx? — A voz de Ky me tirou dos meus pensamentos. Esfreguei o rosto com a mão; eu tinha que me recompor. Uma onda de raiva tomou conta de mim. Eu nunca deveria ter começado a ler aqueles malditos diários. Nunca pensei muito na minha mãe. Nada além do fato de que ela tinha sido uma vadia que largou tudo e fugiu. Agora, tudo o que eu fazia era pensar nela. Sobre como foi estuprada repetidas vezes por seu maldito irmão. Sobre como meu pai a tratou mal. E como ela fugiu para me salvar.

Não fugiu porque queria foder Sanchez, como meu pai tinha me dito uma e outra vez. *"Você é tão bom para mim quanto a sua maldita mãe foi, garoto. Seu retardado."*

Ela me queria longe dele. Deste clube. Parecia que um pé-de-cabra me atingiu na barriga quando pensei em tudo. Porque ela era apenas uma criança; uma adolescente quando eu nasci. Ainda muito jovem quando foi embora e se misturou com Sanchez.

— Styx! — O cotovelo de Ky cutucando em minhas costelas me fez virar a cabeça para ele, agarrando seu pulso. Ele revirou os olhos quando afastei seu braço. — O que diabos está acontecendo com você? — Olhei por cima da mesa para ver que Chavez e Shadow tinham ido embora. *Quando diabos eles foram embora?* — Eles foram embora — Ky disse, lendo minha mente. Ele me deu um olhar estranho. — Você dormiu?

— Vá se foder.

Ky sorriu e ficou de pé.

— Tenho que ir. Li tem uma consulta no hospital. — Quando não fiz menção de me mover, ele perguntou: — Você vem?

Eu me levantei, então olhei ao redor da lanchonete vazia em que havíamos comido e balancei a cabeça.

— Pode ir.

Ky franziu o cenho. Desta vez, ele não estava sorrindo.

— O que está acontecendo? O que você não está me dizendo?

— N-nada.

— Não é seguro para você voltar sozinho.

Apontei para o lugar onde Shadow estava sentado.

— Você o-ouviu, n-não há s-sinal de um ataque a-ainda. Ou mesmo q-q-que Quintana sa-sabe que a temos.

— Sim, e ele também disse que essa calmaria não é algo bom.

— P-pode ir.

Ky hesitou, mas então seu celular começou a tocar.

— Porra! — Ele tirou o aparelho do bolso de sua calça jeans e olhou para a tela. — É a Li. Eu tenho que ir. A cadela vai arrancar as minhas bolas se eu me atrasar. — Gesticulei com a mão, dizendo a ele para ir logo. Ky segurou o celular contra o ouvido e saiu correndo da lanchonete. — Estou indo, doçura.

Observei meu *VP* sair com sua Harley, antes de sinalizar por mais um café. Tirei o diário do bolso interno do meu *cut*. Ninguém me interromperia aqui. Os donos desta lanchonete sabiam que eu não falava. O lugar era uma cidade-fantasma. Eu tinha que voltar para o clube, mas precisava de um minuto sossegado, porra.

Abrindo o diário, continuei lendo.

Ele me deu uma casa. Raul me levou ao lugar que comprou para nós. Fica fora do terreno do clube, longe de qualquer ameaça. Sorri quando entrei pela porta, porque nunca tive uma casa de verdade antes. Tive um quarto na sede dos Hangmen e cresci em um trailer. Esta é uma casa de verdade, construída em madeira. E há um quarto para River também. Para River e para a criança em minha barriga. Estou grávida de Raul e estou tão feliz. Raul já tem um filho, mas deixou sua old lady e prometeu que vamos fazer nossa família dar certo de alguma forma. Trarei River de volta, e ele terá um irmão ou irmã.

Seremos uma família.

E, finalmente, serei feliz.

Meu coração estava ameaçando sair da porra do meu peito com o quão rápido estava batendo. Ela teve outro filho? Ou pelo menos estava grávida de um?

Mas que porra?

Eu não podia mais ficar aqui sentado. Eu precisava da minha moto e precisava da estrada. Dane-se a guerra e as ameaças – eu precisava pilotar minha moto.

Jogando uma nota de vinte dólares na mesa, saí da lanchonete e subi na minha Harley. No minuto em que o motor roncou, as rodas rangeram sobre o cascalho e peguei a estrada. Fiz questão de me manter nas estradas secundárias. Minha cabeça latejava o tempo todo. Minha mãe teve outro filho? Eu tinha um irmão ou irmã que não conhecia? E meu pai sabia disso? Ele sabia que ela teve um filho com Sanchez quando a matou? Chavez sabia?

PORRA!

Deixei o vento açoitar meu rosto enquanto pilotava a moto cada vez mais rápido pelo asfalto. O dia virou noite enquanto eu continuava pela

HERANÇA SOMBRIA

estrada, a porra do vento fustigando meu rosto. Pilotei por tanto tempo, que minhas pernas adormeceram, mas continuei mesmo assim. Pilotei até não querer esmurrar meu punho na porra de uma parede depois daquilo que havia lido. Eu precisava manter a compostura. Mae saberia imediatamente se eu aparecesse assim em casa. Eu não queria dizer a ela que estava lendo os diários. Não queria que ninguém soubesse que eu era um cagão sentimental por querer saber sobre a mulher que me abandonou. Ou talvez quisesse... Caralho, eu não sabia. Minha cabeça estava muito cheia – a guerra, as ameaças, a gravidez de Mae e agora isso.

Minha mãe estava grávida de outra maldita criança.

Precisando voltar para o complexo, para Mae, voltei e fiz a viagem de duas horas de volta para casa. No minuto em que passei pelo portão, aberto por Ash e Slash, AK veio correndo da sede do clube. Eu estava preparado, pronto para entrar em ação.

— Onde diabos você esteve? — AK perguntou. Vike, Rudge e Bull vieram logo atrás. Meu corpo tensionou, esperando que alguém me dissesse o que havia de errado. — Você não estava atendendo o celular. — Enfiei a mão no bolso e vi que estava desligado. Segurei e mostrei a tela para que AK pudesse ver. O irmão foi direto ao ponto: — É a Mae. Ela está no hospital. Entrou em trabalho de parto enquanto você estava fora. Todo mundo estava tentando encontrar você.

Meu estômago revirou.

Jogando o aparelho de volta no meu *cut*, liguei a moto e saí em disparado para fora do complexo. Minhas mãos estavam cerradas como punhos de ferro no guidão enquanto eu cantava pneu até o hospital. Não conseguia tirar Mae da cabeça. Ela estava sozinha, porque eu não conseguia sair da minha própria cabeça. Estacionei a moto e saí correndo até a entrada. Meus olhos rastrearam todo o saguão em busca de uma pista de onde estava a porra da minha mulher.

No humor que eu estava, eu ia matar alguém se não descobrisse para onde diabos tinha que ir.

— Styx! — Eu me virei e deparei com Ky virando um corredor. — Ela está por aqui. — Franzi o cenho, me perguntando por que ele estava aqui, então lembrei que ele esteve aqui com Lilah esta manhã. Como se estivesse lendo minha mente, ele disse: — Nós estávamos saindo quando Beauty chegou com a Mae. — Ele olhou para mim, apertando o botão do elevador. Eu não queria entrar naquela merda de elevador; eu queria subir as escadas correndo e chegar até minha mulher o mais rápido possível. — Onde diabos você esteve? Eu não consegui te achar em lugar nenhum. Tive que mandar os irmãos saírem à sua procura, porque fiquei aqui com Li, Mae e Beauty. Li estava no meu cangote para que eu te encontrasse. Obrigado, filho da puta.

Levantei as mãos para sinalizar, porque eu não conseguiria falar nada agora.

— *Eu estava pilotando.* — Ky me deu um olhar estranho pela segunda vez hoje, mas não tive tempo para responder perguntas. O elevador se abriu e entramos, e ele clicou no botão do terceiro andar. Meus pés quicavam de um lado ao outro, o sangue correndo pelas minhas veias enquanto esperava essa porra de caixa de lata se mover.

— Ele está chegando, irmão — Ky disse, sorrindo, e me deu um tapinha nas costas. — Seu filho está chegando! — Passei a mão pelo meu cabelo, observando os números iluminarem e indicarem o terceiro andar. Eu só precisava sair desse elevador!

Quando as portas finalmente se abriram, atravessei os corredores e fui até a recepção. Abri a boca para falar, mas minha maldita garganta defeituosa não funcionava.

— River Nash. A mulher dele está em trabalho de parto — Ky falou por mim. A mulher atrás do balcão arregalou os olhos quando nos viu... quando ela *me* viu. Ela engoliu em seco e olhou para a sua colega.

Sim, cadela, eu queria dizer. *O maldito* prez *do Hades Hangmen está aqui, e se você não me deixar entrar para encontrar a minha maldita esposa, vou arrebentar as portas de segurança do caralho e matar qualquer filho da puta que tentar me impedir de chegar à minha cadela.*

A mulher deve ter visto a morte que meus olhos prometiam, porque ela digitou alguma coisa no computador e gaguejou:

— V-você está na li-lista. Eu só p-preciso da sua carteira de identidade.

Bati o documento na mesa e ela verificou.

— Quarto número seis.

Ky me virou e beijou minha bochecha, piscando.

— Vai lá, caralho. Esperarei aqui. — Ele olhou de volta para todas as pessoas olhando em nossa direção. A maioria viu nossos *cuts*. Sem dúvida, eu parecia o próprio Hades na frente deles.

— Você pode passar agora, senhor Nash. — A recepcionista apontou para as portas automáticas de segurança, que estavam se abrindo.

HERANÇA SOMBRIA

Dando um tapinha no ombro de Ky, saí correndo e procurei pelo quarto seis. Estava no final do corredor. Da mesma forma como aconteceu do lado de fora, na recepção, as enfermeiras e os médicos olhavam para mim enquanto eu passava. Eu sabia o que eles estavam vendo – um *prez* enorme, de cabelo escuro e tatuado, que parecia estar prestes a matar alguém em segundos. Eu *poderia* fazer isso. Felizmente, para eles, eram apenas pessoas que me irritavam pra caralho. Se eles ficassem no meu caminho, isso significaria a morte deles.

Um grito alto ecoou do final do corredor; reconheci aquela voz na mesma hora. Disparei até o final do corredor e abri a porta. Beauty e Lilah estavam ao lado de Mae, cada uma segurando uma mão dela.

No minuto em que Mae me viu, seu lábio tremeu, e aquilo acabou comigo.

— River... — Beauty se moveu e Mae estendeu a mão para mim. A segurei e, finalmente, dei uma boa olhada nela. Seu cabelo preto estava preso para trás, as mechas ao redor de seu rosto estavam úmidas. Seu rosto estava vermelho e coberto de suor. Os olhos estavam cansados, mas ela ainda olhava para mim como se eu fosse a porra de um deus. — River... — repetiu, sua voz falhando. — Você conseguiu. — E sorriu para mim, a expressão em seu rosto partiu a porra do meu coração.

A mão de Mae, de repente, apertou a minha com força. Ela gritou novamente, arqueando as costas. Lilah deu a ela um aparelho de aparência estranha para chupar. Os olhos de Mae se fecharam e uma enfermeira veio verificar as máquinas que a rodeavam.

— Não vai demorar muito — ela disse, e deu um grande sorriso para Mae, como se minha esposa não estivesse sendo dilacerada pela dor.

— Styx — Beauty chamou, às minhas costas. Eu estava completamente perdido; mal conseguia desviar o olhar de Mae, desse jeito, agarrando-se a mim enquanto era atormentada pela dor. — Vamos esperar lá fora na sala de espera, okay?

Assenti com a cabeça. *O que diabos eu pretendia fazer aqui?* Quando voltei a olhar para Mae, Lilah depositava um beijo na cabeça dela.

— Você consegue fazer isso, irmã. — Lilah sorriu. — Não demorará muito para que tenhamos um menino para amar e mimar, mamãe.

— Sim — Mae concordou e sorriu novamente. Uma lágrima escorreu pelo seu rosto quando Lilah saiu do quarto. Quando seus olhos de lobo focaram em mim, meu coração bateu mais rápido. Ela deve ter visto.

— Estou bem, Styx. — Ela apertou minha mão outra vez, mas sem muita força; seus dedos estavam trêmulos. — Estou tão contente por você estar aqui. Eu preciso muito de você.

A enfermeira saiu do quarto. Eu queria arrastá-la de volta pela porra do cabelo e exigir que ela tirasse a dor de Mae.

— Eu vou ficar bem, Styx.

Inclinando-me, pressionei meus lábios aos dela. Mae, como sempre, se derreteu contra mim. Encostei a testa à dela.

— Eu amo v-você pra caralho.

Senti Mae sorrir contra meus lábios, antes que outra contração a tomasse, forçando-a a afastar a cabeça e gritar. Em segundos, sua médica entrou pela porta. Sua *médica*. O caralho que eu ia pagar para algum filho da puta tocar na boceta da minha mulher.

A médica se moveu entre as pernas de Mae. As mãos da minha mulher apertaram as minhas. Seus olhos se mantiveram fixos aos meus o tempo todo. Eu tremia de raiva. Raiva que, mesmo agora, Mae ainda não pudesse encarar ninguém além de mim tocando suas pernas – não que qualquer filho da puta ousasse tentar. Mas ela não suportava nem mesmo a médica estar ali entre suas pernas. Foi por causa de todos os anos de abuso por causa daqueles bastardos da seita. Obrigando-a a abrir as pernas para estuprá-la até sangrar.

Mantive o olhar conectado ao dela, enquanto a médica virava a cadeira para trás, se levantava e dizia:

— Estamos prontos para você começar a empurrar.

Mae respirou fundo e me disse:

— River... Estou com medo.

Meu peito apertou pra caralho. Eu não suportava vê-la com dor. Eu ia explodir vendo ela assim, mas mantive a compostura. Eu me inclinei e colei meu rosto ao dela.

— V-você consegue, a-amor. Eu estou aqui. Eu amo v-você pra caralho e estou aqui. Okay?

Mae respirou fundo e sua mão afrouxou em torno da minha.

— Okay.

— Mae, na próxima contração, quero que você faça força, tudo bem? — Mae assentiu para a médica e fez o que lhe foi dito.

Foi brutal. Foi uma tortura do caralho ver minha cadela passar por tanta agonia. Mas ela nunca desmoronou. Ela segurou minha mão e empurrou e empurrou, até que a médica levantou a cabeça entre as pernas de Mae e disse:

— Mais um empurrão, Mae, e seu filho estará aqui.

— Charon — Mae sussurrou e sorriu para mim. Ela estava exausta, mas eu podia ver a animação em seu rosto perfeito. Seus olhos de lobo focaram nos meus. — O nome dele é Charon — ela disse à médica.

— Então mais um empurrão, e Charon estará aqui.

— Você está bem, a-amor? — perguntei, em seu ouvido.

— Ele estará aqui em breve, Styx. Nosso filho... nosso menino.

Um caroço do tamanho de Marte se instalou na minha garganta. Eu a beijei, então Mae começou a empurrar. Minha cadela empurrou com toda a força que possuía em seu corpo minúsculo. Então os sons de um choro agudo ecoaram pelo quarto.

Minha cabeça virou para a médica, e senti um frio na barriga quando ela levou nosso bebê ao peito de Mae. A mão da minha cadela largou a minha e segurou nosso filho. Eu estava perplexo, olhando para ele. Em seguida, olhei para Mae chorando, embalando-o e admirando o bebê como se o menino já fosse a porra do seu universo.

— Ai, meu Deus... — ela choramingou, lágrimas escorrendo pelo seu rosto. — Ele é perfeito, Styx. — Mae olhou para mim e sorriu, apesar das malditas lágrimas. — Charon... nosso pequeno Charon.

Olhei para Mae e Charon e não conseguia respirar. A píton que sempre se enrolava ao redor da minha garganta, aumentou a força do seu aperto. Eu não podia falar, mas não me importava. Eu tinha minha mulher, e agora tinha meu filho...

Eu tinha um filho.

— Styx — Mae sussurrou e estendeu a mão. Coloquei a minha mão na dela e ela me puxou para si. Eu beijei seus lábios. — Olhe, River. Conheça Charon. Conheça seu filho.

Eu fiz como ela disse. Seu cabelo era escuro. Eu não sabia que os bebês tinham cabelo quando nasciam. Mas Charon tinha. Cabelo preto... assim como Mae. Meu peito apertou enquanto eu observava seu rostinho. Mas então ele abriu os olhos... olhos azuis, e fiquei completamente apaixonado. Ele tinha cabelo preto e olhos azuis.

Assim como Mae.

— A cor pode mudar — Mae disse, lendo minha maldita mente, atraindo minha atenção. — Todos os bebês nascem com olhos azuis. —

182   TILLIE COLE

Mas eu não achava que eles mudariam. Os olhos de Mae eram perfeitos pra caralho. Fazia sentido que nosso filho também os tivesse.

A médica levou Charon e o limpou. As enfermeiras cuidaram de Mae, mas não demorou muito para que Charon voltasse aos braços dela. Eu tinha certeza de que ninguém nunca pareceu tão perfeito segurando um bebê. Sentei na beirada da cama de Mae, rodeando seu corpo com meu braço, e tocando a bochecha do meu filho. Era nítido que eu estava cansado pra caralho, porque, naquele momento, tudo em que eu conseguia pensar era na minha mãe. Ela deve ter se sentido assim também. Meu pai não teria dado a mínima para mim. Eu duvidava que o filho da puta esteve presente quando nasci.

Observei Mae beijar a cabeça de Charon, lágrimas de felicidade deslizando pelo rosto, e meu coração inchou. Isso, aqui... era tudo o que eu tinha sonhado. Desde que conheci a garota atrás da cerca com olhos de lobo e sotaque estranho. Era tudo que sempre quis. Tê-la como minha cadela e nossos filhos correndo ao redor do meu clube e dos meus pés.

Minha mãe fugiu. Estar aqui agora com Mae e Charon me fez perceber o quão desesperada ela deve ter se sentido para ter ido embora. E então ter voltado, sabendo que meu pai, provavelmente, a mataria.

— Eu o amo, River — Mae sussurrou. — Já o amo muito. Não consigo parar de olhar para o rostinho dele... ele é um sonho realizado.

Deitado com Mae e Charon, pensei na porra da guerra em que estávamos. A guerra que estava se formando, pronta para explodir. E eu sabia, agora que eu tinha isso – eles –, que eu lutaria com mais ferocidade do que antes. Eu protegeria meu clube mais do que nunca. E se algum filho da puta tentasse tirá-los de mim, eu os mataria. Eu os cortaria em pedaços e os faria sangrar até não sobrar nada.

Nenhum filho da puta chegaria perto da minha família. Ninguém.

Sorri, friamente, quando pensei em alguém tentando.

CAPÍTULO DEZ

ADELITA

— Você vai ficar bem — Tanner assegurou e agarrou minha mão.

Ele me puxou para si, na cama. Eu fui – eu sempre iria – para o seu colo e enlacei seu pescoço. Enquanto encarava seus olhos azuis, ainda não conseguia assimilar o fato de que estávamos aqui.

À noite, quando Tanner dormia, eu ficava acordada, com medo. O medo corria através de mim em um ritmo rápido. Um peso sufocante se acumulava em meu peito, uma dor surda e persistente quando me permitia sucumbir à ideia que mais me assustava – de que tudo isso era um sonho tolo. Que agora, Tanner e eu estávamos brincando de casinha. Trancados em seu quarto como se estivéssemos livres de nossos passados, livres das amarras que nos impediam de fugir quando nos apaixonamos.

Eu olhava para o teto, o quarto escuro como breu por estar longe das luzes da cidade. Mas mesmo na escuridão, eu via o rosto do meu pai. Eu via o de Diego. Eu via seus homens se mobilizando para me levar de volta. Eu não tinha ideia se eles suspeitavam dos Hangmen. Porém o fato de estar tudo quieto, calmo demais, não me enchia de esperança. Em vez disso, me enchia de um terror tão grande que eu tocava Tanner sempre que podia. Cada beijo era dado como se fosse o nosso último. Eu saboreava seus músculos sob minhas mãos, seu cabelo entre meus dedos. E apreciava a sensação de estar com a pessoa que eu amava.

Meu noivo.

Meu coração.

Inclinando-me, beijei Tanner, abraçando-o com força. Tanner me beijou de volta, então riu contra meus lábios. Meu peito aqueceu quando seu timbre profundo retumbou através de mim. Se superássemos essa confusão, seria meu maior objetivo: fazer esse homem rir mais.

— Se você continuar esfregando sua boceta assim em mim, não iremos a lugar algum, princesa.

Suspirando, me afastei e saí do colo de Tanner para me olhar no espelho. Olhei para a calça jeans preta que eu vestia, e a regata com o emblema dos Hangmen no centro. Beauty me trouxe mais roupas de sua loja. Toda vez que me olhava no espelho, eu tinha que respirar fundo.

Se meu pai me visse agora... se ele visse esse emblema em um lugar de destaque no meu peito...

Fechei os olhos com força quando pensei naquele homem. O homem que eu tanto amava. Adorava. Idolatrava... Só para ter a ilusão destruída pelos olhos assombrados e a voz tímida de uma criança abusada repetidas vezes.

— Pronta? — Tanner se moveu atrás de mim, colocando as mãos em meus ombros. Ele afastou o cabelo do meu pescoço e beijou a pele nua. Suas mãos ásperas desceram pelos meus braços, apenas para entrelaçar os dedos aos meus.

Não pude deixar de admirar nosso reflexo – Tanner, em sua calça jeans escura, botas, regata branca e colete Hangmen. E eu, sua mulher, combinando com ele, mas o oposto na aparência. Aos meus olhos, eu nunca tinha visto um casal parecer mais compatível.

Tanner levou minha mão à boca e a beijou.

— Vamos. — Respirei fundo, tentando acalmar meu nervosismo.

O presidente, Styx, e sua esposa estavam vindo para o clube hoje com seu novo filho. Eles estavam em casa há alguns dias, mas os homens ainda não tinham visto o bebê. Tanner me disse que haveria uma celebração em honra a Charon. E fui autorizada a participar. Estive por muitos dias no quarto de Tanner, sem permissão para sair. Eu não tinha certeza do motivo de estar sendo autorizada a sair agora – talvez tenham, finalmente, acreditado que eu nunca pretendia voltar para meu pai. Ou talvez Styx estivesse tão feliz por ser pai, que estava sendo, excessivamente, indulgente. Não importava. O que importava era que eu estava prestes a sair deste quarto, a bolha segura na qual eu havia encontrado conforto, minha pequena bolha com Tanner.

Ao ver meu nervosismo, Tanner me virou do espelho para encará-lo. Ele apoiou gentilmente a testa à minha.

— Você vai ficar bem.

Dei a ele um sorriso forçado.

— Sou Adelita Quintana. Claro que vou ficar bem. — Embora meu nome de família, de repente, não me enchesse de muita confiança.

Tanner não sorriu de volta para mim. Segurando minha mão esquerda, ele a levantou entre nós, passando o polegar sobre o lugar em que seu anel de noivado de algodão costumava estar.

— Um dia, Lita... Um dia você não será uma Quintana. — Minha respiração ficou presa e um nó obstruiu a garganta diante do tom emocionado na voz de Tanner. Seus olhos azuis encontraram os meus. — Um dia, espero que em breve, você será uma Ayers. — Exalou como se fosse uma respiração que estava segurando por uma eternidade. — Um dia, em breve, depois de todos esses anos separados, lutando e batalhando pra caralho para fazer isso acontecer, você, finalmente, será *minha*.

Minha mão tremeu quando ele proferiu essas palavras. Esse também era meu maior sonho. Não era ser rica; eu tinha sido rica toda a minha vida e ainda assim me sentia sozinha. Meu maior desejo na vida era simples: ele. Meu Tanner.

— Sim — anunciei, como se ele tivesse me pedido em casamento mais uma vez. Beijei o dedo onde usaria sua aliança de casamento. — Em breve. — Fechei os olhos por alguns segundos e me deixei imaginar como seria aquele momento. No momento em que eu dissesse *"aceito"*. O momento em que Tanner e eu colocaríamos alianças de casamento e o padre nos declarasse marido e mulher.

Adela Elizebetta Quintana Ayers.

Fiz uma careta. Na minha cultura, mantínhamos o nome da nossa família e também adicionávamos o sobrenome do marido. Mas, para mim, o nome Quintana estava arruinado.

Adelita Ayers... Eu sorri. Parecia... *certo*.

A espiral de pavor que residia em mim, desde que voltei para Tanner, se tornou ainda mais intensa, o medo afugentando qualquer outra emoção dominante. Mas deixei isso de lado, querendo ignorar a sensação persistente de que isso não poderia durar. Eu abraçaria o momento. E agora, depois de anos procurando um lugar seguro para ficarmos juntos, Tanner estava me apresentando a seus amigos como sua *old lady*.

Eu sabia que isso significava tudo para ele.

Segurando minha mão na sua, Tanner nos levou para fora do quarto que se tornou meu santuário, e em direção a um bar. O som vindo de dentro era ensurdecedor quando nos aproximamos. Se Tanner sentiu minha mão tremendo, ele foi educado o suficiente em fingir que não percebeu. Respirei fundo quando Tanner abriu a porta. O lugar estava lotado. Eu sabia que o clube e os terrenos que ladeavam a propriedade estavam cheios de outros homens de todos os estados do sul dos Estados Unidos, mas vê-los reunidos em um só lugar era mais do que impressionante.

Tanner esticou o pescoço acima da multidão, e então acenou para alguém. Alguns dos homens olharam para nós enquanto passávamos, mas não da forma acintosa que eu temia. Relaxei um pouco quando minha presença neste local, de mãos dadas com Tanner, não atraiu tanta atenção quanto imaginei que atrairia.

Quando atravessamos aquele mar de motociclistas, foi para ver Beauty sentada com outros rostos familiares. O homem ao lado dela se levantou, assim como Beauty. Tank. Beauty estava sorrindo abertamente para mim.

— Oi, querida! — ela me cumprimentou, e deu a volta na mesa.

Eu congelei quando Beauty enlaçou meu pescoço. Dei uma olhada de relance em Tanner, que soltou minha mão. Ele estava sorrindo com o canto da boca. Quando Beauty me soltou, eu disse:

— Olá, de novo.

Beauty colocou a mão no ombro de Tank.

— Agora que as coisas não estão tão malucas, este, Adelita, é Tank. Meu homem e o melhor amigo de Tanner.

Tank me deu um sorriso tenso, então estendeu a mão. Apertei e disse:

— Obrigado por ser um amigo tão bom para Tanner.

O homem pareceu desconcertado com minhas palavras, como se não soubesse que Tanner tinha falado tão bem dele. Ou talvez que ele tenha me dito quem Tank era para ele. Tank olhou para o amigo.

— Você andou falando de mim, irmão?

Tanner deu de ombros, então olhou para alguns outros homens que estavam ali.

— Este é AK. — AK ficou de pé e eu apertei sua mão. Lembrei dele, da viagem de caminhonete até a sede do clube quando fui tirada do celeiro.

— Estes são Bull, Ky, Cowboy, Hush, Smiler e Rudge. — Apertei as mãos de todos os homens.

Um homem alto com cabelo ruivo se levantou de sua cadeira e sorriu. Ele veio direto até mim, dizendo:

— Que se dane o aperto de mão. — Rodeou meu corpo com seus braços imensos. — Preciso mostrar à nossa princesa do cartel um pouco do amor do Viking. — Assim que ele me puxou para o seu peito, ele foi afastado para longe.

Tanner o empurrou para trás até que ele desabou em sua cadeira.

— Não toque nela, porra — Tanner avisou.

O homem ruivo apenas sorriu e, casualmente, entrelaçou as mãos à nuca.

— O que há de errado, Príncipe Branco? Preocupado que sua princesa prefira uma anaconda à sua minhoca? — Franzi o cenho, sem entender sobre o que eles estavam falando. O ruivo deu de ombros. — Não posso evitar que as cadelas me amem. Eu sou irresistível para as bocetas.

— Bocetas cheias de clamídia — Ky, o homem loiro, disse.

O ruivo abriu os braços.

— *VP*, sou tão liberal quanto possível. Eu não discrimino nenhuma boceta que venha acariciar a minha anaconda. Negra, branca, asiática, todas são bem-vindas... — Ele voltou sua atenção para mim e lambeu os lábios, sugestivamente. — Embora eu deva dizer que tenho uma queda de verdade pelo gosto das latinas.

Tanner suspirou e disse:

— Lita. Esse idiota que nunca cala a maldita boca é o Viking.

— Ao seu dispor, senhora. — Ele se curvou dramaticamente.

Levantei a mão em um aceno, sem ter certeza de como deveria cumprimentá-lo. De repente, o homem alto de cabelo escuro – AK, me lembrei como ele se chamava – e Viking estavam de pé.

— E ele ressuscitou! — Viking gritou assim que um homem com olhos negros, *piercings* e tatuagens por todo o corpo veio em nossa direção. Uma bela mulher caminhava ao lado dele. Eles estavam de mãos dadas. Ela se parecia muito com a esposa de Styx.

AK parou diante do homem. Ele não o tocou, apenas disse:

— Você está bem agora?

— Sim — o homem retrucou, então olhou para mim. Seus olhos negros me deixaram nervosa.

AK deve ter visto.

— Esta é Adelita. A cadela de Tanner.

Flame não apertou minha mão quando a estendi. A mulher com ele deu um passo à frente e a apertou.

— Prazer em conhecê-la. — Sorri para a mulher. Ela era pequena, com enormes olhos verdes. — Eu sou Maddie. Este é Flame, meu marido. — Percebi que ela tinha o mesmo sotaque estranho de algumas das mulheres que conheci no primeiro dia em que estive aqui.

— É um prazer conhecer você.

— Onde está Ash? — Flame perguntou a AK.

AK deu de ombros.

— Com Zane e Slash no complexo, em algum lugar. Fazendo algo para o Sawyer. — Os olhos de Flame se estreitaram. Ele parecia tão tenso, tão zangado.

Maddie segurou a mão de Flame, e ele, instantaneamente, relaxou. Ela ajudou o marido a se sentar. Ele estava favorecendo um lado do corpo, mas isso não o impediu de puxá-la para seu colo. Por mais estranho que parecessem juntos, era óbvio, pela forma como suas mãos se entrelaçaram e seus corpos se encostaram um ao outro, que eles estavam loucamente apaixonados.

— Lita! — Beauty chamou, usando a versão abreviada do meu nome como Tanner fazia. — Qual é o seu veneno?

Franzi o cenho.

— Bebida, princesa. — Tanner me puxou para sentar na cadeira ao lado dele. — O que você quer beber? — Olhei para o uísque e a cerveja que estavam nas mesas.

— Vinho, certo? — Beauty perguntou, claramente vendo meu nariz se enrugar em desgosto.

— Sim — respondi. — O vinho está perfeito.

Beauty desapareceu na massa de pessoas em direção ao bar. Levei um momento para olhar ao redor. Era uma loucura para mim, compreender que eu estava aqui. Na cova do leão. A mão de Tanner apertou minha coxa; olhei para ele e sorri, entrelaçando nossos dedos. Beauty voltou com uma taça de vinho tinto e a colocou diante de mim.

— Para mim, você parece o tipo de mulher que gosta de tinto. Estou certa?

— Você está certa.

Beauty piscou e se sentou ao lado de Tank.

— Então? — Tank disse, falando comigo. — Você foi a única que, finalmente, conseguiu chegar no meu amigo, hein? A filha do Quintana? — Ele conhecia Tanner há anos. E sabia que o homem que conheci foi tudo, menos gentil comigo.

— Eu mesma — respondi e me virei para Tanner, sorrindo. — E foi uma coisa gradual.

— Ele era um babaca no começo, hein? — Viking estava debruçado sobre outras pessoas para ouvir nossa conversa.

Tanner revirou os olhos.

— Ele era, digamos, *desagradável*.

O inglês ao lado de Viking apontou para Tanner.

— Isso significa que você era um completo idiota, cara. Sua cadela acabou de te expor.

— Eu era. — Os amigos de Tanner riram, mas eu não. Eles não sabiam da vida que ele viveu. Eles não sabiam que ele foi abusado por seu pai, espancado até se tornar o homem que era; cheio de nada além de ódio. Eles não sabiam quão sozinho ele era... ou quão gentil ele era por trás de tudo isso.

— Não mais — eu disse, alto o suficiente para todos ouvirem, e passei minha mão sobre seu braço.

Beauty viu o gesto e apoiou a cabeça no ombro de Tank.

— Eu gosto de ver você assim, Tann — ela falou.

Uma comoção na frente do clube nos fez virar a cabeça. Eu não podia ver por cima da multidão, mas ouvi os aplausos. Passaram-se vários minutos antes que eu visse Styx andando com sua esposa. E nos braços de Mae estava um bebezinho aninhado ao seu peito. Ela parecia cansada, mas o sorriso em seu rosto me fez pensar que parecia a mulher mais feliz do mundo.

Beauty se levantou de um pulo e correu na direção de Mae. Os homens se levantaram e parabenizaram Styx. Tanner apertou sua mão e os olhos de Styx pousaram sobre mim. Tanner ficou por perto, mas quando Styx assentiu e se moveu para sentar ao lado de Ky, os ombros de Tanner relaxaram, visivelmente.

Mae foi se sentar ao lado do marido, quando o bebê começou a chorar. Ela deu um sorriso cansado.

— Styx, eu preciso amamentá-lo.

Viking, que havia se sentado novamente, se levantou.

— Mae, como um homem liberal, deixe-me ser o primeiro a dizer que não tenho problema com amamentação em locais públicos...

AK puxou Viking de novo para que se sentasse em sua cadeira. Styx estava fuzilando o homem, e fiquei surpresa que ele não se transformou em cinzas bem na nossa frente. Não pude deixar de disfarçar a diversão quando Viking me viu observando e piscou para mim. *Quem diabos era esse homem?*

— Vamos, querida. De qualquer maneira, as outras mulheres estão esperando por vocês na sala dos fundos. Maddie? — Beauty chamou, e então se virou para mim. — Você vem, Lita?

Meu coração começou a acelerar quando me lembrei daquela sala. Lembrei das mulheres que estavam lá... e do que elas me contaram.

— Eu... — falei, baixinho. — Não tenho certeza se seria bem-vinda lá. — Eu não conseguia parar de pensar em Saffie. A última coisa que ela gostaria é que a filha de seu agressor estivesse sentada ao seu lado. O sorriso de Beauty se desfez.

Maddie estava ao lado de Mae, mas então a esposa de Styx deu um passo à frente.

— Você será bem-vinda, Adelita. Eu prometo.

Tanner apertou minha mão. Quando olhei para seu rosto, ele assentiu. Ele se inclinou para mais perto, então sussurrou em meu ouvido:

— Vá. Mae é a *old lady* de Styx. Se ela disse que você será bem-vinda, então você ficará bem. E a Beauty estará lá. Ela vai cuidar de você. — Ele beijou meus lábios. — Vá conhecer as outras *old ladies*, amor.

Outras *old ladies*... Eu gostava de como aquilo soava.

— Okay — concordei e me levantei. A mão de Tanner deslizou da minha, e ele me entregou meu vinho.

— Coragem líquida — disse, só para que eu pudesse ouvir.

Aproximando-me de Mae, olhei para seu filho. Ele tinha uma massa de cabelo escuro. Mesmo chorando, ele era precioso.

— *Que bendición* — eu disse, e passei o dedo sobre sua cabecinha. — Que bênção — traduzi.

— Obrigada.

Sentindo alguém me observando, me virei e deparei com o olhar de Tanner fixo em mim. Ele tinha uma expressão estranha no rosto. Senti um frio na barriga quando percebi que estava me observando interagir com o bebê. Meu coração disparou quando nos imaginei assim, sendo recebidos de volta por amigos depois de trazer nosso bebê ao mundo. *Nosso* filho. A prova viva de que havíamos conseguido. Que tínhamos desafiado as probabilidades e escapado de nossas antigas vidas. Casados, com um família.

Meu coração ficou tão cheio que mal pude contê-lo. Mas então esse sentimento de pavor rapidamente afastou o sonho da minha mente. Eu estava me antecipando. Estava sonhando cedo demais.

Mas era um sonho tão lindo...

O braço de Beauty se enroscou no meu e saímos do bar, seguindo Maddie e Mae pelo corredor. Maddie andou tão perto de Mae que na mesma hora deduzi que eram parentes. As duas tinham cabelos pretos e compridos. E Maddie claramente já havia conhecido Charon antes. Ela segurou sua mãozinha todo o caminho até a sala em que as outras mulheres estavam.

Respirei fundo quando nos aproximamos da porta. Beauty deve ter percebido que eu estava nervosa. Ela me segurou e deixou Maddie e Mae entrarem primeiro. Ouvi as outras mulheres falando palavras suaves de animação.

Beauty se moveu à minha frente.

— Tanner lhe contou algo sobre a maioria das mulheres naquela sala?

— Um pouco.

— Ele disse que Mae, Li, Grace, Madds, Bella, Phebe e Saffie pertenciam a uma seita? Tipo, uma seita religiosa maluca que abusou delas por anos até que os Hangmen acabaram com aqueles idiotas.

Tanner tinha me dito. E contou como seu pai foi responsável por financiar a seita entre outros negócios escusos. Ele não sabia. Foi outro acordo feito por seu pai sem que Tanner estivesse envolvido.

— Eu sei um pouco sobre isso.

Beauty assentiu.

— Sia é irmã de Ky, e ela está com Cowboy e Hush. — Tanner também havia me contado isso. — Letti é uma das minhas melhores amigas, mas a cadela é uma psicopata e gosta de matar tanto quanto os homens daquele bar. — Engoli em seco, meu nervosismo intensificando ainda mais. — A questão, querida, é que ninguém está julgando você por ter um filho da puta como pai. — Embora a intenção tenha sido oferecer consolo com suas palavras, elas soaram como tiros no meu coração. Porque ela estava certa. Meu pai... ele era um abusador. — Garota, pegue essa coroa de princesa do cartel e venha fazer novas amigas. Nenhum de nós é normal nesse clube; pense em nós como uma família estranha e disfuncional.

Rindo, deixei Beauty me levar para a sala. No minuto em que ela fechou a porta, todos os olhos estavam sobre nós. Beauty não deixou o silêncio reinar por muito tempo.

— Vocês se lembram da Adelita?

Mae sorriu para mim, amamentando Charon no sofá. As outras mulheres assentiram. A maioria sorriu e acenou. Mas meus olhos encontraram a pequena ruiva que assombrava meus sonhos nos últimos dias. Seu olhar estava focado em mim quando ela se inclinou para o lado de sua mãe.

— Olá — cumprimentei o grupo.

Beauty segurou minha mão.

— Deixe-me apresentá-la adequadamente desta vez. — Ela me levou ao redor da sala, e eu apertei a mão de cada uma. E como Beauty disse, cada uma delas foi gentil e graciosa. Quando me sentei, estava ao lado de Sia.

— Ei, você também é uma pirralha do mundo do crime! — Ela riu da minha reação atordoada. — Sou irmã do Ky, então sei como é ter um pai nesta vida. Embora ele não tivesse muito a ver comigo. Idiota.

— Então, sim — respondi —, eu também sou uma pirralha do mundo do crime.

Sia brindou seu copo com o meu. Enquanto o vinho enchia meu estômago, me senti relaxar.

— Nos diga, Mae — Beauty começou —, o parto doeu pra cacete?

— Sim. — Mae riu.

Quando Lilah emitiu um pequeno som aterrorizado, Beauty fez uma careta.

— Desculpe, Li. — Lilah sorriu, nervosamente, e esfregou sua barriga redonda.

— Mas vale a pena — Mae adicionou, assim que Charon parou de mamar e adormeceu em seus braços. Uma pontada de inveja apertou meu peito enquanto a observava com seu filho.

A conversa continuou ao meu redor. Saffie se levantou para ir ao banheiro anexo à sala. Vendo Phebe ir para a cozinha para fazer uma bebida, me levantei e fui até onde ela estava.

— Adelita? — Phebe murmurou.

— Eu sinto muito — sussurrei, a devastação em meu coração ecoando no tom da minha voz. Sacudi a cabeça, lutando contra as lágrimas de vergonha que ameaçavam cair. — Eu não sabia. Não sabia o que ele estava fazendo. Se soubesse, eu o teria impedido... de alguma maneira... eu teria feito isso... ela estaria segura, eu...

A mão de Phebe cobriu a minha. Seu toque interrompeu minhas palavras. Encarei sua mão. A pele pálida e unhas levemente pintadas. Quando voltei a me concentrar em seus olhos, vi simpatia em seu olhar... e percebi que era simpatia por mim.

— Meu pai me tocou quando eu era criança. — Phebe olhou do outro lado da sala, para Lilah. Um tipo de sorriso trágico surgiu em seus lábios. — Lilah é minha irmã. Você sabia disso?

Assenti com a cabeça; Tanner havia dito.

— Ele também a machucou. Mandou minha irmã embora e para os braços de monstros; demônios disfarçados de homens santos. — Phebe soltou a caneca que estava segurando e segurou minhas mãos entre as suas. — Nós não somos nossos pais, Adelita. — Senti meu coração se partir. — Nenhuma de nós é membro da família, amigo ou torturador. Cada uma de nós é nosso próprio povo que faz nossas próprias escolhas. — Phebe colocou a mão na minha bochecha. — Você não é Alfonso Quintana, da mesma forma que não sou meu pai.

Meu lábio inferior tremeu.

— Obrigada... — sussurrei, minha voz ficando rouca.

Phebe me deu um pequeno sorriso.

— Chá? — ofereceu, enquanto a chaleira fervia.

— Sim, por favor.

Observei Phebe ocupada com o chá, e então ela disse:

— Ela é mais forte do que as pessoas acreditam. — Fiquei tensa, e Phebe olhou por cima do ombro para mim. — Minha Sapphira. A minha menina. — Não vi nada além de força e crença nos olhos de Phebe. — Ela é quieta e, agora, prefere uma vida sem intercorrências. Mas ela é forte e resiliente. — Os olhos de Phebe nublaram, mas ela manteve a voz forte. — Um dia, minha garota vai brilhar e sair da prisão de seu passado. Ela é especial; sei disso em meu coração. Ela está destinada a fazer algo especial. Poderia ser tão simples quanto amar outra pessoa com toda a sua alma. Ou outra coisa. Mas seja o que for, estarei observando e sorrindo... e ficarei orgulhosa.

Apertei a mão de Phebe.

— Você é uma boa mãe, Phebe.

Ela soltou uma respiração que eu não sabia que estava segurando.

— Eu apenas aprecio o fato de que posso ser mãe dela agora. — Minha confusão deve ter se mostrado no meu rosto. — Houve um tempo em que eu não tinha permissão para ficar perto dela. E foram os dias mais sombrios da minha vida. — Meu choque era evidente. Phebe soltou minha mão e serviu o chá. Ela me entregou a xícara. — Eu evitava pensar naqueles dias, Adelita. Eu costumava sentir vergonha das coisas que fui obrigada a fazer, da vida que vivi.

Os olhos de Phebe encontraram os de Saffie quando ela saiu do banheiro, imediatamente procurando por sua mãe. Saffie então se sentou ao lado de Lilah, mas primeiro me deu um sorriso hesitante. Retribuí o sorriso, sentindo seu perdão nas profundezas do meu coração. Quando Phebe me encarou novamente, foi para dizer:

— Aprendi a abraçar as sombras, Adelita. Não podemos escapar do fato de que todos enfrentaremos dias terríveis. Como fomos criadas, as pessoas, boas ou más, que nos deram a vida... se esses dias estão envoltos em escuridão, abrace-os e permita que eles tenham um lugar em sua alma. Eles são uma parte de quem você é, tanto quanto os dias mais leves e inspiradores. — Phebe pressionou a mão no meu ombro. — Somos todos parte anjo e parte demônio. Mas uma vez que nos tornamos cientes desse fato, cabe a nós a escolha de como viver depois. — Olhei para Saffie. — Agora você sabe o homem que seu pai é. Tudo a partir de agora, em relação ao lugar onde ele se encaixa em sua vida, é *sua* escolha.

Phebe caminhou até Saffie e lhe entregou o chá. Eu não conseguia desviar o olhar delas, quando Saffie sorriu para sua mãe e Phebe beijou sua cabeça.

Tomando meu chá, me sentei ao lado de Beauty.

— O que você está achando na vida aqui no Hangmen? — Meus olhos encontraram Mae. Ela estava se dirigindo a mim. Todas as outras mulheres interromperam suas conversas para ouvir minha resposta.

Segurando o chá no colo, eu disse:

— Eu não tinha permissão para sair do quarto de Tanner até hoje. — Fiz uma pausa, me preocupando por ter dito a coisa errada. Eu não estava reclamando, simplesmente declarando um fato. — Eu entendo o porquê — acrescentei. Mae não pareceu ofendida. Foi seu marido quem deu essa ordem. O que era compreensível. — Mas pelo pouco que vi hoje... — Olhei para todas as mulheres nesta sala, sentindo o nível de seus laços. — Acho que vou adorar.

— É diferente de como você foi criada? — Sia perguntou.

— Muito. — Respirei fundo. Senti que deveria compartilhar um pouco sobre mim. Não, eu *precisava*. Elas foram abertas comigo. — Fui protegida a vida inteira. Eu não tive mãe, e meu pai, embora me amasse e mimasse, era distante e frio. Eu tinha duas amigas próximas, amigas da família. — Fiz uma pausa, a dor de perder Teresa ainda muito vívida. — Uma delas foi morta por um cartel rival. — De repente, senti uma profunda tristeza. — Eu tinha Charley, da Califórnia. Mas suas visitas não eram frequentes. — Dei de ombros. — Acho que eu era... sozinha. Estava sendo forçada a me casar com um homem a quem não amava, enquanto minha alma gêmea era um rival e completamente inaceitável para meu pai. — Ri do absurdo da nossa situação. — E Tanner teria sido morto por seu próprio povo por se apaixonar por uma mexicana; uma mulher que eles acreditam estar abaixo deles em todos os sentidos.

— Sempre houve uma tristeza em Tanner — Lilah, a esposa de Ky, disse. Ela não tinha conversando muito comigo até agora. Suas mãos estavam em sua barriga redonda. — Eu o conheci quando fui resgatada da seita à qual costumávamos pertencer. — Gesticulou para suas irmãs e Saffie. — Foi Tanner quem deu a Ky a informação para ajudar no meu resgate. Ele traiu seu próprio povo, arriscou sua vida para salvar a minha. — Meu coração se expandiu no peito. Eu sabia que ele era um bom homem, mas ouvir como ajudou Lilah me deixou tão cheia de amor por ele que mal pude conter a onda de euforia. — Ele arriscou a vida para me ajudar... por você, Adelita. Foi sua taxa de entrada neste clube. Para estar no Hangmen. Um clube que poderia ajudá-lo a, finalmente, chegar até você.

— Eu vejo isso agora — sussurrei, mal conseguindo falar.

— O cara está diferente agora, desde que você chegou aqui — Beauty disse. — Ele esteve muito conosco; é o melhor amigo de Tank e tudo o mais. Só que desde que você voltou à vida dele, ele está vivo. Não tenho certeza se vi seus olhos mostrarem vida até vê-lo olhando para você.

— Obrigada. — Enxuguei rapidamente uma lágrima que escapou. — Ele teve uma vida difícil. As pessoas não pensam ou sabem disso. Elas veem de onde ele veio, o que ele costumava fazer... as coisas ruins e desprezíveis. Mas não veem por que ele fez isso ou como foi preparado para isso desde criança e forçado a esse modo de vida. As pessoas só enxergam a raiva e aquelas horríveis tatuagens nazistas. Elas ouvem seu nome e o consideram mau e indigno de amor. No entanto, ele não é assim. Ele vale todas as estrelas no céu.

— Ele vale a pena para você. — Levantei a cabeça abaixada para ver Maddie olhando para mim. A mesma Maddie que entrou no bar de mãos dadas com Flame. Um homem que eu não consegui entender. Maddie ergueu o queixo, quase em desafio. — Ele está caído, mas não derrotado. E você... *apenas você*... é quem pode levantá-lo. Faça ele ver o quanto ele é valioso. É você, Adelita. Você é a pessoa certa para Tanner, e ele é a pessoa certa para você. Vocês são a luz um do outro na escuridão.

Eu não sabia o que dizer sobre isso... sobre essas palavras. As palavras que falaram diretamente à minha alma.

— Você acha que seu pai virá atrás do clube? — Letti, a melhor amiga de Beauty, perguntou. Seu corpo estava tenso e a voz séria.

Senti a tensão aumentar.

— Sim — respondi, honestamente. — Se meu pai souber que estou aqui. Se for confirmado que os Hangmen me levaram, ele virá. — Olhei para Saffie e senti uma onda de raiva varrer meu corpo. — Mas não vou deixá-lo machucar ninguém. — Eu estava determinada e alimentada por essa promessa. — Não vou deixar que ele destrua nenhuma de vocês para chegar até mim. — Os ombros de Saffie relaxaram, e ela me deu um sorriso orgulhoso. Isso só me deixou mais determinada. Eu não sabia como iria mantê-lo longe, mas eu faria isso de alguma maneira.

— Ah, merda, garotas, eu esqueci de dizer a vocês — Beauty disse, rindo. — Um idiota entrou na loja outro dia...

Um estrondo alto veio da direção do bar e um rugido ensurdecedor ecoou da garganta de alguém. A temperatura na sala despencou quando as vozes começaram a se alterar e os sons abafados de mesas e cadeiras quebrando ressoaram pelo corredor.

— Não! — alguém gritou. — NÃO, PORRA!

— Flame! — Maddie sussurrou, seu rosto ficando pálido. Em segundos, ela estava de pé e correndo porta afora.

Beauty se levantou e se virou para Letti.

— Cuide de Mae e das outras. — Meu coração começou a martelar quando a cacofonia de gritos angustiados aumentou. Beauty estava, obviamente, preocupada que alguém, algum inimigo, tivesse entrado. Eu sabia que deveria ter ficado com Letti, mas tudo o que eu conseguia pensar era em Tanner. Tanner estava no bar.

Também fiquei de pé.

— Adelita! — Phebe gritou meu nome, mas a bigorna que pesava tanto no meu peito, aquela que estava apertando mais e mais a cada hora, fez meus pés entrarem em ação e dispararem pelo corredor em direção ao bar.

HERANÇA SOMBRIA

Eu estava tão concentrada em chegar até Tanner, que não teria notado o rastro de sangue no chão se meu pé não tivesse escorregado na umidade. Meu pulso era um tambor trovejante no pescoço.

Segui o rastro de sangue pela porta do bar, até um homem que estava deitado no chão. Seus braços e pernas foram dilacerados com cortes a faca. Ele estava sangrando por todos os lados. O homem que me drogou, o homem de cabelo preto e branco estava examinando-o. Mas quando olhou para Styx, ele balançou a cabeça. Meu coração apertou quando entendi o que ele estava dizendo – o homem estava morrendo.

A voz que ouvi gritando na sala das *old ladies* voltou a rosnar. Olhei para a parte de trás do bar e deparei com Flame andando para cima e para baixo, esmurrando a cabeça e com uma expressão de pura raiva. Maddie estava andando ao lado dele, sussurrando coisas para acalmá-lo. Mas eu podia ver por seus olhos arregalados e rosto pálido que algo estava errado. Algo estava *muito* errado.

De repente, Tanner estava ao meu lado, seus braços musculosos envolvendo minha cintura. Na névoa da cena, eu não o tinha visto. Por um minuto, senti um breve alívio em seus braços... isso foi até eu avistar as costas do moribundo. Para mim e Tanner, sempre seria uma de nossas famílias que infligiria as feridas a este homem. Eu não tinha certeza se Tanner tinha vindo até mim para me consolar, ou buscar conforto para si mesmo. Porque não importava quão inocente alguém pudesse ser em relação aos delitos de sua família, a culpa, a dor e a humilhação eram uma luz constante nos olhos de alguém ao ficar cara a cara com ela.

Minhas mãos encontraram as de Tanner. Elas estavam tremendo, e eu tentei respirar. Lutei para superar a visão devastadora da respiração arquejante do homem ferido, sua morte iminente. E o observei com um nó na garganta até que seu corpo se tornou inerte.

— Shark — Tanner sussurrou em meu ouvido. — Filial do Novo México.

— Onde ele está?! — O rugido alto de Flame me assustou. Ele se virou para Styx. — Ele disse que estava com ele. Não foi? Shark disse que Ash estava com ele! — Se eu achava que a dor torturante no meu peito era impossível de piorar, eu estava errada.

AK e o Hangman caladão – Smiler? – vieram correndo pela porta e focaram o olhar em um homem do outro lado do clube, parado perto do bar. O homem começou a recuar, os olhos arregalados e os braços estendidos.

TILLIE COLE

— Seu filho da puta da puta! — AK rosnou e voou em direção a ele. AK deu um soco no rosto do cara e Smiler foi o próximo, e Flame, sem nenhuma explicação, fez o mesmo. Meus olhos tentavam acompanhar a carnificina.

Ky, o inglês e Viking se colocaram entre eles, jogando os três homens para trás. Seu rosto estava sangrando.

— Que porra está acontecendo? — Ky gritou. — É melhor alguém começar a falar agora ou vou atirar em todos vocês, em suas malditas cabeças, caralho!

— Aquele filho da puta ordenou que eles fossem com Shark. Ele ordenou que Ash, Zane e Slash deixassem o complexo na caminhonete para ir buscar comida porque estávamos com pouca. O babaca mandou os garotos buscarem comida porque estava com fome!

Ky girou nos calcanhares e correu em direção ao homem. Ele o agarrou pelo colarinho.

— Você fez isso, Hick? Você enviou os recrutas quando todos tinham ordens para que ficassem na porra do complexo?

Hick, como Ky o chamou, abriu a boca algumas vezes antes de realmente falar:

— Eu mandei Shark buscar comida. Os recrutas estavam por perto, então eu disse a eles para irem também.

— Eles não teriam ido sem uma ordem de Styx ou Ky — AK argumentou, Viking ainda o segurando. Hick congelou, empalidecendo.

— Você disse a eles que Styx havia ordenado essa porra, não é, idiota? — Ky cuspiu. Os braços de Tanner seguraram os meus com mais força. Eu não entendia o que estava acontecendo. — Você disse a eles que era uma ordem do seu *prez*? — O loiro chutou os pés de Hick, e o homem caiu de joelhos. Ky tirou sua arma e a segurou contra sua cabeça.

— Ky! Porra, espere! — Um homem mais velho correu até ele.

— Wrox, estou pouco me fodendo se você é o *prez* dele. O filho da puta mentiu para um bando de garotos. Vocês conhecem as malditas regras. Nenhum recruta sai em plena guerra. Eles ficam aqui no complexo, protegidos. Eles são garotos, caralho. São malditos filhos da sede! Nossa sede! E agora eles estão desaparecidos por causa desse idiota!

Meu coração parou. Desaparecidos? Garotos estavam desaparecidos?

— Ky, me deixe cuidar disso — Wrox tentou argumentar.

De repente, um assobio alto ecoou pelo ambiente, e Styx foi andando até Ky, Hick e Wrox. Todos ficaram em silêncio quando ele levantou as mãos e sinalizou algo.

— O quê? — Wrox perguntou, claramente sem entender a linguagem de sinais. Eu também não tinha ideia do que ele estava dizendo.

— *Leve-o para o galpão, nos fundos. Amarre o filho da puta na cadeira e deixe ele lá. Vou decidir o que fazer com ele mais tarde.*

Ky se afastou de Hick. Styx apontou para o marido de Letti, ele tirou o homem dali. Styx sinalizou novamente.

— Edge? *Você ouviu o que Shark estava dizendo antes de morrer?* — Ky falou por Styx.

O homem com cabelo estranho assentiu.

— Disse que foram emboscados e levados para um armazém em algum lugar. Ele contou que foi espancado e interrogado. — Edge fez uma pausa e disse: — Os garotos também foram levados. Todos os três.

Meu estômago revirou quando Flame rugiu e começou a destruir a mobília do bar ao seu redor.

— Flame! — A voz de Maddie ecoou pela sala, e seu marido parou no meio do caminho. Seu rosto, que parecia inexpressivo para mim quando o conheci, agora estava devastado e em pura agonia.

— Ash... — rosnou. — Ash...

— Eu sei — ela o acalmou e lentamente passou os braços ao redor do marido. — Nós vamos trazê-lo de volta. — Mas quando seus olhos encontraram os meus brevemente, pensei ter vislumbrado a dúvida.

— Nós temos que recuperá-los — Smiler declarou e ficou ao lado de AK. — Eles são garotos, porra. Ainda não foram moldados para essa merda.

— Aqui. — Nossa atenção se voltou para Edge enquanto ele segurava algo no ar. Ele havia vasculhado o bolso de Shark e encontrado um pendrive.

— Já volto, amor. — Tanner me soltou e saiu apressado para fora do bar. Em segundos, ele estava de volta segurando um *laptop*. Ele pegou o pendrive de Edge e a tela acendeu.

Senti meu corpo gelar quando o rosto de Diego surgiu na tela. Um grito escapou da minha boca. Tanner olhou para mim; ele deve ter visto que eu estava desmoronando, porque veio até mim e me puxou contra o seu corpo.

— *Vocês têm algo meu* — Diego disse. — *Então peguei algo de vocês.*

A tela mostrou os três jovens. A câmera não era tão nítida, mas mostrava os garotos amarrados em cadeiras, os rostos e corpos espancados e manchados de sangue. Miguel, um dos homens de Diego, levantou o rosto de cada um dos garotos pelos cabelos para deixar claro à câmera que eram eles. Um por um, AK, Smiler e Flame grunhiram, com raiva e total desespero. Eles estavam impacientes e pareciam prontos para encontrar Diego e matá-lo da maneira mais dolorosa possível.

— *Vocês estão com a minha noiva, Adelita, e eu a quero de volta.* — Se Tanner não estivesse me segurando, minha pernas teriam cedido. Mas permaneci de pé; eu precisava, e tinha que enfrentar isso. Tinha que enfrentar Diego e suas ameaças. — *Em três dias, nos encontraremos na velha cidade abandonada perto de onde vocês moram. Fui informado por nossos associados confiáveis que moram por perto, que vocês conhecem bem o local.* — A respiração de Tanner se alterou. A Klan. A Klan o havia informado daquele lugar. — *Vamos fazer a troca lá. Adelita por esses três jovens.*

Neste segundo, a bolha estourou.

A bolha em que eu estava vivendo com Tanner nos últimos dias explodiu, e a realidade de nossa posição tênue foi cruelmente exposta.

Eu voltaria para o México.

Tanner me segurou com mais força como se pudesse me sentir escorregando de suas mãos. Como se pudesse sentir que isso, nós, desse jeito, estava chegando ao fim. Um fim inevitável.

— *Às três horas, em três dias.* — Diego recuou e Miguel apontou uma arma para a cabeça de um dos recrutas. Eu sabia que devia ser o sobrinho de AK pelo jeito que ele, de repente, chutou uma cadeira do outro lado da sala. — *Se Adelita estiver ferida, um de seus recrutas pagará o preço.* — Diego olhou para a câmera, e minha pele arrepiou. Era como se ele pudesse me ver através das lentes. Arrepios se espalharam pelo meu corpo. — *Até lá...* — A tela ficou em branco; o bar foi dominado por uma expectativa silenciosa.

Baixei a cabeça e encarei o chão e quando voltei a erguer o queixo, todos estavam olhando para mim. Inspirei profundamente, odiando o que estava prestes a dizer... mas que precisava ser feito.

— Eu vou.

— Não — Tanner rosnou às minhas costas. A aflição em sua voz, a súplica, me fez fechar os olhos e lutar contra a devastação que percorria minhas veias.

Quando abri os olhos, procurei Styx.

— Eu conheço Diego. — Olhei para Flame, AK e Smiler. — Ele é um homem de palavra. Ele prometeu machucar os garotos se eu não for. E ele fará isso. — Segurei a mão de Tanner com mais força. Seria difícil ir embora. — Vamos fazer a troca. Eu vou com Diego. Vocês terão seus recrutas e familiares de volta.

— Não! — Tanner rosnou e me girou para ficar de frente a ele. Não olhei em seus olhos; eu não conseguia. Mas Tanner colocou a mão sob meu queixo e me forçou a encará-lo.

— Eu preciso — sussurrei, antes que ele pudesse falar. A dor devastadora que eu tinha em meu coração, só com o mero pensamento de ser arrancada de Tanner, estava refletida em seus olhos azuis-claros. Ele balançou a cabeça, prestes a protestar, mas coloquei a mão em sua bochecha. — Não posso deixar eles morrerem. — Engoli o nó na garganta. Assenti, em uma aceitação silenciosa, comigo mesma, de que esta era a coisa certa a fazer. Com as mãos nas bochechas de Tanner, puxei seu rosto para mim e beijei seus lábios. — Tem que ser assim, *mi amor*. Não posso deixar aqueles garotos morrerem... Eu nunca seria capaz de conviver comigo mesma.

— Você não vai, porra. — Tanner olhou para Styx e Ky, todos os irmãos ali parados e nos observando. — Não vou deixar aquele cretino levá-la de volta. Precisamos pensar em algo. Um plano ou alguma merda do tipo, porque não vou deixá-la ir. Eu morrerei naquela cidade-fantasma do caralho antes de deixá-la voltar para o México.

Meu coração se partiu e inchou quando essas palavras saíram de seus lábios, mas eu sabia que era inútil; não havia nenhum plano a ser feito. Isso tinha que acontecer, eu tinha que ir.

— Eles estão com Ash! — Flame rugiu para Tanner.

O corpo de Tanner tremia de raiva. Ele riu, mas não havia humor em seu tom, enquanto olhava para os irmãos ao nosso redor.

— Ela é a porra da minha *old lady*! — Tanner apontou para Styx, então Ky, AK, e depois para os homens de Sia. — Vocês não deixariam nenhuma de suas cadelas ir. Mae, Lilah, Phebe ou Sia. — Em seguida, ele se virou para Flame. — E eu entendo que seu irmão foi levado. Sou seu irmão Hangmen e farei qualquer coisa para recuperá-lo, mas não deixarei Adelita ir.

— Tanner... — Tentei dizer, mas ele balançou a cabeça, se afastando de mim.

— Você foi para aquela maldita seita para buscar Mae, e acabou com aquele lugar — ele disse a Styx. Em seguida, olhou para Ky. — Você foi resgatar Lilah. — Ele se virou para os homens de Sia. — Vocês foram ao

México para recuperar a Sia. Eu também fui, porra! Ajudei vocês em todos os planos. E o quê? Agora é minha cadela, e vocês estão prontos para mandá-la de volta?

— Não é tão fácil quanto nossas cadelas — Ky explicou. — Adelita é filha do Quintana.

— E daí? — Tanner rosnou de volta. Ele segurou minha mão; ele estava lutando tanto por mim. Por nós. — Só precisamos ser mais criativos. Temos que planejar melhor. — Tanner olhou para mim, então de volta para Styx que estava observando como um falcão. — Estamos em guerra! Temos irmãos prontos para lutar. Então nós vamos para a batalha, porra! — Seu pescoço estava tão tenso que suas veias latejavam sob a pele. — Quintana estava vindo atrás de nós de qualquer maneira. Então, foda-se se é pelo fato de Adelita estar aqui que fez a ameaça se tornar mais letal. Um dia, em breve, estaríamos enfrentando-os de qualquer maneira. — Ele deu um tapa no peito. — Vou lutar pra caralho. Por ela, por mim, pelos recrutas, por este maldito clube. — A voz de Tanner diminuiu quando ele disse: — Vocês são meus irmãos de armas. E vou me casar com Adelita um dia. Isso deveria significar algo neste clube, ou estou enganado? — A respiração resfolegante de Flame podia ser ouvida ao nosso lado. Tanner olhou para ele. — A maneira como você precisa de Maddie é a mesma que preciso de Lita. Você despedaçaria qualquer um para protegê-la. Estou fazendo a mesma coisa.

Flame olhou para Maddie, ao seu lado, segurando seu braço. Seu rosto pareceu suavizar por uma fração de segundo. No entanto, minha atenção rapidamente se voltou para Styx. Ele estava observando Tanner com atenção. Seus olhos castanhos se desviaram para mim. Eu não sabia o que ele estava pensando, mas tudo o que vi foi Charon. Tudo o que vi foi Mae olhando para o filho como se seu coração tivesse sido tirado do peito e, gentilmente, colocado em seus braços. Imaginei Saffie abraçando Phebe. E pensei em todas as mulheres que tinham acabado de me receber sem julgamento em seu círculo. Considerei tudo pelo qual eles haviam passado; a seita, Sia no México com Garcia... Saffie com meu pai.

E eu sabia que não podia deixá-las se machucar ainda mais por minha causa.

Eu também tinha que protegê-las agora.

Styx levantou as mãos, e todos os homens o observaram. Era incrível o respeito que aquele homem tinha de seus irmãos. O homem silencioso e imponente não precisava de ordens esbravejadas. O simples movimento de suas mãos transmitia sua mensagem com bastante clareza.

— Church, *em uma hora* — Ky interpretou a mensagem de Styx para aqueles que, como eu, não entendiam a linguagem de sinais. Tanner soltou uma respiração longa e aliviada ao meu lado. E entendi o que isso significava. Eles elaborariam um plano para que eu pudesse ficar aqui com Tanner.

Eles estavam dispostos a declarar guerra a Diego.

Tanner me puxou do bar e me levou direto para o seu quarto. Quando a porta foi fechada, ele me empurrou contra a superfície de madeira e segurou meu rosto entre as mãos.

— Você não vai me deixar, porra. Não vou permitir que isso aconteça. Tenho você agora, e você não vai voltar para aquele filho da puta, ou para o seu pai. — Tanner beijou minha testa, bochechas, e então meus lábios. Ele estava me adorando, me amando. Tentando me convencer de que eu pertencia a este lugar, com ele.

Eu sabia disso. Mas, às vezes, as circunstâncias faziam com que almas gêmeas não pudessem ficar juntas.

— *Mi amor* — sussurrei, e segurei seu rosto em minhas mãos. Observei seus olhos azuis e os cílios claros que os emolduravam. Senti a barba por fazer em suas bochechas sob as palmas, e seus lábios; características que eu sabia que, mesmo em cem vidas, nunca me cansaria.

— Não — Tanner rosnou, não me dando a chance de falar. Ele fechou os olhos por um momento, antes de dizer: — Não me diga que precisa ir. Não me diga que a coisa certa a se fazer é essa troca do caralho.

O sofrimento em sua voz causou uma dor física no meu peito. Sempre tentei ser forte, mas nesse momento me senti fraca. Porque eu queria tudo o que Tanner estava oferecendo. Eu queria ficar. Eu queria o sonho, mas...

— Talvez não seja nesta vida que estejamos destinados a ficar juntos. — Enquanto eu sussurrava as palavras, cada uma parecia uma faca sendo cravada no meu peito. Os olhos azuis de Tanner estavam atormentados pela agonia. Impedi meu lábio de tremer enquanto acariciava seu rosto, e ao longo de seu pescoço tatuado, com as pontas dos dedos. — Talvez, não importa o quanto lutássemos, nunca tenhamos sido feitos para estar juntos. Não importa o quanto nos amamos, não é suficiente. — Sorri para ele, mas o sorriso era uma mentira, exprimindo apenas minha angústia. — Não posso ter as mortes ou sofrimento de outras pessoas em minha consciência. E eu conheço você, Tanner Ayers. Eu sei que você também não pode viver com isso.

— Não posso deixar você ir — ele murmurou. A dor em sua voz quase foi a minha ruína.

— Você sabe o quanto te amo, *mi amor*?

Tanner recostou a testa à minha.

— Sim. — Ele respirava com dificuldade, como se levasse o peso do mundo em seus ombros musculosos. — Você sabe o quanto eu te amo?

— Sim — sussurrei em resposta.

— Não posso te perder — ele sussurrou, e meu coração se partiu ainda mais quando vi seus olhos brilharem. — Se o mundo não nos quer juntos, então temos que encontrar um lugar que queira. Não quero mais ninguém, amor. Você é tudo para mim. Sempre foi.

— Tanner...

Tanner segurou minhas mãos.

— Deixe-me tentar — implorou. — Deixe-me tentar elaborar um plano para salvar os recrutas e mantê-la segura e aqui comigo. Por favor... apenas... apenas deixe-me tentar.

A expressão de Tanner era tão esperançosa, tão séria, que me peguei assentindo com a cabeça em concordância. Tanner suspirou de alívio e me pegou no colo. Ele me carregou para a cama, e então fez amor comigo de uma forma tão amável e suave, como se eu fosse uma flor delicada que pudesse perder suas pétalas a qualquer momento.

Quando ele saiu para se encontrar com os outros Hangmen, fiquei deitada e enrolada nos lençóis, com seu cheiro me rodeando, me mantendo aquecida. Eu pretendia saborear cada parte de Tanner que pudesse nos próximos três dias. Eu não sabia o que aconteceria, mas não era ingênua.

Então, fechando os olhos, me permiti imaginar uma vida onde Tanner e eu não tivéssemos amarras nos segurando ao nosso passado. Vivendo livres e como bem entendêssemos. Nada de guerra. Nada de violência. Apenas ele e eu, e nosso amor.

Foi o mais perfeito dos sonhos.

CAPÍTULO ONZE

TANNER

Observei Adelita se arrumando do outro lado do quarto. Ela vestiu uma calça jeans preta e uma regata simples, da mesma cor. Seu cabelo castanho escuro caía solto até a cintura. Eu a observei enquanto ela atravessava o quarto e calçava as botas pretas. Meu coração apertou pra caralho ao vê-la assim. Tudo o que estava faltando era um *cut*. Porra, isso não era verdade. Estava faltando isso e o meu anel – aquele que eu ainda pretendia colocar em seu dedo.

A tela à minha frente piscou com um novo e-mail. Era Wade. Não era apenas o cartel que estaria na cidade-fantasma hoje. A Klan também estaria lá. E, de acordo com Wade, Beau também.

> Estaremos posicionados no lado norte da cidade. Atiradores escondidos para o caso de tudo dar errado. O cartel contará com trinta homens. Nós cuidaremos do resto.

Wade já havia me contado o plano deles. Os Hangmen estavam planejando há três dias. As filiais de Louisiana e San Antonio já estavam no lado sul da cidade-fantasma. Em posição desde ontem à noite. AK estava com eles. Se Diego ousasse tocar em algum dos irmãos, AK estava lá para colocar uma bala em sua cabeça. O cara era o melhor atirador de elite que eu conhecia. Zane, sobrinho de AK, era um dos garotos sequestrados. Zane, que AK tratava como um filho... AK não erraria a porra do tiro.

Além disso, AK tinha a maior tarefa de todas: matar Diego. Quando a troca fosse feita, eu teria que me conter apenas o suficiente para deixar Adelita voltar para o lado do cartel... então o irmão enviaria uma bala direto na cabeça de Diego.

Não havia como evitar a carnificina que se seguiria. Estávamos prontos. Era hora de lutar.

Wade tinha me passado a quantidade exata – de homens, armas e coordenadas. Imprimi a informação e passei as mãos pelo rosto. Hoje, eu enfrentaria Beau e Diego como um Hangman. Todo o tempo tentando manter os recrutas e minha cadela a salvo.

Muita coisa poderia dar errado. Nunca quis ficar cara a cara com meu irmãozinho. Mas não havia outro jeito.

"Um dia, Tann", Beau disse. *"Um dia estaremos juntos quando a guerra racial começar. Lado a lado, irmão e irmão. E vamos acabar com qualquer um que se colocar em nosso caminho."*

Lembrei da euforia que senti com esse pensamento. Agora, aqui estava eu, do lado oposto. Agora era o inimigo no caminho com quem ele teria que acabar. Meu maldito coração se partiu com o pensamento.

Adelita colocou a mão no meu ombro como se tivesse sentido que algo estava errado. Levantei a cabeça e deixei que ela girasse minha cadeira. Sem romper o contato visual, Adelita montou meu colo. Inclinando-se, beijou meus lábios e minhas mãos deslizaram pelo seu corpo, traçando cada curva. Nos últimos três dias, estive dentro dela em todas as oportunidades que tivemos. Nosso plano para hoje era bom. Possuíamos homens para quando a batalha começasse. Graças a Wade, tínhamos o conhecimento de onde seus melhores atiradores estariam posicionados. Mas qualquer coisinha poderia foder com a troca. Qualquer merda poderia mandar qualquer um de nós para o barqueiro. Nem todos voltaríamos ao complexo esta noite. Isso todo mundo sabia.

Porra, eu contava comigo e com minha cadela voltando com vida.

— Temos que ir — eu disse. Adelita repousava a cabeça no meu peito. Seus braços me envolveram e seguraram firme. Ela andava muito quieta nos últimos dias. Eu não gostava disso; de não saber o que ela estava pensando.

Levantando-me da cadeira, Adelita deslizou pelo meu corpo e beijei seus lábios.

HERANÇA SOMBRIA

— Pronta?

Ela assentiu, mas pude ver que estava assustada, com o olhar apreensivo. E aquilo me matou. Eu ansiava pelo dia em que ela nunca mais teria medo.

Segurando sua mão, eu a levei para fora do clube. Os Hangmen já estavam esperando em suas motos. A caminhonete que eu dirigiria estava esperando na parte de trás.

— Prontos? — Ky perguntou. Styx e Ky estavam à frente do grupo. Eu apenas assenti com a cabeça. Flame também estava aqui, embora o cara ainda estivesse ferido. No entanto, nada o impedia de ter seu irmão de volta hoje. Viking estava ao lado dele. Ele foi encarregado de manter Flame longe do cartel e da Klan até que fosse hora de abrir as portas do inferno.

Caminhamos para a caminhonete. Adelita parou quando Beauty saiu pela porta do clube. Alguns homens ficariam para trás, caso houvesse um ataque surpresa. As outras cadelas também estavam na sede do clube, ainda em *lockdown*. Beauty passou os braços em volta do pescoço de Adelita e a abraçou com força.

— Cuidem-se, okay? — Beauty disse e abraçou Adelita ainda mais. — Queremos ver você de volta aqui esta noite.

— *Si* — Adelita respondeu, e retribuiu o abraço de Beauty.

Olhei para Tank, que estava em sua moto ao lado de Bull. Ele acenou com a cabeça, como se estivesse me assegurando de que cuidaria da minha retaguarda. Que ele ajudaria a garantir que minha mulher *retornasse* para casa conosco.

— Lita, precisamos ir — eu disse. Adelita se afastou de Beauty, e eu podia dizer pelo seu semblante que ela não esperava por isso. Não esperava que Beauty ficasse tão preocupada. Meu coração se partiu pela minha cadela mais uma vez. Ela não esperava isso, porque ela nunca teve muitos amigos. Nunca teve permissão de se aproximar de quase ninguém.

Quando estávamos na caminhonete, Adelita respirou fundo e vi um novo tipo de determinação em seu rosto.

— Você está bem? — perguntei, enquanto pegava a estrada. O caminhão foi ladeado pelos Hangmen. Styx, Ky e nosso grupo seguiam à frente; os outros membros das filiais ocupavam a retaguarda.

Adelita olhava pela janela.

— Estou. — Ela segurou minha mão e eu sabia que ela queria dizer alguma coisa. Eu podia dizer pela maneira como se mexeu no banco. Esperei que falasse. Eventualmente, depois de alguns minutos, ela disse: — Se algo acontecer hoje... — Fez uma pausa e pareceu ponderar sobre suas palavras. — Se algo acontecer hoje, quero que saiba que não me arrependo de nada. — Segurei sua mão com mais força, mantendo os olhos concentrados na estrada. Eu não tinha certeza se poderia olhar para ela agora; não tinha certeza se conseguiria manter a compostura. — Nada, *mi amor.* — Adelita beijou minha mão. — Conhecer você, por mais odioso que tenha sido no começo, foi a maior bênção que tive na vida. — Adelita acariciou a minha mão. — Ver você lutar contra seus demônios, desafiar os preconceitos com os quais foi criado e mudar completamente, foi a transformação mais incrível que testemunhei.

— Foi você — murmurei. — Foi tudo por sua causa.

Adelita se moveu até ficar bem ao meu lado no banco. Ela deitou a cabeça no meu ombro.

— Apesar de termos passado pouco tempo juntos, Tanner, os últimos dias... significaram mais para mim do que qualquer outra coisa em toda a minha vida. — Adelita olhou para mim, e desta vez encontrei seu olhar. — Eu não sabia que era possível amar alguém tanto quanto amo você. Meu pai nunca amou ninguém depois da minha mãe, então nunca tive um exemplo de como um casal apaixonado *poderia* ser. — Mantive os olhos na estrada, mas achei difícil desviar a atenção de Lita. — Se alguma coisa acontecer hoje... se por algum motivo, algo der errado... pelo menos sei como é amar você. Com todo o meu coração.

— Nada vai dar errado — afirmei. Adelita sorriu, mas era um sorriso carregado de tristeza. Entendi então que não havia nenhuma parte dela que pensasse que hoje daria certo. — Eu te amo, princesa. Você me salvou. Não tenho certeza se você sabe disso. Mas você me salvou.

— Tanner...

— E agora posso salvar você.

Adelita ficou ao meu lado, segurando meu braço e descansando a cabeça no meu ombro. Meu coração começou a bater mais rápido e mais alto quando viramos na estrada que levava à cidade-fantasma. Meus olhos percorreram o máximo que pude. Eu podia ver meus irmãos à frente em suas motos fazendo a mesma coisa. Eu estava esperando por uma emboscada. Esperava que eles tentassem nos matar, mas por causa das informações de Wade, sabíamos que chegaríamos à cidade pelo sul. Alguns de nossos irmãos que estiveram aqui durante a noite saíram de seu esconderijo para acenar, para nos assegurar que estávamos seguros.

Quando a cidade surgiu à vista, Adelita se sentou. Seus olhos castanhos estavam arregalados, mas ela continuou agindo como a princesa perfeita do cartel – calma e firme.

Styx, Ky e os irmãos na frente viraram uma esquina e entraram primeiro na clareira da cidade-fantasma. Eu estava em alerta total quando entramos. No minuto em que a clareira apareceu, cada parte minha retesou. Diego estava no centro, ladeado por seus homens... seus homens e minha antiga irmandade. Observei os soldados da Klan que haviam sido treinados por mim; eles estavam prontos e preparados para a ação. Fui tomado por uma estranha familiaridade ao ver o ódio em seus rostos. O ódio que alimentava sua necessidade de matar.

E então eu o vi. Beau. De pé, logo atrás dos soldados da linha de frente. Meu tio Landry estava posicionado perto de uma van. Eu sabia que era onde os recrutas estavam sendo mantidos trancados.

Mas minha atenção se voltou para Beau. Seu cabelo estava mais comprido do que da última vez que o vi. Ele parecia maior em músculos, mas fora isso, era o mesmo.

Meu irmãozinho.

Eu me remexi no banco, inquieto, quando ele olhou diretamente para a caminhonete. Quando olhou diretamente para mim. Seu olhar perfurando o para-brisa.

— Tanner? Você está bem? — Tentei abrir os olhos e a *luz apunhalou minha visão.* — Merda! — *Beau cuspiu e fechou a porta do galpão. Ele acendeu a luz de emergência e correu direto para mim, deitado no catre de camping. Beau fez um movimento para me tocar, mas rapidamente pensou melhor.* — Tanner, aquele filho da puta acabou com você.

Se eu pudesse, teria rido. Eu sabia que o bastardo tinha me espancado. Não havia uma parte minha que pudesse se mover.

— Sim — murmurei. — Eu não matei o garoto da gangue do nordeste. Os traficantes de drogas. — *Ofeguei, tentando respirar lenta e controladamente.* — Eu o deixei ir.

Beau suspirou.

— Você deveria ter matado ele de uma vez, Tann.

Eu fiz uma careta para Beau. Ele parecia estar falando sério. Mas eu o conhecia. Ele não teria matado aquele garoto, assim como eu. Eu tinha dezessete anos. O garoto era apenas alguns anos mais novo, mas não merecia morrer. Não importava o que meu pai tenha dito.

Beau se sentou no chão frio ao lado da cama. Disseram que eu deveria permanecer aqui até que meu pai voltasse para me buscar. Neste galpão gelado.

— Ele vai bater em você se o encontrar aqui.

Beau olhou por cima do ombro para mim e sorriu.

— Eu nunca fui de seguir as regras, Tann. Você sabe disso. — Era verdade. Raramente fui contra meu pai, mas Beau fazia questão de ir. Então, novamente, ele não estava preparado para ser o herdeiro. Na maioria das vezes, nosso pai não dava a mínima para Beau. Ele podia se dar ao luxo de quebrar as regras. Ele não seria espancado quase até a morte por ousar desafiá-lo...

Mas agora Beau estava seguindo as regras. Como um bom soldado nazista.

Styx e Ky desceram de suas motos e ficaram na frente de todos nós. Todos os outros seguiram o exemplo e também desmontaram de suas motos. Eles se postaram atrás do *prez* e do *VP*, suas armas em punhos.

Styx olhou para mim e assentiu. Respirando fundo, me virei para Adelita; seus olhos estavam arregalados enquanto ela observava a cena.

— Fique aqui. — Adelita era uma maldita estátua. — Venho buscar você em seguida. — Abri apenas uma fresta da porta da caminhonete. — Lembre-se do plano, amor. Desvie para a esquerda. — Adelita assentiu. Eu não queria deixá-la aqui sozinha, mas tinha que mostrar meu rosto. Minha antiga irmandade sabia que eu era um Hangman agora. Não havia sentido em me esconder.

O plano era simples. AK era um dos melhores atiradores que tínhamos. Quando a troca fosse feita, e os recrutas estivessem seguros, Adelita desviaria para a esquerda ao lado de Diego, e AK enfiaria uma bala no crânio do filho da puta. Eu colocaria Adelita em segurança, então a batalha começaria.

Passei por Viking e Flame. Flame era como um maldito cachorro raivoso, andando de um lado ao outro, resfolegando, esperando que seu irmão fosse entregue. Esperando o sinal para estraçalhar cada homem da Klan e do cartel com as facas em suas mãos.

Passei por todos os meus irmãos até parar ao lado de Tank. Vasculhei a clareira e, um por um, vi minha antiga irmandade notar minha presença. Seus rostos se transformaram de ódio em fúria. A confirmação de que o herdeiro agora pertencia a Hades.

— Maldito traidor! — Tio Landry gritou. Alguns dos outros membros Klan ecoaram seu desdém. Mas havia apenas uma pessoa, dentre esses filhos da puta, com quem eu me importava. Quando encontrei Beau, ele estava olhando para mim, os braços cruzados sobre o peito largo. E quando meus olhos se fixaram aos dele, seu lábio se ergueu em desgosto e ele cuspiu no chão a seus pés.

E foi isso. Essa era a prova de que meu irmão também me odiava. E eu teria que ficar em paz com esse fato.

— Mantenha-se forte, irmão — Tank disse, baixinho. — Esses filhos da puta não são mais sua família. — Respirei fundo e deixei suas palavras se infiltrarem na minha mente.

Ele estava certo. Eles não eram minha família. Ele, sim. Beauty também. Esses irmãos eram a porra da minha família... e era a minha mulher naquela caminhonete. Era a minha cadela que esses malditos estavam tentando levar.

Um movimento chamou minha atenção e me levou até Diego. No minuto em que o vi, minhas veias se encharcaram com a necessidade de matar. Despedaçá-lo membro a membro por tocar em um fio de cabelo de Adelita. Por ter a audácia de acreditar que ele era bom o suficiente para ela. Que seria seu maldito marido.

— Ouvi os rumores — Diego disse, se dirigindo a mim e ignorando completamente Styx e Ky, que lideravam os Hangmen. Diego veio em nossa direção. Meus irmãos engatilharam as armas. — Ouvi dizer que o grande Príncipe Branco da Ku Klux Klan abdicou e desertou para o inimigo. — Sua cabeça inclinou para o lado, e eu queria arrancar seus malditos dentes.

— No dê os garotos, idiota. E pare com esse teatrinho de merda — Ky disse, devagar, e cruzou os braços, esperando Diego se manifestar.

Diego, mesmo para esta troca, estava trajando um terno preto caro e gravata. Seus olhos castanhos se tornaram frios.

— Eu quero vê-la primeiro. — Apontou para a van que Landry protegia. — Só então a troca ocorrerá.

Styx, por fim, olhou para mim e assentiu. Passei por Smiler, que observava aquela van como um falcão. Slash também estava lá. Tudo isso tinha que ser planejado. Eu me aproximei da caminhonete e vi Adelita sentada. Abri a porta do passageiro.

— Pronta, baby?

Adelita desceu da caminhonete e a guiei através dos Hangmen. Com uma mão às costas, Adelita deslizou a dela na minha e apertou com força. Quando passamos pelos últimos irmãos, ficamos ao lado de Styx e Ky. Adelita soltou minha mão e caminhou em direção a Diego.

Vi as chamas arderem nos olhos de Diego ao ver Adelita... até que ele reparou no que ela estava vestindo. Então aquele fogo se transformou em um maldito inferno. A princesa do cartel estava vestida como uma cadela motociclista.

— Adelita... — Diego disse, suavemente.

— Diego. — Ninguém jamais saberia que minha cadela estava com medo. Ela se portava como a porra de uma rainha guerreira, olhando para seu ex-noivo.

— Você a viu — Ky disse. — Agora, nos mostre nossos recrutas.

Diego assentiu, mas era um sorriso sádico. Eu me preparei, me perguntando o que diabos significava aquilo, quando Landry abriu a van. Eu não podia ver o interior do veículo. Então um membro da Klan pulou da cabine escura, puxando pelo cabelo loiro, uma mulher que havia sido espancada, jogando-a no chão.

No começo, eu não sabia o que diabos estava acontecendo, quem diabos ela era, até que Adelita sussurrou:

— Não... — A mulher ergueu os olhos inchados ao som da voz de Adelita, e um som aflito escapou de sua garganta. — Não! — Adelita voltou a chorar, e dessa vez tentou correr em direção à mulher. A cadela espancada tinha uma corda ao redor da garganta, sua pele em carne-viva. Agarrei Adelita antes que ela pudesse continuar. — Charley! — gritou, e minha cabeça se voltou para a mulher. Charley... A melhor amiga de Adelita. A cadela da California.

— Achei melhor trazer uma carta na manga — Diego disse, friamente.

HERANÇA SOMBRIA

Adelita tremeu em meus braços.

— Meu pai vai matá-lo quando descobrir que você a pegou.

Diego inclinou a cabeça para o lado.

— *Cariño*... foi ideia dele.

Adelita congelou e arfou. Mas ela não discutiu; depois do que descobriu sobre seu pai, imaginei que ela acreditava que ele era capaz de qualquer coisa.

— Os recrutas, idiota — Ky rosnou. — Estou ficando realmente cansado dessas suas besteiras.

Sem desviar o olhar desconfiado de mim e de Adelita, ele sinalizou com um estalar dos dedos para Landry trazer os demais. Em segundos, eles estavam sendo empurrados da van para a clareira. Flame rosnou às nossas costas, e senti a tensão aumentar entre os irmãos conforme os recrutas se aproximavam. Eles foram espancados, seus rostos estavam cobertos de sangue. Um membro da Klan os levou para o centro da clareira e chutou cada um deles de joelhos. Eu me mexi, pronto para atacar esses filhos da puta e matar o máximo que pudesse, mas Adelita se virou para olhar para mim.

Diego caminhou até os recrutas e levantou uma faca. Styx estendeu sua arma, o Hangmen Mudo pronto para atirar na cabeça de Diego. O filho da puta se moveu ao lado de Slash, se abaixou e cortou a corda que o prendia. Em seguida foi para Zane, e, finalmente, para Lil' Ash.

— Adelita — Diego disse, e inclinou a cabeça; uma ordem para que ela fosse até ele. Os olhos da minha cadela se moveram dos recrutas para Charley, que estava sendo mantida sob a mira de uma faca por um soldado da Klan. E, por fim, para Diego. Adelita saiu de meus braços, e precisei de todas as minhas forças para não puxá-la de volta para mim e levá-la embora. Com um sorriso triste, ela se afastou de mim e foi em direção a Diego. Meu sangue gelou. Não gostei daquela expressão em seus olhos. Como se ela estivesse se despedindo de verdade.

Apenas o som da voz de Diego desviou minha atenção dela.

— Fique de pé. — Os recrutas fizeram o que ele ordenou. Adelita se aproximava cada vez mais de Diego.

O alívio que vi nos rostos dos garotos, quando ela se aproximou, era óbvio. Eles eram meninos, porra, e estavam com medo pra caralho. Adelita parou ao lado de Diego, ele sorriu para ela. Tank colocou a mão no meu braço para me impedir de ir até lá e pegá-la de volta. Eu respirei fundo, tentando me acalmar.

— Os garotos — Ky rosnou.

Diego assentiu, mas depois disse:

— Ah, só mais uma coisa. — Em um segundo, ele estava ao lado de Adelita, e no próximo, com o braço em volta do pescoço de Lil' Ash, segurando uma arma contra sua cabeça. Olhando diretamente para Ky e Styx, Diego disse: — Vocês pegaram algo meu, agora vou pegar algo de vocês.

Os olhos de Lil' Ash se arregalaram quando ele percebeu o que estava acontecendo. Flame rugiu de raiva atrás de nós e atravessou por entre os homens para chegar ao seu irmão. Diego soltou a trava de segurança da arma, na mesma hora que Slash correu até Ash pelo lado e o derrubou no chão, para longe do agarre de Diego. O filho da puta não vacilou; em vez disso, apontou a arma para Slash e atirou direto nos olhos do garoto. O mundo se moveu em câmera lenta quando o grito de Lil' Ash rasgou no ar, seguido pelo de Smiler, que correu de onde estava até o seu primo deitado no chão. O sangue escorria de sua cabeça; os olhos de Slash estavam abertos, olhando para o nada.

O mundo voltou ao tempo real quando Ash se levantou e correu até nós. Agarrando duas armas de Ferg, um dos irmãos da filial da Flórida, ele voltou para a clareira e começou a atirar. Rugindo e disparando bala após bala contra a Klan e o cartel. Flame se postou ao lado dele em segundos, armas apontadas para a Klan que começou a atirar de volta.

— Zane! — A voz de Viking chamou pelo recruta mais novo, que estava assistindo a cena como se não soubesse o que diabos fazer.

Um homem do cartel correu até Zane, a faca preparada para esfaquear o garoto. Um tiro soou ao longe, e o filho da puta do cartel desabou no chão com uma bala no coração. AK. Zane levou apenas um segundo para se inclinar e pegar a arma do idiota do cartel e seguir Ash. Assisti quando o filho da puta começou a disparar contra o cartel e a Klan. Dois homens caíram na mesma hora. Eu tinha certeza de que o garoto nunca havia matado antes... Bem, agora ele tinha...

Ash parecia tão louco quanto seu irmão enquanto os três disparavam contra a Klan e o cartel. Ash tinha surtado. Smiler estava no chão ao lado de Slash, tentando puxá-lo de volta para o nosso lado, e o rosto do irmão era pura agonia. Tank o ajudou, mas quando o garoto foi arrastado, passando por mim, vi que ele havia morrido.

Diego.

Diego tinha matado Slash.

Eu ia acabar com o Diego.

— Tanner! — A voz de Adelita ressoou acima dos sons ensurdecedores dos tiros. Diego tinha voltado para a linha de proteção do cartel. Correndo pela massa de homens lutando, afundei a faca em qualquer um que surgia no meu caminho, disparando minha arma e enviando balas em suas cabeças. Adelita estava correndo na minha direção. — Charley! Tanner... precisamos pegar Charley! — Adelita caiu ao meu lado e procurei a garota na clareira.

Viking estava mais perto dela.

— Vike! — Viking virou a cabeça, mesmo lutando contra os soldados da Klan. — A cadela! — Sua atenção se voltou para o lado, enquanto Charley cambaleava, claramente drogada e desorientada. Ela estava tentando escapar. Viking passou o braço em volta da cintura dela e tentou arrastá-la de volta. Mas a cadela se debatia contra ele. Dando socos e chutes. Ela se soltou do braço dele, assim que um soldado da Klan correu para Vike. O gigante ruivo esfaqueou o pescoço do filho da puta, e então cortou sua garganta. Mas antes que pudesse pegar Charley, ela estava sendo puxada de volta para a linha do cartel por um dos homens de Diego.

— Não! — Adelita gritou. — Charley! — Carros e caminhonetes do cartel e da Klan começaram a sair às pressas da clareira.

— Vamos voltar! — Ky ordenou quando a Klan e o cartel recuaram. Adelita lutava para se soltar e encontrar Charley. Eu a segurei, me recusando a soltá-la. A clareira estava repleta de corpos, mas não consegui ver Charley entre eles.

Viking correu para Flame e começou a puxá-lo de cima de um corpo mais do que morto. Os olhos negros de Flame estavam insanos enquanto se debatia contra Viking. Mas Vike se manteve firme.

— Flame. É o Vike. Temos que ir.

A mente de Flame pareceu clarear, mas não a de seu irmão. Ash tinha surtado geral, atirando nos moribundos da Klan e do cartel até seus rostos ficarem irreconhecíveis, disparando balas em cadáveres só para vê-los pular.

Styx agarrou o colarinho de Ash e começou a puxá-lo para trás. O garoto começou a tentar lutar contra Styx.

— Me solta! Eu tenho que matá-los! Eu tenho que matá-los, porra! — rosnou, o rosto vermelho e os olhos injetados. O garoto estava perdido na sede de sangue.

Styx nem sequer hesitou; apenas arrancou as armas de suas mãos com um chute e o empurrou na direção da caminhonete.

— Ele me tirou do caminho! — Ash rugiu, sua voz falhando. — Ele levou um tiro por mim e agora está morto! Deveria ter sido eu! — Deu um soco no peito. — Deveria ter sido eu, porra!

Flame estava se balançando em seus pés ao lado de seu irmão. Eu podia ver pela sua expressão torturada e aflita que ele não sabia o que diabos fazer. Mas quando Ash gritou e rugiu, Flame agarrou Ash pelo pescoço e o puxou contra o seu peito. Ash perdeu o controle de suas emoções quando os olhos de Flame se fecharam e ele respirou acelerado. Ash se agarrou em Flame, e não parecia que o soltaria tão cedo.

AK veio em nossa direção e correu direto para Vike e Zane. Ele beijou a cabeça de Zane.

— Você os matou?

— Eles mataram Slash — Zane disse. Sua voz estava trêmula, e eu sabia que Zane não seria mais um simples garoto depois de hoje. Uma vez que você tirava a vida de alguém, não sobrava qualquer inocência.

AK abraçou Zane, então disse:

— Entre na minha caminhonete. — AK se virou para Ash, ainda nos braços de Flame. — Flame, Ash, vocês também.

Ash se separou de Flame. Ele olhou para os corpos.

— Ash, entre na caminhonete — AK repetiu a ordem. Ash se virou para ele e os olhos de AK se estreitaram. — Eu disse para entrar na porra da caminhonete, Ash.

Ash parecia prestes a discutir, mas então se virou e entrou na parte de trás ao lado de Zane. Os olhos do garoto baixaram para suas mãos cobertas de sangue, e ele começou a esfregar os dedos, focado no sangue.

— *Para casa* — Ky ordenou, falando por Styx. — *Estamos voltando para o complexo.*

Conduzi Adelita até a caminhonete. Ela estava calada, quieta demais, mas quando Smiler passou por nós, coberto de sangue, seguindo para a caminhonete de AK com um Slash sem vida em seus braços, um grito escapou de sua garganta. Ela os observou durante todo o caminho até a caminhonete.

O rosto de Smiler estava em branco, mas seus olhos demonstravam nada além de fúria e dor. Meu maldito coração se comprimiu quando ele entrou na caminhonete e embalou o corpo de Slash em seu peito. Lágrimas começaram a escorrer pelo seu rosto enquanto ele beijava a cabeça do primo uma e outra vez, balançando-o para frente e para trás.

Adelita assistiu a cena também. Seu rosto estava arrasado ao ver a realidade atingir Smiler. Slash estava morto. Seu maldito primo estava morto.

— Lita, vamos, baby. — Mas ela não se moveu. Ela estava entorpecida e não conseguia desviar o olhar de Smiler e Slash. Coloquei Adelita na caminhonete e segui meus irmãos enquanto eles pilotavam.

Meu coração começou a bater acelerado quando comecei a pensar na forma como Slash salvou Lil' Ash. O primo do Smiler... morto. Por causa do filho da puta do Diego. Eu ia matá-lo. De alguma forma, algum dia, eu cortaria a porra da garganta dele e sorriria, assistindo sua morte lenta e dolorosa.

Olhei para Adelita; seus lábios estavam pálidos e ela tremia da cabeça aos pés. Passando meu braço ao redor de seus ombros, eu a puxei para mim. Ela apoiou a cabeça no meu peito e enlaçou minha cintura, me abraçando com força durante todo o trajeto para casa. Suas lágrimas encharcaram minha camisa.

Quando chegamos de volta ao complexo, os irmãos se reuniram no bar. Edge e Rider estavam esperando pelos homens feridos. Passei pelo bar e levei Adelita direto para o nosso quarto. Liguei o chuveiro e fui até onde ela estava. Seus olhos estavam inundados pelas lágrimas, e seus braços rodeavam a si mesma, como se ela fosse desmaiar caso não se segurasse de alguma forma.

— Ele o matou — Adelita sussurrou, quando esfreguei seus braços para aquecê-la. Ela estava tão fria. — Ele o matou, *mi amor*... ele matou aquele garoto e a culpa é minha.

Meu estômago revirou ao vê-la tão devastada, tão triste. Slash era apenas alguns anos mais novo que Adelita. Agora, ela parecia tão jovem.

— Não é sua culpa, amor. A culpa é daquele filho da puta. Ele o matou, não você. — Minha mandíbula tensionou só de lembrar como Diego colocou uma bala na cabeça de Slash. O filho da puta sorriu ao fazer aquilo.

— Ele o matou por vingança. Ele o matou porque eu estava aqui... ele me viu com você. Diego não suporta falhar, Tanner. Ele viu meu sequestro como um fracasso. Este é apenas o começo de sua vingança. Eu sei disso.

Adelita tremeu ainda mais.

— Vem. — Eu a guiei até o banheiro e tirei nossas roupas. Então a levei para o chuveiro quente e deixei a água cair sobre sua cabeça. Limpei os respingos de sangue que acabou manchando sua pele durante a batalha. E eu a beijei. Eu a beijei para que ela esquecesse, mesmo que apenas por um minuto de paz.

Quando a levei para a cama, fiz com que se deitasse e deixei que desabafasse.

— Não foi sua culpa — afirmei.

Adelita não falou nada, pois ela estava destruída. Olhei para o teto enquanto sua respiração se estabilizava. Olhei para a escuridão e pensei naquele pedaço de merda, Diego. Pensei na melhor amiga que foi espancada e arrastada como uma escrava, tudo para que Adelita obedecesse. Então pensei em Slash, no momento em que o garoto empurrou Ash para fora dos braços de Diego. Pensei naquela bala atravessando sua cabeça... e em seus olhos, enquanto permaneciam congelados com a morte. Em Smiler, embalando o corpo sem vida em seus braços.

Adelita tinha adormecido. Saindo da cama, tomei o máximo de cuidado para não acordá-la, então vesti uma camisa, a calça e saí do quarto. Quando entrei no bar, me deparei com a porra de uma carnificina. Vozes se elevavam – irmãos falando uns sobre os outros.

O assobio alto de Styx silenciou o bar. Todos se viraram para ele.

— *Precisamos de um plano* — Ky disse, enquanto Styx sinalizava. — *Eles vão voltar. Aquele filho da puta nunca vai largar o osso. Ele quer Adelita e não vai parar até conseguir.*

A mão de Tank se apoiou no meu ombro.

— Você está bem?

— Sim. — Eu não estava. Mas não estava morto, então mantive a boca fechada.

— *Nós pegamos o que ele vê como dele* — Styx continuou. — *E ele a quer de volta.* — Styx passou a mão pelo cabelo. Ele fez uma pausa, como se estivesse pensando em algo. — *Mas vi os olhos daquele idiota. Não é só sobre Adelita agora. Nós o peitamos. Filhos da puta como ele não podem deixar uma merda dessas passar batido, sem retaliação. Então, estou ligando para alguns dos estados do norte. Precisamos acabar com essa guerra logo. Temos mais homens do que ele. Temos mais armas...* — Os olhos Styx endureceram. — *E esse idiota me irritou. Ele matou um dos nossos recrutas. Mandou o garoto para o barqueiro. Um maldito garoto... isso é pessoal agora.*

— Diego é um dos malditos que ferraram com Phebe e Sia — Ky acrescentou. — Foda-se a Klan. Eles vão morrer com o tempo. Agora, vamos atrás de Quintana e Diego. E não vamos parar até que cada um deles esteja morto.

Os irmãos concordaram com acenos de cabeça. Alguns sorriram, animados pelas mortes do cartel no horizonte. Styx encarou a todos nós e ergueu as mãos.

— *Fodam suas cadelas esta noite. Amanhã à noite, enterraremos Slash, depois planejaremos como acabar com o cartel. Porque não se enganem sobre isso, Hades está prestes a soltar sua ira em um pequeno pedaço do México.* — Styx abaixou as mãos, bebeu o uísque que tinha sido colocado diante dele, e então saiu do bar.

Tank passou a mão pela cabeça raspada.

— Merda, irmão — ele exclamou, e se sentou na mesa mais próxima de nós, e eu fiz o mesmo. — Você viu Beau hoje? — Assenti com a cabeça. — Ele estava olhando para você como se nem te conhecesse. O filho da puta... Ele é seu maldito irmão. Nunca pensei que ele estivesse tão envolvido com a Klan. Mas do jeito que o vi hoje... — Tank suspirou, deixando no ar o que ia dizer.

Meu pulso disparou quando perguntei:

— Você viu se ele foi atingido? Na luta?

Tank encontrou meu olhar. Ele me conhecia melhor do que qualquer um aqui. Só Adelita me conhecia mais. Ele tinha que ver que mesmo depois de tudo, pateticamente, eu ainda estava preocupado com meu irmão mais novo. Tank perdeu um pouco de sua raiva.

— Não o vi no meio da briga. Mas, de novo, não vi muito além das minhas facas apunhalando pescoços e minhas balas atingindo os filhos da puta. — Eu relaxei. Mas isso não significava merda alguma. Essa batalha foi uma merda fodida de sangue e carne. — Matei alguns de nossos antigos irmãos — Tank comentou.

— E como foi?

— Muito bom, irmão. Bom pra caralho. — Tank sorriu.

Inclinei a cabeça para trás e passei as mãos pelo rosto. Foi um show de horrores. Tudo isso. Eu não fazia ideia se Beau tinha sobrevivido. Se Landry também sobreviveu. Mas sabia que Diego havia escapado. Claro que aquele filho da puta escorregadio tinha fugido. Tentei pensar em qual seria seu próximo passo, mas minha cabeça estava dominada com a imagem de Slash caindo no chão e o choro de Adelita na cama, enquanto ela se culpava.

— Porra... Lil' Ash — Tank disse, a voz chocada. Olhei ao redor do bar. Não havia sinal de Flame, Ash, Zane ou Vike.

— Ele pirou — comentei, e Tank soltou um suspiro lento, concordando.

— Aquele garoto... naquele momento, ele era Flame.

Pensei em Ash pegando as armas e dando início à batalha. O garoto de dezessete anos atirando no cartel e na Klan como se ele matasse por diversão. A mão de Tank tocou no meu ombro.

— Prepare-se, Tann. Tenho a sensação de que esta guerra está apenas começando. — Tank ficou de pé. — Vou encontrar a Beauty. — Ele fez uma pausa, então me encarou. — Você tem certeza de que está bem? Essa merda de hoje foi pesada. Especialmente para você.

— Sim.

Os olhos de Tank se estreitaram ao me encarar, como se ele pudesse ver através da minha fachada. Mas ele deu um tapinha nas minhas costas e saiu do bar. Fui para a área externa; eu precisava de um pouco de ar fresco. As barracas dos membros das filiais visitantes ocupavam a maior parte do terreno.

Fechando os olhos, peguei um cigarro e me encostei na parede, deixando a nicotina fazer sua mágica. Quando terminei, joguei a bituca no chão e voltei para dentro. Tirando a roupa, eu me deitei ao lado de Adelita e enlacei sua cintura, puxando minha cadela para mais perto.

Adelita sempre foi cheia de luz. Um maldito foguete desde o minuto em que a conheci. Mas quando Slash morreu nesta noite, vi aquele fogo que havia dentro dela se extinguir.

Beijei seu cabelo úmido e passei meu braço ao redor de seu peito. E fiquei assim a noite toda enquanto ela dormia. Repassei o dia de hoje na cabeça como um maldito disco riscado... Beau, Landry, Diego, Slash... tudo.

A merda ia explodir.

CAPÍTULO DOZE

ADELITA

Achei apropriado que a chuva caísse com força sobre nossas cabeças. Meu corpo estava dormente conforme eu olhava para o caixão. Estava fechado, o ferimento na cabeça do recruta foi muito grave para ter uma cerimônia de caixão aberto.

Minha pele arrepiou, mas não tinha nada a ver com a chuva. Tremi quando o caixão foi baixado ao chão pelos Hangmen. Meus olhos se fixaram no primo de Slash. O rosto de Smiler estava atormentado por uma dor tão intensa e visceral que senti meu coração rachar no meio. Olhei ao redor, para as pessoas aqui reunidas. Para os homens que perderam um irmão. Um homem no auge de sua vida. Olhei para as mulheres e para a tristeza que marcava seus rostos.

E olhei para os outros dois recrutas. Os outros dois garotos que Diego havia sequestrado. O mais novo dos dois parecia assombrado quando seu amigo foi sepultado – moedas em seus olhos conforme a tradição dos Hangmen. Mas foi em Asher que me concentrei. Seu rosto não estava triste como o de todo mundo. Ele estava furioso, seus olhos escuros selvagens e vidrados. Seu corpo estava tão tensionado que parecia que arrebentaria a qualquer momento. Seu cabelo preto grudava em seu rosto à medida que a chuva o encharcava. Mas seus olhos não se desviaram em momento algum do caixão, como se, talvez, se olhasse o suficiente, fosse capaz de ressuscitar seu amigo.

Meu estômago revirou. Porque ele nunca teria seu melhor amigo de volta. E ele, provavelmente, se culparia para sempre por Slash tirá-lo do caminho. Quando, na verdade, foi minha culpa. Foi tudo minha culpa. Diego matou aquele garoto por minha causa.

Todo esse sofrimento... toda essa violência e mortes... foi minha culpa.

A mão de Tanner procurou a minha, dando um breve aperto antes de soltar. Eu não conseguia olhar para ele enquanto os homens que baixaram Slash no chão se afastavam do túmulo. Todos os Hangmen pegaram suas armas.

Quando Smiler começou a jogar a terra sobre o caixão, Styx disparou um único tiro no ar, o som fazendo com que os pássaros se dispersassem das árvores que nos cercavam. Como uma dança ensaiada, o restante dos Hangmen disparou vários tiros para o ar. Mas Asher, ainda assim, não se moveu. Seus olhos escuros como a meia-noite permaneceram fixos no caixão rapidamente coberto, a mandíbula travada e as mãos cerradas em punhos ao seu lado.

Desviei o olhar, incapaz de testemunhar tal dor e raiva, apenas para encontrar Saffie piscando, disfarçadamente, olhando preocupada em direção a Asher. Ela ficou sob o guarda-chuva de sua mãe, abraçada a Phebe, como sempre. Era como se Saffie não pudesse ficar de pé sem a ajuda de sua mãe. Mas seus olhos continuaram se voltando para Asher. Ele não reparou em seu olhar nenhuma vez, e achei uma pena. Asher, claramente, precisava de alguém para consolá-lo agora. E Saffie parecia estar disposta a ajudá-lo.

Quando o tiro final soou, o silêncio recaiu ao redor da floresta. Todos nós assistimos o restante da terra sendo jogado sobre o caixão, e Smiler trouxe uma cruz temporária para fincar na cabeceira da sepultura. Tanner me disse que uma lápide de Hangmen estava sendo feita.

Smiler pegou uma marreta e cravou a cruz no chão. E eu podia jurar que, a cada batida do martelo na cruz simples de madeira, eu via desaparecer uma parte de sua alma. A chuva tinha diminuído o suficiente para eu perceber que as gotas que caíam nas bochechas de Smiler não eram da chuva; e, sim, lágrimas pelo primo que ele nunca mais veria, o membro da família que ele havia perdido. Eu não podia mais lutar contra o nó na garganta ao ver um homem tão forte devastado dessa maneira. E seu estado piorou ainda mais quando o médico, a quem todos chamavam de Rider, se aproximou e colocou a mão no braço do irmão. As mãos de Smiler

HERANÇA SOMBRIA

tremiam quando ele martelou a cruz pela última vez. Então, como uma represa se rompendo, ele virou a cabeça contra o peito de Rider e gritos agonizantes ecoaram de seu coração despedaçado.

Foi demais para mim. A culpa, a dor e a certeza de que Slash estava morto por minha causa; que Smiler havia perdido ao seu primo. Tanner deve ter sentido minha tristeza, e me envolveu em seus braços. Enterrei o rosto em seu colete e deixei o cheiro familiar de Tanner e couro me aquecer. Mas não adiantou. Eu estava com frio, e não sabia se algum dia voltaria a me aquecer.

— Vamos — Tanner falou. Eu vi a culpa também escrita em suas feições. Foi tudo culpa nossa? Este garoto estava morto porque precisávamos estar juntos? Eu queria perguntar a Tanner, mas estava com muito medo. Eu não queria saber a resposta.

Tanner envolveu meus ombros com o braço forte, e nós nos aproximamos de Smiler. Cada um dos Hangmen estava caminhando até ele e colocando a mão em suas costas em um apoio silencioso. Rider ficou ao lado dele o tempo todo. Ficamos para trás e esperamos até que fosse a nossa vez. Meu lábio tremeu quando nos aproximamos dele, e quando encontrei seus olhos assombrados, não consegui falar. Tanner colocou a mão em suas costas.

— Sinto muito — murmurei, e senti que nunca tinha falado tão pouco, mas com um significado tão grande em toda a minha vida.

Smiler não respondeu. Eu não tinha certeza se ele estava sob efeito de alguma substância; ele parecia entorpecido, preso em um inferno do qual não podia escapar.

Tanner me guiou pela floresta e de volta à sede do clube. Olhei para Hades no colete de Viking à frente. Olhei para o deus das trevas, uma corda em uma mão e uma arma na outra. Eu me perguntei se ele tinha tomado Slash em seus braços – um dos seus voltando para casa.

O céu estava escuro e turbulento, refletindo o clima sombrio de todo o clube. Entramos no bar e os irmãos começaram a beber. Percebi que esta noite não era para contemplação silenciosa, mas para beber e esquecer temporariamente o mundo perigoso em que esses homens e mulheres viviam. Era para beber em homenagem a um irmão caído, antes do ato de vingança que, inevitavelmente, se seguiria.

Sentamos à uma mesa. Senti os olhos de Tanner focados em mim, mas não olhei para cima. Meu peito estava apertado com tantas emoções, e eu sabia que ele veria tudo. Tanner sempre via. E agora, eu precisava ficar sozinha com meus pensamentos; mas ele não me deixou ficar sozinha. Tanner levantou meu queixo com a mão. Assim que encontrei seus olhos, aqueles olhos azuis que eu tanto adorava, ele se inclinou e beijou meus lábios.

Olhei ao redor do bar, para todos os homens e mulheres. Smiler e Ash não apareceram, nem Rider. Zane estava com AK e Phebe. No funeral, o garoto não levantou a cabeça em momento algum. Lembrei dele atirando em homens com o dobro ou triplo da sua idade, suas balas atingindo corações, cabeças e pescoços. E eu me perguntei se ele conseguiria dormir à noite, ou se os rostos apareceriam para assombrá-lo. AK colocou o braço em volta do ombro de seu Zane no início do funeral e o manteve perto de si. Aquele garoto se agarrou a ele como um ímã.

Isso me fez pensar em Smiler e Slash e como Smiler estava sozinho enquanto enterrava seu primo.

— Onde está a mãe de Slash? — perguntei a Tanner. — E o pai dele?

Tanner deve ter entendido a origem da minha pergunta.

— Não sei. — Ele passou a mão pelo meu cabelo. — Smiler não é muito de falar. Não sei de nada, mas ele estava no Exército. Não sei como veio parar aqui. Também não sei muito sobre Slash.

— Ele estava tão sozinho — sussurrei, pensando nas lágrimas de Smiler enquanto ele jogava terra no caixão do primo. — Não tinha nenhum familiar com ele. Não tem ninguém para amá-lo. — Tanner me puxou para perto. O conforto silencioso em seu abraço durou pouco quando Tank e Beauty chegaram e se sentaram ao nosso lado.

— Bebidas? — Tank perguntou, sombriamente. Tanner se levantou com Tank e foi para o bar. Observei os dois melhores amigos caminhando juntos, e naquele momento fiquei eternamente grata por Tank. Ele tinha estado ao lado de Tanner quando ele era um garoto perdido e derrotado. E havia sido o único a salvá-lo, de muitas maneiras. Ele estava lá quando Tanner saiu da Klan e lhe ofereceu um lar entre estes homens, um refúgio quando ele não tinha para onde ir.

Um lampejo de paz acalmou meu coração pesado. Tanner não estava sozinho. Ele tinha pessoas – pessoas além de mim que o amavam.

— Não foi sua culpa. — A voz de Beauty me impediu de continuar encarando Tanner e Tank. Virei-me para ela, que estava me observando. — Eu posso ver isso em seus olhos, querida. Você está se culpando.

— Diego estava irritado comigo.

HERANÇA SOMBRIA

Beauty suspirou.

— Os Hangmen pegaram você de sua casa antes que alguém soubesse quem você era, querida. — Embora isso estivesse correto, não servia de muito consolo. Beauty se aproximou de mim e apontou para os homens no bar. — Você é do cartel, Lita. Eu sei que você entende esta vida mais do que qualquer uma que já tenha entrado pelas portas no braço de um irmão. Então, você não precisa que eu lhe diga que quem jura lealdade a este clube, a esta vida, o faz sabendo dos riscos. Qualquer irmão que colocar um colete com Hades nas costas sabe que pode não viver para ver o dia seguinte — ela suspirou. — É difícil. E quando algo assim acontece, com alguém tão jovem, dói duas vezes mais. — Beauty segurou minha mão. — Mas culpar a si mesma não vai trazê--lo de volta. Isso só vai causar uma vida inteira de sofrimento.

Tanner e Tank voltaram para a mesa com nossas bebidas. Eu me levantei e enlacei seu corpo com meus braços. Seus olhos estavam desconfiados. Eu o beijei; e ele retribuiu o beijo. Quando me afastei, disse:

— Vou ao banheiro.

— Você está bem, princesa? De verdade?

— Vou ficar.

Saí do bar e fui em direção ao nosso quarto, mas parei quando passei pela enfermaria onde Edge e Rider trabalhavam. Verificando se não havia ninguém por perto, tentei girar a maçaneta. A porta se abriu e entrei na sala escura. Com a luz da lua iluminando parcialmente o ambiente, procurei nas gavetas até encontrar o que estava procurando. Coloquei no meu bolso, entrei no quarto de Tanner e guardei em um local acessível, mas fora de vista.

Fui até a mesa onde Tanner trabalhava, abri a gaveta e tirei um dos celulares pré-pagos. Certificando-me de que a porta estava trancada, liguei o celular e digitei o número. No minuto em que a ligação foi atendida, eu disse:

— *En quatro horas nos vemos en el sur de la propiedad Hangmen. Me regreso a casa*[3]. — Desliguei o celular e o coloquei de volta na gaveta, exatamente onde o encontrei.

Voltei para o bar, e os homens ficaram cada vez mais bêbados à medida que a noite avançava. Um pouco mais tarde, me virei para Tanner.

— Podemos ir para o quarto, *mi amor*? Estou cansada.

Tanner terminou seu uísque e ficou de pé. Antes de sairmos, me abaixei e abracei Beauty. Ela sorriu para mim quando me afastei.

---

3 Em quatro horas nos encontramos ao sul da propriedade Hangmen. Estou voltando para casa.

— Obrigada por tudo — eu disse, para que só ela pudesse me ouvir. E por cuidar de Tanner. Você é a família dele.

— Sua também, espero.

— Sempre — respondi, e tentei disfarçar a emoção em minha voz.

Tanner colocou o braço em volta de mim e caminhamos para o nosso quarto. Passamos por Phebe e Saffie, e eu acenei para elas. Meu peito apertou quando Saffie deu um aceno tímido de volta.

No minuto em que chegamos ao quarto, tranquei a porta. Tanner foi até o computador e verificou algo. Eu não sabia o quê. Ele não sabia que eu estava olhando para ele e eu estava feliz. Porque eu tinha que gravá-lo em minha mente. Seus olhos azuis e cílios claros. O rosto severo que se iluminava apenas ao meu redor. Seus lábios que tão lindamente beijavam os meus, e suas mãos que sempre procuravam me tocar. Sempre me tocando e me dizendo, sem palavras, que me amava mais do que jamais pensei que seria amada.

Quando ele, finalmente, afastou o olhar da tela, estendi minha mão em um convite silencioso. Tanner desligou o computador e veio até mim. Ele não segurou minha mão. Em vez disso, ele me pegou colo, fazendo com que eu envolvesse sua cintura com as pernas. Não nos beijamos enquanto ele nos levava para a cama. Não conversamos. Não havia nada a ser dito. Esta noite era para o silêncio, e sobre eu mostrar a este homem o quanto eu o amava e o adorava. Como ele me deu mais, no curto tempo em que conseguimos ficar juntos, do que algumas pessoas, mesmo após quarenta anos. Eu queria que Tanner soubesse que eu o estimava e que o admirava por tudo aquilo que desistiu por nós. E eu estava orgulhosa dele. Orgulhosa do menino abusado que se afastou de seu pai agressivo e controlador e saiu de sua escuridão para a segurança da luz.

Tanner rolou em cima de mim e começou a tirar minhas roupas. Eu o deixei me tocar suave e lentamente, seus dedos acariciando minha pele. Eu o deixei largar minhas roupas no chão, para então deitar em cima de mim, beijando cada centímetro do meu corpo. Sentei-me, e então estávamos ajoelhados na cama. Afastei seu colete, levantei sua camiseta acima de sua cabeça e baixei a calça jeans. A respiração de Tanner acelerou enquanto eu deslizava as mãos sobre seu peito largo e musculoso, beijando cada cicatriz e machucado que eu podia encontrar. Finalmente, acabei em sua boca e o beijei suavemente, enfiando meus dedos em seu cabelo.

Empurrando-o de costas, e sem afastar nossas bocas, montei seu colo e me empalei lentamente, deixando-o me encher. Com um gemido suave, apoiei as mãos no peito de Tanner e olhei para seu rosto. E nunca desviei o olhar. Nem uma única vez. Observei quando sua respiração se tornou ofegante. Quando suas pupilas se dilataram e as bochechas coraram conforme eu rebolava em cima dele.

As mãos de Tanner se arrastaram pelo meu corpo, admirando cada curva como um artista admirava sua musa. Saboreei a sensação e guardei cada toque em meu coração e deixei que ele encontrasse ali um lar. Meu olhar ficou travado ao dele quando a pressão se avolumou entre minhas coxas. Eu o senti pulsar dentro de mim. Mesmo enquanto eu gozava, sendo seguida de imediato por Tanner, observei seu lindo rosto tensionar de prazer, seus olhos revirando enquanto as mãos agarravam minhas coxas. Eu tinha certeza de que não havia ninguém no mundo que amasse outra pessoa, como eu o amava naquele momento.

E eu tinha certeza de que o coração de ninguém havia se partido tão lenta, tão dolorosamente, que a morte parecia um alívio bem-vindo.

— Eu amo você — Tanner sussurrou. Ele me puxou para o calor de seu peito, rodeando minhas costas com os braços. Segurei as lágrimas que ameaçavam cair.

— *Ti amo*, Tanner Ayers... *siempre*.

Ficamos assim até que ouvi a respiração de Tanner se estabilizar. Com cuidado para não acordá-lo, deitei-me ao seu lado, olhando para o relógio na mesinha de cabeceira. O tempo estava passando rapidamente. Quando percebi que precisava me apressar, me levantei e me vesti rapidamente. Fui até a mesa de Tanner, peguei as braçadeiras que ele usava para os fios do computador e voltei para a cama. Levei um momento para admirá-lo em seu sono. Seu semblante estava livre das linhas usuais que adornavam seu rosto. Dormindo, ele estava em paz e livre de todas as preocupações que eu sabia que o atormentavam a cada hora do dia.

Ele era o mais bonito para mim desse jeito – sem o peso do seu passado.

Vendo que eu tinha pouco tempo para sair, primeiro passei as braçadeiras ao redor de seus tornozelos e as apertei, depois passei pelos seus pulsos. Eu o movi gentilmente, para não acordá-lo. Recuperando a seringa que eu tinha escondido mais cedo, esta noite, eu a coloquei na mesa de cabeceira, então passei meu dedo em sua testa para despertá-lo do sono. Os olhos de Tanner se abriram, e meu coração começou a martelar em um ritmo inebriante. Eu estava nervosa... e afastei a devastação que estava prestes a se instalar.

A confusão de ser acordado de um sono profundo, fez com que Tanner levasse um tempo para se dar conta de que estava amarrado à cama. Ele tentou se virar na minha direção, mas parou quando seu braço e perna repuxaram as grades de ferro da cama. Seus olhos se arregalaram, de repente, quando ele tentou chegar até mim e descobriu que não conseguia se mover. Ele despertou na mesma hora.

— Lita? — Tanner murmurou, em um tom urgente. Seus olhos focaram nos meus.

Suspirei, trêmula, mas estava decidida a falar. Eu sabia que tinha que fazer isso rapidamente, para não perder a coragem... para que pudesse manter a compostura:

— Eu tenho que ir — sussurrei. — Toda essa violência... — Balancei a cabeça. — Todas essas mortes. — Fechei os olhos, lembrando do rosto congelado de Slash quando ele caiu o chão, com a bala enviada por Diego.

— Lita... baby, me desamarre. — Sua voz soava firme, mas detectei o toque de pânico. — Você está chateada e cansada. — Ele puxou seu braço com mais força, o ferro da cama rangendo sob a força.

— Se eu for embora, posso convencê-los a parar. — Tanner congelou, e sua cabeça começou a acenar em negativa. — Se eu ficar, *mi amor,* ele nunca vai desistir. — Pigarreei. — Não posso fazer isso com essas pessoas. Com Mae e Charon, Lilah e Grace. Beauty, Phebe, Sia... e Saffie. Deus sabe que todas elas passaram por tanta coisa.

Pensei em Ash e em seus olhos mortos. Em Zane e o vago olhar assombrado em seu rosto. Dei um passo em direção a Tanner e passei minha mão por sua bochecha coberta pela barba. Ele não se afastou; ele parecia congelado com o choque.

— Você tem uma boa vida aqui, amor. Estes homens... eles se importam com você. Tank e Beauty... eles o amam. Eles são sua família.

— Lita, me desamarre. — Sua voz agora era ríspida, e vi a raiva começar a cintilar em seus olhos azuis. Ele puxou as barras, mas as amarras o seguraram. Sentada na beirada da cama, toquei o peito de Tanner, seu rosto, e contornei seus lábios com as pontas dos dedos.

Minha mão, por fim, parou sobre seu coração.

— Está batendo tão rápido — sussurrei.

— Você está tentando me deixar — Tanner rosnou, e puxou seus braços. — Você não pode me deixar, amor. Por favor, porra... —

Quando a voz de Tanner ficou rouca de emoção, foi minha ruína. Mas continuei; meus olhos embaçaram e turvaram minha visão. Mas não lutei contra isso. Com cada palavra dita, eu estava perdendo um pedaço da minha alma. Eu duvidava que sobraria alguma coisa quando eu saísse.

Tanner seria o dono de tudo. Como eu desejava.

Segurei seu rosto e me certifiquei de que ele me olhasse nos olhos. Afastei a agonia que vi refletida em suas profundezas, para dizer:

— Sonho que um dia, em outra vida, possamos nos encontrar novamente.

O rosto de Tanner se contorceu em agonia e acariciei as linhas marcadas de sua testa.

— Lita...

— Eu sonho que nos encontraremos em algum futuro distante e reconheceremos a alma um do outro. E nos encontraremos. — Visualizei a cena na minha cabeça. — Só você e eu. Nenhum preconceito ou ódio fará parte de nossas vidas. Ninguém discordará da nossa união. A cultura ou a cor da pele nem serão um fator. — Eu sorri. — Você simplesmente me amará, e eu simplesmente o amarei. — Era como se pudesse sentir fisicamente meu coração rasgando em pedaços enquanto compartilhava minhas esperanças. — Mas esta vida não abriga esse sonho para nós, *mi amor*. — Balancei a cabeça. — Sempre foi uma luta. — Apoiei a testa contra a dele e vi uma lágrima cair do canto de seu olho. Eu não podia suportar a visão. Não podia suportar ver este homem forte, o homem a quem eu amava com todo o meu coração, tão magoado. — Tem que ser assim, baby. Eu tenho que acabar com todo esse sofrimento. Tenho que tentar ajeitar as coisas para todos.

Tanner se afastou.

— Não! — rosnou e se debateu na cama. Eu vi a braçadeira em sua mão esquerda esticar. — Se voltar para o México, eles vão matar você! — disse, apressado e num tom urgente. — Diego não vai perdoá-la por correr de volta para mim no dia da troca. Seu pai vai te matar por ter ficado comigo, ponto final. Não é seguro, baby. — Ele respirou fundo. — É uma missão suicida. Você vai voltar para morrer.

Eu sabia. E estava preparada para isso... mas não havia outro jeito. Tanner deve ter visto isso em meu rosto, porque ele rugiu na mesma hora.

— Não! Não vou deixar você ir! Eu vou atrás de você. Você não vai chegar nem perto do México. — Levantei a seringa, e o rosto de Tanner empalideceu. — Lita, não... não, baby... não faça isso! — Sua voz falhou e ele perdeu toda a força. — Não posso... Não posso fazer isso sem você, porra. — Ele balançou a cabeça. — Esta vida... toda essa liberdade... não significa porra nenhuma se eu não tiver você.

Eu me inclinei e beijei sua testa.

— Você vai viver, Tanner Ayers. Você é forte, e vai amar outra vez.

Tanner se debateu tanto contra as restrições, que me preocupei de ter feito as coisas muito tarde. Pegando a agulha, a enfiei em seu pescoço e o vi enfraquecer de imediato. Seus olhos azuis se mantiveram fixos aos meus quando o vi perdendo o duelo contra a droga potente. Era a mesma substância que Edge administrou em mim quando me levaram do México. Segurando o rosto de Tanner, beijei seus lábios e disse:

— Eu não me arrependo de nada. Nem uma única coisa. Se soubesse que tudo o que teria na vida eram esses poucos momentos roubados com você, eu suportaria a dor e todo sofrimento novamente. Eu faria isso de novo e de novo, e de novo.

Tanner fez um ruído agonizante, mas seus olhos começaram a se fechar. Fiquei com ele, acariciando sua bochecha até que estivesse completamente sob o efeito da droga. Um soluço angustiado escapou de mim. Deixei a devastação me consumir por alguns minutos, até me recompor. Saindo do quarto, fui em direção ao ar noturno. Ouvi os homens no bar, bêbados e perdidos no luto por um irmão caído. Eu contava que eles estivessem embriagados para facilitar minha saída.

Caminhando para a floresta que cercava o complexo como um escudo, adentrei as profundezas em meios às árvores e rapidamente saí de vista pela espessa cobertura de folhagem. Segui o caminho de terra por mais de uma hora. Perdi a noção do tempo depois disso, continuei seguindo para o sul até chegar a uma brecha na cerca. Uma estrada passava do outro lado. Eu estava entorpecida, me forçando a bloquear qualquer sentimento que me atormentava por abandonar Tanner. Ou pelo reencontro com Diego e meu pai.

No minuto em que saí para a estrada escura como breu, os faróis baixos de um carro me iluminaram, e o carro veio em minha direção. A porta de trás se abriu e eu entrei. Dois dos seguranças de Diego estavam nos bancos da frente, com suas armas em punho e os olhos vasculhando a floresta.

— Ninguém está vindo — eu disse, voltando ao espanhol. — Isso não é uma armadilha.

HERANÇA SOMBRIA

Eles, nitidamente, não acreditaram em mim e dirigiram devagar, esperando uma emboscada. Quando estávamos longe do complexo e pegando uma estrada de volta para Deus sabe onde, eles mantiveram o foco no espelho retrovisor, e deduzi que estivessem alertas para qualquer sinal de ataque.

Fechando os olhos, enlacei meu próprio corpo. Descobri que não conseguia respirar direito ao pensar em Tanner, e no fato de o estar deixando para trás. Quando me lembrei dele implorando para que eu não saísse dali.

Esfreguei meu peito e tentei afastar o pânico que se avolumava dentro de mim. E lutei contra isso quando chegamos a um aeroporto numa área rural e embarcamos no jato particular do meu pai de volta ao México. À medida que o avião ganhava altitude, o dia começou a raiar. O céu ostentava uma pintura rosa vibrante. Olhei para o solo texano abaixo e rezei, com todas as minhas forças, para que Tanner um dia encontrasse a felicidade. E que um dia, na próxima vida ou além, nos encontrássemos de novo.

Encarei a *hacienda* e tive que lutar para não tremer. Eu não sabia o que me esperava além das familiares portas de madeira. Mas eu não era mesma mulher que havia partido. Estava voltando sabendo coisas sobre meu pai e meu ex-noivo que nunca teria acreditado anteriormente.

O carro parou, e o segurança que me buscou abriu a porta. Saí e caminhei até as escadas. Quando entrei, o *hall* parecia frio e estéril. E agora eu sabia que esta era uma casa construída sobre a dor e o sofrimento de mulheres inocentes. Em sua perda de liberdade e sangue.

Carmen veio correndo da direção da minha suíte. A mulher que cuidou de mim desde que eu era criança me abraçou com força. E eu retribuí seu abraço.

— Adelita — ela sussurrou, e vi alívio em seu rosto. — Venha. Vamos limpar você e tirar essas roupas.

Olhei para a minha calça jeans preta, para as botas e a regata Hangmen que Beauty havia me dado. Senti uma vontade repentina de empurrar Carmen para longe.

— Vou ver meu pai. — Fui na direção de seu escritório. Carmen se postou à minha frente, o semblante perturbado.

— Não, Lita. Ele insistiu que você fosse limpa e que descansasse depois de sua provação. Ele irá visitá-la quando terminar de lidar com alguns negócios.

Pura raiva me dominou, e eu empurrei Carmen, seguindo com passos determinados para o escritório do meu pai. Não me incomodei em bater, simplesmente empurrei a porta e entrei.

Meu pai estava sentado atrás de sua mesa; Diego na cadeira oposta. Com a minha entrada, ambos se viraram. A expressão do meu pai era aborrecida, até que ele percebeu que a interrupção foi feita por mim, e então seus olhos assimilaram o que eu estava vestindo. Seu rosto assumiu uma expressão de raiva.

— Eu disse a Carmen para se certificar de que você descansasse antes de eu ir vê-la.

— Me diga que não é verdade — exigi, fazendo o meu melhor para impedir que minha voz vacilasse. Meu pai inclinou a cabeça para o lado. Quando ele não se mexeu, senti como se estivesse encarando um estranho.

— Me diga que não é verdade.

— O que que não é verdade?

— As mulheres — eu disse, fraquejando. — As mulheres e meninas que você sequestra e vende para homens, por sexo. Para serem escravas e Deus sabe o que mais.

Meu pai era bom. Eu sabia que havia anos treinando sua expressão – para inimigos e parceiros de negócios –, que garantiram que seu semblante permanecesse neutro. Mas eu era sua filha. E vi, em um lampejo em seus olhos, que era verdade. Era tudo verdade. Eu sabia disso, é claro. Mas testemunhar a ausência de culpa em seus olhos, olhos que admirei toda a minha vida... foi como levar uma facada no coração.

— Por quê? — sussurrei.

Meu pai mudou em um instante. O ardil se foi, e ele se reclinou em sua cadeira. *Este* era Alfonso Quintana. Este era o homem, o rosto que as pessoas viam antes de matá-las... antes de estuprá-las. Este foi o homem que estuprou Saffie uma e outra vez.

— São os negócios — ele suspirou. — Você não entenderia.

— Eu não entenderia? — Ri da ingenuidade presumida. — O que eu não entenderia? — Minha voz aumentou um pouco de volume. A

HERANÇA SOMBRIA

adrenalina alimentava cada movimento meu. — Eu não entenderia que vocês sequestram mulheres de suas férias ou de situações vulneráveis? Crianças, que vocês sequestram, compram e vendem como escravas? — Dei um passo à frente e me certifiquei de estar olhando diretamente em seus olhos quando disse: — E eu não entenderia que você pedia meninas para foder enquanto visitava seus galpões de escravas sexuais e as forçava a suportar que as tomasse contra a vontade delas? Crianças. Malditas crianças!

Meu peito arfava diante da raiva que rugia em minhas veias. O rosto do meu pai ficou vermelho. Eu nunca tinha falado com ele dessa maneira. Nunca o desobedeci. Nunca xinguei na frente dele. O silêncio pesou no ar.

— Quando? — exigi. — Quando isso começou? Há quanto tempo você trafica mulheres?

— Desde você. — Meus olhos se voltaram para Diego. Ele estava me encarando, com um sorriso presunçoso. E eu tinha certeza de que ele me viu empalidecer. Minha boca se entreabriu, pronta para falar, mas nenhuma palavra saiu... *eu?* Do que diabos ele estava falando? Diego viu minha confusão. — Você foi a primeira, Adelita. — Diego olhou para meu pai, que havia ficado igualmente pálido. — Isso mesmo, não é, Alfonso? Ela foi a primeira?

— O quê? — sussurrei, meu coração batendo acelerado.

Meu pai se moveu rapidamente e pegou uma arma debaixo de sua mesa. Eu dei, instintivamente, um passo para trás, pensando que estivesse apontando para mim, mas em vez disso, ele apontou para Diego. Antes que meu pai pudesse atirar, Diego tirou uma arma de seu terno e atirou na cabeça do meu pai. Gritei quando o sangue respingou na parede atrás, e seu corpo desabou na cadeira. Sua testa se chocou contra a mesa com um baque surdo. O sangue começou a fluir da ferida.

Sentindo meu coração pulsar em meus ouvidos, mal notei Diego chamando alguém em seu celular, até que ouvi o som de tiros trovejando dentro e ao redor da casa. Em pânico, eu me virei na direção da porta. Tudo o que eu podia ouvir eram gritos e berros, e bala após bala deixando os canos das armas.

— A casa é minha — Diego afirmou, me fazendo virar em sua direção. Meus joelhos bambearam; o medo era tudo que eu podia sentir. Diego ajeitou o paletó, como se não tivesse acabado de matar meu pai e todos os seus homens na *hacienda*.

— Carmen... — sussurrei.

— Ninguém leal ao seu pai pode ser mantido vivo. — Uma tristeza instantânea tomou conta do meu peito. A arrogância de Diego transparecia em sua postura altiva. — Levei anos para convencer homens suficientes a passarem para o meu lado, Adelita. *Anos.* Seu pai era um líder fraco. Muito preocupado com as mulheres e agindo como o chefe perfeito do cartel. — Ele deu de ombros. — Tenho planos para este cartel. Planos que excluem seu pai e o peso morto a quem ele considerava como seus melhores homens.

— Não! — Balancei a cabeça e tentei compreender o que estava acontecendo. — Você... — eu disse e concentrei minha raiva em Diego. — Você está envolvido no tráfico, não está? Você é tão parte dessa merda quanto meu pai! Esse é o seu grande plano? Escravas sexuais?

Diego manteve a calma.

— Eles não podiam ter filhos. — Congelei, confusa com a mudança brusca de assunto. — Sua mãe e seu pai. — Ele fez uma pausa, permitindo que eu compreendesse. — Pelo menos, aqueles que você *acreditava* serem seus pais. — Meus olhos se arregalaram, e tentei manter a calma. Mas eu não sabia como. O que ele estava dizendo? Diego se sentou na cadeira em frente ao meu pai... ao cadáver do meu pai. Eu não conseguia olhar para o corpo. E nem conseguia me mover; eu estava enraizada no chão. — Ele a matou, Adelita. Seu pai. Ele matou sua mãe quando ela descobriu o que ele tinha feito.

— O tráfico? — sussurrei. — Ela descobriu o que ele estava fazendo? Ele balançou a cabeça, lentamente. Seus olhos eram cruéis e frios.

— Quando ela descobriu que você foi roubada de sua mãe biológica; uma mulher que nunca quis abrir mão de você. — A dor no meu peito era tão grande que eu não conseguia respirar. O ar parecia espesso demais para respirar, e meus pulmões lutavam contra ele. Coloquei a mão no peito. — Você foi a solução para um acordo que deu errado. — Deu de ombros, como se minha vida não fosse nada. — Não conheço a história completa, mas sei que seu pai biológico devia muito dinheiro a Quintana. Seu pai, Quintana, estava prestes a arruiná-lo e à sua organização. — Diego me encarou. — Você foi a solução. Você em troca da sobrevivência da organização.

— Eu não acredito em você — respondi, mas meu instinto me disse que ele estava dizendo a verdade.

— Sua mãe, a esposa do Quintana, descobriu de onde você veio. E ela não podia viver com isso. Ela queria devolvê-la à mulher de quem você foi tirada. Roubada. Mas, àquela altura, Quintana havia se apegado demais. Então ele a matou.

HERANÇA SOMBRIA

— Não... — murmurei, mas tudo começou a fazer sentido. A ausência de fotografias. O fato de ele não falar da minha mãe. — Mas Carmen... — falei. — Carmen disse que eu me parecia com ela.

Diego riu e balançou a cabeça.

— Você é tão ingênua, Adelita. — Meu estômago revirou. — Todo mundo que trabalhava para seu pai era pago para dizer o que ele quisesse que dissessem. Para ignorar o que ele queria que fosse ignorado. — Diego se levantou e veio em minha direção. Ele segurou uma mecha do meu cabelo escuro e passou por entre os dedos. — Você foi a primeira criança que ele traficou. — Ele soltou meu cabelo. — Adelita, você inspirou o negócio que se seguiu. — Ele sacudiu o pulso, com indiferença. — É simplesmente importar e exportar. O produto nunca foi um problema. Você provou que vender humanos seria lucrativo. Mulheres e crianças, pelo menos. — A mão de Diego pousou na minha bochecha, suavemente, um toque tão gentil quanto o de um amante. — Este império... todo o dinheiro... não teria acontecido se não fosse por você.

Minha cabeça estava girando, muitas informações ecoando em minha mente. Fui roubada da minha mãe verdadeira. Quem ela era, eu não fazia ideia. E meu pai... não era meu pai.

Eu era o pagamento de uma dívida? Eu não era nada mais do que um animal de estimação? Uma coisa que ele comprou e criou, criada para ser sua filha perfeita do cartel?

Eu podia ver a felicidade no rosto de Diego. A satisfação por ter sido ele quem me contou esse segredo. E ele havia atirado em meu pai... acabando com a única pessoa que poderia ter as respostas. A única pessoa capaz de me dizer quem eu realmente era, quem eram meus pais.

— Eu odeio você — cuspi, e o empurrei, com minhas mãos em seu peito. Diego recuou alguns passos, e seu sorriso presunçoso desapareceu. Ele avançou e estapeou meu rosto. Minha cabeça girou para o lado, com a força do golpe. Antes mesmo que eu tivesse a chance de me recuperar, ele me jogou contra a parede, me deixando sem fôlego.

— Você acha que não sei que você abriu as pernas para o nazista? — Suas palavras rapidamente clarearam minha mente. Encontrei seu olhar furioso. — Você acha que não sei que o grande Príncipe Branco da Ku Klux Klan matou Vincente? — Meu pulso e coração dispararam em uma batida frenética.

Mas desta vez foi a minha vez de sorrir. Diego me mataria. Eu sabia disso. E eu não tinha mais nada a perder.

— Eu o amo — eu disse, corajosamente, e me senti calma quando essas palavras saíram da minha boca. Então me inclinei mais para perto. — Ele é tudo para mim, e ninguém, nem uma única pessoa, poderia se comparar.

— Ele está morto — Diego ameaçou. Eu me alegrei ao ver que minhas palavras atingiram o alvo em cheio. Mas o triunfo durou pouco. — A Klan está aqui no México. Estamos nos preparando para destruir os Hangmen. E serei o único a matar aquele filho da puta.

O medo instantâneo por Tanner sufocou meu coração.

— Você não é páreo para ele. — O olhei de cima a baixo, vendo-o como o homem perverso e vil que ele era. — Não chega nem aos pés dele.

O punho de Diego voou e me atingiu. Ele me bateu várias vezes até que meus ouvidos zumbiram e o mundo se inclinou. Eu não podia sentir nada além do sangue na minha boca. Diego agarrou meu cabelo e me arrastou pela *hacienda*. Tentei assimilar o que estava acontecendo. Corpos se espalhavam pelo chão. Vi o corpo sem vida de Carmen no mezanino do lado de fora dos meus aposentos. Diego abriu a porta e me jogou para dentro. Eu caí no chão com um baque.

— Voltarei por você — Diego prometeu. — E vou aproveitar cada minuto matando você, *princesa*. Cada segundo. — Sua ameaça tomou conta de mim enquanto ele se dirigia para a porta.

— Onde está Charley? — exigi saber. — Onde está o pai dela? Ele não vai tolerar isso! Ele virá atrás de você, Diego!

O filho da puta se virou para mim.

— Bennett está morto, pelas minhas próprias mãos. Uma morte ordenada por seu pai, semanas atrás. Ele não era mais eficaz como distribuidor. Demos o contrato a outra empresa californiana. — Parei de respirar. — E quanto à sua melhor amiga... ela já era.

— Morta? — perguntei, sem fôlego.

— Não. Mas vai desejar estar. — A porta se fechou com força e o som da chave girando na fechadura ecoou. Fiquei sozinha e deixei as lágrimas rolarem. Deixei a dor sufocante me dominar, até que tremi de dor e meu peito começou a doer de tanto soluçar. Meu rosto latejava por conta dos golpes de Diego, mas rastejei até a tapeçaria que ocultava o túnel subterrâneo. Quando puxei a tapeçaria, vi nada além de uma parede de tijolos.

Um tipo sombrio de resignação tomou conta de mim quando a última esperança de liberdade foi arrancada das minhas mãos. Levantando-me, cambaleei pelo meu quarto até chegar à cama. Os lençóis estavam limpos. Carmen havia preparado meu quarto para o meu retorno. Sentada na beirada da cama, abri a gaveta e peguei minha caixa secreta. Eu a abri, e o calor encheu meu coração vazio quando tirei o anel de algodão que Tanner me deu.

Deitada na cama, deslizei o anel no meu dedo e imaginei seu rosto sorridente. Diego poderia vir e me levar. Ele poderia me matar tão lenta e dolorosamente quanto quisesse. Mas eu morreria com a aliança de Tanner em meu dedo e minha promessa a ele em meu coração. Para que, se nos encontrássemos na vida após a morte, ele soubesse que estive com ele até o fim. Que morri com a esperança, ainda firme, de me casar com ele em meu coração.

De alguma maneira.

Algum dia.

Eu o veria novamente.

CAPÍTULO TREZE

TANNER

Minha cabeça doía como se eu estivesse de ressaca. Minha mente estava nublada, cheia de uma névoa espessa que eu não conseguia clarear. Minha boca estava seca; a língua estava inchada. Movi as pernas e braços, mas eles estavam dormentes e letárgicos. E no minuto em que tentei me levantar, algo me segurou no lugar. Meu coração começou a acelerar, como se soubesse o que havia de errado antes que minha mente pudesse acompanhar. Abri os olhos, a luz de fora atingindo minha cabeça como uma marreta.

— Porra! — sibilei, arrastando a palavra. Meu coração era um tambor enquanto eu lutava para afastar o resto da névoa do meu cérebro. Eu me debati contra o que quer que estivesse me prendendo. Braçadeiras. Eu estava amarrado a uma cama... minha cama... no complexo. Lutei contra a luz que esfaqueava meus olhos e notei uma seringa na mesa ao lado da cama.

Uma agulha...

Imagens começaram a invadir meu cérebro. *"Eu sonho que um dia, em outra vida, poderemos nos encontrar novamente... Sonho que nos encontraremos em algum futuro distante e reconheceremos a alma um do outro. E nos encontraremos..."*

Senti como se um pé-de-cabra tivesse me golpeado no peito, ao me lembrar de cada palavra que ela disse. Cada merda que ela disse antes de partir.

— Adelita... — rosnei, e puxei as amarras. Meu coração batia acelerado. — Adelita! — gritei, varrendo o quarto com o olhar. Estava vazio. Vi o sol novamente e tentei pensar se estava claro ou escuro da última vez que a vi.

Balancei a cabeça quando não consegui juntar as peças. Puxei com mais força as braçadeiras. O plástico apenas garroteou mais, rasgando minha carne. Eu não dava a mínima para o sangue escorrendo da pele. Eu puxei e puxei, mas as malditas não cediam.

— Adelita! — gritei, o pavor me consumindo até os ossos. Ela não teria ido. Ela não poderia ter ido embora. Mas então congelei quando me lembrei das lágrimas em seus olhos.

"É uma missão suicida..."

— Adelita! — explodi, e usei todas as minhas forças para arrancar as malditas braçadeiras dos postes da cama. — ADELITA! — A braçadeira do meu braço direito cedeu. Eu estava puxando meu braço esquerdo, quando alguém praticamente arrebentou a porta do meu quarto.

Olhei para o batente; Tank estava de calça jeans, sem camisa, arma em punho. Seus olhos estavam vermelhos, como se ele tivesse acabado de acordar.

— Tanner. Que porra é essa?

— Me solta, porra! — exigi e Tank não hesitou. Ele tirou o canivete do bolso de sua calça jeans e cortou as braçadeiras em meus tornozelos e pulso, ignorando o sangue e a carne esfolada. Eu me levantei da cama e vesti a calça e calcei as botas. Em segundos, saí correndo. — Adelita! — Procurei em todos os cômodos que pude encontrar, mas ela não estava em lugar algum. Soquei a porta do bar. Não havia ninguém lá também. — Adelita! — berrei, e me virei, correndo de volta para o meu quarto. Tank estava bem atrás de mim.

— O que aconteceu? — perguntou. Viking e Rudge apareceram na porta.

— Que barulho todo é esse, caralho? Alguns de nós estão prestes a foder nossas putas pela quarta vez e tudo o que posso ouvir é a porra da sua voz. É brochante, amigo — Rudge me informou.

— Quarta vez? — Vike perguntou a Rudge, chocado... e então sorriu e cruzou os braços sobre o peito imenso. — Estou na sexta rodada.

Tank foi até a porta e a fechou.

— Me diga o que diabos está acontecendo.

Passando por ele, fui até os monitores do meu quarto. Em minutos eu estava procurando por aeroportos próximos. Qualquer um que tivesse um voo privado de última hora reservado. Parei quando vi que um pequeno aeroporto, não muito longe dali, teve um voo de última hora agendado antes de ser rapidamente excluído do sistema. Mas vasculhei o suficiente para encontrar um rastro. Não tinha um horário ou número de voo registrado, isso me dizia tudo o que eu precisava saber.

Fiquei de pé e vesti a camiseta e o *cut*. Corri para a porta, mas Tank agarrou meu braço.

— Tanner. Onde diabos está Lita?

— Foi embora! — rosnei e puxei meu braço para trás. Meu coração disparou novamente, e o pânico tomou conta de mim. — Ela me fodeu, me amarrou na cama, me drogou e depois foi embora.

— O quê? Por quê?

Passei as mãos pelo meu rosto. Eu ainda podia sentir o resto da droga no meu corpo. Minhas pernas e braços se moviam lentamente. Mas eu tinha que ir, tinha que impedi-la de ir embora.

— Eu vou impedi-la.

Saí pela porta e corri para minha moto no pátio. Eu nem tinha ligado o motor quando Tank saiu e também montou em sua moto. Eu não disse nada para ele. No começo, ele também não me disse nada.

— Há uma guerra, caso você não tenha ouvido falar. Não deveríamos sair.

— Apenas pilote para onde quer que estejamos indo.

Tank esperou que eu saísse e então seguiu em meu encalço. Eu não me importava se a Klan ou o cartel estivessem por perto. Eu daria boas-vindas à chance de matar alguém agora. Acelerei minha *Fat Boy* que passou rugindo pelas estradas secundárias.

Entrei no pequeno aeroporto. A pista era pouco mais que uma estrada de terra. Uma velha torre de controle ficava à esquerda. Meu sangue corria como uma corredeira em minhas veias, então estacionei e passei voado pela porta. Disparei pelas escadas, subindo de dois em dois degraus, e atravessei o saguão central. Algum filho da puta de meia-idade se colocou de pé. Minhas mãos estavam em seu colarinho em segundos.

— Você tem um avião partindo para o México? — O rosto do cara adquiriu um tom vermelho vibrante quando minhas mãos apertaram. — Fale, filho da puta! Tem algum avião indo para o México?

— Tann. — A mão de Tank tocou meu ombro. — O filho da puta não consegue respirar.

Forçando-me a respirar com mais calma, afrouxei as mãos em seu colarinho. O cara parecia prestes a ter um ataque cardíaco.

— Não mais — ele disse, e eu senti meu estômago revirar. — Saiu mais cedo. Para o México.

Eu não conseguia falar. Meus olhos vagaram para a pista. Para as marcas recentes cravadas na poeira.

— Havia uma mulher a bordo? — Tank deve ter percebido que eu não conseguia falar, então fez isso por mim.

— Sim. — Fechei a porra dos olhos e afastei o cara de mim. — Ela e dois homens. Todos mexicanos. — Ouvi o cara engolir em seco. — Eles me pagaram para dar autorização no último minuto. Muito dinheiro. Apaguei imediatamente do sistema para não ser descoberto. Eles me disseram, assim que chegaram, para não deixar rastros. Como... como você sabia...

A raiva queimava dentro de mim. Tão forte que foi tudo o que me tornei. Apenas um maldito vulcão ambulante pronto a explodir. Minhas mãos se fecharam em punhos, e com um rosnado furioso, esmurrei os controles da mesa central. Soquei até que as luzes começaram a piscar.

— Tann! — A voz de Tank clareou a minha névoa vermelha. Mas eu apenas o empurrei e desci correndo as escadas. Assim que saí para o ar fresco, segurei a cabeça e gritei. Adelita se foi. Ela tinha ido embora!

Cheguei tarde demais.

Ouvi Tank sair pela porta atrás de mim. Puxando meu braço, ele me virou e agarrou meu rosto.

— Nós vamos recuperá-la. Contaremos a Styx e iremos atrás dela. Nós vamos trazê-la de volta.

— Eles vão matá-la — murmurei, quando a verdade daquelas palavras começou a me atingir. — Eles vão matá-la, porque ela está comigo... e ela sabia disso. Ela foi sabendo que eles a matariam.

— Talvez não seja tarde demais — Tank disse, tentando ser convincente, e me empurrou para a minha moto. — Vamos avisar o Styx.

Liguei a moto e saí do aeroporto, voltando para o complexo. Mas eu sabia; ela seria morta. Algum tipo sombrio de intuição tomou conta de mim, me dizendo isso.

No minuto em que voltamos ao complexo, todos os irmãos da sede estavam no bar. Tank deve tê-los chamado ainda enquanto pilotávamos de volta. Nem percebi quando ele fez isso. Mas então eu não tinha notado muita coisa no caminho de volta. Só pensava em Adelita. Só pensava em seu rosto enquanto ela me dizia adeus. Tudo para salvar o clube. Este clube... e *eu*.

A cadela estava errada. Sem ela, eu não existia, porra. Tudo o que fiz para que pudéssemos ficar juntos foi em vão.

Entramos no bar e todos os irmãos olharam na minha direção. Styx e Ky ficaram de pé.

— Ela se foi — eu disse, antes que alguém pudesse falar.

— Acabamos de verificar. Ela partiu em um jato esta manhã para o México — Tank acrescentou.

Eu podia ver os olhares desconfiados nos rostos dos meus irmãos. Além de Smiler e Ash. Smiler parecia morto por dentro. Seus olhos estavam sem vida. E Ash parecia prestes a esfaquear qualquer filho da puta que o irritasse.

— Ela não foi embora porque quis. — Eu me certifiquei de que todos os meus irmãos estivessem ouvindo. — Ela foi embora porque sabia que se não fosse, eles viriam atrás dela. — Encontrei os olhares de Styx e Ky. — Ela queria proteger suas *old ladies* de se machucarem. Suas *old ladies* e seus filhos. — Cerrei as mãos. — E ela fez isso sabendo que morreria no minuto em que Diego a recuperasse.

— Ela fez isso para nos proteger. — Tank me apoiou. — Ela arriscou a vida para nos ajudar. Para proteger nossas famílias. Para tentar impedir outro ataque do cartel contra nós. Então temos que ir buscá-la. Ela é a *old lady* de Tann. Ela é uma de nós agora. É o que fazemos.

Eu não podia decifrar a expressão no rosto de Styx, não podia dizer o que diabos ele estava pensando. Ele ergueu as mãos para dizer alguma coisa, quando Wrox e os irmãos de sua filial entraram voando pela porta. Wrox passou por nós e mandou seu punho direto no rosto de Flame, e o irmão se lançou de sua cadeira. Vike e AK estavam ao lado dele em segundos. Flame correu para Wrox e derrubou o idiota no chão e pulou em cima dele e começou a esmurrar seu rosto. AK e Vike atacaram os homens de Wrox que tentaram arrancar Flame de cima do cara.

Rudge foi o próximo a cair na briga. Só que aquele filho da puta tinha punhos que podiam matar com um único soco. Em questão de minutos, Rudge derrubou dois deles, sorrindo ao vê-los desabando no chão. A comoção trouxe mais irmãos do acampamento do lado de fora.

Um assobio alto ecoou no bar, então Ky, Bull e Tank começaram a separar os irmãos. AK arrancou Flame de Wrox, cujo rosto não era nada além de hematomas e sangue. Mas Wrox ficou de pé e cuspiu em Flame. Os olhos de Flame estavam selvagens, prometendo ao homem uma morte lenta e dolorosa.

— Que porra vocês acham que estão fazendo? — Ky perguntou, de pé entre o nosso pessoal e do deles. Os homens de Wrox o detiveram.

— Ele o matou. — Quando as palavras saíram da boca de Wrox, o bar ficou tenso. — Aquele psicopata matou Hick.

— Do que diabos você está falando? — Ky exigiu saber.

Wrox ergueu as mãos e notei seu *cut* e camisa. Eles estavam cobertos de sangue... e não era dele, ou de Flame.

Styx se postou ao lado de Ky. O *prez* olhou para todos os irmãos no bar. Ninguém se moveu quando Styx prometeu silenciosamente que qualquer um que tivesse feito isso padeceria sob sua lâmina. Styx levantou as mãos.

— *É verdade?* — perguntou ao Flame. Como de costume, Ky falou pelo *prez*.

— Eu não matei aquele idiota — Flame rosnou, começando a andar de um lado ao outro. — Eu queria. Eu queria arrancar a porra do coração dele e segurá-lo em minhas mãos.

— Ele cortou a garganta — Wrox falou, fria e lentamente. — Hick foi amarrado à cadeira, e Flame cortou sua garganta. Hick não conseguiu nem lutar.

— Eu disse que não toquei nele! — Flame rosnou e atacou Wrox novamente. AK o alcançou, arrastando-o para trás, e parou de tocá-lo antes que Flame explodisse de vez.

— Bem, se ele não o matou, quem diabos fez isso? — Wrox perguntou.

— Eu. — Uma voz soou do fundo do bar. Lil' Ash deu um passo à frente. O garoto parou bem ao lado de seu irmão. Flame estava olhando para Wrox e os membros da filial. Observando-os para ver se algum deles se atreveria a se mover contra seu irmão mais novo.

— Você? — Wrox perguntou, incrédulo.

Ash sorriu; mas não era um sorriso gentil. Não do tipo que o garoto, normalmente, dava. O sorriso que aquele garoto ostentava era sádico e fodido.

— Eu. — Ash deu um passo à frente novamente e ergueu sua faca... uma faca coberta de sangue. — Fui até aquele galpão, peguei minha faca, fui até Hick e cortei sua garganta. Lentamente. Olhando diretamente em seus malditos olhos enquanto o sangue jorrava.

— Seu merdinha... — Wrox avançou na direção de Ash, mas Ky o segurou pelo *cut*.

— Ele mereceu — Ash declarou, com a voz calma, não mostrando um pingo de remorso. — Aquele filho da puta nos mandou para o meio de uma guerra, contra as ordens de Styx. Ele nos enviou direto para o caminho do cartel. Foi fácil para eles nos pegarem. E ele matou Slash! Aquele filho da puta estava com o prazo de validade vencido no segundo em que deu essa ordem.

— Cala a boca, Ash — AK retrucou e puxou o garoto ao lado dele. Ash deu de ombros, seus olhos negros olhando para Wrox.

— Que porra de clube você está administrando aqui? — Wrox falou para Styx. — Você ordenou que Hick fosse deixado naquele galpão até que você lidasse com ele. Isso são regras do clube. No entanto, um de seus recrutas vai contra você e o clube e corta a garganta do cara. Uma porra de uma criança agindo pelas costas do *prez* da sede? É assim que as coisas funcionam aqui agora, caralho? — O olhar duro de Styx calou Wrox.

— Como você entrou? — Ky perguntou a Ash. — Você não tem a chave.

— Eu o deixei entrar. — Meus olhos se voltaram para Smiler, que ainda estava sentado à mesa. O irmão nem se preocupou em se levantar quando a briga começou. Ficou apenas sentado ali, observando. Smiler ergueu o olhar, o copo de uísque em sua mão. — Eu levei Ash para o galpão quando ele pediu, deixei o garoto entrar... então o vi matar Hick. Eu assisti, com a porra de um sorriso no rosto, enquanto ele cortava a garganta daquele idiota, e ficamos lá até que seu sangue foi completamente drenado e o filho da puta foi para o barqueiro. — Ele tomou um gole de seu uísque. — Sem moedas nos olhos.

Wrox e os membros de sua filial deram o primeiro soco. O bar se tornou uma tempestade de mãos, facas e sangue. Dei um passo para trás e passei as mãos pela porra da minha cabeça. Adelita... Adelita! Eles estavam ao menos me ouvindo sobre a minha cadela? Eles precisavam acabar com essa merda sobre um irmão que *merecia* morrer e me ajudar a recuperá-la. Eu não tinha tempo para essa merda. Não tinha tempo!

Tank olhou para mim e segurou meus braços.

— Eu juro, Tann. Nós vamos trazê-la de volta. Vamos bolar a porra de um plano e ir. — Bull gritou por Tank quando foi pego por dois homens. Tank saiu correndo para ajudar o amigo. Styx e Ky também estavam no meio da briga. Ash e Flame... todos os filhos da puta lutavam, e ninguém me dava ouvidos.

    Eu precisava elaborar um plano. E não tinha tempo para entrar em uma briga fodida de bar. Eu precisava encontrar Adelita. Caminhando até a porta, bati em qualquer idiota que entrou na minha frente. Quando consegui sair, os nódulos dos meus dedos estavam vermelhos, machucados e em carne-viva. Deixei um rastro de narizes quebrados e mandíbulas fraturadas. Eles escolheram a porra do dia errado para mexer comigo. Mas não me importei. Fui para o meu quarto, minhas mãos deslizando pelo meu cabelo enquanto tentava descobrir o que fazer. Eu não sabia o que diabos fazer! Correndo para meus monitores, tentei abrir as câmeras da fazenda. Meu coração parou quando vi que a conexão havia desaparecido. As câmeras foram desligadas. Não havia nada além de telas pretas...

    O que isso significava?

    O que diabos isso significava?!

    Eu tentei pensar... Para tirar a porra da visão de Adelita morta e fria da minha cabeça. Eu me levantei e andei de um lado ao outro. Eu precisava atravessar a fronteira e entrar no território Quintana. Precisava chegar até ela antes que eles a matassem... se não fosse tarde demais. Eu precisava ir até lá, mesmo que fosse tarde.

    Diego ia morrer.

    Um e-mail chegou. Olhei para a tela, deparando com a mensagem de Wade e abri.

> Estamos indo para o México. Estarei lá em breve. Diego matou Quintana e tomou a casa e seus homens.

    Meus olhos se arregalaram. Merda. MERDA! Isso significava que Adelita estava agora sob o controle daquele filho da puta.

    Adelita morreria, eu sabia... Uma dor aguda e intensa apunhalou meu estômago, a ponto de eu não conseguir respirar. Meu peito estava muito apertado, meu maldito coração bombeando com força, lutando para funcionar.

    Adelita morreria. A dormência se espalhou pelo meu corpo como veneno, desacelerando meu coração; me enchendo com nada além da necessidade de vingança.

TILLIE COLE

> Diego chamou todos nós para planejar o ataque final aos Hangmen. Beau está aqui. Seu pai e seu tio demorarão alguns dias devido a alguns negócios no Texas. Será todo mundo em um só lugar. Diego quer sangue... até mesmo das crianças. Ele está planejando acabar com todos eles, nenhum Hangmen sobrará. Isso é pessoal.
> Mas acima de tudo, ele quer você. E ele não é o único. A Klan. O fato de você estar contra nós e na companhia dos Hangmen na troca... todos os irmãos querem que você seja punido. Eles querem você morto.

Fiquei encarando a porra da tela. O fato de que o cartel e a Klan estavam todos se unindo para me matar... Ambos me queriam. E pensei em Adelita. Pensei em viver em um mundo onde ela não existisse. Eu tinha deixado a Klan por ela; mudei minha vida por ela.

Sem ela, qual era a razão de viver?

Cliquei em "responder". Meus dedos pairaram sobre as teclas. Eles estavam tremendo, e meu peito estava tão apertado que estava difícil demais respirar.

> Diego também matou a filha do Quintana?

Olhei para a tela, minha garganta tão apertada que tive certeza de que estava fechando. Quando o e-mail chegou, não consegui abrir. Como um maldito covarde, esperei e esperei, até que me forcei a abrir e apenas ler a verdade.

> Diego matou todos eles.

Li e reli a frase. Lentamente, as palavras começaram a viajar pelo meu corpo, uma a uma desligando tudo dentro de mim. Minhas mãos, que estavam tremendo, se fecharam em punhos. Meus músculos tensionaram até que não havia uma parte minha que não estivesse doendo. E então a porra da facada me acertou. A agonizante facada através do meu fodido coração que me deixou de joelhos. Meus pulmões se transformaram em ferro, se recusando a funcionar. Arfei, tentando respirar, mas foi inútil. Minhas palmas se chocaram contra o chão e um maldito rugido escapou da minha garganta. Era tudo minha culpa... Adelita estava morta por minha causa. Porque ela voltou para mim. Porque eles acreditavam que ela nunca deveria ter sido minha. Malditas lágrimas caíram dos meus olhos quando a imaginei morta, no chão, aqueles malditos olhos castanhos que eu tanto amava, congelados na morte.

Eu me afoguei em agonia, até que raiva e o ódio substituíram o buraco no meu coração. Até que cada centímetro do meu corpo se encheu com a necessidade de vingança. De ver Diego morto; de ver meu pai e meu tio ensanguentados sob minha faca. E Beau. Até mesmo Beau morreria. Eu mataria todos eles... e rezaria para que eles me matassem também. Eu estava farto.

Eu me levantei do chão, e mandei um e-mail de volta.

> Vou me entregar. Estou indo para o México. A Klan... Beau, meu pai e tio... e Diego podem ter a mim. Eles podem me matar.

Apertei "enviar".

> Por que diabos você faria isso? É suicídio.

Li sua resposta, e um estranho tipo de paz se instalou em mim. Que bom.

> Organize tudo. Diga quando e onde. Estarei lá.

Wade me deu o que pedi, e desconectei todos os meus computadores, eliminando qualquer coisa que pudesse levar os Hangmen para o local aonde eu estava indo. Pegando um pedaço de papel, escrevi para Tank.

> *Tank,*
>
> *Só quero agradecer por tudo que você fez por mim. Você estava ao meu lado quando eu estava na Klan. Você estava ao meu lado, mesmo quando saiu. Você também estava ao meu lado quando eu saí. Você sempre me protegeu.*
>
> *Você é a única pessoa na minha vida de quem posso dizer isso.*
>
> *Você é o melhor amigo que eu poderia ter pedido. E quero que saiba disso. Cuide de Beauty; não há muitas cadelas no mundo como ela. Você tem uma das melhores.*

Respirei fundo e pressionei a caneta no papel novamente.

Estou cansado de correr. Estou farto da Klan e do cartel. Eu vou resolver essa merda de uma vez por todas. Vou impedi-los de virem atrás de vocês. Vou parar esta guerra e manter os Hangmen, as old ladies e as crianças seguras.

Viva livre. Corra livre. Morra livre, irmão.

Tanner.

Dobrei a carta e a coloquei em cima da mesa. Saindo do meu quarto, levei minha moto até o limite do complexo. Esperei na floresta até que anoitecesse, então peguei a estrada. Eu não tinha ideia do que diabos havia acontecido com Ash e Wrox. O lugar parecia uma cidade-fantasma. Mas vi o que toda essa merda estava fazendo com este clube. O que o veneno da Klan e do cartel fez com essa irmandade. Brigas entre filiais e um garoto inocente – não, *dois* garotos inocentes – matando e vendendo suas almas para Hades. Zane nunca mais seria o mesmo depois do sequestro e do tiroteio. Ash já tinha enlouquecido, e Smiler estava indo pelo mesmo caminho, guiando-os na escuridão.

Pensei em Mae e Charon. Em Lilah, Grace e os gêmeos. E em Saffie e no que ela disse a Adelita sobre seu pai... Sobre tudo isso. A porra do clube estava desmoronando. Se eu aniquilasse a Klan e o cartel, eles teriam a chance de reconstruir e se fortificar.

Não liguei o motor da moto até que eu estivesse bem fora de vista.

E fui para a fronteira mexicana. Onde a Klan me encontraria em um local combinado e eu seria levado. A cada quilômetro e meio de estrada que eu percorria, mais perto eu chegava dos homens que me matariam; a dormência me deixou. Porque, em breve, eu estaria novamente com Adelita.

"Sonho que nos encontraremos em algum futuro distante e reconheceremos a alma um do outro. E nos encontraremos."

Eu estava me segurando nesse maldito sonho com toda a minha força.

HERANÇA SOMBRIA

CAPÍTULO CATORZE

STYX

Sentei na minha mesa e Ky se jogou na cadeira à frente.

— P-puta merda. — Recostei-me, olhando para o teto. O maldito sol tinha nascido algumas horas atrás.

A noite toda. Estive lidando com as consequências de Ash matar Hick a porra da noite toda. E Smiler. O que diabos aquele idiota estava pensando, levando Ash para o galpão?

— Que caralho de noite — Ky gemeu, e engoliu o café que acabara de servir, batendo a caneca vazia na mesa. — Quando você pensa que só temos que lidar com um Flame, surge a versão 2.0. Só o fato de o garoto saber exatamente o que diabos está fazendo... — Ky balançou a cabeça. — Deixa ele ainda mais desequilibrado, na minha opinião.

Ash estava afastado do seu cargo como recruta. Banido da vida do clube por um mês. Wrox não ficou feliz com o veredicto – eu estava pouco me fodendo. Este era o meu clube e minhas regras, e como eu disse a Wrox, Hick tinha fodido com *tudo*. Sangue havia sido pago com sangue; era como funcionava nos Hangmen. Hick foi morto por causa de Slash. Já Smiler estava de licença por algumas semanas.

Que merda fodida.

Mas eu entendi. Se tivesse sido eu como um recruta, e algum filho da puta tivesse sido responsável pela morte de Ky... cortar sua garganta teria sido o mínimo que eu teria feito. Eu teria levado meu tempo escalpelando o filho da puta e o fazendo gritar. Conhecendo meu pai, ele teria me dado um tapinha nas costas e atirado em Wrox e nos membros de sua filial por ousar questioná-lo.

Mandei Wrox e seu pessoal fazerem as malas. Eu não lidaria com eles enquanto estávamos na porra de uma guerra. Esses filhos da puta tentaram atacar a mim e aos meus irmãos. E pagaram o maldito preço. Quatro no hospital, e o resto com concussões e fraturas no maxilar. Malditos idiotas. Se eles tentassem isso de novo, eu mataria todos eles sozinho, sem hesitação.

Bebi meu café e estava prestes a me levantar e ir para casa, quando Tank passou pela porta.

— Ele foi embora! — Tank gritou e acenou com um pedaço de papel nas mãos, jogando-o sobre a mesa. Eu vi um rabisco no papel, mas Tank deixou claro de quem era. — Ele foi atrás dela.

Tank chutou uma cadeira para o outro lado da sala, a madeira se estilhaçando contra a parede.

— Ele tentou explicar isso para todos nós, porra. Ele ficou parado na nossa frente, e então Wrox e seus idiotas nos atacaram, e fizeram com que ele tomasse uma decisão. Tanner deve ter escapado enquanto estávamos no meio da briga. — As mãos de Tank bateram no tampo da mesa. — Ele foi para o México. Sozinho. Com a Klan e o cartel querendo sua cabeça. — Ele pegou o papel. — Isso aqui? É a porra de uma carta de suicídio. O irmão sabe que não vai voltar, ele sabe que a Klan e o cartel o querem. — Tank balançou a cabeça. — Ele foi para que eles não venham atrás do clube. Assim como Adelita fez. Os dois se foram, e ambos serão mortos. E o que fizemos? Nós o ignoramos e focamos em Ash matando Hick. — Tank apontou tanto para mim quanto para Ky. — Quando eram suas *old ladies*, nos armamos e não hesitamos em abrir as portas do inferno sobre aquela seita do caralho. Mas Tanner... o cara foi sozinho porque não o apoiamos quando ele mais precisou. — Tank se levantou e cruzou os braços sobre o peito. — E então, o que diabos vamos fazer sobre isso? Porque é bom que façamos alguma coisa. Ele não é a razão pela qual fomos para a guerra. Apesar do que ele pensa, essa merda vai além dele.

Tank olhou para Ky.

— Você queria guerra por causa de Sia. AK queria guerra por causa do que aconteceu com Phebe e Saffie. Ash matou Hick por causa do que o cartel fez com ele, Zane e Slash. Smiler quer sangue por Slash. — Tank se sentou ao nosso lado. — Então, todos nós vamos para guerra. Não dou a mínima se é apenas o nosso pessoal. Mas esse cara é o melhor amigo que já tive, e ele é um verdadeiro Hangman. No vou aceitar um não como resposta.

Tank encontrou meu olhar, e pude ver o desafio explícito ali, e isso só me irritou pra caralho. Eu estava farto dos irmãos do meu clube pensarem que podiam falar comigo como diabos quisessem.

Levantei as mãos para dar a ele um choque de realidade, quando uma batida soou à porta. Inclinei a cabeça para trás e sinalizei:

— *Este dia não tem fim!*

Mae abriu a porta, seu rosto estava pálido. Eu me levantei em um segundo. Ky e Tank também.

— *O que foi?*

Os olhos de lobo de Mae estavam arregalados. Ela caminhou para frente, e meu maldito coração começou a acelerar.

— *O que foi? Onde está Charon?*

— Ele está seguro. Ele está com Bella — ela disse, e meu coração se acalmou um pouco.

— *Então, o que foi?* — Houve um ataque? Alguém estava desaparecido?

— Você precisa ler isso. — Mae ergueu o diário da minha mãe.

Balancei a cabeça.

— *Mae, agora não é...* — sinalizei, mas ela me interrompeu.

— Styx! Você precisa ler isso. *Agora.*

Vi Ky franzindo o cenho, imaginando o que diabos estava acontecendo, curioso para saber por que Mae estava, de repente, gritando, sendo que ela nunca levantava a voz. Eu não tinha contado a ninguém que estava lendo isso. Nem mesmo para Mae... embora, aparentemente, ela soubesse. A cadela me conhecia melhor do que qualquer outra pessoa.

— Adelita... — Mae sussurrou e balançou a cabeça, apertando o diário contra o peito. Seus olhos se encheram de lágrimas. — É Adelita, Styx. — Eu não sabia o porquê, mas ao escutar o tom na voz de Mae, meu pulso começou a disparar novamente. Meus olhos foram para o diário em suas mãos. — É ela... — Mae repetiu, enquanto uma lágrima escorria pelo seu rosto. E então eu soube. Eu sabia o que ela estava dizendo.

Não sabia o que diabos deu em mim. Algum tipo de raiva profunda que nunca senti antes; alguma maldita promessa herdada para a minha mãe surgiu dentro de mim... Mas olhei para Ky e levantei as mãos.

— *Traga todo mundo aqui. AGORA! Estou convocando a* church.

— Que porra está acontecendo? — Ky perguntou. Tank parecia igualmente confuso.

— *Church, caralho!*

Ky e Tank saíram do escritório, e segurei o braço de Mae, a puxando para meu peito. Envolvi meus braços ao seu redor e beijei sua cabeça.

— Você tem que salvá-la, Styx. Você precisa trazê-la de volta para casa.

— T-Tanner também se f-foi. E-ele f-foi atrás dela.

Mae se afastou e colocou a mão na minha bochecha.

— Não... — sussurrou. Seu rosto mudou de triste para determinado. Uma pura cadela Hangmen... E ela era minha.

— Então traga os dois de volta, amor. Para o lugar onde eles pertencem. Isso muda tudo. Para você... Para Charon... Para ela... — Tomei a boca de Mae, e beijei a porra da minha esposa. Quando me afastei, ela repetiu: — Salve-os. Este terrível erro precisa ser corrigido.

Trinta minutos depois, entrei na *church*, impulsionado pela porra de uma vingança em ebulição. A sede estava na frente da sala, as outras filiais ocupando todo o espaço. Eu não me sentei. Caminhei de um lado ao outro, e então fiquei diante de todos eles, me certificando de que todos os olhos estavam em mim. Deixei a porra do fogo em minhas veias tomar conta de mim. Ky não questionou o que diabos estava acontecendo. Meu *VP* ficou ao meu lado e falou por mim quando sinalizei.

— *AK, prepare o arsenal. Hoje, nós vamos para Laredo, completamente carregados de armas, granadas e qualquer outra merda que possamos levar. Chavez e Shadow estão esperando por nós.*

— O que está acontecendo? — AK perguntou.

— *Estamos indo para o México.* — Olhei nos olhos de cada um dos meus irmãos. — *Estamos indo para guerra, porra.*

A luz baixa da cabine do caminhão era a única coisa que iluminava o espaço. Sentei-me com as costas contra a parede, Ky à minha frente.

Todos segurando metralhadoras. Tank estava ao lado de Ky. AK e Smiler na frente – eu estava pouco me fodendo para o banimento de Smiler. O irmão estava movido pela vingança, tanto quanto eu. Ele era um dos melhores soldados que tínhamos. Ele merecia isso, Wrox que se fodesse. AK e Smiler seriam os primeiros a ir. Viking, Hush, Cowboy, Bull e Flame ocupavam o resto da cabine.

— No minuto em que a porta se abrir, nós disparamos — AK instruiu, com a voz baixa, para que nenhum filho da puta ouvisse. Ele verificou seu GPS. — Cinco minutos. — Em seguida, a tensão dentro do caminhão aumentou à medida que os minutos passavam. Eu estava batendo meu pé no chão. Eu, praticamente, podia sentir o gosto do sangue que estava prestes a derramar; podia ouvir os gritos dos idiotas que eu estava prestes a esquartejar. *Ninguém mexe com o meu clube. Ninguém mexe com meus irmãos.*

E nenhum filho da puta mexe com a minha família.

Estávamos em um caminhão usado para o tráfico. Shadow o havia conseguido para o transporte. Como um maldito cavalo de Tróia, estávamos nos esgueirando pelas estradas inimigas, acompanhando o comboio que levava as escravas para os acampamentos. Shadow, Chavez e os Diablos seguiam em outro caminhão. As outras filiais Hangmen estavam escondidas nos demais. Os Diablos tinham invadido um local que servia como estacionamento para os veículos, mataram todos os malditos da Klan que cuidavam dali. Libertaram as cadelas e nos trouxeram os caminhões.

O plano para derrubar a Klan e os babacas do cartel era simples. Todos nós, nesta vida, tínhamos inimigos. Quintana não era diferente. No mundo das drogas, você estava sempre a um passo de ser massacrado. Shadow me deu o nome do filho da puta que queria o que a família Quintana possuía. O cara que estava tentando acabar com eles por anos. Faron Valdez. Fizemos contato...

O resto foi moleza.

A Klan – todos, exceto os líderes – estavam em um só lugar. Em seu quartel general de tráfico no México... Seria como tirar doce de criança. Valdez ficaria com o cartel. Verifiquei meu relógio. Ele já teria feito seu movimento.

Estávamos prestes a atacar a Klan.

O caminhão balançou até parar. Agarrei minha metralhadora e senti a onda familiar de adrenalina tomar conta de mim. Guerra. Nada se comparava a isso. Deixei as palavras do diário da minha mãe encherem minha cabeça, deixei que acendessem o maldito fogo no meu coração até que se alastrou pelas veias e me fez querer nada além de ver nazistas caindo no chão sob minhas balas e lâmina alemã.

Uma batida soou na lateral do caminhão – o sinal do motorista pago de que a porta estava prestes a ser aberta.

AK levantou a mão, nosso ex-atirador de elite liderando o caminho. E meus olhos se concentraram na porta. A maçaneta girou, e no segundo em que a porta se abriu, AK saiu do caminhão e abriu fogo. Em segundos, estávamos fazendo o mesmo. Os nazistas começaram a cair como moscas à nossa frente. Meu pulso acelerava ainda mais ao ver um monte tombando, sangue se acumulando no chão embaixo de seus corpos e escorrendo sob meus pés. Caminhão após caminhão tiveram suas portas abertas e nossos irmãos saíram. Veículos de todas as direções chegaram cantando pneu, portas se abrindo, meus irmãos saindo como demônios saídos direto do inferno. Diablos e malditos Hangmen acabando com aqueles filhos da puta quando eles começaram a revidar.

— Eu estou indo para um terreno mais alto — AK disse, ao meu lado, enquanto eu atirava em um gigante loiro bem entre a porra dos olhos. Assenti com a cabeça, e ele desapareceu atrás de um prédio escuro. Balas estavam voando de todas as direções. *Cuts* Hangmen e Diablo também começaram a cair no chão. Isso não nos deteve.

Examinei a área onde meus irmãos da sede estavam. Ky, Tank e Bull, Hush e Cowboy estavam disparando suas armas à direita, acertando alvos. Vike e Rudge estavam juntos à minha esquerda, fazendo o mesmo. Flame tinha sua faca em uma mão, arma na outra, atirando e cortando os filhos da puta que encontrava pelo caminho. Smiler estava mais à frente; bem no meio da Klan que saía em levas dos prédios. O irmão estava atirando, então usando sua faca para cortar dedos, línguas, orelhas... qualquer merda que ele conseguisse, antes de derrubar o próximo nazista. Ele estava vidrado em matar... mas ele tinha todo direito.

Vendo um homem da Klan vindo da minha direita, mandei uma bala na sua cabeça. Outros três caíram por causa das minhas balas. Então notei o que parecia ser a central do quartel-general mais à frente. Assobiando para Ky e Tank, apontei para o prédio. A Klan estava caindo rapidamente. Havia muitos de nós, e sem o apoio do cartel, estavam em desvantagem. Vasculhei a área em busca de qualquer membro do cartel e não vi ninguém.

Parecia que Valdez estava cumprindo sua parte no acordo.

Abrindo caminho pela Klan que nos atacava, fui para a central do quartel-general. A suástica gigante, pendurada do lado de fora, tornava óbvio pra caralho que era ali que a merda acontecia. Idiotas. Eram sempre tão óbvios. Nunca souberam calar a boca sobre toda a merda nazista.

Chegando à frente do prédio, matei o filho da puta que saiu correndo de dentro – um tiro direto no coração. Ele caiu aos meus pés, e eu cuspi em seu corpo. Fiquei ao lado do prédio; Tank e Ky fizeram o mesmo. Assentindo para Ky, abri a porta e comecei a vasculhar as salas. Nada. Não havia nada aqui.

De repente, um tiro soou à minha direita e a bala roçou meu braço. Olhei para a ferida, o filho da puta tinha tirado sangue. Irritado pra caralho, fui naquela direção. Derrubei o idiota no chão, no minuto em que o encontrei escondido atrás de uma porta. Pegando minha faca alemã, eu a enterrei em sua coxa. No momento em que a arma caiu de sua mão, agarrei o filho da puta pelo pescoço e o arrastei para ficar de pé. Puxando minha faca, eu a segurei em sua garganta e o levei para a área principal do prédio. Ky e Tank voltaram correndo.

— Está vazio. Nenhum dos líderes está aqui — Ky disse.

Tank olhou para o idiota tentando se libertar dos meus braços. Ele sorriu, mas não era nada além de um sorriso sanguinário.

— Keaton Brown.

O idiota em meus braços tentou correr para Tank. Soltei o filho da puta, e Tank deu um soco no rosto do nazista, derrubando-o no chão. Tank o agarrou e o levantou. Caminhando em direção a ele, mergulhei a lâmina alemã direto no ombro do filho da puta. Ele gritou, e me certifiquei de estar olhando em seus malditos olhos enquanto girava a faca.

Puxando a lâmina, acenei para Ky, que chutou o nazista caído. O maldito ficou esparramado no chão, gemendo. Irmãos começaram a entrar pela porta. Bull baixou a arma quando percebeu que éramos nós. Vike, Rudge, Smiler, Flame, Cowboy, Hush e AK também entraram. Eles estavam cobertos de sangue.

— As filiais estão varrendo os perímetros, prontos para pegar qualquer filho da puta que tentar escapar. Os Diablos estão fazendo contato com Valdez. — AK abaixou seu rifle. — Conquistamos a área.

Eu me virei para o filho da puta no chão. Enquanto guardava minha faca e arma no bolso, Ky traduziu em voz alta.

— *Onde estão Landry, Beau Ayers e o governador?* — Eu me aproximei até pisar nos dedos do idiota. Sorri quando seus ossos se partiram sob minha bota.

O nazista ergueu os olhos, mas só depois que o idiota parou de gritar.

— Não aqui — ele cuspiu, com os dentes cerrados... então o idiota tentou sorrir. Tirando minha faca do bolso, comecei a talhar um "H" em seu peito. Ele gritou novamente, o corpo inteiro tremendo. Tank levantou a cabeça.

— Onde eles estão? — Ky rosnou. Quando o idiota não respondeu, enfiei a faca em sua barriga. — Ele pode fazer isso o dia todo — Ky falou, enquanto os olhos do nazista começaram a revirar de dor.

Tank se inclinou.

— Diga onde eles estão, Keaton, e para onde vocês levaram o Tanner, e será uma morte rápida. — À menção de Tanner, o filho da puta sorriu; sangue manchando seus dentes.

Ele cuspiu sangue no chão.

— Aquele traidor vai morrer — ele sibilou.

Vai morrer... Tanner ainda estava vivo.

Ficando na frente do nazista, alonguei meu pescoço, então enfiei a lâmina em sua coxa. Ele quase desmaiou. Com cada nova facada ou corte que eu fazia, ele gritava até estar cansado demais para gritar.

— Fale! — Tank exigiu. O nazista estava perto da morte, mas não o suficiente. Eu poderia fazer isso durar pelo menos mais algumas horas. — Fale e será rápido.

O nazista encontrou meu olhar e então seus lábios machucados se abriram.

— Uma casa... vinte e cinco quilômetros... a noroeste.

— Como chegamos lá? — Ky perguntou.

— Estrada... particular.

— E onde está o Tanner? — Tank questionou.

O nazista sorriu de novo e aquilo fez meu sangue ferver ainda mais.

— Ele deve estar lá... por agora. — Ele sufocou com o sangue começando a subir pela garganta, mas conseguiu dizer: — Ele vai morrer... o Príncipe Branco cairá.

Deslizei a faca em sua boca, calando-o para sempre, e então esfaqueei o filho da puta no pescoço. Seus olhos se arregalaram, e Tank chutou o idiota no chão enquanto ele engasgava com seu sangue. Eu me virei para AK.

— *Coordenadas.*

— É pra já — ele disse, e pegou o mapa da área que Valdez nos enviou. AK marcou onde era a casa. — Teremos que percorrer a maior parte do caminho a pé ou eles nos ouvirão.

Ouvi o som de carros se aproximando.

— Valdez? — Ky perguntou.

— *Deve ser.*

— Estejam prontos para ação — Ky instruiu os irmãos, e eu liderei o caminho de volta para o lado de fora. Parei assim que saímos.

— *Vocês vão procurar o Tanner. Seguiremos assim que tudo isso for resolvido.* — Apontei para mim e para Ky e estendi meu celular para AK. — *Me envie as coordenadas.* — Ele assentiu, e nossos irmãos foram embora.

Três carros pretos pararam na área central. Nazistas mortos, alguns Diablos e Hangmen caídos, espalhados pelo chão. Um homem de terno preto saiu pela porta do lado do motorista do carro do meio. Ele abriu a porta de trás e um homem mais velho saiu. Dei um passo diante dos meus homens, e ele imediatamente veio em minha direção.

— Imagino que você seja Styx Nash.

Ky deu um passo ao meu lado.

— Ele não fala.

— O Hangmen Mudo — Valdez disse. — Já ouvi falar de você. Estou feliz por, finalmente, termos trabalhado juntos.

Levantei as mãos e sinalizei:

— *O cartel Quintana é seu?* — Ky falou por mim.

— Sim.

Olhei para o filho da puta com o cabelo penteado para trás e um terno caro.

— *Onde ela está?* — Tentei ver dentro dos outros carros. Não consegui avistar nenhum sinal de Adelita.

Valdez balançou a cabeça.

— Ela não estava lá. — Fiquei tenso, e o músculo da minha mandíbula se contraiu. Encarei aquele filho da puta... Ele deve ter visto que eu ainda estava com sede de sangue e estava a um segundo de cortar sua garganta, logo, ergueu as mãos. — Tínhamos um acordo, senhor Nash. Você queria a garota viva. E eu não deveria matá-la. Dei minha palavra. Ela não estava na *hacienda*.

— Diego Medina? — Ky perguntou.

— Fugiu. Acreditamos que sozinho. — Meus dentes rangeram em fúria. — Ele não vai muito longe. Meus homens estão em toda parte. Ele não tem aliados e nenhum lugar para ir que lhe ofereça segurança. Não vai demorar muito até que seja descoberto... e então lidaremos com ele.

— Adelita? Onde ela está? — Ky questionou, novamente.

Valdez deu de ombros.

— Ela não estava lá quando chegamos. Não sei onde ela está. Talvez tenha escapado antes de chegarmos à *hacienda*.

Dei um passo à frente e fiquei cara a cara com o idiota. Vi seus homens se moverem. Os meus foram mais rápidos, suas armas em punho e preparados.

— *Se eu descobrir que você a matou, se você tocar em um fio de cabelo dela, eu mesmo mato você.* — Ky cuspiu minha ameaça para Valdez.

O filho da puta não reagiu.

— Eu acredito em você, senhor Nash. Mas nós fizemos um acordo e eu o cumpri. Eu não matei a garota. — Deu de ombros, com indiferença. — Quem é ela sem o pai, afinal? Ela não tem importância para mim agora. — Valdez acenou para um de seus homens, que foi até o carro e abriu a porta, depois olhou para mim. — Espero que possamos trabalhar juntos novamente no futuro, senhor Nash. Cuidaremos de Diego Medina conforme combinado. Entraremos em contato com você quando terminar.

Valdez entrou no carro e foi embora. Quando ele desapareceu de vista, Ky se virou para mim.

— Você precisa me dizer agora por que, de repente, se importa tanto com a cadela de Tanner. E não minta para mim.

Eu podia ver meus irmãos observando, esperando por uma explicação. Os Diablos também. Chavez estava por perto. Onde diabos ela estava? E como caralhos a encontraríamos agora?

— Styx! — Ky sibilou. — Porra, me diga, cara!

Levantando as mãos, sinalizei:

— *Ela é minha irmã. Ela é minha irmã, caralho.* — O rosto de Ky empalideceu e sua boca se abriu. Inclinei a cabeça na direção de Chavez. — *E é irmã dele também.*

— O quê? — Chavez perguntou e se aproximou. — O que você disse?

De repente, a mente de Ky pareceu clarear.

— Porra... sua mãe e Sanchez tiveram um filho? — Assenti com a cabeça. — Adelita? — Ele balançou a cabeça, incrédulo.

— Como diabos Adelita acabou com os Quintana? Que porra é essa, Styx? — Chavez estava chocado.

Eu não tinha tempo para essa merda.

— *Fiquem atentos para o caso de qualquer outro nazista aparecer. Vamos buscar*

HERANÇA SOMBRIA 259

Tanner e os outros — sinalizei para Chavez, que ainda não tinha se mexido. Ky contou a eles o que eu disse, então me seguiu até um caminhão que Crow havia preparado para nós. Acenei para Crow e entrei no lado do motorista.

Ligando o motor, dirigi para a tal da casa. Já era hora desses malditos nazistas morrerem. E então poderíamos procurar por Adelita.

Sairíamos à procura da minha irmãzinha.

CAPÍTULO QUINZE

ADELITA

Minha cabeça latejou dolorosamente quando abri os olhos. Meu coração disparou quando um quarto escuro entrou em foco. Vozes murmuraram em tons abafados, como se estivessem distantes... não, elas estavam vindo de um rádio. Pisquei quando vi uma luz fraca à direita. Não reconheci onde estava.

Então minha garganta travou, com uma mistura de felicidade e alívio quando vi quem estava sentado ali.

— Luis... — sussurrei. Luis levantou a cabeça dos alto-falantes do rádio. Sua mão estava brincando com os controles.

Luis se aproximou e se sentou ao meu lado.

— Lita... — ele disse, e sorriu. Segurando minha mão, ele me deu um copo de água. Tomei um gole e estremeci com o simples ato de engolir. Diego... as surras que ele me deu...

Meu corpo todo doía. Eu estava tão cansada...

— Durma, Adelita. Você está segura agora. Está tudo acabado. Você está livre.

Eu não sabia o que Luis queria dizer. Eu o vi voltar para o rádio e girar os botões. As vozes dos homens ecoaram pelos alto-falantes, e percebi que ele estava ouvindo conversas. Também não estávamos na capela; ele deve ter percebido minha confusão.

— Trabalhar para seu pai me ensinou muitas coisas ao longo dos anos, Lita. Aprendi rápido a como ter certeza de que estávamos seguros. Escutas telefônicas. Esconderijos secretos. — Seu sorriso se desfez. — Valdez tomou a casa. As fábricas. Eu peguei você antes que eles pudessem chegar até nós.

Meu coração se partiu, e uma onda de pânico tomou conta do meu corpo.

— Ouvi os planos dos homens de Valdez através disso aqui. Cheguei em sua casa pouco antes deles. Na comoção da invasão, entrei em seu quarto e levei você embora. — Ele sorriu. — Alguns túneis não foram fechados. Diego nunca soube da existência deles. — Uma lágrima escorreu do meu olho. Luis se inclinou e a secou. — Os Hangmen estão aqui, Lita. No México. Eles vieram por você e Tanner.

— Tan... ner? — O medo por ele me fez tentar me mexer. Luis me deitou de volta no sofá quando choraminguei de dor. Minhas costelas... minha barriga... tudo doía. Mas a dor em meu coração era a pior dentre todas.

— Os Hangmen tomaram o acampamento da Klan. — Ele assentiu com entusiasmo. — Eles vão salvá-lo, Lita. Estou certo disso.

— Ele veio... por... mim...? — Meu lábio tremeu e meu coração doeu quando pensei em como o deixei... e o que ele arriscou para vir me recuperar. — Ele veio... por mim...

— Farei contato com os Hangmen assim que for seguro.

— Obrigada... — sussurrei. — Muito obrigada...

— Durma, Lita. Você precisa se recuperar. Você está segura. Você está, finalmente, segura...

CAPÍTULO DEZESSEIS

TANNER

Fui puxado para cima por Kenny e Lars. Os malditos não ousavam nem olhar para mim quando eu estava na Klan. Agora, estavam me arrastando para ficar de pé depois de me espancarem por horas.

Mantive a postura altiva. Eu não deixaria esses idiotas me verem enfraquecido. Eles me levaram por um corredor e Kenny bateu em uma porta. Eu não sabia quem diabos estava do outro lado. Eu tinha sido recolhido na fronteira por esses dois idiotas e fui levado para algum acampamento no meio do nada. Ontem à noite, fui colocado em uma caminhonete e trazido aqui — seja lá onde esse *aqui* fosse. Eu não tinha visto meu pai ou tio; não tinha visto Wade... e não tinha visto Beau.

— Entre — alguém falou, e, na mesma hora, reconheci a voz do meu pai. E era isso.

Chegamos a isso, porra.

Meu pai não me deixaria sair vivo. Eu esperava sentir mais; eu esperava querer lutar. Para sobreviver. Mas com Adelita morta... Eu não dava a mínima para o que esses idiotas fizessem comigo.

Eles não podiam matar um homem que já estava morto.

Kenny abriu a porta e fui jogado para dentro. Rapidamente me endireitei, me recusando a cair aos pés deles. Minhas mãos estavam amarradas às costas. A porta se fechou e levantei a cabeça. Do outro lado da sala, eu os vi. Meu pai, em seu terno habitual – todo negócios e política. Landry, rosnando na minha direção... e Beau. Beau estava olhando para mim sem nenhuma expressão em seu rosto.

Wade também estava presente. Wade, que tinha sido meu contato todo esse tempo, estava sentado no canto da sala. Ele estava me encarando. Interpretando o pequeno nazista perfeito na frente do meu pai, tio e Beau.

— Tanner — meu pai disse e ficou de pé. Ele veio na minha direção. No segundo em que parou diante de mim, me deu um soco no rosto. Minha cabeça voou para trás, mas me certifiquei de que meus pés permanecessem firmes. Eu não daria a este idiota tal prazer.

— Pai — respondi, o gosto de sangue vindo do meu lábio machucado. Já chegamos a isto muitas vezes antes.

— Então. Tudo isso? — zombou, apontando para o meu *cut*. — Tudo isso por causa de uma *chicana* de merda? — Meus dentes cerraram quando essa palavra saiu de sua boca.

Eu me aproximei dele. Fiquei perto o suficiente para que minhas botas tocassem a ponta de seus sapatos caros.

— A próxima vez que você falar sobre Adelita dessa maneira, eu mato você.

A boca do meu pai se contraiu. Landry se levantou e deu a volta na mesa de onde estavam sentados. O filho da puta deu um soco na minha barriga, e depois no meu rosto.

Ele continuou me esmurrando até que meu pai o puxou para trás.

— Paciência — meu pai disse a ele.

Olhei para o outro lado da mesa, diretamente para Beau.

— Você é o próximo?

Beau, calado como sempre, se levantou. Vestido de preto, o cabelo castanho caindo sobre o rosto, ele veio em nossa direção. Meu irmão parou na minha frente com os braços cruzados sobre o peito. A porra do meu irmãozinho, aquele que nunca saía do meu lado, estaria aqui quando eu morresse. Quando nosso tio e pai me matassem.

Wade também se levantou.

— Wade — eu disse, friamente, como se o cara não estivesse do meu lado. Eu tinha que protegê-lo.

— Cale a porra da boca, traidor — ele retrucou. Seu rosto estava vermelho quando cuspiu em mim, e suas mãos cerradas pendiam ao lado do corpo. Ele estava fazendo um bom trabalho em fingir que estava bravo.

— Desamarre-o — meu pai ordenou ao meu irmão. Beau se moveu às minhas costas e cortou a braçadeira que mantinha minhas mãos contidas. Cerrei os punhos, pronto. Meu tio e meu pai recuaram. Quando Wade se juntou a eles, nem um maldito lampejo de lealdade em seus olhos, apenas esperei. Beau se postou ao lado deles. Os quatro estavam olhando na minha direção. Olhei para o meu irmãozinho uma última vez. Como diabos chegamos à isso?

— Encoste-se à parede — meu pai ordenou.

Fiz o que ele disse e recuei quatro passos até que minhas costas se chocaram contra a parede. Beau, Landry, Wade e meu pai levantaram suas armas.

Uma execução... Fuzilamento; seria esse o meu fim. Não fecharia os olhos. Eu os observaria até ser arrastado para a porra do inferno.

— Você sempre foi um covarde do caralho — meu pai falou. — Você nunca foi o soldado que seu povo precisava que fosse. Desde criança, sempre questionando tudo e sendo uma decepção.

Meu pai soltou a trava de sua arma. Assim que ele se preparou para disparar, Beau saltou da formação e deu dois tiros perfeitamente direcionados... direto nas cabeças de Wade e Landry. Em segundos, ele desarmou nosso pai e a arma saiu voando pelo chão, fora do seu alcance.

Meu coração começou a acelerar.

— Que porra é essa? — nosso pai repreendeu Beau.

Meus olhos foram para Landry e Wade, mortos no chão, seus olhos abertos. Kenny e Lars entraram, arrombando a porta. Beau se virou e também os enviou ao barqueiro e depois veio para ficar ao meu lado. Olhei para meu irmão enquanto ele encarava nosso pai.

— Se eu tiver que ouvir mais uma porra de discurso sobre supremacia branca, ver mais uma saudação nazista ou participar de mais uma merda de comício, vou matar cada um de vocês.

O rosto de nosso pai empalideceu, e então rapidamente ficou vermelho.

— Você... — Ele levantou a mão para bater em Beau, mas agarrei seu braço e o empurrei para trás. Seus olhos eram como punhais em nossa direção. — *Você* planejou isso — ele sussurrou para Beau.

Beau sorriu.

— Tudo isso. — Olhei para meu irmão, em estado de choque. Seu olhar se alternou entre mim e nosso pai, seus olhos, finalmente, focando em mim. — Eu fingi ser Wade. Eu precisava que você pensasse que eu estava nessa merda nazista.

HERANÇA SOMBRIA

— Você não está? — perguntei, o nó na garganta se apertado ainda mais. Eu achei que ele estivesse nessa merda até o pescoço... Achei que me odiasse... Achei que estava completamente perdido para a Klan...

— Nunca estive. Você sabia disso.

— Eu sabia... mas depois deduzi que estava errado quando saí e você assumiu a liderança. Você era tranquilo quando éramos crianças. Achei que tinha entendido errado todos esses anos. Que, no final, você acreditava em tudo aquilo.

Beau balançou a cabeça.

— Nunca quis esta vida. Porra, eu odiava essa merda. Todos os malditos dias sob as regras daquele filho da puta. — Ele inclinou a cabeça na direção do nosso pai.

— Por que você ficou? Por que diabos não foi embora também?

Beau fez uma pausa, então disse, baixinho:

— Por você. — Seus braços estavam cruzados sobre o peito. Eu conhecia esse Beau... O que nunca entregava nada.

Meu irmão nunca foi de falar muito, nunca se abriu. Nunca. Cruzando os braços sobre o peito? Isso era ele se protegendo de qualquer verdade que estivesse prestes a falar. Eu queria abraçá-lo, protegê-lo, como sempre fiz. Mas eu sabia que ele precisava dizer o que quer que precisasse dizer.

Beau apontou com o queixo na direção do nosso pai.

— Ele não é a minha família. — E apontou para Landry. — Nem aquele caipira idiota. — Beau olhou para mim. — Você era, Tann. *Você* era minha única família, porra... e então você me deixou para trás.

— Eu queria Adelita, e não poderia estar na vida da Klan e também tê-la. — Balancei a cabeça. — Você estava servindo, em missão com o Exército. E eu não acreditava mais naquela merda. Percebi que era tudo besteira. Tive minha chance de sair, com a ajuda do Tank. E então aproveitei. Você nunca foi me procurar depois que saí. Achei que não queria mais nada comigo, como esses filhos da puta.

— Você me deixou para trás — Beau retrucou, a raiva ecoando em sua voz. Meu estômago revirou. Eu não sabia... se soubesse, eu nunca teria ido embora.

— Mas você tem liderado a Klan. Tem treinado os soldados. Você, com certeza, agiu como se ainda fosse um maldito nazista.

— Tinha que parecer real.

Eu não conseguia entender. Não conseguia pensar. Olhei para o meu pai, que parecia estar a ponto de entrar em combustão ao ouvir a confissão de Beau. Completamente chocado enquanto meu irmão contava tudo.

— Tive que nos colocar em uma posição onde eu pudesse derrubá-los. Acabar com eles, antes que eles acabassem com você.

— O quê?

— Eles iam matar você, Tann. Você foi um traidor de sua raça. Da causa. O grande maldito império invisível. Eles nunca deixariam você viver... eles iam acabar com os Hangmen. Você parecia feliz lá, então tive que descobrir uma maneira de derrubar a Klan de dentro, antes que eles fizessem qualquer coisa. — Ele deu de ombros. — Tive que fazer você acreditar que eu estava cem por cento na causa para que nada pudesse dar errado. Precisava que acreditasse que eu também queria te matar... Eu precisava que você acreditasse que não tinha mais nada.

— Seu merdinha! — nosso papai rosnou. Ele correu para Beau, mas acertei seu rosto com o meu punho, antes mesmo que ele chegasse perto. O idiota caiu no chão e o vi rastejando no chão, e tudo o que senti foi nojo. Ele era um idiota fracote; sempre tinha sido. Ele abusou de nós quando crianças, pagou alguma cadela para nos parir para que ele pudesse criar seus malditos herdeiros da supremacia branca. Ele era patético.

Nosso pai cobriu o nariz, o sangue pingando em seu terno caro. Fiquei ao lado dele, colocando meu pé em suas costas para ter certeza de que não se moveria. Beau nem sequer olhou para ele.

— Eu precisava de todos aqui, em um só lugar. Também precisava de você aqui.

— Eu vim porque eles a mataram. Diego a matou, porra. — Beau trocou o peso do corpo de um pé para o outro, inquieto. Então suas palavras de antes ficaram claras... *Eu precisava que você acreditasse que não tinha mais nada...* — Diego a matou, certo? Adelita... — Pigarreei, sentindo um nó na garganta. — Ela morreu? — Eu não queria sentir esperança. Não queria me dar nenhuma esperança de que ela ainda estivesse viva. Eu não...

— Ela está viva — Beau interrompeu meus pensamentos. Meu coração começou a acelerar. Meus ouvidos se encheram de um maldito rugido pulsante.

— O quê?

— Na última vez que verifiquei, ela estava viva.

— Você... você me disse que ela estava morta! — Tive que lutar contra o desejo de dar um soco nele.

— Foi preciso! Eu tinha que trazer você pra cá. Tive que impedi-los de ir atrás de você. Eu sabia que se pensasse que ela estava morta, isso aconteceria.

HERANÇA SOMBRIA

Fúria. Não senti nada além de raiva. Mas quando olhei para Beau, vi a verdade em seus olhos. E ele estava certo. Eu vim aqui porque não tinha nada a perder. A Klan e o cartel estavam aqui para planejar um ataque aos Hangmen... Beau tinha impedido tudo.

Chutando meu pai, caminhei até Beau e o puxei para o meu peito. Beijei sua cabeça, sentindo-o relaxar. Era como quando éramos crianças... Beau e eu.

Tudo o que sempre tivemos foi um ao outro.

De repente, senti o cano frio de uma arma na minha nuca. Eu congelei. Beau também.

— Bem, mas que belo reencontro — a voz do meu pai soou, friamente. Empurrei Beau para longe de mim.

Abri a boca para falar, quando a porta se abriu e uma voz soou:

— Governador Filho da Puta Ayers!

A arma imediatamente se afastou da minha cabeça. Eu me virei e deparei com Ky Willis apontando seu fuzil para meu pai. Styx apareceu em seguida, com a sede logo atrás. Tank apareceu depois de Styx, e seus olhos se fixaram nos meus. Vi o alívio em seu rosto, afinal, eu estava vivo.

Ky olhou para meu tio, depois para Wade, Kenny e Lars mortos no chão.

— Parece que perdemos a porra da festa. — Meu pai, pela primeira vez, parecia nervoso. Todos os meus irmãos tinham suas armas apontadas para ele... meus malditos irmãos estavam *aqui*. — Já faz um tempo que não nos vemos, governador — Ky comentou, e se sentou na beirada da mesa.

Meu pai recuou até estar contra a parede oposta.

— Você não pode me matar — ele disse. — Sou o governador. As pessoas vão questionar meu paradeiro. — O filho da puta sorriu. — Além disso, tenho uma garantia, só por via das dúvidas. — Pelo olhar arrogante em seu rosto, essa garantia envolvia a mim, os Hangmen, ou ambos.

Ky assentiu, então pegou seu celular. Ele tirou algumas fotos. Levei apenas um segundo para entender a cena: meu pai estava na frente de bandeiras nazistas e da supremacia branca. Ky deu um sorriso.

— Para a *nossa* garantia. — Ele se levantou da mesa. — Claro que seus eleitores adorariam saber que você não vai dormir à noite sem se masturbar com pornografia alemã e gritar *"Heil Hitler"* quando gozar.

— Seu merda...

— Acho que você vai descobrir que é você o pedaço de merda — Tank retrucou, e se moveu ao meu lado.

Vi seus olhos escurecerem quando pousaram em Beau. Fiquei na frente do meu irmão. Nenhum desses homens – incluindo Tank – tocaria nele. Styx assobiou e fez sinal para Vike abrir a porta.

— *Vaza* — ele sinalizou para meu pai e Ky verbalizou a ordem. Styx sorriu.

Meu pai foi até a porta e o *prez* se postou em seu caminho no minuto que ele estava quase saindo.

— *Valdez tem o cartel.* — O rosto do meu pai ficou pálido quando Ky falou as palavras de Styx em voz alta. Styx se aproximou ainda mais dele. — *E você não tem mais homens* — meus olhos se arregalaram quando ele disse isso. Meu maldito coração acelerou ainda mais. — *Matamos todos eles... cada um deles.* — Styx apenas olhou para meu pai, silenciosamente. E então... — *Você está por conta própria.* — Styx olhou para meu tio e os outros três homens mortos. — *Você não tem mais ninguém... Governador.*

Styx se moveu para o lado, e meu pai lançou um último olhar para mim e Beau.

— Vocês vão se arrepender disso. Um dia, vocês vão se arrepender disso. — E então ele se foi. Eu não sabia como ele voltaria para o Texas sem nenhum de seus homens, mas não me importei, porra. Ele se foi.

Ky olhou para mim e para Beau e apontou a arma para meu irmão.

— Agora, hora desse filho da puta ir para o barqueiro.

Empurrei Beau atrás de mim.

— Não — rosnei. — Era Beau o tempo todo — eu disse, e vi Tank me observando. — O contato... era Beau. Ele estava derrubando a Klan por dentro... — Revelei a eles o que Beau havia me contado. Tudo. Cada detalhe.

— Isso é verdade, Beau? — Tank perguntou.

Beau me empurrou para o lado para que pudesse ser visto.

— Tudo bem, Tann. — Encarando meus irmãos, ele disse: — Tudo o que Tanner falou é verdade. Eles estavam indo atrás de vocês. Eu não podia deixar isso acontecer. Eles não iriam pegar Tanner.

— Ninguém toca nele — repeti, e quis dizer cada maldita palavra. — Acreditem nele ou não; é verdade. Mas nenhum filho da puta aqui vai encostar um dedo nele ou teremos problemas.

Ky e Styx olharam um para o outro. Ky deu de ombros.

— Então, parece que devemos ao mini Ayers uma maldita bebida.

Soltei uma respiração que eu nem sabia que estava segurando. Tank se aproximou e deu um tapinha nas costas de Beau. Como sempre, meu irmão não reagiu; ele estava sempre fechado em sua própria cabeça. Silencioso e contido. Mas eu podia dizer pelos seus olhos que ele estava aliviado.

— Você realmente acabou com a Klan? — perguntei a Styx. Ele assentiu. — E Valdez realmente pegou o cartel Quintana? — Ele assentiu, novamente. — Adelita? — Segurei o fôlego.

— Não estava lá quando eles invadiram. Ela conseguiu escapar de alguma forma — Ky disse, e olhou para Styx, com uma expressão estranha em seu rosto.

— O quê? — A tensão encheu o ambiente. — O que foi?

Ky veio em minha direção.

— Acontece que sua cadela sempre foi propriedade dos Hangmen. — Franzi o cenho, confuso, quando ele acrescentou: — Quintana não era o pai dela. Não de sangue. A esposa dele não era a mãe dela.

Eu não sabia o que diabos estava acontecendo.

— Então quem era?

Ky apontou para o *prez*.

— A mãe do Styx. — Ky colocou a mão no meu ombro. — O Styx aqui acabou de descobrir que tem uma irmã... — Ele deixou a frase no ar antes de terminar: — Adelita.

A minha cabeça latejava; mas quando encontrei o olhar de Styx, soube que era verdade.

— Onde ela está?

— *Nós a encontraremos* — Styx sinalizou.

— Tomamos o acampamento da Klan. Estamos usando-o como nossa base.

Vike e Rudge lideraram o caminho para fora da casa, quando um rosto, de repente, surgiu na minha mente e eu perguntei:

— Diego... Valdez também o pegou?

— Ele fugiu — Tank respondeu. — Valdez está cuidando disso. Ele não estará vivo por muito tempo. Valdez colocou todos os seus homens procurando por ele. Diego não verá o dia amanhecer. Aquele cara já era. — Eu queria matá-lo. Queria ser eu a ver aquele filho da puta morrer. — Nós vamos trazê-la de volta, Tann. Eu prometo. — Minha mente, imediatamente, se voltou para Adelita.

Eu ia encontrá-la.

Ela estava lá fora, em algum lugar.

E estávamos vivos... tudo o que sempre quisemos.

TILLIE COLE

— Você está bem? — perguntei a Beau, que estava deitado na cama.
Beau assentiu, cerrou os olhos, e eu sabia que isso era ele se fechando. Esperei até que ele estivesse dormindo antes de sair do quarto. Minha cabeça ainda estava girando com tudo o que tinha acontecido.

Meus irmãos, junto com os Diablos e as filiais dos Hangmen, estavam todos do lado de fora. Alguns em patrulha, outros ao lado de fogueiras, comemorando a vitória. Os corpos foram todos removidos antes de voltarmos. Valdez enviou algum contato que ele tinha para levá-los – certeza de que era alguma merda do mercado clandestino.

Eu tinha acabado de me sentar ao lado de Tank quando um carro preto parou no acampamento. Eu me levantei e fui atrás de Styx e Ky.

— Carro do Valdez — Ky comentou. Ainda assim, meus irmãos estavam todos armados.

O motorista saiu do carro como se centenas de armas não estivessem apontadas para ele, e veio em nossa direção.

— Tanner Ayers? — perguntou, seu sotaque mexicano carregado.

Meus olhos se estreitaram, mas assenti com a cabeça. O motorista me entregou um pedaço de papel.

— Adela Quintana foi encontrada. — Olhei para o papel; tinha um número escrito nele. — Ligue para este número. Recebemos instruções de que deve ser apenas você. Você precisa organizar pessoalmente onde buscá-la.

O motorista foi até o carro e se mandou. Eu não esperei. Corri para a sede onde estavam os telefones e disquei o número. Depois de três toques, uma voz perguntou:

— Tanner?

Levei um minuto para reconhecer a voz.

— Padre Reyes? — Eu o encontrei algumas vezes quando estava na fazenda de Adelita.

— Ela está comigo. Está segura. — Toda a tensão que eu estava sentindo se desfez e nada além de alívio tomou conta de mim. — Ela está machucada, Tanner. — Em um segundo, esse alívio desapareceu. —

HERANÇA SOMBRIA 271

Lita está bem. Mas Diego... ele a machucou. Ele a espancou. Eu a encontrei no chão de seu quarto, quase inconsciente. Eu a limpei e a levei para uma capela afastada. Ninguém sabe onde estamos.

Fechei os olhos e lutei contra a raiva que estava borbulhando dentro de mim.

— Estou indo — anunciei. — Eu... — Parei de falar e olhei pela janela. Meus irmãos estavam me esperando lá fora. Styx continuou olhando em minha direção. Eu ainda não conseguia entender o fato de Adelita, minha Adelita, ser irmã de Styx e Chavez. — Ela consegue andar, Luis?

— Sim. Ela está machucada e cansada, mas, fora isso, ela está bem. Não tem nada quebrado.

— Ela consegue falar?

— Sim. Ela não está comigo agora, eu não queria que esta ligação fosse rastreada. Mas Tanner, ela está bem, eu juro. Machucada, mas ela é forte. Ela sempre foi uma lutadora.

Minha garganta ficou apertada, e balancei a cabeça quando um maldito grunhido de concordância ecoou da minha boca.

— Ela é. — Minha voz era grave, meus olhos ardiam. — Ela sempre foi uma lutadora. Desde o primeiro momento em que a conheci. — Levei um maldito segundo para respirar. — Padre Reyes, escuta... — falei com o padre e montei o plano. Quando desliguei, saí para conversar com meus irmãos. — Nós a pegaremos amanhã. Um amigo a salvou. Eu o conheço. E sei para onde ir.

— Onde?

— Uma capela mais afastada daqui. Já tenho as direções. Luis sabe onde fica este acampamento. Ele é o padre de Adelita. — Contei aos meus irmãos onde ficava a capela. — Vamos buscá-la ao amanhecer. — Styx assentiu. — Vou descansar agora.

Eu podia ver a expressão desconfiada de Tank; seus olhos se estreitaram para mim. Ele sabia que algo estava acontecendo. Era por isso que eu tinha que ir para o meu quarto. Eu precisava desta noite. Apenas esta noite com ela, sozinho.

Merda, eu só precisava de algumas horas.

Beau levantou a cabeça quando abri a porta.

— Sei onde ela está.

Beau assentiu. Continuei tentando decifrar sua expressão, para ver se ele tinha algum problema comigo sendo noivo de uma mexicana. A ideologia da Klan era difícil de abalar. Mas não havia nada no semblante de Beau além de aceitação.

— Quando você vai buscá-la?

Eu não queria mentir para o meu irmão, então apenas falei:

— Em breve.

Deitei na outra cama e apaguei a luz. Olhei para o teto, a escuridão envolvendo o quarto. E esperei. Esperei até que a respiração de Beau se estabilizasse. E esperei até que o som dos meus irmãos conversando lá fora cessasse.

Verificando a hora, saí silenciosamente da cama e me esgueirei pela porta. A maioria dos irmãos não tinha ido para suas camas; eles estavam desmaiados, bêbados ou exaustos, no chão. Usando minha experiência de anos no Exército, me movimentei furtivamente no escuro. Ao redor do edifício e na floresta circundante. Atravessei as árvores até chegar à aldeia vizinha.

Aproximando-me do carro mais próximo, quebrei a janela e abri a porta. Quando o motor rugiu, caí na estrada. Acendi os faróis, caso alguém me visse, e quanto mais perto eu chegava da capela onde Luis me disse para encontrá-lo, mais meu coração batia forte.

O céu estava começando a clarear. O amanhecer raiaria em algumas horas. Era tempo suficiente. No minuto em que vi a pequena capela e nada mais por quilômetros, parei o carro nos fundos. Olhei para os tijolos velhos que pareciam prestes a ceder caso fossem tocados. Os vitrais mal seguravam suas molduras de madeira apodrecidas.

Lá dentro, vi velas acesas. Passei as mãos pelo meu rosto e saí do carro. Caminhando até a pequena porta lateral azul que Luis me instruiu a entrar, bati duas vezes. Levou menos de dez segundos para ser aberta. Entrei e olhei em volta. O local era pequeno, bancos de madeira ocupando a maior parte do piso de pedra. Um grande crucifixo estava pendurado na parede principal. Velas foram acesas em seus suportes – a única fonte de iluminação em todo o lugar.

— Ela está bem? — perguntei, minha voz ecoando pelo ambiente envelhecido.

Luís sorriu.

— Mais do que bem. — Meu pulso acelerou. Luis suspirou, o sorriso desaparecendo. — Nunca pensei que chegaríamos aqui, Tanner. Nunca pensei que este dia chegaria.

— Nunca perdi a esperança.

— Nem ela.

HERANÇA SOMBRIA

Um jovem entrou por uma porta ao lado da capela. Fui puxar minha arma, mas Luis colocou a mão sobre a minha e disse:

— Está tudo bem. Ele é o meu ajudante.

O padre olhou para algo atrás de mim, e eu congelei. Eu sabia que Adelita estava ali. Eu podia senti-la. Luis sorriu para ela. Estávamos em frente ao altar. O ajudante foi para o piano e começou a tocar uma música que eu não sabia nomear.

Então ouvi Lita andando em minha direção. Ouvi seus passos no piso de pedra... cada vez mais perto. Minha cabeça virou. Meu coração batia rápido. Nós estávamos aqui. Estávamos aqui. Após anos... Nós, finalmente, estávamos *aqui*.

Senti seu perfume floral às minhas costas e fechei os olhos. Lembrei de quando a conheci naquele dia no México. De como ela me enfrentou quando a encarei com superioridade. Quando ela rompeu a porra das minhas defesas... quando ela veio até mim quando meu pai me bateu. E como me fez perder o ódio que corria em minhas veias. Ela me fez mudar... ela me fez amá-la.

E por algum maldito milagre, ela também me amava.

Segundos depois, ela estava ao meu lado. Eu podia sentir seu calor à minha direita. Respirei fundo... e então abri os olhos. Minha cabeça virou direto para ela, como se Adelita fosse um ímã pelo qual eu não podia deixar de ser atraído.

Sua cabeça estava abaixada, o cabelo escuro cobrindo seu rosto. Mas notei seu vestido; um vestido de seda roxo. Porra, eu amava quando ela vestia roxo. Sempre amei. A luz era parca, as velas não iluminavam muito, mas fiquei tenso quando avistei os hematomas em seus braços... quando reparei no sangue seco em seu vestido.

Adelita levantou a cabeça e mostrou o rosto. Quase perdi a cabeça quando vi seus olhos pretos e inchados. Quando vi que suas bochechas estavam machucadas e seus lábios estavam partidos.

— Lita... — sussurrei, e arrastei meu dedo suavemente pelo seu rosto ferido. Os olhos de Adelita se encheram de lágrimas. Ela segurou minha mão, e então fez o mesmo comigo.

— Eles também bateram em você... — ela sussurrou.

Lutei contra o nó na garganta.

— Pensei que você estivesse morta.

O lábio de Adelita tremeu.

— Não... — Ela sorriu. — Parece que Deus nos queria juntos, afinal, Tanner Ayers. Parece que estávamos destinados a ficar juntos.

— Eu amo você — murmurei e segurei seu rosto, tomando cuidado para não machucá-la.

— *Ti amo, mi amor.*

Enquanto eu olhava para ela, era como se nunca a tivesse visto antes. Eu pensei que ela estava morta. Acreditei que ela não estivesse mais neste mundo. Mas ela estava aqui, um maldito milagre. Ela estava ao meu lado... dizendo que me amava.

Ela me amava.

E estava se casando comigo.

Luis pigarreou. Ele segurava uma Bíblia na mão.

— Nunca pensei que estaríamos aqui hoje — disse ele, em inglês, para que eu pudesse entender. Luis balançou a cabeça. — Quando vocês se apaixonaram, eu não acreditei. Não *conseguia* acreditar. — Luis olhou para mim, depois para Adelita. — O Príncipe Branco e a princesa do cartel. Não fazia sentido. Duas pessoas, que nunca deveriam estar juntas, encontraram uma na outra sua alma gêmea. A metade de seu coração que ainda não havia sido reivindicada. — Os olhos de Luis lacrimejaram quando pousaram em Lita. — Casei muitas pessoas, mas acho que nunca me senti tão feliz com uma união do que com a de vocês... com o amor de vocês. — Ele pigarreou novamente. — Vocês merecem um ao outro. Vocês lutaram mais do que qualquer um que já conheci. Deus recompensará isso. Ele *tem* recompensado isso. Bem aqui, agora, esta é a sua recompensa.

Apertei a mão de Adelita. Ela estava tremendo, mas eu sabia que não era por causa de nervosismo. Era pela felicidade... porque eu também me sentia assim.

Luis leu a Bíblia. Eu não ouvi nada, fiquei apenas encarando Adelita. Ela estava sem maquiagem. Ela sempre usava maquiagem. Mas minha cadela era perfeita de qualquer jeito. Mesmo com hematomas, cortes e feridas, ela era a cadela mais bonita que eu já tinha visto.

— E agora os seus votos.

Encarei Adelita e segurei suas mãos.

— Lita... — murmurei, meu coração retumbando no peito. — Não sou bom com palavras. — Balancei a cabeça, sem saber o que diabos dizer. Adelita apertou minhas mãos. Olhei em seus olhos e ela assentiu com a cabeça, me encorajando, silenciosamente, a continuar. E foi o que fiz: —

— Você me mudou, baby — eu disse. — Completamente. No minuto em que te conheci, você mudou tudo para mim. Nunca conheci ninguém que fosse gentil. Você me mostrou isso. Nunca conheci ninguém que fosse leal. Você me mostrou isso também. — Respirei fundo. — Nunca conheci ninguém que lutou tanto quando amava alguém. — Apoiei minha testa à dela. — Você me deu um lar, princesa. Você me deu uma família quando eu mal sabia o que isso significava. E depois disso, nunca mais sairei do seu lado. Não até que esteja morto... e, mesmo assim, vou enfrentar o próprio Hades para voltar para você.

Lágrimas deslizaram pelas bochechas de Adelita. Eu queria secá-las, mas ela segurou minhas mãos com força.

— Tanner... — ela sussurrou e fechou os olhos, respirando fundo. — Eu amo você. Amo mais do que jamais sonhei que poderia amar outra pessoa. — Adelita sorriu. — Você me desafiou quando nos conhecemos. Você ainda me desafia. Mas quando te conheci... Senti algo em minha alma mudar. Eu não sabia o que era essa mudança. Eu acreditava que era ódio. Mas quanto mais o conhecia... quando vi as rachaduras surgindo na armadura que você usava como um escudo, percebi que era mais. — O polegar de Adelita passou pelas costas da minha mão e ela me olhou nos olhos. — Meu coração disparou. Você foi a chama que causou a combustão. — Engoli em seco com suas palavras. — Nunca te deixarei outra vez. Nunca andarei nesta vida sem você ao meu lado. Eu o seguirei aonde você for. De mãos dadas contigo. — Ela baixou a cabeça. — Você diz que lutei muito por nós. Mas, Tanner, você lutou ainda mais. Você se esforçou muito mais. — Adelita levantou o olhar. — Sem você, não estaríamos aqui neste momento. — Ela riu, através das lágrimas. — Livres, *mi amor*. Livres e capazes de amar sem julgamentos, sem punições. Nosso sonho se tornou realidade.

Eu queria beijá-la, queria tomar sua boca, mas Luis me entregou uma aliança antes que eu fizesse isso. Era apenas um aro simples de ouro.

— Repita comigo — Luis disse.

— Eu, Tanner Ayers, aceito Adela Quintana como minha legítima esposa. — Repeti tudo o que Luis disse e, em seguida, deslizei a aliança no dedo de Adelita. Eu não conseguia desviar o olhar. Ela era minha. Aquele anel em seu dedo dizia ao mundo que ela era minha.

— Adelita, repita comigo. — Luis guiou Adelita pelas palavras, então ela deslizou a aliança no meu dedo. Não desviei o olhar daquele maldito anel, até que Luis disse: — E pelo poder investido em mim, agora os declaro marido e mulher.

Respirei fundo, e então soltei as mãos de Adelita. Segurando suas bochechas, tomando cuidado para não machucá-la, eu a beijei.

Quando me afastei, recostei minha testa à dela, e apenas respirei. Não havia nenhum som, exceto os pavios das velas queimando. Apenas silêncio... até que o som ensurdecedor de um tiro ecoou pela capela.

O corpo de Adelita, de repente, retesou e seus olhos se arregalaram. Cambaleei para trás quando seu corpo ficou flácido em meus braços, seus lábios se abrindo como se estivesse lutando para respirar. Nem tive a chance de me virar para ver quem estava lá, quando outro tiro soou. Uma dor incandescente imediatamente explodiu ao lado do meu corpo. Tentando segurar Adelita, caí no chão, levando-a comigo, quando minhas pernas cederam. Outro tiro foi disparado e o padre Reyes caiu no chão. Outro tiro; o ajudante caiu. Consegui olhar para cima e vi Diego Medina. Seus olhos estavam injetados e ele tinha sua arma apontada para Adelita.

Levando a mão entorpecida para a minha calça jeans, puxei minha arma e, mesmo com a força desvanecendo, levantei meu torso do chão e disparei um único tiro em sua direção. A bala atravessou o pescoço de Diego, mas não antes de sua arma disparar novamente, e a bala acertar o meu peito. O tiro me jogou de volta no chão. Pisquei, tentando respirar, mas o mundo começou a ficar turvo. Meu batimento cardíaco estava muito lento, meu sangue espesso. Tudo estava se movendo muito devagar!

Minha mente ficou enevoada e confusa. Tentei pensar no porquê estava aqui... onde eu estava... então a vi. Eu vi o vestido roxo... Vi seu braço estendido na minha direção. Eu a reconheci imediatamente. Minha esposa. Eu sempre reconheceria minha esposa.

— Lita... — sussurrei, e comecei a rastejar até ela. A dor apunhalou meu peito, a dormência tomou conta dos meus membros, mas eu tinha que alcançá-la. — Lita... — repeti. Seus olhos estavam fechados, e havia sangue se acumulando embaixo dela.

Estendendo os dedos, segurei sua mão esquerda. Eu a agarrei quando meus olhos começaram a se fechar. Senti a aliança de casamento em seu dedo e segurei firme. Continuei segurado mesmo quando não fui mais capaz de sentir uma única parte do meu corpo... até meus olhos se fecharem.

Até que, juntos, mergulhamos na escuridão.

CAPÍTULO DEZESSETE

ADELITA

Eu estava com sede. Tentei engolir, mas minha garganta mal reagiu.

— Lita? — uma voz feminina chamou meu nome. Abri os olhos, mas a luz era brilhante demais. Vacilei, e o pânico começou a se instalar. Uma mão deslizou na minha... foi um conforto. Eu me sentia fraca, mal conseguia levantar os braços. — Shh... está tudo bem, querida. Você está segura. Vocês estão seguros.

Meu cérebro estava enevoado. Tentei me lembrar, pensar sobre o que havia acontecido. Uma capela... velas... piso de pedra... Prendi a respiração quando me lembrei de Tanner. Eu, caminhando em direção a Tanner, seu corpo forte esperando por mim, na frente do altar. Seus olhos azuis, nublados pelas lágrimas... alianças... duas alianças de casamento...

E, então, tiros.

Dor.

Medo.

Meus olhos se abriram e me encolhi quando a luz do dia me cegou. Meu coração estava acelerado demais. Eu não conseguia respirar. Eu não conseguia...

— Tann... — tentei falar. Lágrimas se acumularam em meus olhos. — Tann...er?

— Está tudo bem, querida. Vocês estão bem. Vocês estão a salvo. — Minha visão turva clareou o suficiente para que eu visse Beauty ao meu lado. Era ela quem segurava minha mão. — Você está bem, querida. Tente se manter calma.

Mas eu não podia. Tudo o que eu conseguia ouvir eram tiros ecoando na minha cabeça... Ver Tanner caindo no chão de pedra... Seu rosto determinado enquanto ele lutava para rastejar na minha direção... E, então, nada mais.

— Tanner? — esforcei-me em falar, apesar da garganta dolorida. — Eu... preciso... do... Tanner...

— Ele está aqui, querida. Ele está vivo. Olhe. — Beauty apontou para a minha esquerda. Virei a cabeça pesada na direção indicada e vi Tanner em uma cama ao meu lado. Eu queria estender a mão e tocá-lo, mas ele estava muito longe. Foi aí que meu alívio terminou. Seus olhos estavam fechados. Seu peito estava coberto de curativos e bandagens.

Ele usava uma máscara de oxigênio e havia um acesso intravenoso preso à sua mão. Meu lábio tremeu, preocupação e tristeza me consumindo.

— Tanner... — Tentei me mover para chegar até ele, mas uma dor incandescente se apoderou de mim. Ofeguei e passei a mão na lateral do meu corpo, tateando os curativos.

— Não se mova, querida — Beauty disse, e, gentilmente, me ajudou a deitar de novo. Mas eu não conseguia desviar o olhar de Tanner. *Ele estava aqui*, eu disse a mim mesma. *Ele estava vivo.*

Beauty deve ter visto que eu precisava de uma explicação, por conta da minha expressão confusa.

— Parece pior do que é. Ele está se curando. Juro. Vocês dois estão aqui já tem alguns dias. Demorou um tempo para Edge trazer vocês para casa. — Franzi o cenho. Eu não entendia... Trazer para casa? — Styx não deixaria vocês no México, ou mesmo com os Diablos. Ele não arriscaria, caso alguém da Klan ou do cartel tivesse escapado e estivesse procurando por vocês. O *prez* pagou uma boa grana... por debaixo dos panos, é claro... para que vocês dois fossem trazidos para casa com todos os cuidados médicos.

Ele fez isso? Por quê? Por que ele se importava tanto?

— O que... aconteceu?

Beauty se sentou na beirada da cama.

— Tanner foi para aquela capela para se casar com você, querida.

Olhei para minha mão esquerda e vi a aliança ali. Imagens de velas tremeluzindo em um altar se infiltraram na minha cabeça. Votos e Luis...

HERANÇA SOMBRIA

— Luis? — perguntei, em pânico.

— Ele está aqui.

— Ele está *aqui*? — murmurei, em choque. Beauty me entregou um copo de água para ajudar com minha voz rouca. Eu bebi e a rouquidão diminuiu um pouco.

— Ele também levou um tiro, mas só no ombro. Ele bateu a cabeça quando caiu e apagou. A bala passou direto. — Beauty sorriu. — Styx também o trouxe. Luis estava meio que se recusando a deixar vocês. — Eu sorri diante disso; Luis era um bom amigo. Tão carinhoso. Um verdadeiro homem de Deus. — O jovem ajudante que estava lá como testemunha também sobreviveu. Ele foi escoltado para casa, pelos homens de Valdez, depois que recebeu cuidados médicos no México.

Dei um suspiro de alívio, mas meu sorriso se desfez quando perguntei:

— Foi Diego?

Beauty assentiu.

— Sim. — Ela olhou ao redor como se estivesse procurando por alguém que estivesse ouvindo. — Eu não sei se deveria estar lhe contando isso. São negócios do clube e tudo o mais, e eu nem deveria ter escutado — sorriu —, mas foda-se. Você merece saber. — Ela apertou minha mão. — Os homens de Valdez estavam no encalço de Diego. O idiota devia saber que estava com o tempo contado. Aparentemente, ele viu Luis sair da fazenda com você, mas com a invasão, não conseguiu chegar até vocês. Então ele os seguiu até uma capela. Luis contatou Tann através de Valdez, que tinha homens vigiando a capela. Diego estava escondido. Quando Tanner chegou lá, ele pirou.

— Ele... ele está morto?

— Sim, querida — Beauty confirmou. — Tanner atirou no pescoço dele, mas não antes de Diego atirar em vocês.

Olhei para Tanner. Eu o amava tanto. Tudo o que ele fez foi me proteger. Eu precisava que ele acordasse. Eu precisava ver seus olhos azuis e ouvir sua voz.

— Tank, Beau, Styx e Ky encontraram vocês.

Eu me voltei para a Beauty.

— Beau? Beau Ayers?

Beauty sorriu.

— Tanner tem muito o que explicar para você... — Ela parou, sua expressão mudando para algo que eu não conseguia entender. Mas antes que tivesse tempo de questioná-la sobre qualquer coisa, ela continuou: — Tanner saiu cedo. Agora sabemos que foi para que Luis pudesse casar vocês antes que o resto dos Hangmen chegasse. Tank suspeitava que ele tentaria chegar até você sem contar a ninguém. Quando foi checar o quarto de Tanner no acampamento, e não o encontrou lá, Tank acordou Beau, Styx e Ky e foram direto para a capela. Chegaram pouco depois de vocês terem sido baleados. — De repente, seu rosto parecia zangado. — Diego subornou os homens que vigiavam a capela. Valdez pegou seus homens a apenas alguns quilômetros de distância. — Beauty deu um sorriso frio que nunca esperei dela. — Ele os matou por sua traição.

— Então... acabou? — perguntei, tentando não ter muitas esperanças. Beauty beijou minha cabeça.

— Acabou, querida. Vocês dois estão, finalmente, livres. — Um grande sorriso tomou conta de seu rosto. — E vocês estão casados! Quando vocês estiverem melhor, precisaremos de uma maldita festa.

Eu ri; a felicidade de Beauty era contagiante. Mas quando ri, senti uma fisgada de dor e respirei fundo.

— Durma, querida — Beauty disse. — Tanner deve acordar em breve.

Suas palavras foram como um comando para minhas pálpebras pesadas, e elas começaram a se fechar. Em seguida, acordei com o som de vozes baixas. Quando meus olhos se abriram, vi Beauty conversando com Styx e Mae. Mae foi a primeira a notar que eu estava acordada. Dei um rápido olhar para Tanner, mas ele ainda estava dormindo.

— Adelita. — A voz de Mae transbordava alívio e carinho. Ela veio em minha direção, Charon aninhado em um *sling* em seu peito; vi que seus olhinhos estavam fechados.

— Olá, Mae — cumprimentei, e tentei me mover.

— Não. Por favor, não. — Mae segurou minha mão. Quando a encarei, surpresa, percebi que seus olhos estavam marejados. Franzi o cenho, me perguntando o que havia de errado. — Você está segura aqui, Adelita. Nós prometemos. Ninguém nunca mais vai machucá-la. — Mae olhou para trás. — Não é, Styx?

Olhei para o presidente dos Hangmen; seus olhos castanhos estavam fixos em mim. Tudo o que senti foi confusão. O que estava acontecendo? Por que eles estavam aqui? Por que ele pagou tanto dinheiro para nos trazer até Austin? Nada fazia sentido.

Styx assentiu em resposta às palavras de sua esposa, com os braços cruzados sobre o peito. E eu não conseguia decifrar qual era a expressão dele, ou por que estava olhando tão atentamente para mim.

— Vamos deixar você descansar — Mae disse, atraindo minha atenção de volta para ela. — Nós só queríamos dar uma olhadinha em vocês. — Mae beijou minha cabeça. — Vamos conversar em breve. Quando estiver curada. Quando Tanner estiver bem e você mais forte.

Senti um certo desconforto... Conversar sobre o quê?

Mae se juntou ao marido e eles se viraram para ir embora.

— Ele... — Pigarreei e isso fez com que Mae e Styx parassem e olhassem para mim. — Tanner... ele ama este clube. — Olhei para o meu marido. — Ele... — Engoli o nó que estava se formando na garganta. — Ele teve uma vida difícil... uma vida sem amor. — Minha voz vacilou, de tristeza, mas não me importei, eu não queria que eles duvidassem da lealdade de Tanner para com este clube. — Mas ele encontrou um lar aqui, entre todos vocês. — Sorri. — Ele é um protetor. Isso é o que ele faz. Ele me protegeu. Ele foi para o México para protegê-los. Ele é um homem valioso e digno de fazer parte desta irmandade. Ele é leal e corajoso, e espero que você veja isso.

O rosto de Styx era neutro enquanto ele me ouvia. Mae se virou para o marido, e uma comunicação silenciosa ocorreu entre eles. Styx levantou as mãos.

— *Vocês não vão a lugar algum.* — Mae traduziu as palavras de Styx. Suas mãos congelaram, fazendo uma pausa. E então ele sinalizou: — *Vocês são família.* — Styx abaixou as mãos e saiu pela porta. Com um pequeno aceno, Mae seguiu o marido.

Suspirei aliviada. Ele queria Tanner aqui. Ele *nos* queria aqui. Mas enquanto eu estava deitada na minha cama, não conseguia tirar a imagem de Styx e Mae da minha cabeça. Parecia mais do que uma simples visita.

Porém eu não conseguia pensar em um motivo.

De noite, Beauty saiu para descansar um pouco. Quando a porta foi fechada, olhei para Tanner. Ele ainda não havia acordado. Mas eu precisava dele. Eu precisava tocá-lo, sentir seu calor. Afastando o edredom, segurei a lateral do meu corpo ferido, e pisei devagar no chão. Eu estava vestindo uma camisola; Beauty deve ter trazido para mim. Eu sorri. Era de seda e na cor roxa. Isso me lembrou do vestido que usei quando me casei com Tanner. Conhecendo Beauty, deve ter sido por isso que ela a escolheu.

Respirando fundo, me movi, usando a estrutura da cama como apoio. Atravessei o pequeno espaço entre a cama e a de Tanner. Quando cheguei ao seu lado, passei a mão pelo seu cabelo. Meu peito doeu quando olhei para os machucados de Tanner. Eu poderia tê-lo perdido... Poderia ter perdido o amor da minha vida... Meu marido... a outra metade da minha alma.

Tomando cuidado com a intravenosa, e ignorando a dor no meu corpo, subi na cama e me enfiei sob os lençóis. Tanner vestia apenas uma calça leve.

No minuto em que me deitei ao seu lado, meu coração ferido instantaneamente se curou. Coloquei meu braço sobre sua cintura e absorvi seu calor. Repousei a cabeça no travesseiro, e beijei sua bochecha coberta pela barba.

— Amo você, *mi amor* — sussurrei e inspirei seu cheiro.

Mesmo a medicação com cheiro estéril, aplicada em seus ferimentos, não conseguia subjugar seu aroma viciante. Segurei sua mão esquerda e rocei o polegar sobre sua aliança de casamento. Eu sorri com a imagem... então a mão de Tanner tremeu. Fiquei parada, esperando, a respiração suspensa... esperando mais algum sinal... Os dedos de Tanner se moveram. Eu me sentei e olhei para seu rosto.

Suas sobrancelhas franziram, a língua traçou seus lábios... e, finalmente, seus olhos se abriram.

Não consegui evitar que um soluço escapasse da garganta quando ele piscou, revelando os lindos olhos azuis que eu tanto adorava. Eles ficaram atordoados no início. A confusão que ele sentia era óbvia, de acordo com sua expressão. Beijei sua bochecha, seu nariz, e então seus lábios, depois de afastar a máscara de oxigênio.

— Tanner — sussurrei, lágrimas de felicidade deslizando pelo meu rosto. Levou apenas um momento para Tanner me beijar; sua mão se acomodando à minha nuca. Eu o ouvi perder o fôlego, e reparei que o movimento deve ter causado dor.

Tentei me afastar, mas ele me manteve no lugar.

— Não... — ele sussurrou contra meus lábios. — Fique.

Meu coração derreteu.

Eu o beijei suavemente, tentando demonstrar tudo o que estava sentindo através do meu toque – amor, gratidão, orgulho e adoração. Tudo isso, cada emoção que já percorreu minha alma em meus anos com ele. Na nossa luta para ficarmos juntos.

Tentei mostrar tudo.

Eu me afastei e contemplei seu rosto; ele estava desperto, não mais confuso.

— Nós estamos... vivos... — sussurrou. Meu coração se partiu quando

HERANÇA SOMBRIA

283

ele sorriu, com olhos brilhando. — Estamos vivos... — disse as palavras com tanto alívio, tanto temor... uma bênção sussurrada de seus lábios.

— Sim — chorei, rindo, deixando a alegria correr solta. — Estamos vivos. — Eu o beijei novamente. Eu o beijei através de lágrimas salgadas, da respiração arfante e ferimentos dolorosos. Mas nada disso nos deteve. Nós estávamos aqui.

A salvo.

Juntos.

Afastando-me, passei para Tanner a água que estava na mesinha de cabeceira. Levantei o copo até seus lábios, estremecendo com o movimento.

— Você está ferida — ele disse, calmamente. E então seus olhos se arregalaram. — Diego... ele atirou em você. — Os olhos de Tanner varreram meu corpo de cima a baixo. Ele tentou me alcançar, mas eu o impedi, colocando a mão em seu peito.

— Estou bem. — Passei as mãos perto de suas feridas. — Com você foi pior. — Encarei seus olhos. — Você matou Diego. — Tanner relaxou na cama e pude ver o alívio em seus olhos. Eu me acomodei em seu peito e Tanner colocou o braço em volta dos meus ombros. Eu o ouvi prender a respiração enquanto se ajeitava e me deitei ao seu lado.

O quarto estava em silêncio. Eu me deleitei com o momento. O silêncio era a trilha sonora perfeita para combinar com meus pensamentos. Em paz. Feliz... livre.

Apaixonada.

— Amor... — Tanner murmurou. Sorri quando o tom grave de sua voz profunda vibrou contra meu ouvido.

— Hmm?

— Tenho que te contar uma coisa. — Seu tom cauteloso me deixou tensa.

— Okay.

Olhei para o seu rosto... o olhar de Tanner encontrou o meu. Havia apreensão em suas íris azuis, mas também um toque de tristeza. Eu me preparei para o que quer que fosse.

— Alfonso... — Tanner fez uma pausa, como se não quisesse dizer o que veio a seguir. — Ele não era seu pai.

Meu coração apertou.

— Eu sei. — Sua expressão demonstrava choque. — Descobri pouco antes de Diego matá-lo. — Engoli em seco, lembrando do que eu tinha descoberto. — Tanner... eles disseram que fui traficada. Que meu pai me pegou em algum tipo de troca...? — Minhas mãos tremiam. — Minha mãe... a esposa de Quintana... descobriu... e ele a matou. — Levei um momento para manter a compostura. — Ele a matou, Tanner. — Fechei os olhos com força. — Não faço ideia de quem sou filha. Mas sei que minha mãe, quem quer que seja, não queria abrir mão de mim. — Meu estômago revirou e lutei contra a vontade de chorar por uma mulher que não conhecia. — Eles me arrancaram dela, Tanner... Fui roubada e entregue ao meu pai.

Tanner me segurou contra seu peito. Ele falou tão baixinho, que quase não ouvi:

— Eu sei quem ela era.

Senti meu corpo congelar. Cada músculo do meu corpo paralisou. Minha respiração se tornou mais rápida, e eu, lentamente, levantei a cabeça. Então uma única palavra que Tanner disse, pairou em minha mente.

Era.

Eu sei quem ela era.

Eu não conseguia falar. O nó na garganta e o medo de ouvir algo mais me mantiveram paralisada ao lado de Tanner. Seu dedo acariciou minha bochecha.

— Ela morava no Texas. — Minha respiração oscilou. — Seu pai também. — Ponderei cada palavra. Cada uma delas. — Sanchez, seu pai, era mexicano. Sua mãe...

Olhei para o meu braço, para a minha pele. Minha pele que sempre foi um pouco mais clara do que a das minhas amigas... do que a do meu pai.

Eu sabia o que Tanner diria antes mesmo de ele continuar:

— Ela era americana. Uma americana branca.

Fechei os olhos.

— Eu sou mexicana. Tenho orgulho de ser mexicana. — Toda a minha vida, eu sabia quem era. Eu era mexicana. Eu conhecia minha herança, a adorava... Essa herança agora era uma herança sombria.

— Você ainda é mexicana, princesa — Tanner assegurou. — Seu pai era mexicano. Mas você também é americana. — Tanner se inclinou e beijou meus lábios. Ele continuou por perto, então abri meus olhos. — Amor... isso parece loucura, e ainda estou tentando entender tudo isso, mas...

— O quê, *mi amor*? O que foi? — Eu não sabia se aguentaria mais nada.

— Sua mãe... — Ele se preparou para o que quer que estivesse prestes a dizer. — Ela também era a mãe do Styx. — O mundo parou. Tudo no quarto pareceu congelar conforme aquelas palavras se infiltravam no meu cérebro.

HERANÇA SOMBRIA

Styx... *Styx*...? Lembrei dele e de Mae mais cedo; de Mae segurando minha mão e beijando minha cabeça, me dizendo que precisávamos conversar... *Vocês são família...*

Era a mãe do Styx...

— Ela está morta? — perguntei, sem esperança.

— O pai de Styx... o antigo *prez*... a matou. Ele a matou na frente do Styx. Ele ainda era uma criança na época. — Lágrimas imediatamente encheram meus olhos quando tentei imaginar uma coisa dessas.

Olhando para Tanner, eu disse:

— Eu tenho um irmão... — Pensei no rosto de Styx, em como ele me olhou como se não pudesse acreditar que eu era real. Como se nunca tivesse me visto antes... e agora entendi.

— Ele também acabou de descobrir sobre mim?

— Sim. — Tanner se mexeu para que pudesse me puxar para perto de si. — Você precisa falar com ele, baby. Em breve, quando estiver melhor. Eu sei que ele tem algo para mostrar a você. — Assenti com a cabeça, porque eu não conseguia formular palavras. Então Tanner me acertou com outra bomba: — Você também tem outro irmão. Filho do seu pai biológico. — Tentei respirar, absorver tudo. — Chavez. O *prez* dos Diablos. Eles nos ajudaram.

— Chavez... — sussurrei.

Fiquei em silêncio por tanto tempo que Tanner levantou meu queixo.

— Você está bem, princesa?

— Sim. — E era verdade. Eu estava... Minha cabeça estava explodindo com todas essas informações. Mas eu estava deitada ao lado de Tanner, e estávamos vivos. Depois de tudo pelo qual passamos, isso era o suficiente. Eu não precisava de mais nada na minha vida. — Estou bem, *mi amor*. Estou mais do que bem... Eu tenho você.

Tanner sorriu, e então levou minha mão esquerda aos lábios e beijou a aliança de casamento.

— Minha esposa... — ele murmurou, quando seus olhos começaram a se fechar. A exaustão o embalava de volta ao sono.

— *Mi esposo* — sussurrei de volta. Deitei a cabeça em seu peito e também fechei meus olhos. O mundo podia esperar. Esta era a minha noite de núpcias. Nossa merecida noite, um ao lado do outro.

E até mesmo feridos e emocionalmente abalados... era um tipo perfeito de felicidade.

TILLIE COLE

Uma semana depois...

— Quer que eu vá com você? — Eu me inclinei e beijei Tanner nos lábios. Estávamos agora em seu quarto, na sede do clube. Edge e Rider nos permitiram sair da ala médica alguns dias atrás. Tanner ainda sentia muitas dores. Seus ferimentos foram bem mais graves do que os meus e demorariam um pouco mais para cicatrizar. Ele precisava descansar.

— Vou ficar bem, *mi amor*. Durma e descanse.

— Volte em seguida. Estarei esperando por você — Tanner disse, e passei meus dedos por seu cabelo.

Deixando Tanner dormir, encontrei Beauty no corredor.

— Pronta, querida?

— Sim.

Beauty me guiou até sua caminhonete. Não conversamos muito enquanto ela seguia até a casa de Styx e Mae. Meu nervosismo era sufocante; eu não sabia o que dizer para Styx. Ele nem falava.

Era tudo tão difícil de compreender. Ele era meu *irmão*...

Sempre estive sozinha. Eu não sabia ser uma irmã. Não sabia nada sobre minha mãe – nossa mãe –, apenas que ela estava morta.

— Ele é um cara legal — Beauty comentou, claramente vendo meu desconforto.

Eu gostava de Beauty. Ela estava se tornando uma boa amiga. Tank vinha todos os dias para ver Tanner... e para me ver também. E Beauty sempre estava ao seu lado.

— Não vou mentir, Styx é um filho da puta durão. Mas ele é um bom homem. — Beauty fez uma pausa como se estivesse debatendo se deveria dizer alguma coisa. Finalmente, ela falou: — O pai dele era um idiota. Um verdadeiro idiota, Lita. Styx cresceu com aquele maldito, mas, ainda assim, ele é um cara legal. — Ela sorriu para mim. — Gosto de pensar que foi a sua mãe que fez vocês dois tão puros pra caramba. — Um nó se formou na garganta. — Aquele homem ama Mae loucamente, e você nunca encontrará uma cadela tão adorável quanto ela. — Beauty apertou minha mão

HERANÇA SOMBRIA 287

quando estacionamos em frente a uma cabana de madeira. — Sei que tudo isso deve estar sendo muito confuso para você... descobrir que o *prez* de seu homem é seu irmão, mas dê uma chance ao Styx. Pergunte a Sia... Styx sabe como ser um bom irmão se você deixar.

— Obrigada — agradeci, baixinho.

Um movimento da casa chamou minha atenção. Mae estava na varanda. Ela acenou assim que me viu. Eu acenei de volta, e então respirei fundo. Com as mãos trêmulas, abri a porta da caminhonete e saí. Meu corpo ainda estava dolorido por causa do ferimento, mas eu podia andar. E queria estar aqui hoje. Eu queria saber o que Styx tinha para me mostrar.

E queria falar com ele. Com ele e Mae.

Queria conhecer meu irmão.

Mae veio ao meu encontro e engatou o braço ao meu. Você nunca saberia que ela tinha acabado de ter um bebê; ela parecia perfeita, trajando um vestido branco esvoaçante, o cabelo preto caindo em uma cascata pelas costas... linda.

— Aqui, deixe-me ajudá-la. — Mae me ajudou a subir as escadas até a cabana, e eu a segui pela porta.

A casa cheirava a biscoitos e pão.

— Que cheiro bom — elogiei.

— Fiz uma fornada — Mae disse. — Não é todo dia que descobrimos que Styx tem uma irmã.

Mae me levou para a sala de estar. Styx estava em um dos cantos, olhando pela janela. Ele usava uma calça jeans, uma camiseta branca e seu colete Hangmen. Ele parecia tão grande, tão imponente... até que se virou e meu coração derreteu ao vê-lo segurando o bebê Charon em seus braços. Os olhos castanhos de Styx encontraram os meus, e meu nervosismo voltou com foça total.

— Por favor, sente-se — Mae disse e apontou para o sofá. Eu me sentei. — Chá? — perguntou, e me serviu uma xícara de um bule que estava na mesa de centro.

— Obrigada. — Quando meu chá foi colocado diante de mim, Mae foi até Styx, que se mantinha parado como uma estátua no canto da sala. Mae tirou Charon dos braços do marido.

Ela acenou na direção do sofá em frente ao meu. Tensionando a mandíbula, Styx se sentou. Seu olhar permaneceu no chão. Mae sentou ao lado dele, e Styx olhou direto para ela. Em um instante, pude ver o que Beauty quis dizer. A maneira como ele olhava para Mae... ele a adorava. Era fácil de ver. E ela era, claramente, sua força. Mesmo homens tão formidáveis como Styx precisavam de alguém para sustentá-los.

— Ele é tão lindo — comentei, me referindo a Charon, que dormia profundamente nos braços de sua mãe.

Mae deu um sorriso amplo.

— Ele é a maior bênção da minha vida. — Ela olhou para Styx, cuja boca se ergueu em um dos lados. Mae me encarou novamente. — Não consigo imaginar como tudo isso está sendo confuso para você, Adelita. — Meu peito apertou, e tive que lutar contra as emoções que se acumulavam por dentro. Mae segurou a mão de Styx. — Nós não fazíamos ideia... Styx não tinha ideia... que você existia. — Ela acenou para o marido, que se levantou e pegou um livro de couro da soleira da lareira. Ele fez uma pausa, olhando para mim, então se aproximou. Ele se sentou ao lado de Mae novamente. — Há muitos diários de sua mãe. Mas este é o último... — Mae fez uma pausa, então disse: — Este é o que pertence a você... e conta tudo o que aconteceu.

Meu coração começou a bater tão rápido que me deixou sem fôlego. Olhei para o diário e vi um nome gravado na frente.

— Lucy Sinclair — sussurrei. Tracei o nome com o dedo, sentindo uma conexão tão profunda com aquele nome que era como se uma corda estivesse amarrada ao redor do meu coração e estivesse sendo puxada em direção ao diário de couro marrom.

— O nome da sua mãe... — Mae fez uma pausa e segurou a mão de Styx. — O nome da mãe de vocês.

Styx inclinou a cabeça, seu cabelo escuro caindo sobre os olhos. Quando a ergueu, soltou a mão de Mae e começou a sinalizar.

— *Leia* — Mae traduziu. Styx apontou para a porta da frente. — *Há um balanço na varanda lá fora. Você precisa ler para entender tudo.*

Eu me levantei, sem olhar para Styx ou Mae, precisando desesperadamente ler as palavras da minha mãe. Eu queria saber quem eu era... Eu simplesmente queria saber quem *ela* era.

Lucy Sinclair.

Sentada no balanço da varanda, minhas mãos estavam trêmulas quando virei a página e comecei. A cada minuto que passava, um buraco se abria em meu coração. Com cada frase a respeito de sua gravidez, do nome escolhido para mim, de como ela me abraçou todas as noites, sozinha em uma casa da qual Sanchez era dono, me embalando para dormir... Com o amor de minha mãe por Styx... River, seu filho que ela tanto amava. Lutei para respirar. Lutei contra a devastação do que alguém tão jovem, tão bondosa, passou à mercê de homens cruéis. Quando tudo o que ela sempre quis foi uma família. Seus bebês. Tudo o que ela sempre quis foi ser amada e amar com todo o seu coração.

Minha filha... minha Sofia...

Ela tinha me chamado de Sofia.

Fiz uma pausa no início da próxima seção. Porque eu sabia que era agora. O momento quando ela descobriu para onde eu tinha sido levada. Quem a havia traído.

Ele a deu. Ele a deu a um homem chamado Alfonso Quintana. Meu bebê... minha Sofia... foi levada para o México. Onde? Não sei.

Lágrimas inundaram meu rosto, e tive que enxugá-las repetidamente para que pudesse ler.

Ele disse que me amava. Disse que perderia o clube se não a entregasse. Ele disse que poderíamos ter outro bebê no lugar dela, para curar meu coração partido. Ele não entende que deu meu próprio coração?

Não sei como recuperá-la. Preciso trazê-la de volta. Eu tenho que pensar em algo.

O desespero pulsava em cada página. O desespero de uma mãe que havia perdido seus dois filhos. Uma mulher que não tinha ideia de como recuperá-los.

Não tenho escolha. Não posso ficar com Sanchez. Reaper quer informações sobre os Diablos. Eu posso dar isso a ele, com a condição de que ele me ajude a recuperar Sofia.

Havia uma mancha na página, e percebi que ela havia chorado. Passei meu dedo sobre a tinta manchada. Aquelas manchas eram fruto das lágrimas de minha mãe, sua dor... e eu estava aqui. Eu tinha voltado. Eu queria dizer a ela "sua Sofia voltou para casa", mas ela nunca saberia...

> Darei a Reaper informações sobre os Diablos, desde que ele prometa me ajudar com Sofia, e me deixe levar River. Vou levá-los para longe desta vida. Vou levá-los para o campo, comprar uma pequena fazenda, onde seremos apenas eles e eu, e nada além de felicidade e amor. Meu filho e minha filha. Sem dor ou pessoas que queiram machucá-los.
>
> Meu sonho realizado.
>
> Meu maior desejo na vida.

Virei a página seguinte, mas havia apenas páginas vazias. Eu folheei e folheei, esperando por mais, mas não havia mais nada. Fechando o diário, segurei-o contra o peito e deixei as lágrimas rolarem.

O sonho de minha mãe não se tornou realidade; em vez disso, foi arruinado. Ela nunca conseguiu realizar seu desejo. Ela nunca conseguiu sua pequena casa de campo para mim e Styx. Ela nunca conseguiu nada disso. Segurei o diário contra o peito e chorei pela mulher que lidou com tanto sofrimento ainda tão jovem. A mãe que sempre desejei, mas que nunca conheci. Pela vida que poderia ter sido... paz e sorrisos e uma mãe e um irmão que me amavam, e eu a eles.

Alguém se sentou ao meu lado. Levantei a cabeça e vi que era Styx. Ele estava sentado, virado para frente, as mãos entrelaçadas enquanto olhava para a floresta que rodeava sua casa.

— Ele nunca a ajudou, não é? — sussurrei, me referindo ao seu pai. Styx balançou a cabeça. — Ele a matou quando ela voltou? — Vi a dor passar por sua expressão... mas ele assentiu. — Ela... — Respirei fundo. — Ela sofreu? — O músculo na mandíbula de Styx se contraiu, então vi uma única lágrima cair de seu olho e deslizar pela sua bochecha coberta pela barba escura e por fazer. Seu rosto se manteve imóvel. Não havia indicação de que estivesse chorando, sofrendo... a não ser por aquela única lágrima reveladora.

Essa única lágrima acabou comigo.

Aquela lágrima caída veio do garotinho que viu sua mãe morrer. Demonstrou a dor torturante com a qual Styx convivia todos os dias.

Estendendo a mão para ele, cobri sua mão que estava apoiada em seu joelho com a minha. Ele ficou tenso no começo, mas depois relaxou. Eu esperava que em algum lugar, onde quer que ela estivesse, nossa mãe velasse por nós, com um sorriso em seu rosto. Seus filhos se encontraram, finalmente.

— Teria sido bom — sussurrei, olhando para a floresta. — A vida que ela queria para nós. — Sorri, imaginando a cena idílica na cabeça. De nós três, correndo nos campos, rindo e livres. Apertei a mão de Styx. — A fazenda. Todos nós juntos. — Contemplei seu semblante. Sua pele estava vermelha, e ele tinha tanta tristeza e dor em seus olhos cor de avelã que eu não conseguia suportar. — Você e eu. Irmão e irmã. — Suspirei. — Teria sido adorável. — Pensei nas cartas que o destino nos tinha dado. Styx, sob o jugo de um pai que o machucou; e eu, com um pai que me manteve presa, e que nem sequer era meu pai.

Styx enfiou a mão em seu colete com a mão livre e tirou uma fotografia. Meu coração disparou, olhando para o verso branco da foto antiga, imaginando o que estava na frente.

Styx respirou fundo, então engoliu várias vezes antes de abrir a boca.

— Eu... — Ele fez uma pausa e fechou os olhos. Seus olhos se contraíram enquanto ele lutava com as palavras. A visão fez meu coração apertar. Ele estava se esforçando para falar comigo.

Comigo.

Eu sabia que ele só falava com algumas pessoas. E aqui estava ele, tentando falar comigo.

— Eu e-e-en-encontrei... isso... nas c-c-coisas de-dela. — Styx entregou a foto para mim. Peguei e a virei, devagar. Minha alma se despedaçou quando deparei com a foto de uma mulher miúda de cabelo escuro, sorrindo abertamente para a câmera... com uma criança nos braços. Aquela era eu, percebi. Esta era minha mãe e *eu*.

Ela estava me abraçando com tanto carinho... Sua bochecha pressionada à minha. Eu também estava sorrindo. O amor contido nesta foto exalava da imagem com tanta força, com tanta certeza, que ninguém poderia duvidar do quanto ela me adorava. O quanto significava para ela, ser minha mãe. Eu não conseguia respirar para poder falar... Não conseguia desviar o olhar. Ela era linda, tão linda.

— Eu a-a-acreditei que ela era... uma pu-puta que n-n-não... m-me queria. — Fechei os olhos quando as palavras de Styx me atingiram. — E-ela n-não era. — A voz de Styx era grave. Ele virou a cabeça.

Segurei sua mão com mais força. Minutos se passaram em silêncio contemplativo, até que eu disse:

— Nos encontramos agora, Styx. — Ele se virou para mim, sua expressão ilegível. Eu sorri, embora meus lábios tremessem e meus olhos tenham se enchido de lágrimas. — Eu tenho um irmão mais velho.

Styx não disse nada. Eu não tinha certeza se ele conseguiria. Em vez disso, ele me puxou para seu peito e passou os braços em volta dos meus ombros. Eu não me importei que meu ferimento estivesse doendo sob seu abraço feroz. Meu irmão estava me abraçando. River Nash, presidente do Hades Hangmen... meu irmão mais velho.

Ficamos assim, no balanço da varanda, por um tempo, até que Styx ficou de pé. Eu tinha certeza de que era muita coisa para ele lidar de uma só vez. Era esmagador para mim.

— Eu posso... Posso vir ver vocês algum dia? Falar mais com você? — Vi Mae com o bebê pela janela. — Visitar Charon?

Styx estava inquieto, se movendo de um pé ao outro, e enfiou as mãos nos bolsos. Ele assentiu, e então seu lábio se moveu em um lampejo de sorriso.

— E-ele é s-seu s-sobrinho.

Ele era meu sobrinho. Eu tinha um *sobrinho*.

Eu ri de pura felicidade.

— Ele é, não é? — Styx inclinou a cabeça para que eu o seguisse até sua caminhonete. Ele ficou em silêncio enquanto me levava para casa. Quando a caminhonete parou, abracei o diário e a foto contra o meu peito. Eu os estimaria por toda a minha vida. Fui abrir a porta, mas antes que o fizesse, me inclinei e beijei sua bochecha. — Obrigada... River.

Styx assentiu, e eu desci da caminhonete. Ele se afastou e fui para o quarto de Tanner, para o meu marido. Tanner se sentou quando entrei pela porta. Ele deu uma olhada no meu rosto e estendeu os braços. Subi imediatamente na cama e me joguei em seu abraço.

E chorei. Chorei pela vida perdida e o sonho desfeito. E Tanner não me soltou enquanto eu chorava. O homem que eu sabia que nunca falharia comigo, que nunca deixaria de me amar, que sempre estaria ao meu lado.

Quando eu não tinha mais lágrimas para chorar, entreguei silenciosamente a foto a ele. O rosto de Tanner se encheu de tristeza.

— Ela me amava — sussurrei. — Ela me amava muito.

Tanner virou para o lado e segurou meu rosto.

— Você é muito fácil de se amar, princesa. — Foi então que percebi que eu tinha a vida que minha mãe queria para mim. Eu tinha um homem que me amava. Um irmão que estava determinada em conhecer. Um sobrinho que eu mimaria... e liberdade. Liberdade para viver uma vida com significado e felicidade.

— Precisamos viver por ela — eu disse a Tanner, e segurei a foto contra o meu peito. — Precisamos ser felizes por ela... pela minha mãe... Lucy Sinclair.

— Nós faremos isso — Tanner sussurrou e me beijou. — Nós viveremos.

Eu sabia que ele cumpriria essa promessa comigo.

Eu mal podia esperar para começar.

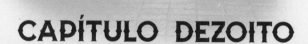

CAPÍTULO DEZOITO

STYX

McKinney, Texas

Chutei a porta do trailer em que o filho da puta morava. O idiota se levantou da cadeira. Eu nem hesitei, apenas tirei minha lâmina alemã e esfaqueei o filho da puta no coração. Seus olhos se arregalaram e ele caiu no chão. Sangue escorria ao redor dele, e eu cuspi em sua cara horrenda.

Encarei seus olhos, e vi como meu tio, Matthew Sinclair, encarava os olhos de seu sobrinho. O filho da mulher que ele estuprou e abusou, fazendo com que ela fugisse. Sua maldita irmã.

Eu me certifiquei de que ele se lembrasse do rosto do homem que o matou.

Eu.

Styx Nash.

Presidente do Hades Hangmen.

O filho de Lucy Sinclair.

Quando o estuprador estava morto, voltei para minha moto e fui para casa. Para Mae e Charon. Para meu clube e minha irmã.

E a cada quilômetro que eu percorria, eu pensava em como a vida era boa pra caralho. E eu ia mantê-la assim.

Assim como minha mãe queria.

EPÍLOGO

TANNER

Duas semanas depois...

— Pronto — Tank disse e se inclinou para trás. O desgraçado sorriu. — Meu melhor, e mais desafiador, trabalho até agora.

Ele estendeu a mão para que eu a segurasse e me puxou para fora da cama. Minhas feridas estavam quase todas curadas, ainda doíam pra caralho, mas eu não dava a mínima. Eu estava vivo. E já que tinha que ficar deitado na porra dessa cama, sem poder foder a minha mulher ou ir ao clube, pensei que seria melhor tornar esse tempo produtivo.

Era hora da merda nazista sumir.

Caminhei até o espelho e olhei para o meu corpo. Agora não havia mais nenhuma porcaria fascista em mim. Nem uma única suástica. Não sobrou nada da porra de supremacia branca na minha pele. Agora foi substituído por Hades, demônios e qualquer outra merda que Tank quisesse fazer em mim. Eu não me importava.

— Gostou? — Tank perguntou, guardando a pistola de tatuagem. Demorou duas semanas. Duas semanas para cobrir, gradualmente, cada pedacinho da minha pele, dos pés ao pescoço.

— Gostei — eu disse e apertei a mão de Tank.

Beau entrou pela porta e olhou para o meu peito.

— Ótimo trabalho — ele disse para Tank, depois para mim. Beau estava ficando em um apartamento do lado de fora do complexo dos Hangmen. Tentei convencê-lo a se tornar um recruta dos Hangmen. Veremos. Beau ainda se mantinha tão fechado, que eu nunca sabia o que ele estava pensando a maior parte do tempo. Mas meu irmão seria bom para este clube. Só tinha que lhe dar tempo para que ele mesmo chegasse a essa conclusão.

— Vista-se — Tank disse e jogou a camiseta, calça jeans e *cut* para mim.

— Por que diabos estou aqui? — Beau perguntou a Tank.

Tank tinha chamado Beau para o clube hoje. Disse que eu tinha que me vestir para alguma coisa. Sabe-se lá o quê.

O filho da puta sorriu.

— Você vai ver.

A porta se abriu novamente, e Adelita entrou. Meu queixo quase caiu no chão quando a vi. Ela estava vestida com um vestido vermelho justo, seu habitual batom vermelho nos lábios. O cabelo escuro estava solto, e ela parecia perfeita pra caralho.

— Merda — murmurei, quando ela veio na minha direção. Estendi a mão e assim que ela a segurou, eu a puxei para o meu peito.

— Tanner, seus ferimentos! — resmungou.

— Fodam-se os ferimentos. — Colei meus lábios em sua boca. Eu precisava dela. Eu precisava fodê-la. Precisava dela abaixo de mim. Não a comia há muito tempo. A cadela não permitia. Essa merda ia mudar esta noite.

— Vá com calma, Tanner. — A voz de Beauty me impediu de beijar minha esposa. — Eu amo vocês dois e tudo o mais, mas isso não significa que quero ver vocês fodendo. — Beauty sorriu e disse: — De qualquer forma, temos algo para mostrar a você.

Franzi o cenho e então olhei para Adelita. Ela deu de ombros.

— Também não sei o que está acontecendo. Beauty apenas mandou que eu me arrumasse.

Segurei a mão de Adelita e saí pelo corredor, atrás de Tank e Beauty. Beau ficou atrás de mim. Beauty parou na entrada do pátio, colocou a mão na porta, então disse:

— Vocês fugiram e se casaram sem a nossa presença. E vocês sabem que eu amo organizar uma festa.

Adelita olhou para mim, confusa. Beauty abriu a porta e vi todos os meus irmãos e suas cadelas ali. Eles ergueram suas bebidas quando nos viram. Os olhos de Adelita se arregalaram.

— Então organizei uma para vocês! — Beauty anunciou. — Precisamos comemorar o casamento do nosso casalzinho Romeu e Julieta. — Beauty arrastou Adelita para uma mesa com bebidas e lhe entregou uma taça de champanhe... A cadela tinha preparado tudo.

Hush colocou uma garrafa na minha mão. Seus olhos se focaram nas novas tatuagens em meus braços.

— Já estava na hora. — Ele sorriu, e eu assenti com a cabeça em concordância.

Já estava na hora.

Adelita foi puxada para a multidão pelas cadelas. Seu sorriso era tão contagiante que senti como uma punhalada no peito. Ela foi direto para Mae, que lhe entregou Charon. Ver minha cadela segurando seu sobrinho em seus braços fez meu coração inchar.

Eu queria isso. Eu queria meu filho nos braços de Adelita. Eu queria que ela olhasse para o nosso filho como estavava olhando para Charon. Como se pudesse ouvir meus pensamentos, ela se virou e sorriu para mim.

Eu era um filho da puta sortudo.

Styx veio ao meu lado, e eu o vi olhando para sua irmã com seu filho no colo. Adelita tinha ido para sua casa cada vez mais nas últimas semanas. Styx não dizia muito a ela, mas eu sabia que o irmão adorava tê-la lá. Quem diabos não adoraria? Como eu disse antes – ela era fácil de amar.

Styx levou as mãos à boca e assobiou. O pátio ficou em silêncio e a música parou. Adelita veio até mim quando Styx encontrou seu olhar e inclinou a cabeça na nossa direção. Dei de ombros quando ela olhou para mim, querendo uma explicação que eu não possuía.

Beauty saiu pelas portas atrás de nós. Sorri quando vi o que estava em suas mãos, assim que ela parou diante de Adelita.

— Beauty... — Adelita sussurrou.

— O que você está esperando? Experimente, garota.

Beauty ajudou Adelita a vestir o *cut* de couro. Quando estava vestida, Adelita se virou para mim, com um enorme sorriso no rosto e "Propriedade de Tanner" nas costas.

— Gostou? — Adelita me perguntou, seus lábios vermelhos emoldurando um sorriso.

Rosnando, esmaguei sua boca com a minha, e disse:

— Você vai usar isso esta noite na cama. Isso e nada mais.

Alguém pigarreou. Luis.

— Combina com você — ele disse a Adelita. O cara fazia questão de conversar em inglês com Lita sempre que estava perto de mim. Ela tinha um bom amigo.

— Obrigada, Luis. — Adelita sorriu e seus ombros cederam. — Tem certeza de que tem que ir amanhã? — Luis estava voltando para o México. De volta à sua igreja.

— Tenho pessoas para servir, Lita. Mas voltarei para vê-la o máximo que puder.

Ela enganchou o braço ao dele.

— Então precisamos tomar uma bebida de despedida. — Eu a observei sumir em meio à multidão, com meu nome em suas costas. A música voltou a tocar e os irmãos voltaram a beber.

Chavez, Ky, Shadow, AK e Vike vieram até mim. AK me entregou outra cerveja. Adelita havia se encontrado com Chavez algumas vezes. Ele disse a ela como odiava o pai. No minuto em que ela soube disso, ele conquistou sua atenção. Ela também odiava seu pai pelo que ele fez com ela, com sua mãe.

— *Alguma novidade?* — Styx sinalizou e Ky falou por ele.

Chavez assentiu.

— Coloquei alguns olheiros e consegui algumas pistas. — Seus olhos se estreitaram. — Não tenho certeza do que diabos está acontecendo. Mas vamos continuar procurando.

— *Nos avise se você precisar de alguma coisa* — Styx sinalizou.

Estávamos procurando Charley, a melhor amiga de Adelita. Não tínhamos a mínima ideia de onde ela estava, mas sabíamos que Diego a havia enviado para algum lugar. Adelita estava feliz, mas isso não a impedia de chorar à noite por sua melhor amiga, que havia desaparecido da face da Terra. Eu contei isso a Styx. Ele conseguiu que Chavez e Shadow investigassem a fundo. Então estávamos cuidando do assunto.

— Quando a encontrarmos, contem comigo para tirá-la de onde quer que ela esteja. — Todo mundo olhou para Viking.

— E para quê, porra? — Ky perguntou.

Viking sorriu.

— Aquela cadela me bateu. — Franzi o cenho diante de suas palavras. — Na troca, quando eu a segurei. Ela me deu a porra de um soco na cara, cacete.

— E daí? — Ky questionou.

HERANÇA SOMBRIA

— Ela me *bateu* — ele repetiu, como se fôssemos burros. Viking agarrou o pau através de sua calça jeans e sorriu. — Tenho pensado nela desde então. — O maldito assobiou e balançou a cabeça. — Aquele gancho de direita, aquele tipo de fogo na cama... — Arqueou as sobrancelhas. — A anaconda não ficará satisfeita até provar aquela boceta... e espero que ela me dê outro tapa.

— Você percebe que ela foi traficada e essas merdas, não? — Shadow perguntou.

Vike colocou a mão no peito.

— Eu também posso ser sensível, Shadow. Sou um homem de muitos talentos. Um leque de emoções. — Ele ergueu as mãos. — Essas mãos podem consolar da mesma forma que podem fazer uma cadela esguichar.

— É verdade — Rudge comentou, assentindo. — Eu já vi.

— Não quero nem saber o que isso significa, caralho — Ky disse. — E por causa da maldita imagem que está agora na minha cabeça, vou precisar me embebedar. Quem está comigo?

A música aumentou de volume e todos os irmãos beberam. Beau ficou sentado no canto a maior parte da noite, apenas observando. Smiler acabou se sentando ao lado dele. Solomon e Samson – os sobreviventes da seita – também. Eles estavam de volta ao clube. Sempre pensei que dariam bons Hangmen. Depois da merda da Klan e do cartel, poderíamos recrutá-los.

Caminhei na direção de Adelita. Na verdade, nunca a deixei fora do meu campo de visão. E com cada risada e sorriso, eu queria estar na festa cada vez menos. Eu a queria de volta em nosso quarto. Algumas horas depois, com os irmãos bêbados, ela deve ter visto na minha cara. Segurando minha mão, Adelita me levou pelo clube e para o nosso quarto.

No minuto em que a porta se fechou, eu a empurrei contra ela.

— Meus ferimentos que se fodam; de jeito nenhum vou ficar longe da sua boceta esta noite, princesa.

Adelita baixou a mão e agarrou meu pau através da calça jeans. Ela sorriu, e eu esmaguei sua boca com a minha. Joguei meu *cut* e camiseta no chão, então chutei as botas para longe e me livrei da calça jeans. Eu não dava a mínima para as tatuagens que nem haviam começado a cicatrizar. Nada me impediria de foder Lita esta noite.

Afastando-me, puxei o vestido de Adelita para baixo, expondo seus seios.

— Tão perfeita — rosnei. Adelita retirou o vestido, recolocou o *cut* e caminhou até a cama... *puta merda*, ela também manteve a calcinha de renda vermelha. Eu a queria. Eu a queria tanto. Mas quando ela se deitou e estendeu os braços, eu não queria mais que fosse rápido.

Fui até a cama e rastejei acima de seu corpo. Adelita olhou nos meus olhos e colocou as mãos em volta do meu pescoço.

— Finalmente, temos nossa noite de núpcias — ela disse e sorriu. — Finalmente, posso amá-lo como meu marido.

Bem devagar, beijei minha mulher. Tirei sua calcinha e, sem me afastar de sua boca, eu a penetrei. Adelita gemeu, e eu me afastei para observar seu rosto. Ela não desviou o olhar do meu em momento algum. Mesmo quando gozou, cravando as unhas pintadas de vermelho em meus ombros, me fazendo gozar também. Ela nunca desviou o maldito olhar.

Uma lágrima escorreu por sua bochecha.

— Estou tão feliz, Tanner — sussurrou e engoliu em seco. — Estou tão feliz que chego a ficar preocupada de que nossa felicidade não possa durar. Que seremos arrancados um do outro novamente.

Afastei o cabelo de seu rosto.

— Nunca, princesa. Isso nunca vai acontecer. Ninguém vai tirar você de mim novamente. — Apoiei minha testa à dela. — Vamos procurar um lugar aqui por perto. Vamos ter um filho. E vamos ter a porra de uma família. Deus sabe que merecemos.

— Tanner... — sussurrou e beijou meus lábios. — Isso parece tão perfeito.

E era. Demorou muito tempo, mas conseguimos.

O Príncipe Branco.

A princesa do cartel.

O mundo tentou nos manter separados.

E dissemos ao mundo: *foda-se*.

GOVERNADOR AYERS

Algum esconderijo, Texas

Puxei o capuz sobre a cabeça. Ouvi o murmúrio baixo de vozes, de cânticos, vindos do fim do túnel. A iluminação era fraca; a temperatura estava quente e abafada. Quando entrei na sala principal, ele levantou o olhar. A faca em sua mão estava coberta de sangue. Seus olhos se entrecerraram quando afastei o capuz.

— Onde está o carregamento? — perguntou, lambendo o sangue da lâmina de sua faca.

— Não vem. Os carregamentos foram interrompidos. A distribuição foi comprometida.

O silêncio reinou, e então...

— E quem é o responsável por isso?

— Hades Hangmen. Sede de Austin. Eles são os responsáveis por tudo.

Ele veio até mim e colocou a mão no meu ombro.

— Então eles estão mortos. Todos eles vão morrer.

Virando-me, puxei o capuz mais uma vez para me cobrir e voltei pelo túnel... com um sorriso no rosto.

FIM

PLAYLIST

Stuck In The South – Adia Victoria
Start A War – The National
River – Bishop Briggs
Hold On – Tom Waits
Me Soltaste – Jesse & Joy
Horns – Bryce Fox
Despacito – Madilyn Bailey, Leroy Sanchez
Will You Still Let Me In – Jonny Fears
Us – James Bay
Skin – Rag 'n' Bone Man
Abràzame – Cami
Bleeding Out – Imagine Dragons
Burning House – Cam
Crooked – Amos Lee
Say Something – A Great Big World, Christina Aquilera
The Night we Met – Lord Huron
Bésame – Camila
You Said You'd Grow Old With Me – Michael Schulte
One More Light – Linkin Park
Tough (Acoustic) – Dean Lewis
Hay Amores – Shakira

Wait Up For Me – Amos Lee
Such A Simple Thing – Ray LaMontagne
Lost Without You (Live) – Freya Ridings
Sound of Silence – Kina Grannis
Lento (Unplugged) – Julieta Venegas

AGRADECIMENTOS

Obrigada ao meu marido, Stephen, por ser meu maior apoiador.

Roman, meu pequenino. Você é a luz da minha vida. Eu sou tão abençoada por ser sua mãe. Nunca pensei que fosse possível amar tanto alguém. Você é a melhor coisa que já fiz na minha vida. Tudo é para você.

Mãe e pai, obrigada pelo apoio contínuo. Pai, obrigada por sempre ser um defensor da minha escrita e me ajudar sempre que preciso de você.

Samantha, Marc, Taylor, Isaac, Archie e Elias, amo vocês.

Thessa, obrigada por ser a melhor assistente do mundo. Você faz as melhores edições, me mantem organizada e é uma ótima amiga!

Liz, obrigada por ser minha superagente e amiga.

À minha fabulosa editora, Kia. Eu não poderia ter feito isso sem você.

Neda e Ardent Prose, estou tão feliz por ter embarcado nessa jornada com vocês. Vocês tornaram minha vida infinitamente mais organizada. Vocês são incríveis!

Para as minhas Tillie's Tibe e Hangmen Harem, eu não poderia pedir melhores amigas literárias. Obrigada por tudo que vocês fazem por mim. Um brinde a mais um passo em nossa Revolução do Romance Dark! Adoro como seus pequenos corações sombrios são atraídos para o meu. Viva o Romance Dark!

Jenny e Gitte, vocês sabem o que sinto por vocês duas. Adoro vocês! Eu realmente agradeço e valorizo tudo o que vocês fizeram por mim ao longo dos anos e continuam fazendo!

Vilma, obrigada por ajudar em relação a todas as perguntas sobre o idioma espanhol. Você é um amor.

Obrigada a todos os blogueiros INCRÍVEIS que apoiaram minha carreira desde o início, e aqueles que ajudam a compartilhar meu trabalho e panfletar sobre ele. Vocês são incríveis, mais do que podem imaginar.

E, por último, obrigada aos leitores. Sem vocês, nada disso seria possível. Nosso mundo Hades Hangmen é um dos meus lugares favoritos para estar. Algumas pessoas não nos entendem, e nosso amor eterno por nossos homens favoritos vestidos de couro... Mas temos uns aos outros, nossa própria tribo, e isso é tudo que precisaremos à medida que nossa série de motociclistas cresce!

Nosso mundo Hangmen arrasa!

Obrigada por virem nessa jornada sombria comigo. É um lugar divertido para se estar quando você se entrega. ;)

"Viva livre. Corra livre. Morra livre."

LEIA A SEGUIR O PRÓLOGO DE

SEGREDOS SOMBRIOS

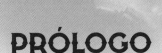

PRÓLOGO

FLAME

Anos atrás...

Eu estava com frio. Com tanto frio. Mas eu estava sempre com frio. A madeira áspera e gelada da parede do meu quarto arranhava minhas costas, pressionava os ossos sob a pele fina. Eu não comia há... eu não conseguia lembrar. Pressionei as mãos contra a barriga. Ela continuou fazendo sons, dizendo que estava com fome. Mas meu pai disse que eu não comeria. Ele não alimentaria o diabo.

Eu estava apenas de cueca. Meu pai disse que pecadores como eu não usavam roupas. Ele disse que o mal dentro de minhas veias era quente o suficiente. Eu não queria ser mau. Não pretendia ser, mas ele me disse que eu era mesmo assim. Por isso as outras crianças não queriam brincar comigo, porque viam a escuridão na minha maldita alma.

Olhei para os meus braços e peito cobertos de marcas de picadas de cobra. Eu sentia ainda mais frio ao pensar nas cobras, nos dentes afundando em minha carne, sob as ordens pelo pastor Hughes para tentar me limpar. Mas não estava adiantando. Nada estava funcionando. Eu estava envolto no pecado. Irredimível, meu pai disse. Eu não sabia o que significava essa palavra, mas parecia ruim.

Fechei os olhos, mas tudo o que vi foi meu pai mais cedo esta noite, cambaleando em minha direção enquanto eu me sentava no canto do meu quarto. Não havia móveis aqui. Meu pai havia removido a cama semanas atrás, então eu dormia no chão. Eu não tinha cobertores, nem travesseiro, porque ele disse que eu não os merecia.

A porta do meu quarto se abriu. Eu podia sentir o cheiro do álcool no seu hálito, daqui de onde estava. Ele tirou o cinto e tive apenas um segundo para me curvar em uma bola antes do couro estalar alto nas minhas costas. Cerrei os dentes e fechei os olhos com força. Eu sabia que merecia isso, porque era mau. Porque eu tinha chamas correndo pelo meu sangue. Mas ainda me machucava...

Meu pai me bateu até eu não sentir mais a dor. Mas eu queria a dor. Eu queria que o diabo me deixasse em paz. Agarrando o meu cabelo, ele me levantou. Eu não chorei. Com as costas da mão, ele acertou meu rosto e senti o gosto do sangue.

— Olhe para você. — Ele me arrastou pelo cabelo até que olhei para cima. Eu me vi no espelho sujo grudado na parede. Fechei os olhos; eu não queria ver meu rosto. O rosto do diabo. — Eu disse pra você olhar, filho da puta! — gritou e eu abri os olhos.

Meu pai sorriu. Não entendi o porquê. Eu não entendia por que as pessoas sorriam ou por que franziam a testa. Eu não entendia nada. As pessoas me confundiam. Eu não sabia como me comportar perto delas ou falar com elas sem assustá-las.

Meu pai detestava isso.

— Retardado! — Apertou minhas bochechas até o sangue por causa do tapa escorrer pelo meu queixo. Respirei aliviado. O sangue que escapava ajudaria a acabar com as chamas. Eu precisava sangrar para ser salvo.

Meu pai enfiou a mão no bolso e tirou uma caneta. Inclinando minha cabeça, começou a escrever alguma coisa na minha testa. Meus olhos lacrimejaram. Quando ele terminou de escrever ali, fez o mesmo nas minhas costas, no peito, braços, até que, depois, ele encostou a boca no meu ouvido.

— Retardado. — Sua voz áspera me fez estremecer. Ele pressionou a ponta do dedo no rabisco na minha pele. — Maldito retardado!

Eu também não sabia o que essa palavra significava. Eu sabia que era ruim. Algumas das crianças com quem eu costumava brincar me chamavam assim. Meu pai sempre me chamava assim.

— Vá para o canto do quarto e não se mexa — ordenou. Eu o ouvi sair de casa, ouvi o som de seus passos no chão de cascalho do lado de fora.

Envolvi minhas pernas dobradas, contra o peito.

— Vá embora — sussurrei, para o fogo em minhas veias. — Me deixe em paz. Faça ele me amar de novo. Faça as chamas do meu sangue desaparecerem.

Deus não se importava comigo. Eu era o filho do diabo agora; era o que o pastor Hughes dizia. Congelei quando ouvi minha mãe cantando na sala de estar. Ela teve outro bebê; eu tinha um irmão, Isaiah. Eu ainda não o tinha visto. Meu pai não tinha me deixado sair do quarto para conhecê-lo.

Ouvi minha mãe cantando "Brilha, Brilha, Estrelinha". Quando ela cantava, eu

SEGREDOS SOMBRIOS

não sentia as chamas no meu sangue; não sentia os demônios em minha alma ou o diabo me observando.

Prendi a respiração quando Isaiah começou a chorar. Ela continuou cantando e ele finalmente parou. Minha mãe era gentil. Meu pai era ruim para ela também. Eu não gostava quando ele a machucava, mas não sabia como detê-lo.

Ouvi passos se aproximando da minha porta e meu coração acelerou. Eu pensei que fosse meu pai voltando para casa, mas quando a porta se abriu, vi que era minha mãe. Eu corri de volta para o canto do quarto. Ele me disse que eu não tinha permissão para tocar em ninguém, que meu toque era ruim e machucaria os outros.

Eu não queria machucar minha mãe.

Não queria machucar meu irmãozinho.

— Querido... — Mamãe acendeu a luz. A claridade incomodou meus olhos; eu estava acostumado com a escuridão, não com a luz. Ela se aproximou e vi meu irmãozinho nos seus braços.

— Não! — gritei, balançando a cabeça quando ela estendeu a mão. — Você não pode me tocar. Por favor...

Ela começou a chorar. Eu não queria que ela chorasse. Ela era bonita demais para chorar.

Minha mãe afastou a mão, mas sentou no chão à minha frente.

— Querido... — Ela apontou para as palavras no meu corpo, e lágrimas escorreram por suas bochechas. Aquilo fez meu peito doer.

Uma lágrima pingou do seu rosto e meu irmão mais novo se remexeu em seus braços. Meus olhos focaram nele. Mamãe sorriu e afastou o cobertor para que eu pudesse vê-lo melhor. Ele era pequeno.

— Seu irmãozinho — ela sussurrou. Observei seu rosto. Não sabia se ele se parecia comigo. Eu não queria que parecesse. Eu também não queria chamas correndo em suas veias. Não queria que nosso pai o machucasse, que o pastor Hughes colocasse cobras em cima dele. — Isaiah. — Ela se aproximou.

— Não... — Recostei-me ainda mais contra a parede.

Minha mãe parou e só quando notei que ela não estava se aproximando, foi que olhei para meu irmão novamente. Ele estava me observando.

— Ele sabe quem você é — ela disse.

Engoli o nó estranho que estava apertando a garganta.

— Ele sabe?

— Claro, você é o irmão mais velho dele, Josiah. Ele sabe que você sempre o protegerá.

— Protegerei? — Eu não sabia como. Eu era mau.

— *Você não é mau, querido* — *afirmou. Mas era porque ela não entendia o que era o mal. Meu pai que me disse. De repente, Isaiah levantou a mão, quase tocando a minha, e isso fez com que eu me afastasse rapidamente. Ele ainda estava olhando para mim.* — *Ele só queria segurar seu dedo, meu amor. Ele quer conhecer o irmão mais velho.*

— *Segurar... segurar meu dedo?*

— *Olhe* — *minha mãe falou, levantando o dedo na direção do meu irmão, e ele o envolveu com a mãozinha. Minha mãe sorriu.* — *Ele só quer dizer olá.*

— *Não posso.* — *Prendi as mãos embaixo das pernas. Eu queria segurar a mão dele, mas não podia machucá-lo. Não poderia torná-lo um pecador como eu.*

— *Querido* — *ela insistiu.* — *Me prometa...* — *Olhou para o bebê e beijou sua bochecha. Eu queria que ela beijasse a minha também. Mas ela não podia. Eu não deixaria. Ninguém poderia beijar minha bochecha.* — *Prometa que sempre amará seu irmão, Josiah. Que sempre cuidará dele, que sempre o protegerá. É o que os irmãos mais velhos fazem.*

— *Eu prometo.*

Minha mãe começou a chorar novamente.

— *Um dia, quando você sair deste lugar, leve-o com você. Mantenha seu irmão seguro. E o ame. Permita que ele também ame você. Vocês dois merecem isso.*

Eu não sabia por que ela estava dizendo essas coisas. Meu pai nunca me deixaria ir embora.

— *Você não é mau. Você é meu menino precioso que apenas vê o mundo de uma maneira diferente. É o seu pai que não entende. Você é especial e amado. Muito amado, querido. Você me entende? Acredita em mim?* — *Eu assenti com a cabeça, mas, na verdade, não acreditava.* — *Eu amo você. Sempre amarei você e Isaiah. Mesmo quando eu não estiver por aqui. Vocês são irmãos, e irmãos se protegem.* — *Minha mãe olhou para Isaiah novamente. Ele ainda estava segurando seu dedo com a mãozinha minúscula.* — *E um dia, quando você se sentir corajoso, poderá deixá-lo segurar seu dedo também. Você não vai machucá-lo, querido. Eu sei que não vai.*

Eu queria ser corajoso. Queria ser corajoso pela minha mãe. Mas não podia tocá--lo... porque eu não queria machucá-lo. Talvez um dia, quando as chamas se fossem e o diabo tivesse deixado minha alma, eu, finalmente, o deixaria segurar meu dedo.

A The Gift Box é uma editora brasileira, com publicações de autores nacionais e estrangeiros, que surgiu no mercado em janeiro de 2018. Nossos livros estão sempre entre os mais vendidos da Amazon e já receberam diversos destaques em blogs literários e na própria Amazon.

Somos uma empresa jovem, cheia de energia e paixão pela literatura de romance e queremos incentivar cada vez mais a leitura e o crescimento de nossos autores e parceiros.

Acompanhe a The Gift Box nas redes sociais para ficar por dentro de todas as novidades.

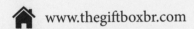 www.thegiftboxbr.com

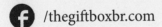 /thegiftboxbr.com

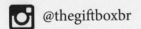 @thegiftboxbr

 @GiftBoxEditora

Impressão e Acabamento | Gráfica Viena
Todo papel desta obra possui certificação FSC® do fabricante.
Produzido conforme melhores práticas de gestão ambiental (ISO 14001)
www.graficaviena.com.br